O Moço Loiro

Joaquim Manuel de Macedo

TEXTO INTEGRAL

A ORTOGRAFIA DESTE LIVRO FOI ATUALIZADA SEGUNDO O ACORDO ORTOGRÁFICO DA LÍNGUA PORTUGUESA (1990), QUE PASSOU A VIGORAR EM 2009.

COLEÇÃO A OBRA-PRIMA DE CADA AUTOR

O Moço Loiro

Joaquim Manuel de Macedo

TEXTO INTEGRAL

MARTIN CLARET

Conselho Editorial
Martin Claret

Produção Editorial
Taís Gasparetti

Capa
Ilustração: A definir

Miolo
Ilustrações: Percy Lau
Revisão: Lucia Brandão / Terezinha Siqueira Campos / Débora Tamayose
Projeto Gráfico: José Duarte T. de Castro
Editoração Eletrônica: Editora Martin Claret
Impressão e Acabamento: Meta Brasil

Dados Internacionais de Catalogação na Publicação (CIP)
(Câmara Brasileira do Livro, SP, Brasil)

Macedo, Joaquim Manuel de, 1820-1882.
O moço loiro / Joaquim Manuel de Macedo. — São Paulo: Martin Claret, 2011. — (Coleção a obra-prima de cada autor; 33)

"Texto integral"
ISBN

1. Romance brasileiro I. Título. II. Série.

11-10168 CDD-869. 93

Índices para catálogo sistemático:

1. Romances: Literatura brasileira 869. 93

EDITORA MARTIN CLARET LTDA.
Rua Alegrete, 62 – Bairro Sumaré – CEP: 01254-010 – São Paulo – SP
Tel.: (11) 3672-8144 – Fax: (11) 3673-7146
www.martinclaret.com.br / editorial@martinclaret.com.br

1ª reimpressão - 2024

Sumário

PALAVRAS DO EDITOR

A história do livro e a coleção "A obra-prima de cada autor"

MARTIN CLARET

Que é o livro? Para fins estatísticos, na década de 1960, a Unesco considerou o livro "uma publicação impressa, não periódica, que consta de no mínimo 56 páginas, sem contar as capas".

O livro é um produto industrial. Mas também é mais do que um simples produto. O primeiro conceito que deveríamos reter é o de que o livro como objeto é o veículo, o suporte de uma informação. O livro é uma das mais revolucionárias invenções do homem.

A *Enciclopédia Abril* (1972), publicada pelo editor e empresário Victor Civita, no verbete "livro" traz concisas e importantes informações sobre a história do livro. A seguir, transcrevemos alguns tópicos desse estudo didático.

O livro na Antiguidade

> Antes mesmo que o homem pensasse em utilizar determinados materiais para escrever (como, por exemplo, fibras vegetais e tecidos), as bibliotecas da Antiguidade estavam repletas de textos gravados em tabuinhas de barro cozido. Eram os primeiros "livros", depois progressivamente modificados até chegarem a ser feitos — em grandes tiragens — em papel impresso mecanicamente, proporcionando facilidade de leitura e transporte. Com eles, tornou-se possível, em todas as épocas, transmitir fatos, acontecimentos históricos, descobertas, tratados, códigos ou apenas entretenimento.

Como sua fabricação, a função do livro sofreu enormes modificações dentro das mais diversas sociedades, a ponto de constituir uma mercadoria especial, com técnica, intenção e utilização determinadas. No moderno movimento editorial das chamadas sociedades de consumo, o livro pode ser considerado uma mercadoria cultural, com maior ou menor significado no contexto socioeconômico em que é publicado. Como mercadoria, pode ser comprado, vendido ou trocado. Isso não ocorre, porém, com sua função intrínseca, insubstituível: pode-se dizer que o livro é essencialmente um instrumento cultural de difusão de ideias, transmissão de conceitos, documentação (inclusive fotográfica e iconográfica), entretenimento ou ainda de condensação e acumulação do conhecimento. A palavra escrita venceu o tempo, e o livro conquistou o espaço. Teoricamente, toda a humanidade pode ser atingida por textos que difundem ideias que vão de Sócrates e Horácio a Sartre e McLuhan, de Adolf Hitler a Karl Marx.

Espelho da sociedade

A história do livro confunde-se, em muitos aspectos, com a história da humanidade. Sempre que escolhem frases e temas, e transmitem ideias e conceitos, os escritores estão elegendo o que consideram significativo no momento histórico e cultural que vivem. E, assim, fornecem dados para a análise de sua sociedade. O conteúdo de um livro — aceito, discutido ou refutado socialmente — integra a estrutura intelectual dos grupos sociais.

Nos primeiros tempos, o escritor geralmente vivia em contato direto com seu público, que era formado por uns poucos letrados, já cientes das opiniões, ideias, imaginação e teses do autor, pela própria convivência que tinham com ele. Muitas vezes, mesmo antes de o texto ser redigido, as ideias nele contidas já haviam sido intensamente discutidas pelo escritor e parte de seus leitores. Nessa época, como em várias outras, não se pensava na enorme porcentagem de analfabetos. Até o século XV, o livro servia exclusivamente a uma pequena minoria de sábios e estudiosos que constituíam os círculos intelectuais (confinados aos mosteiros durante o começo da Idade Média) e que tinham acesso às bibliotecas, cheias de manuscritos ricamente ilustrados.

Com o reflorescimento comercial europeu, nos fins do século XIV, burgueses e comerciantes passaram a integrar o mercado livreiro da época. A erudição laicizou-se e o número de escritores aumentou, surgindo também as primeiras obras escritas em línguas que não o latim e o grego (reservadas aos textos clássicos e aos assuntos considerados dignos de atenção). Nos séculos XVI e XVII, surgiram diversas literaturas nacionais, demonstrando, além do florescimento intelectual da época, que a população letrada dos países europeus estava mais capacitada a adquirir obras escritas.

Cultura e comércio

Com o desenvolvimento do sistema de impressão de Gutenberg, a Europa conseguiu dinamizar a fabricação de livros, imprimindo, em cinquenta anos, cerca de 20 milhões de exemplares para uma população de quase 100 milhões de habitantes, cuja maioria era analfabeta. Para a época, isso significou enorme revolução, demonstrando que a imprensa só se tornou uma realidade diante da necessidade social de ler mais.

Impressos em papel, feitos em cadernos costurados e posteriormente encapados, os livros tornaram-se empreendimento cultural e comercial: os editores passaram logo a se preocupar com melhor apresentação e redução de preços. Tudo isso levou à comercialização do livro. E os livreiros baseavam-se no gosto do público para imprimir, principalmente obras religiosas, novelas, coleções de anedotas, manuais técnicos e receitas.

Mas a porcentagem de leitores não cresceu na mesma proporção que a expansão demográfica mundial. Somente com as modificações socioculturais e econômicas do século XIX — quando o livro começou a ser utilizado também como meio de divulgação dessas modificações e o conhecimento passou a significar uma conquista para o homem, que, segundo se acreditava, poderia ascender socialmente se lesse — houve um relativo aumento no número de leitores, sobretudo na França e na Inglaterra, onde alguns editores passaram a produzir obras completas de autores famosos a preços baixos. O livro era então interpretado como símbolo de liberdade, conseguida por conquistas culturais. Entretanto, na maioria dos países, não houve nenhuma grande modificação nos índices porcentuais até o fim da Primeira Guerra Mundial (1914-1918), quando surgiram as primeiras grandes tiragens de um só livro, principalmente romances, novelas e textos didáticos. O número elevado de cópias, além de baratear o preço da unidade, difundiu ainda mais a literatura. Mesmo assim, a maior parte da população de muitos países continuou distanciada do livro, em parte porque ele tinha sido durante muitos séculos considerado objeto raro, atingível somente por um pequeno número de eruditos. A grande massa da população mostrou maior receptividade aos jornais, periódicos e folhetins, mais dinâmicos e atualizados, e acessíveis ao poder aquisitivo da grande maioria. Mas isso não chegou a ameaçar o livro como símbolo cultural de difusão de ideias, como fariam, mais tarde, o rádio, o cinema e a televisão.

O advento das técnicas eletrônicas, o aperfeiçoamento dos métodos fotográficos e a pesquisa de materiais praticamente imperecíveis fazem alguns teóricos da comunicação de massa pensarem em um futuro sem os livros tradicionais (com seu formato quadrado ou retangular, composto de folhas de papel, unidas umas às outras por um dos lados). Seu conteúdo e suas mensagens (racionais ou emocionais) seriam transmitidos por outros meios, como por exemplo microfilmes e fitas gravadas.

A televisão transformaria o mundo todo em uma grande "aldeia" (como afirmou Marshall McLuhan), no momento em que todas as sociedades decretassem sua prioridade em relação aos textos escritos. Mas a palavra escrita dificilmente deixaria de ser considerada uma das mais importantes heranças culturais, entre todos os povos.

Através de toda a sua evolução, o livro sempre pôde ser visto como objeto cultural (manuseável, com forma entendida e interpretada em função de valores plásticos) e símbolo cultural (dotado de conteúdo, entendido e interpretado em função de valores semânticos). As duas maneiras podem fundir-se no pensamento coletivo, como um conjunto orgânico (onde texto e arte se completam, por exemplo, em um livro de arte) ou apenas como um conjunto textual (onde a mensagem escrita vem em primeiro lugar — em um livro de matemática, por exemplo).

A mensagem (racional, prática ou emocional) de um livro é sempre intelectual e pode ser revivida a cada momento. O conteúdo, estático em si, dinamiza-se em função da assimilação das palavras pelo leitor, que pode discuti-las, reafirmá-las, negá-las ou transformá-las. Por isso, o livro pode ser considerado instrumento cultural capaz de liberar informação, sons, imagens, sentimentos e ideias através do tempo e do espaço. A quantidade e a qualidade de ideias colocadas em um texto podem ser aceitas por uma sociedade, ou por ela negadas, quando entram em choque com conceitos ou normas culturalmente admitidos.

Nas sociedades modernas, em que a classe média tende a considerar o livro como sinal de *status* e cultura (erudição), os compradores utilizam-no como símbolo, mesmo desvirtuando suas funções ao transformá-lo em livro-objeto. Mas o livro é, antes de tudo, funcional — seu conteúdo é que lhe dá valor (os livros de ciências, filosofia, religião, artes, história e geografia, que representam cerca de 75% dos títulos publicados anualmente em todo o mundo).

O mundo lê mais

No século XX, o consumo e a produção de livros aumentaram progressivamente. Lançado logo após a Segunda Guerra Mundial (1939-1945), quando uma das características principais da edição de um livro era as capas entreteladas ou cartonadas, o livro de bolso constituiu um grande êxito comercial. As obras — sobretudo *best-sellers* publicados algum tempo antes em edições de luxo — passaram a ser impressas em rotativas, como as revistas, e distribuídas nas bancas de jornal. Como as tiragens elevadas permitiam preços muito baixos, essas edições de bolso popularizaram-se e ganharam importância em todo o mundo.

Até 1950, existiam somente livros de bolso destinados a pessoas de baixo poder aquisitivo; a partir de 1955, desenvolveu-se a categoria do livro de bolso "de luxo". As características principais destes últimos eram a abundância de coleções — em 1964 havia mais de duzentas, nos Estados Unidos — e a variedade de títulos, endereçados a um público intelectualmente mais refinado. A essa diversificação das categorias adiciona-se a dos pontos de venda, que passaram a abranger, além das bancas de jornal, farmácias, lojas, livrarias, etc. Assim, nos Estados Unidos, o número de títulos publicados em edições de bolso chegou a 35 mil em 1969, representando quase 35% do total dos títulos editados.

Enciclopédia Abril, vol. 7. São Paulo: Abril, 1973, p. 2840-2842.

Proposta da coleção "A obra-prima de cada autor"

"Coleção" é uma palavra há muito tempo dicionarizada e define o conjunto ou reunião de objetos da mesma natureza ou que têm alguma relação entre si. Em um sentido editorial, significa o conjunto não limitado de obras de autores diversos, publicado por uma mesma editora, sob um título geral indicativo de assunto ou área, para atendimento de segmentos definidos do mercado.

A coleção "A obra-prima de cada autor" corresponde plenamente à definição acima mencionada. Nosso principal objetivo é oferecer, em formato de bolso, a obra mais importante de cada autor, satisfazendo o leitor que procura qualidade.*

Desde os tempos mais remotos existiram coleções de livros. Em Nínive, em Pérgamo e na Anatólia existiam coleções de obras literárias de grande importância cultural. Mas nenhuma delas superou a célebre biblioteca de Alexandria, incendiada em 48 a.C. pelas legiões de Júlio César, quando estas arrasaram a cidade.

A coleção "A obra-prima de cada autor" é uma série de livros a ser composta por mais de 400 volumes, em formato de bolso, com preço altamente competitivo, e pode ser encontrada em centenas de pontos de vendas. O critério de seleção dos títulos foi o já estabelecido pela tradição e pela crítica especializada. Em sua maioria, são obras de ficção e filosofia, embora possa haver textos sobre religião, poesia, política, psicologia e obras de autoajuda. Inauguram a coleção quatro clássicos: *Dom Casmurro*, de Machado de Assis; *O Príncipe*, de Maquiavel; *Mensagem*, de Fernando Pessoa; e *O lobo do mar*, de Jack London.

Nossa proposta é fazer uma coleção quantitativamente aberta. A periodicidade é mensal. Editorialmente, sentimo-nos orgulhosos de poder oferecer a coleção "A obra-prima de cada autor" aos leitores brasileiros. Nós acreditamos no poder do livro.

❖

* Atendendo a sugestões de leitores, livreiros e professores, a partir de certo número da coleção, começamos a publicar, de alguns autores, outras obras além da sua obra-prima.

Introdução

Ce livre ....
..
Tremble et palpite sous vos pieds.

V. HUGO

SENHORAS!

Para que nascesse *O moço loiro* influíram fortemente em mim dois sentimentos nobres e profundos.

No empenho de escrever — a gratidão.

Na concepção e desenvolvimento do romance — a esperança.

Um ano há decorrido, desde que um jovem desconhecido, sem habitações, com fracos e limitadíssimos recursos intelectuais, mas rico de vontade e de bons desejos; temeroso e quase à força ofereceu à generosidade do público do Rio de Janeiro um pobre fruto de sua imaginação — *A moreninha* — que ele amava, como filha de sua alma. Esse jovem, senhoras, fui eu.

Fui eu, que, com meus olhos de pai, a segui em sua perigosa vida, temendo vê-la cair a cada instante no abismo do esquecimento ... fui eu que (talvez ainda com vaidade de pai) cheguei a crer que o público a não enjeitava; e, sobretudo, que minha querida filha tinha achado corações angélicos, que, dela se apiedando, com o talismã sagrado de sua simpatia a levantaram mesmo muito acima do que ela merecer podia. E esses corações, senhoras, foram os vossos.

Oh! mas é preciso ser autor, ao menos pequenino autor, como eu sou, para se compreender com que imenso prazer, com que orgulho eu sonhava vossos belos olhos pretos brasileiros, derramando os brilhantes raios de suas vistas sobre as páginas do meu livro! vossos lábios cor-de-rosa docemente sorrindo-se às travessuras da *Moreninha*!

E desde então eu senti que devia um eterno voto de agradecimento a esse público, que não enjeitara minha cara menina; e que mais justa dedicação me prendia aos pés dos cândidos seres, que haviam tido compaixão de minha filha.

E, pobre como sou, convenci-me para logo de que não daria nunca um penhor dos sentimentos, que em mim fervem, se o não fosse buscar no fundo d'alma, colhendo minhas ideias, e delas organizando um pensamento.

E, acreditando que me não devia envergonhar da oferta, porque dava o que dar podia; e porque, assim como o perfume é a expressão da flor, o pensamento é o perfume do espírito; eu quis escrever...

No empenho de escrever, pois, influiu em mim — a gratidão. Ora, o pensamento que dessas ideias pretendia organizar era um romance; mas, fraco e desalentado, o que poderia exercer em mim influência tão benigna e forte que, mercê dela, conseguisse em conceber (mesmo deforme como é) *O moço loiro*, e chegasse a terminá-lo? o quê? ... — a esperança.

Porque a esperança é um alimento sim! o mais doce alimento do espírito!

E tudo quanto eu esperei, espero ainda.

Espero que minhas encantadoras patrícias vejam em *O moço loiro* um simples e ingênuo tributo de gratidão a elas votado; e espero também que o público, que outrora me animou, e a quem muito devo, de tal tributo se apraza; pois sei que sempre lisonjeiro lhe é ver render cultos aos astros brilhantes de seu claro céu, às mimosas flores de seu ameno prado.

Espero ainda que meu novo filho não será lançado ao longe, como fruto verde e ingrato ao paladar... que *O moço loiro* será, ao menos por piedade, aceito e compreendido.

Espero mais, senhoras, que generosas sempre, perdoando as imperfeições e graves defeitos d'*O moço loiro*, não querereis perguntar a seu débil pai "como ousas escrever?" Oh! não mo perguntareis; porque há em vós bastante ardor, imaginação e poesia para sentir que às vezes o desejo de escrever é forte, qual o instinto, que manda beber água para apagar a sede, e comer para matar a fome; que às vezes o pensamento arde e se consome em fogo; e que então é inevitável deixar sair as chamas desse fogo... as ideias desse pensamento...

Espero finalmente que vós, senhoras, dignando-vos adotar *O moço loiro*, permitireis que ele, coberto com a égide de vosso patrocínio, possa obter o favor e encontrar o abrigo que à sua irmã não foi negado.

Sim! que este pobre menino, saído apenas do tão frio e abatido seio de seu pai, se anime e aqueça à vossa sombra!... que, por uma compensação, pela mais suspirada das compensações, esse passado de gelo e de abatimento fique para sempre esquecido ante o ardor e a felicidade do futuro!...

Oh! que não seja uma ilusão a minha esperança!...

Consenti, pois, senhoras, que me eu atreva a dedicar-vos *O moço loiro*, como um primeiro e fraco sinal de reconhecimento, que há de durar sempre...

Inspirado pela gratidão, é ele semelhante a uma inocente flor depositada com religioso respeito no altar e aos pés dos anjos.

Filho da esperança, pode parecer-se com brando suspiro do coração, que almeje cair no seio da beleza...

E, enfim, como um fraquinho infante, que, medroso dos camaradas, corre a acolher-se no materno colo, *O moço loiro* convosco se apadrinha, senhoras, e a cada uma de vós repete as palavras do salmo:

"Protege-me com a sombra de tuas asas!"

O AUTOR

O Moço Loiro

I

Teatro italiano

Declinava a tarde do dia 6 de agosto de 1844: o tempo estava chão e bonançoso; e, contudo, meia cidade do Rio de Janeiro profetizava tempestade para o correr da noite. Como isso era, estando como de feito estava o Pão de Açúcar com sua cabeça desnublada e livre da tal carapuça de fumo com que se agasalha quando prevê mau tempo, é o que ainda agora mesmo poderiam muito bem explicar os habitantes desta bela corte, se não fossem, honrosas exceções para um lado, tão esquecidos dos acontecimentos que se passam em nossa terra, como às vezes finge sê-lo das contradanças que prometeu a cavalheiros que lhe não são do peito, uma mocinha do grande tom.

Mas, pois que, segundo cremos, o caso em questão não se acha suficientemente lembrado, justo é, mesmo para que por tão pouco a ninguém pareça ter cabido honras de profeta, dizer que, se a atmosfera não estava carregada, a antecipação e o espírito de mesquinho partido haviam exalado vapores que, condensando-se sobre o ânimo do público, deixavam prognosticar uma borrasca moral.

Ora, assim como muitas vezes sucede, que rosnam surdamente as nuvens, quando está prestes para rebentar alguma trovoada, assim também se notava que na tarde de que se fala, ouvia-se um zunido incessante, e do meio dele por vezes ressaltavam as palavras teatro... direita... esquerda... aplausos... pateada... — e muitas outras tais quais as que deram lugar à cena seguinte passada em um hotel, que nos é muito conhecido, e que se acha estabelecido na rua, que, por se chamar Direita, efetivamente representa a antítese do próprio nome.

Dois moços acabam de entrar nesse hotel. Um deles, que para diante melhor conheceremos, trajava casaca e calças de pano preto, colete de seda de xadrez cor de cana, sobre o qual se deslizava finíssima corrente de relógio; gravata também de seda e de uma bela cor azul; trazia ao peito um rico solitário de brilhante; na mão esquerda suas luvas de pelica cor de carne, na direita uma bengala de unicórnio com belíssimo castão de ouro; calçava finalmente botins envernizados: esse moço, cuja tez devia ser alva e fina, mas que mostrava ter sofrido por muitos dias os ardores do sol, era alto e bem-apessoado; seu rosto, sem ser verdadeiramente belo, causava ainda assim interesse; ele tem os cabelos pretos, os olhos da mesma cor, mas pequenos, e sem fogo: entrou no hotel, como levado à força pelo seu amigo; e, sentando-se junto a uma mesa defronte dele, tomou um jornal e começou a ler.

O outro, que nos não deverá obséquio de ser aqui descrito, estava dando as suas ordens a um servente do hotel, quando ouviu a voz do seu amigo.

— *Ana Bolena*!... Bravíssimo!... caiu-me a sopa no mel!... ardia por chegar ao Rio de Janeiro, principalmente para ir ao Teatro Italiano, e eis que, apenas chegado há duas horas, já leio um anúncio que realiza meus desejos: vou hoje à ópera.

— Já tens bilhete?...

— Não; mas saindo daqui mando ver uma cadeira.

— Não há mais.

— Então, não há remédio... um camarote.

— Estão vendidos todos.

— Oh, diabo! irei para a geral.

— Nem um só bilhete resta, meu caro.

— Pois deveras, o furor é tal?... paciência, vou encartar-me no camarote de algum amigo.

— Não, que desse susto te livro eu: toma lá um bilhete de cadeira.

— E tu?

— Eu hoje tenho muito que fazer na plateia.

— Aceito, que não sou pobre soberbo; porém que história é essa?... oh, Antônio, seria possível que te fizesses cambista?...
— Por quê?

— Vejo-te aí com um maço de bilhetes, que a menos que não seja agora moda dar aos porteiros uma dúzia de cada vez que se entra para o teatro...

— Nada... nada... isto é para uns camaradas, que pus de mão para ir comigo à ópera.

— Como estás tão rico!... muitos parabéns!...

— Ah!... já sei que nada sabes do que por aqui vai: há dez meses fora do Rio de Janeiro, acabas de entrar na cidade tão simples e bisonho, como um calouro nas aulas. Ora, dize lá; tu és candianista ou delmastrista?...

O Sr. Antônio fez essa pergunta em voz bastante inteligível; pois um movimento quase geral se operou no hotel: os olhos do maior número dos que aí se achavam fitaram-se nos dois parladores: um moço que, na mesa fronteira, jogava o dominó ficou com uma peça entre os dedos e a mão no ar, imóvel, estático, como um epiléptico: um velho militar que próximo estava, e que para assoar-se já tinha posto o nariz em posição, deixou-se estar com o lenço estendido diante do rosto e preso entre as duas mãos, não desarranjou mesmo a horrível careta que se habituara a fazer na ação de limpar-se do monco e, assim como se achava, lançou os olhos por cima dos óculos e os pregou na mesa da questão.

— Dize-me tu primeiro, o que significa isso — respondeu aquele a quem fora dirigida a pergunta.

— Otávio — tornou com muito fogo o Sr. Antônio —, pergunto--te de qual das duas primas-donas és tu partidário, se da Delmastro, se da Candiani.

— Mas se eu ainda não ouvi a nenhuma, homem!

— Pois faze de conta que já as ouviste: é preciso decidir-te e já!...

— Essa agora é mais bonita!...

— O Rio de Janeiro em peso se acha extremado!...

— E isso que me importa?...

— Oh! — exclamou o Sr. Antônio com voz sepulcral — oh! oh! "quando se diz acerca dos negócios de Estado", que me importa, "deve-se contar que o Estado está perdido"!!!

— Ora, eis o que se chama uma citação a propósito.

— É preciso! é justo! é inevitável! deves pertencer à esquerda ou à direita do teatro — continuou o diletante com entusiasmo e sem notar que se fazia o objeto da geral atenção: sim!... mas, Otávio, recebe o conselho de um amigo que não quer ver manchada a tua reputação; nada de sentar-te na direita... nada de Candiani!... escuta: a Delmastro tem por si o prestígio da ciência e o voto dos peritos; quem diz candianista, diz criança, estouvado, estudante! A Candiani tem uma voz... e mais nada: e uma voz... triste... sem bemóis nem sustenidos... lamentável... horrível... detestável... fulminante... que faz mal aos nervos!...

— Apoiadíssimo! — gritou o velho, consertando os óculos que, com o gosto de ouvir o delmastrista, lhe haviam caído do nariz no queixo.

O moço do dominó há muito tempo que não dava conta do jogo.

— Ora, fico-lhe obrigado — disse-lhe o parceiro —, aqui está um seis, e o senhor ajunta-lhe um quatro... ainda pior, um dois?... então que é isso?... um três?... outro quatro... um cinco?... o senhor quer divertir-se à minha custa?... mas... o que tem, meu amigo?... está tremendo... e tão pálido...

Com efeito, o moço tremia convulsivamente. E o Sr. Antônio, sem atender a coisa alguma, prosseguia:

— E a Delmastro? a Delmastro é doce e bela, melodiosa e engraçada: sua voz subjuga, arrebata, amortece, vivifica, encanta, enfeitiça, derrota, fere e mata quem a ouve!... sua voz cai no coração, e de lá toma parte no sangue da vida! e, sobretudo, professora incontestável... professora até à ponta dos cabelos, adivinha os pensamentos de Donizetti, corrige-lhe os erros, adoça-lhe as rudezas e diviniza-lhe as harmonias! sabe música... muita música... toda a música...

— É falso!... é falsíssimo! é falsissíssimo!... — bradou, espumando de raiva o moço do dominó e fazendo voar pelos ares todas as peças do jogo.

— O senhor atreve-se a dizer-me que é falso?!

— É falso!... repito, é falso!...

— Que diz, senhor?... — exclamou o velho, atirando-se sobre o novo diletante — é falso?... essa palavra é motivo suficiente para um duelo: retire, pois, a expressão, e não se peje de o fazer; porque isto de retirar expressões é muito parlamentar.

— Retire a expressão! retire a expressão — gritaram alguns.

— Não retire!... não retire!... — bradaram outros.

— Não retiro!... aceito todas as consequências!... repito que é falso!... digo que a Delmastro nada sabe de música, estudou pelo método de Jean-Jacques Rousseau, tem voz de assobio de criança em Domingo de Ramos; enquanto a Candiani é um rouxinol!... um milagre de harmonia!... um anjo!...

— Apoiado!... bravo!... bravo!... muito bem!...

— Não!... não!... ah, o Sr. Antônio é quem tem razão.

É de notar que apenas o moço declarou que não retirava a expressão, o velho delmastrista foi-se pondo pela porta afora, murmurando entre dentes:

— Não se pode argumentar com ele!... não é parlamentar...

— Senhores — acudiu com muita prudência um servente do hotel —, por quem são, não vão às do cabo aqui... isso desacreditaria a casa!...

— Não — tornou o candianista —, é preciso dizer a este senhor que estou pronto a sustentar o que avancei, onde, como e quando ele quiser!...

— Pois bem — respondeu o Sr. Antônio —, até à noite, no teatro!

— Aceito a luva! até à noite, no teatro. Sim! e lá terei o prazer de rebentar estas mãos batendo palmas, quando ela... quando eu digo ela, já se sabe que é da doce Candiani que falo, entoar com a ternura, com que costuma, o seu

Al dolce guidami
Castel natio.

E o apaixonado do moço começou a cantar acompanhado por todo o rancho de candinistas que se achava no hotel; o que, vendo o Sr. Antônio, para nada ficar devendo ao seu competidor, exclamou:

— E eu hei de ter a glória de fazer em postas esta língua, dando entusiásticos bravos, quando ela... quando eu digo ela, já se sabe que é da inefável Delmastro que falo, fizer soar a branda voz no seu

Ah! pensate che rivolti
Terra e Cielo han gli occhi in voi.

E com o mais detestável falsete, pôs-se a estropiar o sem dúvida belo "Ah! pensate", que não só por ele, como por todos os outros delmastristas presentes, foi completamente desnaturado.

A bons minutos trovejavam de mistura no hotel o *Al dolce guidami* com o *Ah! pensate*, quando a esforços inauditos dos criados do hotel saíram para a rua os dois bandos, esquecendo-se o Sr. Antônio, no fogo do entusiasmo, de que deixava com a maior sem-cerimônia o seu amigo.

Mas nem por tal se escandalizou Otávio, que antes deu-se parabéns da boa fortuna com que havia escapado do meio daquela corte de maníacos; e, deixando o hotel, procurou passar divertidamente duas horas, que lhe faltavam, para ir ouvir Ana Bolena.

Passaram elas, e Otávio se achou no Teatro de S. Pedro de Alcântara.

Não se via um só lugar desocupado; as cadeiras estavam todas tomadas, a geral cheia e abarrotada, e de momento a momento ouviam-se as vozes de alguns diletantes que bradavam: "travessas! travessas!"...

As quatro ordens de camarotes se mostravam cingidas por quatro não interrompidas zonas de belas: desejosas todas de testemunhar desde o começo o combate dos dois lados teatrais, tinham vindo ornar, ainda antes da hora suas felizes tribunas; nenhuma mesmo, dentre as que ostentavam mais rigor no belo tom, se havia adrede deixado para chegar depois de começado o espetáculo, e, fazendo, como é por algumas usado, ruído com as cadeiras e banco ao entrar nos camarotes, desafiar assim as atenções do público.

No entanto, elas derramavam a luz de seus lumes sobre essas centenas de cabeças ferventes, que debaixo se agitavam: desassossegadas e ansiosas, como que com seus olhos inquiriam daquele público até onde levaria sua exaltação, e com a ternura de suas vistas pareciam querer aquietar a hiena, que a seus pés rugia.

Finalmente, o primeiro violino, com toda a sua respeitável autoridade de general daquele imenso esquadrão harmônico, deu o sinal da marcha, batendo as três simbólicas pancadas com sua espada de crina; daí a momentos o pano se havia levantado, e a ópera começado.

Não se passou muito tempo sem que o nosso conhecido Otávio se convencesse de que sairia do teatro como havia entrado, isto é, sem ouvir a sua tão suspirada Ana Bolena.

Alguns diletantes da capital, depois talvez de haver muito parafusado, tinham descoberto um meio novo de demonstrar o seu amor pelas inspirações de Euterpe e a sua paixão pelas duas primas-donas. Eram sem mais nem menos isto: para aplaudir ou patear não é necessário ouvir; de modo que se batia com as mãos e com os pés ao que ainda não se tinha ouvido: aplaudia-se e pateava-se, apenas alguma das pobres cantoras chegava ao meio de suas peças; não se esperava pelo fim... aplaudia-se e pateava-se o futuro. Era uma assembleia de profetas; uma assembleia que adivinhava se seria bem ou mal executado o que restava para sê-lo.

Otávio tinha, por sua má sina, ficado entre dois extremos opostos; o que estava do seu lado direito, candianista exagerado, era um mocetão com as mais belas disposições físicas; porém desgraçadamente gago, e tão gago que, quando desejava soltar o seu bravíssimo, fazia tão horríveis caretas, que em redor dele ninguém podia deixar de rir-se e, por consequência, era isso motivo para dar-se ruído tal, que a mesma predileta, por interesse próprio, deveria, se adivinhasse que estava de posse de tão infeliz diletante, conseguir que ele engolisse silencioso os assomos de seu entusiasmo.

Se, pela parte direita, Otávio via-se mal acompanhado, pela esquerda estava talvez em piores circunstâncias. Sentava-se aí um ultradelmastrista, homem de 40 anos, barbudo e gordo, que fazia ressoar por todo o teatro seus bravos e aplausos, mal começava a sua

querida prima-dona; razão por que o moço gago, de quem há pouco se falou, já o tinha chamado ao pé do rosto: "monstro!... alma danada!... e fera da Hircânia!" Felizmente, porém, disso não podia surdir resultado algum desagradável; pois o ultradelmastrista era completamente surdo; e tanto o era que uma vez em que a sua predileta, devendo guardar silêncio, mas, para o devido desempenho da cena, tendo de demonstrar admiração ou não sabemos que, abriu um pouco a boca, arregalou os olhos e dobrou-se para diante, o nosso apaixonado, que só por tais sinais conhecia quando ela cantava, pensou que, com efeito, o estava então fazendo e exclamou todo a remexer-se: "Assim!... assim, sereia!... derrota-me esta alma petrificada!..."

Em tais circunstâncias, mal podendo gozar as brilhantes inspirações do imortal Donizetti, e menos ainda apreciar as duas cantoras, por quem tão fora de propósito e desajuizadamente pleiteava o público do Teatro de S. Pedro de Alcântara, Otávio resolveu-se a empregar o seu tempo em alguma coisa proveitosa e entendeu que o que melhor lhe convinha era admirar os triunfos da natureza em algum rosto bonito que por aqueles camarotes deparasse.

Não gastou Otávio muito tempo em procurar objeto digno de suas atenções: em um camarote da primeira ordem, que lhe ficava um pouco para trás, viu ele um engraçado semblante que atirava seu tanto para o moreno (tipo com que, aqui para nós, simpatiza muito certo sujeito do nosso conhecimento), e que, além do mais, era animado por dois olhos vivos... belos... faiscantes... enfim, dois olhos brasileiros; porque, seja dito de passagem, tanto orgulho podem ter as espanholas de seu pequeno pezinho e delgada cintura como as brasileiras de seus lindos olhos pretos, que parecem haver passado para suas vistas todo o ardor da zona em que vivemos.

O tal camarote onde estava a moça morena era, sem pôr nem tirar, um viveiro de originais. Junto dela ostentava seu brilho, esplendor, e não sabemos que mais, uma senhora que, pelo que mostrava, e não pelo que dizia, devia andar roçando pelos seus 50 anos, e que, apesar de tal, endireitava-se na cadeira e tais ademanes fazia, como poucas meninas que querem casar os fazem. Vestia um vestido de seda verde cruelmente decotado, tinha na cabeça uma touca de cassa da Índia, ornada com laços de fitas azuis, etc.; segurava com a mão direita um ramo de belos cravos e conservava a esquerda esquecida sobre o elegante óculo, deposto no parapeito do camarote.

A segunda e última fila era formada por três marmanjos: começando pela esquerda, via-se um homem avelhantado, magro, alto, de rosto comprido, a cuja barba fazia sombra um enorme e afilado nariz, muito cuidadoso das senhoras, e tendo sempre derramada no semblante uma espécie de prazer, que a mais simples observação descobria ser fingido, era necessariamente o pobre pecador que, de antemão, curtia todos os seus pecados passados, presentes e futuros, com a penitência de ser o chefe daquela família.

O que estava no meio era por força um daqueles homens que pertencem a todas as idades, que são conhecidos de todo mundo e aparecem em todos os lugares: tinha cara de hóspede daquele camarote.

O terceiro, enfim, era um rapaz de seus 20 anos, amarelo, cabeludo, de enorme cabeça, e que não fazia senão dar à taramela e comer doce.

Em menos de cinco minutos a atenção de Otávio foi sentida no camarote, e quase ao mesmo tempo pela menina morena e pela senhora... idosa (velha é palavra que está formalmente reprovada sempre que se trata de senhoras).

— Rosinha — disse aquela ao ouvido da primeira —, não vês como aquele moço de gravata azul-celeste tem os olhos embebidos no nosso camarote?

— Não, minha mãe — respondeu a moça, com fingimento —, ainda não reparei.

— Pois atente, menina.

— Sim... parece que sim, minha mãe.

— Chamem-me velha, se aquilo não é com alguma de nós.

E a boa da senhora idosa levou até ao nariz o seu ramo de belos cravos, que fizeram um terrível contraste com o seu infeliz semblante.

— Oh, Sr. Brás — continuou ela falando com o segundo dos homens que foram descritos —, conhece aquele moço que está ali de gravata azul-celeste?...

— Perfeitamente... é o senhor...

— Basta; dir-me-á depois; há um mistério na minha pergunta que só mais tarde lhe poderei descortinar...

No entanto, a moça morena já tinha olhado seis vezes para o moço, três cheirando suas flores, e duas limpando a boca com seu lenço de cambraia.

Pela sua parte, Otávio vingava-se do furor dos ultradiletantes, lembrando-se poucas vezes de que viera ouvir Ana Bolena.

O fim do primeiro ato veio suspender por momentos tudo isso: Otávio saiu do teatro para tomar algum refresco, e ainda mais para ter ocasião de mudar de vizinhos. Versado em todos os segredos da arte, mercê da qual os homens conhecem se têm ou não merecido particular atenção das senhoras, ele, entrando de novo para as cadeiras, tomou uma em direção contrária àquela que primeiro ocupara. Um instante depois de levantar-se o pano, tirou logo resultado de seu estratagema; a senhora idosa e a moça morena davam tratos aos olhos para descobri-lo; depois de algum trabalho, deram por fim com ele; desgraçadamente, porém, o moço achava-se em piores circunstâncias do que no primeiro ato.

Com efeito, Otávio via-se então sitiado pela direita, pela esquerda, pela frente e pela retaguarda: eram quatro diletantes de mão-cheia.

À direita, ficava-lhe um diletante sentimental que no meio das melhores peças puxava-lhe pelo braço e exclamava: "ouça! como é belo isto! aquela volata! esta tenuta! então de qual das duas mais gosta?... olhe, eu gosto de ambas... sou epiceno... quero dizer, comum de dois"; e enfim falava, falava e falava mais que três moças juntas, quando conversam sobre seus vestidos.

À esquerda, estava um diletante estrangeiro que apontava ao infeliz Otávio os lugares onde mais brilhava a Grize, aqueles em que primava a Pasta, e os pedaços harmônicos em que se fazia divina a Malinbran, que ele tinha ouvido em Paris ainda em 1843.

Na frente, sentava-se um diletante perito que era um eco de quanto se cantava; tinha a Ana Bolena de cor e salteada e ia por entre os dentes estropiando em meia-voz todas as peças que se executavam; de modo que, de redor dele, ouvia-se Ana Bolena dupla.

Na retaguarda, enfim, um diletante parlamentar resmungava com o seu compadre sobre a marcha dos negócios públicos; exasperava-se de que esse mesmo povo, que tanto se exaltava por duas cantoras, deixasse em esquecimento as eleições, e por tal forma que ele, que se fizera candidato a juiz de paz, mal tinha podido até esse dia fazer assinar 32 listas muito conscienciosamente.

Em tal posição o pobre Otávio nem mesmo tinha licença de voltar-se ao camarote; pois, se voltava para ele a cabeça, logo o diletante da direita puxava-lhe do braço e dizia quase gemendo:

— Não perca ... não perca este pedacinho... oh, que agudos!...

E o da esquerda dava-lhe uma cotovelada e exclamava:

— Aqui a Grize! eu a ouvi na cidade de Moscou, meses antes da invasão de Bonaparte... olhe que fez furor! um furor tal que o próprio imperador de todas as Rússias mandou-lhe o seu querido cavalo, para que ela fugisse, duas horas antes do incêndio.

Com semelhante companhia não era possível nem ouvir música,

nem ver moças. Otávio resignou-se; porém apenas veio o pano abaixo, sem se dar com os gritos de "Candiani, à cena! à cena!", com que os candianistas celebravam o triunfo de sua maioria firme, compacta, decidida, e o que é mais, patriótica, correu para fora com tenção de esperar à saída dos camarotes a moça morena.

Mas parece que o destino estava de candeias às avessas com o pobre moço: ao passar pela parte da plateia o Sr. Antônio agarrou-o pelo braço.

— Larga-me, deixa-me, Antônio.

— Não! é impossível! é preciso dizer a qual das duas pertences.

— Eu a nenhuma, deixa-me.

— Mas é preciso! é justo!... é inevitável!...

— Pois amanhã te direi; peço-te esta noite para resolver-me.

— Não, não! é necessário dizer já!

— Então... sou candianista.

O Sr. Antônio recuou três passos e disse com voz lúgubre:

— Otávio, fala sério, quero dizer, sisudo, com seriedade!

— Sou candianista — repetiu Otávio.

— Sr. Otávio — exclamou depois de momentos de reflexão o Sr. Antônio —, todas as nossas relações estão quebradas! Esqueça-se de que sou vivo e lembre-se de que tem um amigo de menos, e um inimigo de mais.

E dito isso, retirou-se; mas talvez tivesse de voltar mais exasperado que nunca, se a algazarra que faziam os candinistas dentro do teatro não cobrisse a gargalhada que soltou Otávio, ouvindo as últimas palavras do Sr. Antônio.

Quase ao mesmo tempo saía a família que Otávio vinha esperar ele correu para junto da escada, e a moça morena apenas o viu, olhou para trás e disse com voz bem alta ao ancião que mostrava ser seu pai:

— Aí está, meu paizinho, por que eu digo que vir ao teatro tem seus prazeres e seus desgostos; é, na verdade, um desgosto ter de ir a tais horas e a pé, à rua de... onde nós moramos.

E apenas acabou, olhou para Otávio e sorriu-se. O moço tirou de seu álbum e escreveu: "rua de"... A senhora idosa, a quem nada escapava, bateu com o leque no ombro da filha e disse-lhe ao ouvido:

— Tu és a minha glória! honras a bela árvore de que és vergôntea.

No resto da noite apenas se fazem dignos de lembrar-se dois atos praticados pelo Sr. Antônio e pelo moço que com ele havia disputado no hotel.

O moço, acompanhando a sege que conduziu a sua Candiani a

casa, viu-a apear-se, e quando a porta se fechou, e a rua ficou solitária, ele se chegou àquela, ajoelhou-se e beijou três vezes a soleira em toda a sua extensão, depois, erguendo-se e retirando-se, disse:

— Agora já posso dormir: beijando toda a soleira da porta por onde ela entrou, beijei por força o lugar onde tocou com seu sapato o pé de um anjo!...

O Sr. Antônio levou adiante o seu sacrifício: ficou todo o resto da noite grudado com a porta da casa de sua inefável Delmastro, tendo o nariz enterrado na fechadura; ao amanhecer, ele a custo abandonou o difícil posto, e retirou-se, murmurando:

— Não dormi; porém, ao menos com o meu nariz metido na fechadura daquela porta, respirei por força alguma molécula de ar que já tivesse sido respirada por aquela Musa do Parnaso.

❖

II

Agastamentos conjugais

Um homem de 50 anos, magro, alto, pálido, calvo e de grande nariz, é o Sr. Venâncio, marido da Sra. D. Tomásia e pai do Sr. Manduca e da Sra. D. Rosa.

Venâncio é um empregado, sem exercício, não nos lembra de que espécie; na vida que vive, vê-se obrigado a ser somente isso, pois que em tudo o mais é a sombra de sua mulher. Aos 28 anos casou-se, porque seu pai lhe disse que era preciso fazê-lo, com uma senhora que se acompanhava de alguns mil cruzados de dote, como de fato os trouxe a Sra. D. Tomásia, que, pela sua parte, segundo ela mesma o diz, casou-se para se casar.

E esse casal representou logo e continuou a representar o mais interessante contraste. Venâncio é débil, condescendente e pacato; se algumas vezes se empina, é para logo se dobrar mais humildemente que nunca. Tomásia é forte, decisiva, arrogante e valentona. Não sabe senão mandar e quer sempre ser obedecida. Vendo de longe a sociedade elegante, trata de arremedá-la, e faz-se uma completa caricatura do que ela chama grande tom. Conhecendo cedo o gênio e caráter de seu esposo, tornou-se a déspota, a tirana do pobre homem; e para servirmo-nos de um pensamento dela mesma, escreveremos suas próprias palavras: "Venâncio", diz ela mil vezes, "nesta casa a tua vontade é uma colônia de que a minha voz é a metrópole". E o pobre Venâncio, casado há 22 anos, há 22 anos que faz inúteis planos de independência; todos os dias levanta-se com disposição de sustentar a pé firme uma batalha decisiva, mas às primeiras cargas do inimigo larga as armas, bagagens e tudo, e põe-se a correr, ou as mais das vezes ajoelha-se e implora anistia.

Ultimamente havia escaramuças diárias: a razão aqui vai. Tomásia tivera nos primeiros cinco anos dois filhos; depois parece que a natureza lhe gritou *stop*; passaram-se 16 e, ao correr o 17º veio, contra a expectativa de Venâncio, mais uma menina, para fazer a conta de três. Tomásia saudou com entusiasmo esse acontecimento. Segundo certa aritmética exclusivamente feminina, algumas senhoras, quando chegam aos 40 anos, contam a sua idade no sentido inverso do que até então praticaram: isto é, no ano que se segue àquele em que fizeram 40, contam 39; no outro que vem, 38, até que chegam, segunda vez, aos 30, em que costumam fazer uma estação de um lustro. Ora, Tomásia, mais velha que seu marido três anos, já tinha exatamente três anos de estação, mas, vindo inopinadamente a nova menina, entendeu lá consigo que era preciso contar menos de 30 para ter filhos e, pois, foi dizendo que se enganara na conta de sua idade, pois que não tinha mais que 29 anos. Todavia, essa importante revelação não ficava bem-sabida, confiando-se somente às visitas e vizinhas, e, portanto, Tomásia declarou a seu marido que sua filha seria batizada com estrondo; e que se daria um elegante sarau em honra da recém-nascida. Venâncio opunha-se a isso pelo mau estado em que se achavam seus negócios financeiros; a mulher bradava; Rosa votava pelo sarau, Manduca também; e a casa andava de poeira levantada. Também jamais Venâncio se mostrara tão valente.

Na manhã do dia que se seguiu à noite tempestuosa descrita no capítulo antecedente, Venâncio achava-se na sala de sua casa, sentado no canapé, triste e silencioso como um marido infeliz que se vê a sós; vestia uma calça de brim escuro, uma niza branca, e tinha no pescoço um lenço de seda, de dentro do qual surdiam enormes e pontiagudos colarinhos; junto dele descansavam seus óculos sobre o *Jornal do Comércio*, e, tendo de esperar que se levantasse sua mulher, Venâncio, com uma perna descansada sobre a outra e exalando sentidíssimos suspiros, empregava o tempo em passar meigamente os dedos sobre o grande nariz, que devia à natureza, e que, depois de seus filhos, era o objeto que mais idolatrava no mundo.

No dia anterior, Venâncio tinha tido uma acalorada questão com sua mulher; porque, ao vê-la entrar na sala com os cabelos desgrenhados, não lhe fizera a menor reflexão sobre isso; daí passaram à questão da ordem do dia, e gritou-se sobre o batizado como se grita em certo corpo coletivo, quando se trata de eleições.

As ideias do dia passado assustavam, portanto, o pobre Venâncio, que temia ver reproduzidas as mesmas cenas; além disso, tinham soado dez horas, e Tomásia com suas filhas dormiam a sono solto. O infeliz homem sofria em silêncio todas as torturas da fome, quando, passada ainda meia hora, uma porta se abriu, e por ela entrou Tomásia com os cabelos soltos e o vestido desatado. Venâncio lembrou-se logo de que, por não reparar nesse desalinho, fora já acometido e, pois, ergueu-se para receber nos braços o seu flagelo, e, cruelmente risonho, exclamou:

— Oh, querida Tomasinha!... pois assim te ergues e sais do teu gabinete sem te penteares, e...

— E que tem o senhor com isso?... — bradou a mulher —, porventura quer que eu durma penteada, ou já me facilitou um cabeleireiro para toucar-me apenas me levanto da cama?... é impossível!... não se pode viver sossegada com um velho impertinente como o senhor!

— Está bem, minha Tomásia... não te aflijas... eu disse aquilo só por dizer.

— Isso sei eu; porque o senhor é um desenxabido... tanto lhe faz que eu ande malvestida, mal toucada ou não... para o senhor é a mesma coisa... não tem gosto... não presta para nada...

— Pois mulher... eu já não disse que...

— Pois, se disse, é o mesmo que se não dissesse, porque o senhor não sabe dizer senão asneiras...

— Tomásia... estás hoje cruelmente impert... infe... zanga...

— O que é que diz?... o que é que eu estou?... hein?...

— De mau humor, Tomásia, de mau humor...

— Por sua culpa! vivemos em guerra aberta... como dois inimigos; mas deixe estar que hei de perder um dia a paciência; eu sou uma pomba, tenho o melhor gênio do mundo; mas o senhor é um dragão, uma fúria!...

Venâncio já se torcia até não poder mais; finalmente, depois de muito se espremer, contentou-se com dizer:

— Sim... sou eu que sou a fúria... há de ser assim mesmo.

— Isto é um martírio!... uma tentação!...

O velho não respondeu palavra.

O silêncio de Venâncio contrafazia talvez a Tomásia, que, sentando-se em uma cadeira longe do marido deixou-se ficar por muito tempo muda, como ele depois, como se tomasse nova resolução, soltou um suspiro e disse:

— Quando eu estou pronta a viver em paz eterna com ele, o cruel volta-me as costas!...

— Eu, Tomásia?!...

— Sim, tu — tornou ela com voz menos áspera —, e eu não posso viver assim... isto me envelhece... tu me fazes cabelos brancos.

Venâncio olhou espantado para Tomásia, que, deixando o lugar que ocupava, foi sentar-se ao lado do marido, passando-lhe amorosamente o braço em derredor do colo. O fenômeno espantava: tão rápida mudança da rabugem para os afagos era para admirar; mas Tomásia o fazia de plano.

Vendo, contra os hábitos de 22 anos, que o marido resistia à sua vontade, e que, apesar de todo o esforço, a festa do batizado continuava duvidosa, a mulher pensou, durante a noite, em um ataque de nova espécie contra Venâncio: ela devia entrar enfadada na sala, exasperar o marido até fazê-lo gritar, fingir-se, então, pela primeira vez, temerosa, humilhar-se, enternecê-lo e depois, a poder de lágrimas, conseguir o que, então, não havia podido o seu quero absoluto.

A paciência de Venâncio tinha neutralizado o estratagema de Tomásia: o cordeiro, sem saber e sem querer, opôs-se admiravelmente à raposa; e, conhecendo a mulher que seu marido não se assomava com as loucuras que lhe foi dizendo para levar a efeito o plano que concebera, fez-se por si mesma carinhosa e meiga.

O pacato velho começou por espantar-se do que observava; quando, enfim, Tomásia passou gradualmente da meiguice à submissão, ele se mirou todo inteiro a ver se havia alguma novidade de meter medo em sua pessoa; não descobrindo nada que lhe explicasse o fenômeno e tendo de dar-se necessariamente uma explicação, imaginou que nesse dia a sua voz tinha um timbre assustador, que de seus olhos talvez partissem vistas magnéticas... fulminantes... terríveis.

Sucedeu para logo a Venâncio o que acontece a todo homem medroso: apenas acreditou que sua mulher recuava, concebeu a possibilidade de chegar a sua vez de valentão e determinou aproveitar-se dela; ele! a bigorna de 22 anos passar milagrosamente a ser martelo!... semelhante ideia desenhou-se brilhantemente aos olhos do velho, que bem depressa cerrou as sobrancelhas, fez-se carrancudo e dispôs-se a representar o papel de mau.

Tomásia, que tinha assentado de pedra e cal fechar a discussão calorosa que há tantos dias era debatida entre seu marido e ela, não perdia um só dos movimentos deste, bebia-lhe todos os pensamentos com vistas fingidamente tímidas e, ao conhecer que o adversário caía nas suas redes, disse com voz terna:

— Pois bem, meu Venâncio, de hoje avante viveremos em completa harmonia.

— Se a senhora o quiser... seja! — respondeu com mau modo o pobre homem.

Tomásia reprimiu a custo uma gargalhada, tal era o pouco-caso que fazia do marido. Venâncio levantou-se e, cruzando as mãos atrás das costas, começou a passear ao longo da sala; a mulher levantou-se também e, acompanhando-o de perto, travou com ele o diálogo seguinte:

— Estimo achar-te disposto à paz — disse ela —; portanto, meu amigo, tratemos de estabelecê-la com bases sólidas; queres?...

— Se a senhora o quiser... isso para mim é quase indiferente. Venâncio não cabia em si de alegre com a sua inopinada vitória e prometia aproveitar-se dela.

— Pois, para isso — continuou Tomásia —, troquemos penhores de paz: devemos pedir um ao outro uma prova de amor... um extremo de ternura: então, tu o que exiges de mim?...

— Coisa nenhuma.

— Não sou eu assim: tenho que te pedir, meu amigo...

— Vá dizendo.

— E ainda não adivinhaste, ingrato?...

— Ora, adivinhem lá o que quer a Sra. D. Tomásia!... então não está boa?...

— Cruel, não compreendes que quero falar do batizado de nossa filha?

— Batizar-se-á.

— E daremos um sarau digno de nós, não é assim?...

— Não é assim, não senhora.

— Ah! já vejo que estás brincando! tu não havias de querer que o batizado de nossa querida filhinha se fizesse como o de qualquer bebê.

— Indeferido.

— Meu Venancinho!...

— Não há que deferir, não há que deferir.

— O que dirão as famílias que nos conhecem?... que conceito farão de nós?...

— Sustento o meu primeiro despacho.

— Ingrato, em troca do amor que te consagro, não me dás senão desgostos!... desvelo-me em te adorar, e tu pagas com rigores... ai! sou pobre flor sem jardineiro, que fenece na espessura!

Venâncio, que sempre continuava a passear ao longo da sala, seguido por Tomásia, ouvindo aquela modesta comparação, voltou-se para ver a pobre flor sem jardineiro, que fenecia na espessura, e achou diante dos olhos a cara de sua mulher, feia e desbotada; então, para não se expor a perder a posição que ocupava, teve de comprimir uma risada e, continuando o seu passeio, respondeu:

— Não pega a lábia, minha senhora.

— Oh, ingratidão!... oh, crueldade!... e ele disse que queria a paz!... pobre de mim, que sou a vítima!...

E Tomásia desatou a chorar horrivelmente.

Venâncio, cheio de si, perdido nas alturas de seus triunfos, não parou no seu passeio, antes o continuou, dizendo:

— Não é possível! não pode ser!

Tomásia não pôde conter-se por mais tempo: vendo esgotados até às lágrimas todos os meios brandos com que contava, fez com toda a habilidade própria das senhoras desaparecer o pranto num momento e, levantando a cabeça, disse:

— Ai! pior está essa!... Venâncio, olha que já me vai subindo o sangue à cabeça! cuidado comigo.

Venâncio sentiu-se abalado; mas, não querendo mostrar-se desanimado, elevou a voz mais que nunca e gritou:

— Requeira em termos!...

— Venâncio!... — bradou Tomásia com essa voz estrepitosa com que costumava enterrar o marido três braças pela terra dentro.

Venâncio não se meteu três braças pela terra dentro; mas caiu completamente da sua elevada nuvem de superioridade; aquele brado de Tomásia soou na sua alma terrivelmente e despertou a consciência do seu nada... foi ainda ensaiando um derradeiro esforço, que ele exclamou com voz de falsete:

— Tenho deferido.

Tomásia já não estava boa, agarrou nas abas da niza que seu marido vestia e, obrigando-o a voltar o rosto para ela, gritou-lhe na cara:

— Ouviste?... quero que se dê um sarau! quero! compreendes--me bem?...

E dizendo isso cruzou, como fizera Venâncio, as mãos atrás das costas e se pôs a passear, por sua vez; e o marido, que estava completamente por terra, foi quem teve então de acompanhá-la, dizendo-lhe com toda a humildade:

— Vem cá, mulher impaciente; não sabes que eu sou um empregado sem exercício, que o meu ordenado e todos os nossos rendimentos não chegam a dois contos de réis, e que por consequência não tenho dinheiro para dar saraus?...

— Pois tivesse: há de haver sarau.

— Não sabes que, sem necessidade e só por tua vontade, aluguei uma chácara, de cujo aluguel já devo seis meses...

— Pois que não a alugasse: há de haver sarau.

— Ignoras que, para comprar teteias francesas e vestidos para ti e tua filha, fiquei no fim deste ano empenhado em um conto de réis?...

— Pois que não ficasse: há de haver sarau.

— Ignoras que hoje mesmo se venceu a letra de 800 mil réis, que por teu respeito assinei, e que, portanto, quem não tem, como eu, dinheiro para pagar o que deve também não tem dinheiro para funções inúteis?...

— Pois que tivesse: há de haver sarau.

— Então essas razões não valem nada?...

— Não quero saber delas.

— Devo eu querer saber. E, portanto, o dia do batizado passará como outros tantos, com a única diferença de bebermos mais um copo...

Tomásia não pôde mais conter o seu furor; voltou-se de repente e esbarrou-se cara a cara com Venâncio.

— Um copo de um dardo que te atravesse!... — bradou ela batendo com o pé.

— Oh, senhora! — exclamou Venâncio, pondo a mão no nariz a ver se corria sangue — oh, senhora! veja lá como me trata! olhe que ia escapando de esborrachar-me o nariz.

Com aquele desgraçado encontro, Venâncio, que amava o seu nariz sobre todas as coisas, tornou-se exasperado.

— Quero o sarau! — bradou Tomásia.

— Não pode ser! um milhão de razões... enfim, não há dinheiro!

— Pois cubra o déficit com um crédito suplementar!...

— Vou fazer bancarrota... já não tenho crédito na praça.

— Há de haver sarau por força! — gritou Tomásia com toda a força de seus pulmões.

— Não há de!... não quero!...

— Quero eu!... há de!...

— Não há de!... — bradou Venâncio, que, ainda furioso, se lembrava da narigada.

— Veremos... vou fazer os convites...

— E eu saio logo a desavisar os convidados...

— Oh, brejeiro!... há de haver sarau!...

— Não há de!... digo-lho eu!...

— Patife!... maroto!...

— Patife!... maroto a mim!... a mim que tenho saído juiz de paz em todas as eleições?... é muito... isso não se pode sofrer!...

— Eu te ensinarei!... lambazão insolente!...

— É ela!... tartaruga!... velha!... feia!...

Venâncio nunca se havia atrevido a tanto: as dores que sentia no nariz produziram aquela explosão de furor; mas ao nome de velha Tomásia foi às nuvens... era o maior insulto que se lhe podia fazer: tornou-se louca, enraivecida; e, levantando a mão, avançou contra o marido.

— Quem é velha?... quem é tartaruga e feia, grandessíssimo brejeiro?...

— Senhora — disse Venâncio, recuando —, sentido!... olhe que eu lhe perco o respeito!...

Mas Tomásia saltou sobre ele, agarrou com uma mão na gola da niza, e com a outra começou a malhar-lhe as costas.

— Então quem é velha?... quem é tartaruga e feia?... há de haver sarau ou não?...

— Prudência, senhora, olhe que eu...

— Não quero saber de prudências — continuou a boa da mulher —; há de haver sarau ou não?...

As costas do pobre marido soavam como um zabumba; fazendo horríveis caretas, ele exclamou:

— Oh, Sra. Tomásia, olhe que eu lhe dou uma dentada!...

Mas a Sra. Tomásia, a quem já doíam as mãos de tanto socar as costas do infeliz Venâncio, mudou-lhe os tormentos e, a fortes puxões do resto de cabelos que havia em sua calva cabeça, continuou gritando:

— Há de haver sarau ou não?

Neste momento bateram palmas na escada. Venâncio respirou com a esperança de escapar das garras de sua mulher e disse em voz baixa:

— Largue-me, senhora, estão batendo, deixe ver quem é.

Mas Tomásia não estava disposta a abandonar assim a sua vítima, antes continuou no mesmo gênero de martírio, clamando bem alto para ser ouvida:

— Deixe bater... hei de esganá-lo primeiro... ou responda, há de haver sarau ou não?...

As palmas soaram de novo; mas desta vez acenderam elas não a esperança no coração, mas a vergonha no rosto de Venâncio.

— Largue-me, senhora — murmurou ele.

— Há de haver sarau ou não?...

As palmas foram pela terceira vez ouvidas.

— Está bom — disse Venâncio —, quero ser prudente... haverá... haverá sarau... e o que quiser.

— Eis aí o que se chama um bom marido — exclamou Tomásia, largando-o e rindo-se —; vou a fazer as cartas de convite: oh, Micaela!... vê quem bate.

E sem mais olhar para Venâncio, saiu da sala.

A escrava foi abrir a porta da escada, e o mísero marido aproveitou esse momento para consertar-se.

Quando Venâncio sentiu que a visita acabava de subir a escada, lembrou-se do ditado antigo e, com terrível ironia feita a si próprio, mas para esconder um pouco a sua vergonha, pronunciou com voz bem inteligível:

— Às vezes não há remédio, senão a gente sair fora do sério!...

E entrou na sala o Sr. Brás-mimoso.

❖

III

Brás-mimoso

Brás chamava-se o homem que havia acabado de entrar; tinha talvez a mesma idade de Venâncio, mas era tal o seu parecer e o seu trajar, o seu viver e o seu praticar que em toda a parte se fazia conhecer pelo nome de Brás-mimoso. Tudo nele era com efeito mimoso: estatura muito menos que ordinária, pequeninos pés, delicadas mãos... pisar sutil... e até juízo curto. Com o melhor gênio do mundo, vivia, contudo, em guerra declarada com a natureza, e, se não lhe era possível vencê-la, ao menos escondia os triunfos que ela sobre ele obtinha.

Assim, o peso dos anos tinha conseguido começar a dobrar-lhe o corpo; pois Brás-mimoso comprou um espartilho e se pôs teso, direito e gracioso, como uma palmeira.

Os cabelos lhe foram pouco a pouco caindo; Brás-mimoso usou logo de cabeleira.

Os dentes se lhe cariaram e se perderam; Brás-mimoso apelou para uma dentadura postiça.

Com o crescer da idade conheceu que se ia tornando pesado; Brás-mimoso não perdeu mais em sarau alguma ocasião de dançar a valsa de corrupio, e por último fez-se mestre nos sapateados da polca.

Lembrou-se de que poderia ir ficando rabugento e frio; Brás-mimoso não deixou mais a companhia das moças, tornou-se namorado; como nunca, recita versos, canta modinhas e escreve cartas de amor.

Também não lhe falta tempo para nada disso: oficial reformado no posto de capitão, ele passa vida de anjo: almoça, janta e ceia sempre, e muitas vezes dorme em casa dos amigos; de manhã vai para os hotéis ler periódicos; se é tempo de legislatura, às dez horas guarda-se no melhor lugar de uma das galerias e ouve, e decora para repetir nos círculos que frequenta os mais fortes discursos da oposição; se as câmaras estão fechadas, passeia ou lê romances, nas quintas-feiras vai ao museu, de tarde ao passeio público, e à noite às assembleias ou ao teatro no camarote de algum conhecido. Frequenta muito a Rua do Ouvidor, sabe de modas e de vestidos, como Mme. Gudin, de flores como Mme. Finot, de cosméticos e pomadas como Mr. Desmarais. Possui uma lista de todas as moças bonitas do Rio de Janeiro com a nota de suas moradas, tem a modéstia de se crer amado por quase todas, conhece meio mundo, vai a toda parte, e come, e bebe, e fala, como... só ele.

Nós o vamos encontrar almoçando com a família de Venâncio; estão à mesa cinco pessoas.

Venâncio, que almoça com a boa vontade de quem sabe que a mesa é o único prazer que lhe resta no mundo.

Tomásia, que, devorando quanto vê diante dos olhos, assegura a todos os momentos que nunca tem fome, mas que se vê obrigada a alimentar-se por causa de sua querida filhinha, que deseja amamentar com os seus próprios seios, medrosa dos inconvenientes do leite mercenário.

Félix, moço de 26 anos, de estatura ordinária, magro, pálido, com as mãos muito brancas e benfeitas, desconfiado e melancólico de natureza, mas com tais qualidades modificadas pela frequência das sociedades; vestia calças e colete branco, e uma sobrecasaca que perfeitamente lhe assentava; tinha ao pescoço uma gravata de cor, muito baixa, e bordada com igualdade matemática por uma estreitíssima dobra do colarinho; sobrinho de Tomásia, frequentava ele com admirável assiduidade a casa da titia; comendo com a rapidez e boa vontade de um caixeiro, de cada vez que levava o bocado à boca, Félix atirava uma olhadura fulminante sobre a prima Rosinha.

Rosa é a mocinha a quem já conhecemos do teatro; com os seus 16 para 17 anos, é ela uma menina dessas moreninhas capazes de fazer andar com a cabeça à roda a mais de meia dúzia de rapazes a um tempo: pouco alta, esbelta, com lindos e vivos olhos pretos, com suas pequeninas mãos, proporcionados pezinhos, Rosa, que se vê ao espelho 300 vezes por dia, gosta muito de si mesma e, animada pela perigosa educação com que foi criada, é sem mais nem menos conquistadora, travessa e espertinha demais; como tem às suas ordens a chave da despensa, e o dia inteiro por seu, ela come menos que um passarinho diante dos hóspedes e serve o chá, tomando as taças com as pontas dos dedos, mostrando assim muito bem um rico anel de brilhante que nunca deixa.

E finalmente Manduca, com quem igualmente já tomamos conhecimento no teatro, era o predileto de Tomásia, rapaz apaixonadíssimo por pão com manteiga, com a qual então já tinha emplastrado três partes de seu escarpado rosto.

Tomando a última gota de chá, Venâncio levantou-se como quem se supunha demais naquela roda e retirou-se.

Apenas acabava de sair o velho marido, Brás-mimoso voltou-se para a dona da casa e disse:

— Devo confessar-lhe, Sra. D. Tomásia, que tenho dado tratos ao pensamento para penetrar aquele mistério do qual me falou ontem à noite.

— Mas... não me recordo.

— Ora... quando me perguntou se eu conhecia o moço da gravata azul-celeste.

— Veja só!... pois ainda se lembra disso? estou pensando que só para fazer-me essa pergunta veio dar-nos o prazer de almoçar conosco; vês, Rosinha, nós as mulheres somos exclusivamente as curiosas...

— Mas como me havia prometido a decifração do mistério...

— Sim... sim... porém, eu disse isso somente para acender algum ciumezinho no coração do meu Venâncio... bem sabe que o ciúme é o adubo do amor... eu por mim sou ciumenta como o mouro de Veneza.

— Bravo, minha mãe!... bravo!... — exclamou o interessante Manduca.

— Cala-te, Manuelzinho — diz Tomásia —, não é bonito interromperes tua mãe.

— Apesar de toda a sua modéstia — tornou Brás-mimoso —, eu juro pelos olhos da Sra. D. Rosa que não é de um ciúme, porém, de uma conquista, de que se tratava no teatro.

— Muito bem! — disse Rosa — então jura pelos meus olhos!...

— Pois não, minha senhora, sempre se jura por algum objeto sagrado.

— Ora...

— Deixemos isso — acudiu Tomásia —, mas, já que o Sr. Brás levantou a ponta do véu, é melhor que o rasguemos todo.

— Minha mãe — disse Rosa em segredo —, olhe meu primo...

— Que tem?... ouca, meu sobrinho, Rosa tem medo que se fale em sua presença... dir-se-ia que você e ela são dois apaixonados.

— Aparências, minha tia, aparências...

— Também o que se vai dizer não é mais que um desses casos de todos os dias...

— Um desses casos que sucedem à minha prima todos os dias?... — perguntou o tal primo Félix.

— Há de ser pouco mais ou menos isso — respondeu a moça, ressentida.

— Estavam ontem à noite num camarote — disse Tomásia, dirigindo-se a Brás-mimoso — duas senhoras: uma casada e outra solteira; um moço, que se achava na superior, gastou a noite inteira em prestar-lhe a mais obsequiosa atenção; esse moço trajava-se elegantemente; trazia um rico relógio, um excelente alfinete de brilhante, gravata cor azul-celeste, luvas de pelica cor de carne, enfim, vestia com o último apuro do bom gôsto. Daqui se tiram três conclusões: primeira, o moço gostou de uma das senhoras; segunda, o moço parece não ser pobre; terceira, o moço é adepto ao culto do bom gosto.

— Eu tenho reparado — disse o primo Félix — que minha tia é lógica até à ponta dos cabelos; prima Rosinha deverá aproveitar muito, pois mostra grande capacidade.

— Ora — prosseguiu Tomásia —, o casamento é o negócio da mulher: casar é ganhar sempre; mas casar bem é ganhar 300 por cento; se, pois, a senhora casada que estava nesse camarote podia esquecer o moço logo ao voltar-lhe as costas, não sucede o mesmo à moça solteira; provavelmente ela desejará saber qual o estado desse homem: se é casado, passe muito bem; mas se, pelo contrário, está livre, não se perde nada em trazê-lo para perto... estudá-lo... observá-lo e, se for conveniente, deitar o anzol no mar, a ver se cai o peixinho.

— Agora, minha tia, esperamos pelas consequências.

— A consequência é esta: o Sr. Brás, que é amigo da família e que, se não o fora, não me ouviria falar com tanta liberdade, conhece esse moço; dir-nos-á se é solteiro ou casado e nos fará o obséquio de oferecer-lhe um convite para assistir ao sarau que daremos no dia do batizado de minha filha.

— Pois, minha senhora — disse Brás-mimoso —, pode contar com o moço da gravata azul-celeste, que é sem mais nem menos o meu amigo Otávio.

— Otávio!... — exclamou Félix.

— Também o conheces?...

— Perfeitamente.

— Então, podes dizer-nos...

— Sem dúvida, tudo quanto minha tia quiser; bem entendido, se o Sr. Brás der licença, e minha prima Rosa se ameigar um pouco.

—Pois anda, sobrinho, dize-nos, o que sabes.

— Sei que o Sr. Otávio vai completar 30 anos.

— Pois quê! é quase da minha idade?... — perguntou Tomásia, não deixando passar aquele ensejo de caçoar com o tempo.

— Pouco mais ou menos — prosseguiu Félix, rindo-se —; vai, como disse, fazer 30 anos, posto que mais novo pareça: é rapaz de ótimas qualidades, de muito bom gosto e, ainda mais, negociante rico.

— Mas como é possível que nós não o conhecêssemos?... eu então, eu que conheço todos os homens solteiros e ricos, desde que a minha Rosinha fez 14 anos, como? como me escapou este?

— Facilmente, minha tia; Otávio era, ainda há cinco anos, guarda--livros de seu pai; não tinha licença para frequentar nem saraus, nem assembleias; não contava amigos, eu era o único que o podia visitar e ser por ele visitado; há cinco anos morreu-lhe o pai, e depois...

— E depois?

— Ele teve de embarcar-se para arranjar certos negócios... enfim, para facilitar o comércio de certas fazendas que não pagam direito na alfândega, porque desembarcam em praias desertas, e...

— Entendo... entendo...

— Tem sido por isso obrigado a repetir miudamente suas viagens, e apenas ontem chegou; eis o que lhe posso dizer, minha tia; o resto pertence à prima Rosa.

— Vamos lá...

— Priminha, Otávio é solteiro... bonito... benfeito... rico... sensível... e provavelmente não poderá resistir aos seus olhos pretos.

— Otimamente! — disse Tomásia — será um convite de consequências!

— Mas espere, minha tia! — continuou Félix. — Posto que devamos contar muito com o poder dos olhos da prima Rosa, contudo...

— Contudo o quê?...

— Quem é a madrinha da menina?!

— Pois já te não disse que era D. Lucrécia?!

Félix soltou uma risada.

— De que te ris, Félix?

— De uma coincidência, minha tia.

— E qual?...

— Paciência, prima Rosa; mas a madrinha de sua mana é há dois anos a dama dos pensamentos de Otávio.

— É possível?...

— Tão possível como a minha prima tirar-lhe o lance.

— Ora... quem diria?!... mas, enfim, Sr. Brás, não se perde nada em trazê-lo para perto de nós.

— Sua comadre, minha tia, há de agradecer-lhe muito.

Tomásia arrastou uma cadeira para perto da de Brás-mimoso, e com ele travou uma conversação cerrada e em tom de quem não queria ser ouvida.

Félix escondia debaixo da sua fingida jovialidade uma dose de ciúme, que já muito cruelmente o incomodava; Rosa afetava ter tomado pouco interesse no que dissera sua mãe, e Manduca continuava a devorar pão com manteiga.

Rosa aproveitou aquele momento e dirigiu-se a Félix, falando-lhe também em tom baixo.

— Mas, não tem razão, meu primo, que culpa tenho eu você que me achem bonita?

— Mas você tem razão, minha prima, eu ainda não a acusei de falta alguma.

— Sempre lhe conheci ciumento.

— Ora... quando se ama uma moça tão firme como minha prima...

— Senhor!... basta de ironias!

— Senhora!... eu estou, como Salomão, com o coração na mão.

— Eu não desço de minha dignidade para fazer caso do que o senhor diz.

— Bravo, mana Rosa! bravo! — exclamou Manduca com a boca cheia.

— Então que é isso? — perguntou Tomásia.

— Era uma história que eu contava — respondeu Félix!

— É verdade, minha mãe, era uma história que ele contava à minha mana.

— Pois, se era uma história, nós todos queremos ouvi-la.

— Agora, meu primo! — exclamou outra vez Manduca — conte a história à minha mãe.

— Pois lá vai — disse Félix sem hesitar — ; é uma história muito verdadeira , e o que é mais, acontecida há pouco tempo: ia eu ontem para S. Cristovão, no ônibus das cinco horas da tarde, quando chegamos à Ponte do Aterrado vimos, vir um homem que, montado em vivo cavalo, todavia acompanhava a custo uma jovem que cavalgava branco palafrém, boleado, ardido e fogoso; nem eu, nem nenhum dos que vinha no ônibus se importou mais com o cavaleiro que a seguia; os nossos olhos ficaram embebidos na jovem cavaleira.

— Isso é muito natural — disse Brás-mimoso.

— O vestido da moça era verde-escuro; nada mais engraçado do que sua cinturinha delicada, do que o corpinho justo de seu vestido, que desenhava as mais encantadoras e voluptuosas formas; ela trazia na cabeça um simples boné preto, que, muito pequeno para esconder seus cabelos, deixava cair uma multidão imensa de lindos anéis de madeixas negras, que voavam pelos ares na impetuosidade da carreira que trazia o cavalo: oh!... ela passou junto do ônibus!

— E então?...

— Oh! minha tia, é cruel; mas, enfim, os anjos devem passar assim, rápidos e brilhantes como o relâmpago!...

— Portanto, não sabes se é bonita ou feia?...

— Sei, sei muito bem: nesse curto instante nós admiramos, desprendendo um leve chicotinho, uma pequena mão de querubim.

— Mas o rosto?... o rosto?...

— O rosto será talvez pálido; mas a agitação lhe acendia o rubor nas faces... meigo sorriso estava deslizado em belos lábios cor de nácar... e seus olhos grandes negros... ardentes... brilhavam como o sol no mais claro dia: oh!... palavra de honra, minha tia, é o rosto mais bonito que tenho visto!

Rosa soltou uma gargalhada e disse:

— Continue a sua história, meu primo, na verdade está muito bonita.

— Essa moça causou-nos, como era de esperar, a mais viva impressão, e um jovem poeta que conosco ia exclamou: "eis o tipo romântico!", e em toda a viagem não falamos, senão na moça romântica.

— E depois?...

— Voltando de S. para a cristóvão cidade, achei a notícia de que meu amo, o Sr. Hugo de Mendonça, havia chegado e partido logo para Niterói, onde tinha mandado alugar uma chácara. Fui imediatamente vê-lo, e quem o diria?... o homem que seguia a jovem cavaleira e de quem desviei os olhos, para só empregá-los nela, era meu amo!

— E a jovem amazona?...

— A jovem amazona é a filha dele, a quem não conheci, sem dúvida, pela grande rapidez com que passou junto do ônibus.

— Pois bem: e como a achou?

— Desgraçadamente não a pude ver: estava descansando.

— Foi na verdade uma desgraça enorme!... — disse Rosa.

— Certamente — acudiu Félix —; mas foi uma desgraça da qual eu espero que minha tia tome o cuidado de vingar-me.

— Como?...

— Já que minha tia não se furta a oferecer convites para o seu sarau a pessoas a quem não conhece, eu lhe rogo que me encarregue de levar uma carta ao Sr. Hugo de Mendonça, meu amo.

— Eu sei... mas...

— Não o deve fazer, minha mãe — disse Rosa.

— Oh! minha prima! não se perde assim uma moça bonita, quando se trata de um sarau.

— Temos muitas, e muitas bonitas!

— Sim, minha mãe!... há de convidar a moça romântica, eu quero dançar com ela.

— Eu entendo que deve produzir efeito — disse Brás-mimoso —; sempre é uma novidade...

— Ora... dir-se-ia que minha prima tem medo da concorrência...

— Com efeito!... meu primo está hoje insuportável...

— Por que, minha bela prima?... por falar na concorrência?... não, eu não tenho a certeza de que minha prima não tem medo.

— Eu vou mostrar-lhe que não tenho medo!... minha mãe, mande convidar essa gente que veio do campo!

— Pois sim, convidar-se-á.

— Bravo, minha mãe!... — gritou Manduca.

— Estou louco pelo sarau — disse Brás-mimoso.

Os dois primos estavam exasperados um contra o outro; Tomásia quis vê-los fazer as pazes.

— E vocês, meninos, parecem crianças! andem, engajem-se aí para a primeira contradança.

— Não posso, minha mãe — disse Rosa.

— É impossível, minha tia — acudiu Félix.

— Oh! e por quê?...

— Porque eu quero guardar a primeira contradança para o Sr. Otávio.

— Porque eu fiz votos de dançar a primeira contradança com a moça romântica.

— Que loucos! — exclamou Tomásia.

❖

IV

Honorina e Raquel

A pouca distância desse mar sereno e amoroso que lambe as brancas orlas da voluptuosa Niterói, se levanta uma graciosa casa cercada de lindos jardins, e meio escondida por trás de sibilantes casuarinas e frondosas mangueiras, e olhando como namorada para a cidade do Rio de Janeiro, defronte da qual se terminam seus curtos e floridos domínios por um gradil a cavaleiro do mar, para quem abre passagem engraçado pórtico campestre ladeado de bancos de relva.

Alta ia a noite: o silêncio das desoras derramava não sabemos que feiticeiro encanto sobre essa pequena e deleitosa cidade, adormecida ao clarão de cheio luar, por entre seus vales e bosques, pelas encostas dos seus montes, e com uma de suas faces banhadas por mansinhas ondas, e toda ela, enfim, embalada no seu dormir pelo sussurrar dos zéfiros, que velavam galanteando as flores de seus mil jardins.

Mas, contrastando com esse geral silêncio, como dois belos gênios da noite, duas moças conversavam recostadas a uma janela da casa que ficou acima notada; perto e defronte delas um pé de casuarina se elevava, e a lua penetrando por entre seus galhos espargia-se gostosa sobre os semblantes de ambas! ao clarão do luar pareciam igualmente pálidas e em descuidadoso desalinho, que a hora e solidão desculpava, longas madeixas, negligentemente soltas, caíam como espessa nuvem negra sobre espáduas cor de leite; dir-se-iam duas sombras encantadas e belas.

Depois de separação dilatada, essas duas moças de novo se abraçavam; quem sabe, quem tem sido testemunha do afã com que se dizem mil coisas duas amigas da infância, que há muito tempo se não veem, compreenderá facilmente o porquê velavam a tais desoras Honorina e Raquel.

Depois de longos meses passados no campo, Honorina, a jovem

romântica de quem Félix havia dado notícias, tornava para a sua bela corte, e pela primeira vez a sós com Raquel, a camarada de seus jogos de infância, a companheira de suas travessuras de menina, a comadre de suas bonecas, ela esquecia que a noite corria, e conversavam juntas.

Um momento tinham ficado ambas em silêncio, quando Raquel, que até então só tivera de responder à sua amiga, entendeu que cumpria por sua vez interrogar.

— Mas, Honorina, doravante deixarás tu de ser freira!...

— Eu devo crer que sim, Raquel; pois que é morto meu avô, e meu pai não olha para o mundo como o encarava aquele.

— Pois bem, tu vais ser a bela princesa das nossas festas?

— Pensas isso?...

— Com tão lindos olhos, e tão belo rosto — disse Raquel dando-lhe um beijo —, impera-se nas sociedades e escolhe-se um escravo para marido.

— Mas casar-me-ei eu?...

— Que pergunta? terás medo de não encontrar quem jure que te ama?...

— Quem sabe?... e também, Raquel, chegarei eu a amar?...

— Em conclusão, e ainda que tu e eu fossemos feias, é tudo isso muito indiferente para acharmos quem nos proteste amar e queira casar conosco.

— Mas por quê?...

— Porque somos ricas.

— Oh, Raquel, isso é horrível!...

— E, todavia, nada há neste mundo mais verdadeiro, e como é neste mundo que devemos viver, demos graças a Deus, que nos deu fortuna e riqueza.

— Permita Deus, Raquel, que tu me estejas mentindo; porque eu teria vergonha de viver num mundo como esse.

— Escuta, Honorina, a diversidade dos nossos pensamentos a tal respeito nasce da diferença de educação com que se nos fez crescer. Ambas temos 16 anos; mas tu és muito mais nova que eu. Nossos pais nos amam com amor igual, quiseram ambos dar-nos a maior felicidade possível; ricos, como são, desejaram que nós tivéssemos todas as prendas peculiares do nosso sexo, e, mais ainda, que o nosso espírito fosse afincadamente cultivado, de modo que nós adquirimos o dobro da instrução que devem ter as nossas patrícias com a educação ordinária.

— Raquel, continua.

— Mas, para conseguir esse fim, nós trilhamos caminhos absolutamente opostos: começarei por ti, Honorina. Tu tinhas um avô que te idolatrava com excesso, homem do século passado, que chegara até o nosso com todas as velhas ideias firmes e inabaláveis; ele combateu a vontade de teu pai, opôs-se ao gênero de educação que se te queria dar, e, para que este conseguisse ver-te instruída, foi preciso conceder que toda a instrução te fosse dada debaixo dos olhos de teu avô. Esse bom velho via o mundo cheio de mentiras e traição, de perigos e de enganos; e, tremendo pelo seu querido anjo, temendo que o bafo do vício manchasse a flor do seu coração, ele te escondeu dos homens; tu eras a sua bela violeta... modesta, oculta entre as suas folhas; providente, ele fugia contigo em sua alma, quando sonhava um perigo; escolhia a casa em que devias passar uma só hora em uma noite; cobria-te o rosto com um véu para te levar à igreja; tinha os olhos fitos sobre os teus mestres; ensinou-te a amar a virtude no seio da solidão; e tu cresceste; aos 15 anos eras bela, sem saber que o eras; alegre, sem conhecer o mundo, e pura e inocente como a florzinha; porque, enfim, nunca se havia queimado a teus pés o turíbulo lisonjeiro dessas reuniões perigosas, onde reina uma febre de vaidade tão fatal como contagiosa; porque, enfim, nunca falara a teus ouvidos o galante mancebo que jura quando mente; que festeja quando atraiçoa; que diz que ama, e vai rir-se!

— Oh! foi assim! — exclamou Honorina, abraçando sua amiga.

Raquel continuou:

— Há um ano tu perdeste teu avô e teu tio: foram dois golpes duma vez; teu pai teve de sair da corte para tomar conta de fazendas e bens que seus dois parentes lhe tinham deixado; dez meses passaste no campo, e agora voltas mais bela e mais interessante que nunca; teu pai, que não desposa os costumes dos velhos tempos, vai atirar-se contigo ao meio do tumulto dessa corte; e as sociedades te vão abrir as portas, tu entrarás por elas com o receio no coração, e um novo mundo se apresentará a teus olhos: hás de corar ao mais simples cumprimento, tremerás ao mais leve gracejo, e não compreenderás tão cedo esse viver de ilusões e de mentiras, que se vive nas sociedades elevadas, essa arte preciosa e naturalmente cortesã de encobrir a frieza do coração com o fogo dos olhos, e ocultar a indiferença ou a maldade dos sentimentos com o sorriso dos lábios; poderás tu passar pela noite de um sarau, como um raio de luz através de um corpo diáfano?... não levarás nenhuma lembrança dele?... dormirás sem sonhar, acordarás sem suspirar?... não te chegará à alma algum olhar, e não irão em alguma vez até ela as palavras ardentes do homem que te requestar uma noite inteira?... oh! Honorina, tu não compreendes o que é um homem que nos tenta enganar!... no seio da paz e da solidão, onde cresceste, tu sonhaste com o mundo... e o sonhaste nobre, puro e sincero como tu mesma; julgaste todos os homens por teus pais e teus mestres; acostumada com a verdade, não sabes desconfiar da mentira, e até há pouco criada e associada só com a virtude, tu a vês... tu pensas encontrá-la por toda a parte; e não sabes pensar que neste mundo se apresentam semblantes que se parecem com o dela, mas que não o são; que são máscaras traidoras que escondem o horrível aspecto do crime!... e, portanto, Honorina, sendo bela como o dia, tu és ainda inocente como a pomba do vale, pura como o favônio da madrugada: sim, graças à tua educação, tu és a própria virtude, não conheces o vício; mas ah! por isso mesmo dificilmente escaparás de suas redes!...

Honorina ocultou o rosto no seio de sua amiga, e só passados alguns instantes disse:

— E tu, Raquel?...

— Comigo, Honorina, passou-se o contrário de tudo isso. Meu pai viu também o mundo cheio de mentiras e de traições, de perigos e enganos; tremeu por mim, que me ama também como o seu anjo; mas, em lugar de esconder-me dos homens, levou-me para o meio deles; em vez de fugir comigo dos perigos, conduziu-me à borda dos abismos e fez-me medir com os olhos o seu fundo até recuar horrorizada!... amante, carinhoso, pai e amigo ao mesmo tempo, ele procurou e soube ganhar a minha confiança inteira; oh! Honorina, ele lê no meu coração, como no seu livro; meu pai é uma segunda consciência que eu tenho.

— Oh! fala mais, Raquel!

— Com efeito, Honorina, desde a mais tenra idade, eu comecei a não ter segredos para com meu pai, a ser aos seus olhos tão transparente que ele lia quanto se passava na minha alma; era em tal que baseava todo o edifício da minha educação moral. Aos 12 anos eu pisei no grande mundo, meu pai me fazia frequentar as sociedades, os saraus e as festas: Honorina, eram lições que ele me dava. Quando voltávamos a casa, interrogava o meu coração, a verdade falava por meus lábios, e meu pai me mostrava a ação em que havia um erro, as doces palavras que eu tinha ouvido, e que eram uma vil lisonja, uma perigosa mentira, ou que vestiam uma traição! diante do espelho ele me convencia de que eu não era encantadora, como me tinham dito; à força de um raciocínio simples e veemente, ele fazia vir à flor da água a verdade, que fora submergida no mar de loucos e falsos protestos, de exagerados obséquios e dessas primeiras e temerosas súplicas que nos fazem e que são sempre a chave que abre a porta a mil atrevidas pretensões. Honorina, meu pai nunca voltou as costas ao perigo, nem os olhos ao vício; era para ao pé de ambos que ele gostava de me conduzir: eu dancei, passeei cem vezes ao lado do homem depravado, do homem de quem toda a mulher devia recear; e depois, quando me achava a sós com meu pai, ele me dizia: "Raquel, dançaste e passeaste com um miserável; os sedutores falam e praticam como ele". Honorina, eu vi a mulher perdida, observei-a em todo o horror da sua vida, de seus martírios e da sua vergonha, era meu próprio pai quem ma apontava com o dedo para dizer-me: "Raquel, eis a mulher pervertida!". E assim, Honorina, aprendi a conhecer o sedutor e vi com terror os efeitos da sedução.

— Deve ser assim, Raquel, mas fala ainda...

— Portanto, Honorina, a tua educação te faz muito mais nova do que eu; vi o mundo desde que raciocinei, e tu até agora somente ouviste falar dele; tu temes o vício pelos seus espinhos, oh! Honorina, é preciso temê-lo ainda mais pelas suas flores!... e então este nosso mundo, que hoje nos está beijando os pés para amanhã cuspir-nos no rosto!... este mundo, em que as mulheres são sempre nossas rivais, que nos observam e estudam para morder-nos e perder-nos; os homens quase sempre sacerdotes de um culto horrível que nos ornam as cabeças com flores insanas, para logo depois imolar-nos no altar de seu deus de torpezas!...

Honorina respondeu a essas palavras de Raquel com um pungente gemido. Nos seus feiticeiros sonhos de moça, ela tinha imaginado modesto e nobre, virtuoso e alegre esse mesmo mundo, cuja descrição, talvez exagerada, lhe fazia agora estremecer de espanto e de horror.

Raquel ainda prosseguiu:

— Que pensarás tu, minha Honorina, ou ainda melhor, que pensa a rica herdeira a quem se corteja num sarau?... oh!... se acredita somente na décima parte do que lhe dizem... é já uma louca.

— Como!

— É quase impossível não enlouquecer, Honorina; porque ali se cerca de todos os lados uma moça rica; não se lhe fala, senão com a linguagem da adulação; trata-se de afogar-lhe o bom senso com o fumo perfumado da lisonja; vêm dez, vinte, cem elegantes mancebos jurar-lhe amor e ternura... e ela... ela, já louca, conta por vitórias dos seus olhos os triunfos do seu dinheiro!...

— Portanto, só as ricas são amadas?... — perguntou ingenuamente Honorina.

— Oh! lá não se perde nada!... senhora de grande dote é o amor... o cálculo do futuro; a bela jovem de fracos teres é o amor... o passatempo do presente: vivemos num século de frias ideias, em uma época de algarismos; tudo é positivo... o comércio tem invadido tudo; negocia-se também com o sentimento.

— Ah! Raquel! e, no entanto, tu estás sempre alegre!

— Porque é preciso rir, Honorina, já que o chorar não dá remédio... e também com ânimo e virtude assoberba-se a tempestade. Olha, nós somos amigas dos primeiros anos; caminhemos, pois, juntas, e nos ajudaremos mutuamente; além de que, Honorina, e para tornar ao ponto donde saímos, nós pertencemos ao pequeno círculo das mais felizes: eu te dizia, temos ricos dotes.

— Mas essa ideia de devermos tudo ao nosso dinheiro não te acanha, Raquel?

— Eu sei, Honorina; porém nesta vida não nos dão licença de pensar, senão no casamento; e a esperança deste está mais em um bom dote do que em dois bonitos olhos; portanto demos graças à Providência, já que nem por feias espantamos, nem por pobres desesperamos.

— Oh! porém é torpe, Raquel — disse com entusiasmo Honorina —; é torpe que um homem venda o seu coração, ou pelo menos a liberdade, por um cofre cheio de ouro! é um horrível sacrilégio ir um homem ajoelhar-se aos pés do altar, receber a bênção do sacerdote, estender a mão para uma triste mulher, com os olhos em seu rosto, e o pensamento no dinheiro!... e mais baixo e mais torpe que tudo isso é um homem negociar com a desgraçada simpatia que lhe tributa uma infeliz mulher, enganá-la quando ela conta com o seu amor; quando a conduz do templo para casa, antes de outorgar-lhe o primeiro beijo de esposo, correr ao seu escritório a escrever no livro das suas contas mais uma parcela na coluna dos rendimentos!... Raquel, se eu me casasse com um homem desses, daria todo o dote que tivesse de meu pai para que ele se não assentasse junto de mim; porque teria nojo da sua alma!... Raquel, dize que zombavas de mim, quando falavas há pouco, ou então eu te juro que melhor me fora ser pobre!...

— E pensas, Honorina, que ganharias muito com isso?...

— Pelo menos, Raquel, quando eu chegasse a ser amada, teria a certeza de sê-lo por mim mesma.

— No entanto, com esse tão belo rosto, mais que a nenhuma outra, te armariam traições e cavariam debaixo de teus pés um abismo de que escaparias, eu sei, com a tua virtude, mas também com trabalhos, sofrimentos e lágrimas. Honorina, o pensamento dos homens a respeito de nós outras é este: "venda-se o homem pelo ouro da mulher rica, para com esse ouro tentar perder a mulher pobre", repito, o nosso mundo é este; vivamos, pois, com ele, e tanto mais que não vejo razão para a celeuma que tens feito.

— Oh! Raquel! quando se nos quebra contra o coração o único sentimento que pode fazer a ventura da mulher neste mundo!... quando se nos apaga no espírito a única luz que nos pode tornar brilhante o caminho da vida!... quando parece que nos estão dizendo: "mulher! não ames!..."

— Meu Deus!... mas tu és romântica, Honorina!...

— O amor!... o amor!... o amor!... — exclamou Honorina, com sentimento e fogo.

— Amor, minha cara amiga, é uma vã mentira; amor não é mais que uma das muitas quimeras com que a fantasia nos entretém na vida, como a boneca que se dá à criança para conservá-la quieta no berço... o amor não é mais que a flor de um só dia, que abre de manhã e antes da noite está murcha...

— Raquel!... pensar assim com 16 anos!... dizer que o amor é uma quimera!... flor de um dia!... oh! pois bem! mas essa flor tem um aroma que há de embriagar; que deve adormecer-nos num belo sono cheio de sonhos, do qual só deveríamos acordar para passar de suas delícias para as do paraíso!...

— Honorina! eu tenho medo de ti!... pensa bem nisto: o amor é uma hora de felicidade em chamas, que levantam altas labaredas; mas que se extinguem cedo para deixar após a cinza e o fumo da indiferença ou do aborrecimento, que tolda para sempre o horizonte da vida dos amantes, se o zéfiro da amizade não vem a tempo para limpá-lo.

— Oh! pois bem, Raquel, a desgraça de toda a minha vida... o horizonte dela toldado pela indiferença ou pelo aborrecimento; mas uma só hora dessa felicidade em chamas, que tão cruelmente pintaste!... oh! sim!... o amor de um homem que se misture com a minha vida e com o meu futuro; que comigo faça um só ente; que se esqueça do meu ouro; desse ouro vil, para se lembrar de mim só... como eu me lembrarei só dele!... ah! Raquel, um amor de poeta! um amor de fogo, ainda que acabe na desgraça e na morte; mas que seja sempre o mesmo amor, deve ser bem belo!...

Os entusiásticos e nobres pensamentos da moça foram interrompidos por soluços, que quase a sufocavam. Ela chorava, e tinha razão para chorar.

Alma tão ardente e angélica, tão cheia de poesia e de imaginação, devia doer-se, sentindo-se presa em um mundo todo de matéria, de gelo e de torpe positivismo.

A educação tinha arrojado essas duas moças para dois extremos, ambos perigosos. Uma, acostumada a ouvir com santo amor filial todos os conselhos de seu pai desde os primeiros anos; afeita a olhar para o mundo sempre pelo lado pior; tendo aprendido a amar a virtude menos pelos encantos desta do que pelo horror que deve inspirar o vício; escutando a todas as horas a voz de uma moral franca, grandiosa, mas fria e melancólica; abafou, sem talvez o querer, dentro do coração, os sentimentos brilhantes, arrojados e ardentes, próprios de sua idade. O amor é por ela considerado uma mentira ou um abismo; e, orgulhosa da sua educação e da sua prudência, ri-se do mundo e para o mundo.

Uma moça pensando como Raquel pode causar surpresa; mas certamente faz entristecer, porque sua sensibilidade parece embotada, e a sensibilidade é o perfume da beleza.

A outra, criada longe do bulício da sociedade, separada do grande mundo pela vontade da sua família, porém ao mesmo tempo instruída com esmero; tendo até então conversado somente com os livros, imaginou o que não podia ver; cresceu na solidão, como uma flor, pura, inocente, cheia de deleitosas fragrâncias; a solidão alimentou, acendeu, inflamou a sua imaginação brilhante, que voou livremente... ela sonhou com um mundo... com cem amigas... com um belo mancebo... esposo e amante, e todo o seu sonho era encantador... feiticeiro... adorável! tanto tempo, 16 anos fechada consigo mesma... com a alma repleta de ternos e ardentes sentimentos, e sequiosa de generosas impressões, ela, que lera romances e poesias; ela, que se fizera poeta na soledade e no retiro... pensava no amor com religioso encantamento; separava desse ente ideal, mavioso, angélico e vivificante toda a ideia material e bruta... não, não separava; antes, nunca se tinha lembrado ela, virgem e inocente, que se pudesse ligar uma só dessas miseráveis ideias, com aquele filho mimoso do coração, amamentado, criado, embelecido, endeusado pela imaginação.

E, portanto, ambas essas moças se enganavam com o mundo, e talvez que o seu erro seja para ambas funesto.

É possível que um dia desperte no coração de Raquel o sentimento que aí dorme, e nesse caso terrível deverá ser a reação.

E Honorina achará nesse mundo em que vai entreter o seu belo sonho de poesia? haverá nesse mundo, que, sem talvez estar tão pervertido, como o pinta Raquel, é, todavia, egoísta, mau e enregelado; haverá nele ainda um homem que compreenda a alma dessa mulher-anjo que pede ao céu um amor de poeta de fogo?... dessa nobre moça que com a ponta do pé arrojará para longe de si o cofre de ouro do homem que ela não amar e que pretender possuí-la?...

Oh!... se a realidade fria e negra aparecer sempre, desmentindo a sua imaginação alva e fervente!... quanto não custará a essa criatura angélica o arrastar a vida por este nosso campo de misérias!...

Mas Raquel, que primeiro escutara admirada a linguagem sentimental e entusiástica de sua amiga, apertou-a contra o peito, vendo-a chorar tão tristemente; e, como se antevisse os perigos que ela ia correr com tão inflamado espírito, exclamou quase sem sentir:

— Infeliz da minha Honorina!...

— Sim, sim, Raquel, bem infeliz; porque vivo neste mundo de ambições e de vergonhas, onde tu dizes que se ama a mulher pelo seu dote.

— Nada de tristezas agora... e tanto mais que, se fores enganada no teu amor, saberás olhar de bem alto para o homem a quem comprares com o teu dinheiro.

— Raquel, a solidão me fez tão sensível e tão capaz de amar, perdoa; mas preciso é confessar que também o aspecto e as lições do mundo têm embotado na tua alma o mais fino dos sentimentos! não temos tocado os extremos, arrebatadas pela educação que nos deram nossos maiores: eu serei demais inocente; mas tu ficaste sábia demais.

— Aceito o cumprimento, Honorina, e te ofereço toda a minha ciência; façamos um contrato; segundo as necessidades do momento eu te emprestarei metade da minha malícia, ou tu me darás algumas doses da tua inocência. Ora, pois: realizemos os votos da nossa infância; soldemos para sempre os laços de uma amizade velha como a nossa vida; celebremos uma dupla aliança ofensiva e defensiva, e, primeiro que tudo, Honorina — confiança por confiança.

— Sim, Raquel, coração por coração.

E as duas moças acabavam de selar com um beijo o tratado de aliança, quando ouviram rumor como o que faria alguém que furtivamente se retirasse por entre os arbustos do jardim.

— Meu Deus!... é alguém...

— Honorina! eu tenho medo...

As duas moças instintivamente cerraram a vidraça, trancaram a janela e, depois de escutar se de novo faziam algum ruído no jardim, lançaram-se ambas sobre o mesmo leito.

* * *

Elas dormiam ainda no momento em que Lúcia entrou no quarto e as acordou, dizendo:

— Já são nove horas da manhã, senhoras!

As duas jovens se levantaram e trataram de vestir-se; depois, lembrando-se da noite que tinham passado, elas foram à janela, recostadas à qual tanto tinham conversado. Debaixo da vidraça dessa janela estava um papel; Honorina o puxou... era uma carta.

Lúcia já as tinha deixado a sós.

— É uma carta... — disse Honorina, admirada.

— E sem sobrescrito... nem selo — disse Raquel.

— Portanto... que faremos?...

— Abri-la, sem dúvida.

— Mas... eu não sei... se devo...

Porém, quando Honorina disse "mas...", tinha os dedos na carta... chegando a pronunciar "eu não sei...", começara a abri-la; e ao dizer "se devo...", já a carta estava completamente aberta.

A carta escrita com lápis e dirigida a Honorina era assim concebida:

Honorina; eu ouvi os teus pensamentos da noite passada; portanto, eu te amo! eu te amo com esse amor de poeta, com esse amor de fogo, que ainda quando acaba na desgraça e na morte, contanto que seja sempre o mesmo amor, é por força bem belo! sim: eu te amo! e tu me verás em toda a parte, seguindo-te, beijando as pisadas de teus pés, obrigando-te a amar-me ainda contra tua vontade, e não me deixando conhecer senão na hora em que tiveres de ser minha para sempre... oh! jovem cheia de imaginação e de sensibilidade... querias um amor de poeta?... uma paixão de louco?... em mim o tens.

— Mas, meu Deus, isto é inconcebível — murmurou Honorina toda vermelha de pejo —, um homem amar uma mulher só por a ter ouvido!

— É verdade... porém não te lembras que falamos tanto na tua riqueza?...

— Oh! — exclamou ela indignada e executando um movimento para rasgar a pobre carta.

— Honorina — disse Raquel suspendendo-a —, um papel destes guarda-se para fazer rir as amigas.

— Não — respondeu a jovem romântica —, mas guarda-se, porque o homem que nela escreveu tem talvez de ser o bom anjo ou o gênio mau da minha vida.

❖

V

Hugo

Era quase meio-dia; Raquel já tinha partido com seu pai, quando Honorina entrou de novo na sala. Duas pessoas aí se achavam: Ema e Hugo; a avó e o pai da moça.

Ema era uma estátua do século passado; uma mulher de 70 anos, gorda, respeitável, coroada por seus cabelos brancos, com o rosário na mão direita, trajando as vestes negras da viuvez, e com uma expressão de bondade misturada com orgulho em sua fisionomia.

Hugo era, posto que às vezes timidamente, um representante da nova época: o primeiro que de sua família abandonara antigos hábitos e velhas ideias, foi por isso menos estimado de seus pais que um irmão, morto há alguns meses, e via-se então chefe da casa; era o contraste de sua mãe, pois pensava, falava e vestia-se segundo a ordem do dia.

E Honorina é sua filha querida. Ela tem 16 anos, é de estatura regular, longas e negras madeixas se mostravam presas com avultada trança ao mesmo tempo que dos lados lhe caem, como esquecidos, bastos anéis delas, que voam em caracol, beijando-lhe o nascer dos seios; a fronte é lisa, branca e elevada; os olhos pretos, grandes, cheios de doçura e langor; a tez de seu rosto é alva, fina, transparente mesmo, sem fogo, e deixando apenas adivinhar longínquo rubor e entrever neste ou naquele ponto um azulado ramúsculo venoso, que para logo desaparece. No entanto, admira-se aí essa palidez, que interessa e arrebata; nada mais majestoso que o seu colo, nada mais perigosamente belo do que o seu peito cor de leite com a mais feliz perfeição encarnado, transpirando amor e desejos de cada vez que, respirando, se eleva; a sua compleição é fraca e delicada; e há no seu sorrir, nas suas menores ações, em todos os seus traços, enfim, um não sei quê de tocante e melancólico que quem a vê a observa, a estuda por força; a sua voz é doce, melíflua, como o gemer saudoso da flauta noturna e afastada; e pela angélica pureza da sua vista, pela celeste candura do seu semblante, parecem transluzir todos os pensamentos da sua alma; o seu pisar é sutil e imperceptível; dir-se-ia, ao vê-la passar silenciosa, que não é uma mulher que anda, mas a imagem de um anjo que, refletida em um espelho, se desliza por ele e desaparece impalpável e bela.

Posto que já um ano tivesse decorrido depois da morte de seu avô e tio, trajava Honorina ainda nesse dia vestido preto, que mais fazia realçar a alvura de suas mãos perfeitamente torneadas e a encantadora palidez de seu rosto; o bico de um sapatinho também preto, que a furto tinha escapado por baixo da barra do longo vestido, deixava adivinhar um pé tão delicado como benfeito.

Na manhã desse dia lera Honorina a carta misteriosa que com Raquel achara na janela de seu quarto; ela estava pensativa e melancólica.

Apenas Honorina acabava de sentar-se junto de sua avó, seu pai, que ao pé da janela lia com avidez uma extensa carta, voltou-se para elas e exclamou:

— Loucuras sobre loucuras!...

— Eu o previa — disse a velha —, ele é um fruto degenerado!... o que nos diz, portanto, nesse papel?

— É uma longa história; quer minha mãe ouvi-la?

— Seja: os meus derradeiros dias são votados ao desgosto de ver uma a uma perdidas todas as belas heranças de nossos velhos pais! ouvirei, pois, a carta desse que foi o primeiro a ferir-me no coração.

Naquelas palavras ia uma indireta atirada contra Hugo, que, fingindo não a entender para não entrar em novas questões com sua mãe, arrastou uma cadeira e, sentando-se perto dela, principiou a ler:

Meu tio,

Depois de sete longos anos de ausência de minha família, que julgou dever tão completamente me esquecer, que nem ao menos me quis dar parte da morte de minha adorada mãe, que, sucumbindo um ano depois da minha partida, foi talvez vítima das saudades dum carinhoso filho, horrível e injustamente lançado fora da casa de seus pais, recebi finalmente uma carta de Vossa Mercê, em que me mandou a fatal notícia da morte de meus amados avô e pai; foi, portanto, preciso que a mão da desgraça pesasse sobre nós todos, para que fosse lembrado por aqueles a quem o dever ordenava que de mim muito se lembrassem. Eu já respondi com todo o sentimento, com toda a dor pungidora da orfandade a essa fúnebre carta.

Ultimamente, Vossa Mercê escreve-me de novo, mostrando-se admirado de me não ver chegar ao Rio de Janeiro para tomar conta dos bens que devo herdar de meu avô e de meu pai, os quais, segundo Vossa Mercê diz, devem montar a mais de 60 contos.

Meu tio, há sete anos que sofro em silêncio todos os meus infortúnios; há sete anos que engulo os meus gemidos; mas o gemido é a expressão da dor, e tarde ou cedo é necessário que o homem gema, quando o seu padecer é longo e não acaba. Leia, pois, esta carta como se fosse um gemido que estivesse ouvindo e dê-me o seu perdão, se em algum ponto dela eu abusar da sua bondade.

Meu tio, declaro que não voltarei ao Rio de Janeiro, que não aparecerei diante de vós nem de minha avó, enquanto lhes não puder provar que foi uma calúnia infame de que se serviram para me perderem, esse crime que meu pai e todos os meus parentes não duvidaram de julgar-me capaz de o haver cometido.

Vossa Mercê lembrar-se-á de que no fim do ano de 1837 tinha eu feito 17 anos e concluído os meus estudos preparatórios, quando desapareceu do gabinete de minha prima Honorina, menina então de nove anos de idade, uma cruz, chamada por nós todos "a cruz da família", toda crivada de riquíssimos brilhantes. Um jovem caixeiro de nossa casa acusou-me de a haver furtado; algumas aparências pareceram justificar essa infame imputação; e, apesar de todos os meus protestos de inocência, apesar do grito saído do coração de minha mãe, que então vivia e que foi a única que defendeu seu filho, fui lançado fora de casa dos meus maiores e, se escapei das mãos da Justiça, foi porque, pensaram eles, cumpria esconder a vergonha de que todos participavam.

Lembro-me perfeitamente do que então se passou. Meu avô disse: "Vai-te para sempre de meus olhos! e, se tens piedade de nós, muda o teu nome".

Minha avó disse: "Torne-se em pedra o pão que comprares com o dinheiro pelo qual vendeste os brilhantes da cruz da família. O ladrão não me faça corar de vergonha, aparecendo ainda diante de mim".

Meu pai disse-me: "Consuma o fogo todas as minhas riquezas antes que tu possas tocar em uma só moeda dos meus cofres".

E minha mãe disse: "Vai, meu filho; mas volta um dia com o rosto descoberto para provar a tua inocência".

Na sala estavam ainda três pessoas que nada disseram: Vossa Mercê, meu tio, que hesitava; Honorina, minha prima, que nada parecia compreender; Lúcia, que me tinha dado de mamar e que chorava como minha mãe.

Quando eu saí da sala, ouvi as maldições de meus maiores; quando eu me apartei da casa, vi que as portas se fecharam para mim. Delirante e exasperado, corri para o mar; ia vingar-me, suicidando-me, quando uma fiel escrava me veio entregar uma bolsa e um anel dos cabelos de minha mãe. Então eu me lembrei das suas palavras: "Vai-te, meu filho; mas volta um dia com o rosto descoberto para provar tua inocência".

Eu tornei à vida!... guardei o precioso anel, guardei a bolsa, oh!... era a bolsa de minha mãe, que podia receber sem corar!... eu tornei à vida, um anjo me tinha arrancado do suicídio: isto não é um sacrilégio; uma mãe é o segundo anjo da guarda do filho.

Agora, meu tio, Vossa Mercê consentirá que eu conte, em poucas palavras, quanto me tem sucedido de então para cá.

Sem plano algum de vida, sem destino e sem meios, vi-me só no mundo e na idade das loucuras; era preciso seguir um caminho, tomei o primeiro que se me apresentou. A cidade da Bahia se achava em braços com o gênio da revolta; o governo chamava soldados; eu me ofereci como voluntário, vesti uma farda, tomei uma espingarda e parti.

Lá, no empenho do jogo dos combates, em que tantas mil vezes um homem defronte de outro para a vida contra a vida, eu estive cem vezes a ponto de perder a partida; mas fosse porque o anel de cabelos de minha mãe seja um talismã sagrado, fosse porque a morte fuja daquele que a não teme, e antes a procura, eu ouvi assobiar por cima da minha cabeça e em volta de mim mil balas inimigas, sem que uma só me tocasse. O corpo a que pertencia foi um dos primeiros que entraram na cidade.

Houve cenas horríveis que é necessário esquecer.

Uma, porém, dentre todas, preciso eu lembrar, porque teve ela benéfica influência sobre a minha vida.

Sabe-se que o desespero e o delírio dos vencidos atearam o archote do incêndio. Em certa ocasião uma força, na qual eu me contava, era empregada a apagar as chamas que estavam terrivelmente devorando algumas casas. Defronte de uma dessas, vi um homem velho, respeitável, com os vestidos queimados e caído por terra; ouvi as suas vozes... eram gritos de dor indizível... "minha filha!", dizia ele... depois uma mulher, também velha, também respeitável, que uma, duas e três vezes se tinha atirado às chamas, e outras três caído para trás sufocada, avançou para nós, e com lamentos que repassavam o coração dos que a ouviam, com acento de aflição tão profunda como o amor de uma mãe, ela, apontando para uma janela, exclamou: "minha filha!... minha filha!..."

Eu olhei e vi através das chamas aparecer uma moça que recuou pela força do fumo... ela tinha estendido os braços, implorando compaixão... pedindo que a salvassem... e a morte, a morte com cem línguas de fogo ia prestes devorá-la...

Era uma cena horrível!... e na minha alma brilhou o pensamento de salvar essa moça...

Outra vez olhei... as chamas tinham conquistado toda a casa... fantasmas de fumo defendiam as portas... o instinto da conservação me empurrava para longe daquele inferno... o generoso pensamento de salvar a moça ia apagar-se...

A mãe da desditosa chorava... pedia... mandava... bradava convulsa e delirante...

O seu grito era um... único... cruel e despedaçador... sempre o mesmo, mil vezes repetido... ela bradava: "Minha filha!".

Oh!... mas aquela dor de mãe caiu no meu coração e se espalhou na minha alma... lembrei-me de minha mãe! e, beijando o anel de seus cabelos, gritei "eu a salvo!" e desapareci nas chamas.

Ouvi o sussurro da multidão, que se espantava da minha temeridade... quase sufocado... subi o primeiro andar... a pobre moça tinha caído desmaiada... levantei aquele precioso fardo e desci...

No entanto, o que eu sofria era inexplicável: uma nuvem de fumo densa e ardente me sufocava e abrasava as entranhas... aqui a escada cedia debaixo dos meus pés, e eu tombava com o meu pobre fardo... ali havia um caminho de brasas a atravessar com os meus pés nus... acolá uma tábua caía sobre mim... uma parede estava prestes a esmagar-nos... oh! era horrível!... e só a bondade de um Deus e a lembrança de minha mãe me deram forças... chegávamos à porta... eu ia outra vez passar por um mar de chamas; mas... um monstro de fumo, imenso... abrasador... insuperável me empurrou para longe!... oh!... eu senti um desespero horrível no coração... a cabeça pesava-me... minha boca se abria... as narinas se me dilatavam... e o fumo, o fumo entrava por elas para queimar-me! um não sei quê brilhou diante de meus olhos... um amor da vida, um desejo de salvar-me, forte e irresistível, se apossou de mim... abracei-me com a infeliz moça... fechei os olhos, atirei-me às chamas e não vi mais nada.

Quando abri os olhos, achei-me num quarto decentemente mobiliado; eu estava deitado, e uma jovem senhora velava junto do meu leito.

A essa moça tinha eu salvado das chamas com a minha temeridade, e ela, por sua vez, me salvava então com os seus cuidados e dedicação. Ela se chamava Emília.

Graças a mil obsequiosos desvelos, eu me restabeleci prontamente; o pai de Emília alcançou a minha baixa e me empregou em sua casa, pois ele é um rico negociante da Bahia.

Vendo pela minha educação, e por essa fraca instrução que eu tinha adquirido, que só um grande infortúnio me poderia ter obrigado a fazer-me soldado, perguntou pela minha família e pelo meu passado. Eu abaixei os olhos e guardei silêncio; o pai de Emília respeitou o meu segredo e deu-me a sua estima.

Emília era bela, e eu sensível: nós nos amamos; a gratidão da sua família alimentou o nosso amor.

Ao tempo coube fazer o resto.

Em janeiro de 1842 já estava casado com Emília; pareceu-me que a fortuna começava a sorrir-se para mim...

Era ilusão! a fortuna tinha apenas preparado um novo golpe para ferir-me no coração...

Há 18 meses que sou viúvo.

Por consequência, meu tio, agora estou livre; podia voltar ao Rio de Janeiro; mas há alguma outra prisão que não posso quebrar; é essa cena que teve lugar na última hora que passei na casa de meus pais. Meu tio, a minha resolução é irrevogável.

Por falta de um nome ilustre, na carência de tradições de antigos parentes, condes, marqueses, duques ou elevados fidalgos, a nossa família, meu tio, alimenta o seu orgulho com a lembrança de certas qualidades, com a memória dum caráter forte e talvez extravagante, com que sempre se tem apresentado todos os que têm o sobrenome que eu tive.

Quando algum dos meus antigos parentes se comprometia a alguma coisa, cumpria a promessa por força, quaisquer que fossem os sacrifícios a que devesse sujeitar-se.

Um dos meus velhos avós, porque uma vez, em Lisboa, não viu o rei, que passava, e um soldado fez-lhe tirar o chapéu, tratando-o vilmente, jurou que nunca mais traria chapéu na cabeça, viveu ainda 50 anos e cumpriu à risca o juramento.

Um outro, sendo levado à Inquisição para ser obrigado a desco-

brir um segredo que jurara guardar, cortou a língua com os dentes, temendo que as torturas o pudessem nalgum momento fazer esquecer a sua palavra.

Uma das nossas antepassadas, porque seu filho mais velho se havia portado sem valor num encontro com os infiéis, tomada de vergonha, protestou que nunca mais sairia do seu quarto; só dez anos depois saiu pela primeira vez... num esquife para enterrar-se.

Meu avô e meu pai deram exemplos da mesma vontade forte, da mesma força de caráter.

Porém, eles diziam que a árvore já de velha começava a perder o antigo viço; que em Vossa Mercê começara ela a definhar; e que eu não era mais que um fruto degenerado.

Mas eu quero mostrar que, se não sigo em tudo os passos daqueles que me repeliram, acompanho-os, todavia, em alguma coisa; que se não tenho as velhas ideias, os velhos costumes, os velhos prejuízos que eles trouxeram do século passado e queriam fazer vigorar no século presente, herdei deles a mesma fortaleza de coração e firmeza de vontade.

No meio de todas as extravagâncias de que eu próprio acuso o meu gênio, sei tornar-me inabalável naquilo a que uma vez determino.

Meu tio, eu jurei a mim próprio, e aqui o declaro a Vossa Mercê para o fazer presente à minha avó, à minha prima e à pobre Lúcia, declaro, digo, que cumprirei as ordens que recebi dos meus maiores, executarei as suas vontades, modificando-as apenas em um ponto para obedecer também a minha mãe.

Assim meu avô disse: "Vai-te para sempre de meus olhos e, se tens piedade de nós, muda teu nome", eu cumpri e cumprirei o que ele quis, pois nunca mais lhe apareci; e, se não mudei o meu nome, pelo menos até agora ainda ninguém me viu assinar o sobrenome que eu tinha de família.

Minha avó disse: "Torne-se em pedra o pão que comprares com o dinheiro pelo qual vendeste os brilhantes da cruz da família. O ladrão não me faça corar de vergonha, aparecendo ainda diante de mim...". o meu pão não se tem tornado em pedra, porque o dinheiro com que o compro é ganho com o suor do meu rosto; mas cumprirei também a vontade de minha avó; enquanto ela não se convencer de que eu fui vilmente caluniado, não terá, eu o juro, não terá de envergonhar-se, vendo-me diante dos seus olhos.

Meu pai disse: "Consuma o fogo todas as minhas riquezas, antes que tu possas tocar numa só moeda dos meus cofres". Não quero, portanto, um ceitil da herança que me deve tocar pela desgraçada morte de meu avô e de meu pai; cedo todos esses bens para dote de minha prima, e, se Vossa Mercê os não quiser aceitar, divida-os com a minha boa Lúcia e os pobres. Quanto a mim, respeitarei a vontade de meu pai, não querendo nada das suas riquezas.

E minha mãe disse: "Vai, meu filho; mas volta um dia com o rosto descoberto para provar a tua inocência". Eis aqui, enfim, a ordem de minha mãe, que eu ainda não cumpri, mas espero cumpri-la toda inteira, sim, minha mãe! para ir, beijando a sepultura em que descansas, dizer às tuas cinzas: "já tenho o rosto descoberto! já provei a minha inocência!".

Mas, enquanto a vontade de minha mãe não for executada à risca, não, nenhum daqueles que injustamente me condenaram me tornará a ver.

Vossa Mercê, meu tio, que nessa hora de maldições estava também na sala e não praguejou contra mim, porque hesitava... não hesite e creia que me caluniaram.

Minha prima, que também aí estava e parecia nada compreender do que se passava, compreenda agora que há no mundo uma serpente venenosa que morde na honra do homem! é a calúnia, foi ela que me mordeu.

Lúcia chorava porque sabia que eu não era capaz de cometer uma ação infame; não se arrependa de ter chorado; ela me fazia justiça; e depois de minha mãe, foi o único coração que tive, onde a minha inocência achasse abrigo.

Mas eu vejo que tenho abusado da paciência de meu tio; esta carta já vai sendo por demais extensa. Meu tio fica por ela sabendo as minhas inabaláveis resoluções, e, portanto, termino-a aqui. A bênção de minha avó e a amizade de meu tio, outrora as pedi inutilmente; agora só por outra maneira as pretendo conseguir: consegui-las-ei. Há, porém, alguma coisa que me não envergonho de mandar, é uma saudade à minha pobre Lúcia.

Cidade da Bahia, junho de 1844.

Lauro

— Então, minha mãe — exclamou Hugo —, o rapaz está louco ou não?... vão agora arrancá-lo de lá.

— Faz bem em não vir — disse Ema —; porque me esconderia para não ser obrigada a ver-lhe o rosto.

— Mas, minha mãe, ele escreve de tal modo que custa muito a não pensar que o caluniaram!

— Também tu, Hugo?

— Minha mãe, é que há uma força tal nas palavras desse pobre Lauro!

— Palavras!... — disse Ema — e não é este tempo de escândalo, de irreligião e de liberdade, o tempo das palavras?... todos vós falais bem, falais assim; mas outrora um só cabelo da barba de um homem valia mais do que valem os vossos mais sagrados juramentos!

— Eis aí minha mãe mortificando-se sem razão.

— Pois não é assim?... tantas leis, tantas constituições, tantas câmaras, e para quê? para desmoralizar o povo, para perverter a mocidade, como se perverteu aquele rapaz até chegar a roubar um objeto sagrado!

— Porém, minha avó, se fosse uma calúnia como ele jura que é?...

— Até tu, Honorina?... até tu, quando foi a ti mesma que ele roubou?...

— A mim, minha avó?... mas como eu não me lembro...

— Oh! era preciso que não falássemos nisso, como não falamos, para ocultar no silêncio a nossa vergonha: lembrar que um nosso filho cometeu tal crime é aprofundar ainda mais uma chaga que nunca pode sarar; mas, enfim... eu quero contar-te, e ainda mais que por direito te pertencia o objeto sagrado. Escuta.

Honorina chegou-se para sua avó com viva demonstração de curiosidade.

❖

VI

A herança paterna

—Honorina — disse a velha Ema depois de empregar alguns instantes em coordenar as suas ideias —, foi há muito tempo, talvez há seis séculos passados, que sucedeu o que te vou contar.

Nas imediações da cidade de Lisboa havia uma família que se compunha de marido e mulher, cujos nomes não puderam chegar até nós, e de uma moça que era filha deles, que se chamava Arabela; pobre, mas temente a Deus, essa família passava os seus dias sossegada e felizmente.

Arabela, porém, era o que dizia a terminação de seu nome: tão encantadora e engraçada que, quando passava por alguma rua, os que estavam à janela gritavam para dentro das casas — lá vem ela —, e todos corriam para vê-la, porque já sabiam que quem vinha era Arabela, tão carinhosa e humana que não havia no seu bairro quem, pela ventura de Arabela, não rezasse algumas orações.

Também nunca em tão fresca idade, pois que bem moça era, se vira unidos a tanta inocência, caráter tão firme, prudência tão consumada e tão seguro e são juízo; por isso todos a tinham em grande respeito e estima. Os seus próprios pais com ela se aconselhavam nas conjunturas difíceis em que às vezes se achavam; as palavras de Arabela eram para eles oráculos infalíveis; a sua vontade como uma ordem santa, a que com prazer à risca se cumpre.

Apesar da sua pobreza, Arabela mostrava-se tão formosa que era conhecida de todos pelo nome de Rosa do Tejo, porque o rubor das suas faces semelhava o aspecto; e a virtude da sua alma, o perfume da flor.

Arabela tinha feito 18 anos e via-se cercada de apaixonados requestadores que à porfia se extremavam em dar-lhe mais altas provas do amor que os consumia, e que, surda ou insensível achando-a, corriam dela para os pais, a pedir-lhes a filha.

Os pais de Arabela, porém, sabendo o quanto era a moça prudente e recatada, jamais fizeram por dirigir-lhe a vontade para aquilo de que ela parecia querer fugir.

Entretanto, apareceu entre os pretendentes de Arabela um rico e jovem fidalgo que, levado dos lindos olhos e perfeições da pobre moça, se esqueceu de que alta era a sua linhagem, elevados os seus teres e, descendo do seu brilhante palácio a uma rasteira casinha, veio pôr o seu coração de grande senhor aos pés de uma humilde aldeã.

Embalde o seu muito ostentar de galas e louçainhas, embalde o seu alto despender de agrados e extremos, o grande senhor passava por baixo dos olhos da pobre aldeã com o seu amor tão malatendido como os outros: ainda não era a D. Rui Vaz que devia pertencer a alma de Arabela.

Mas o amor de Rui Vaz era tão ardente como puro; e foi ele, a despeito das repulsas da moça, oferecer seu nome à família dela: era um partido imensamente brilhante; era um nome de fidalgo que ia cobrir o desconhecido e simples da popular; era um palácio que se trocava por uma cabana; era um futuro que se oferecia a quem não tinha passado e só podia contar com um pobre presente. Os pais de Arabela foram entusiasmados aplaudir a filha; mas recuaram espantados, porque ela lhes respondeu:

— Não foi para este que eu nasci.

— Mas olha, Arabela — disse o pai —, que se trata do Sr. D. Rui Vaz, rico fidalgo de alta linhagem.

— Que hoje me ama — tornou a moça —, que casando-se comigo, há de ainda, me amar um ano e depois se envergonhará de meus pais e terá, enfim, pejo de andar comigo a seu lado.

Os pais calaram-se, porque era isso, na verdade, o que havia de acontecer; mas depois a mãe disse:

— Pensa, Arabela, que já fizeste 18 anos e que é tempo de tomar um marido que te proteja; cumpre escolher um noivo.

— Eu já o tenho escolhido, minha mãe.

— Então, quem é?

— Gil Mendonça.

— Bom mancebo é ele, minha filha; mas tão pobre!

— Como eu também o sou, minha mãe; porém ambos nos amamos.

— Homem — disse a mulher ao marido —, irás levar a resposta de Arabela ao Sr. D. Rui Vaz.

— Irei, mulher; posto que me pareça loucura preferir um aldeão a um fidalgo; mas Arabela tem mais juízo do que nós pensamos; ela que assim o fez, é porque assim o devia fazer.

A vontade de Arabela foi prontamente cumprida; e, ao mesmo tempo que D. Rui Vaz se sentia despeitado da sua má fortuna, tudo se dispunha para o casamento da linda popular com o feliz Gil Mendonça.

Na véspera do casamento, em volta de uma tão frugal como alegre mesa, estavam os noivos e seus pais, quando entrou o fidalgo, que vinha tentar o último esforço.

Convidado a tomar parte na parca ceia, ele se sentou, comeu com boa vontade e, depois de se levantarem da mesa, pôs em ação quanto podia para desviar Arabela de casar-se com Gil Mendonça e aceitar a sua mão; pretendeu chamar ao seu partido os pais da moça, dando-lhes conta das suas imensas riquezas, e ganhar o mesmo Gil Mendonça, apelando para a sua generosidade, dizendo-lhe que, se ele sinceramente amava Arabela, devia sacrificar o seu amor para vê-la feliz na elevada posição que se lhe oferecia.

Os pais de Gil Mendonça ficaram duvidosos; os de Arabela inclinados a favor de D. Rui Vaz, porém calados, porque tinham sua filha na conta de muito prudente e sábia, pensavam que tudo quanto ela fazia era somente o que devia ser feito.

Gil Mendonça, silencioso e com os braços cruzados, esperava frio e impávido a resposta de Arabela.

— Sr. D. Rui Vaz — disse Arabela —, eu sou reconhecida aos seus extremos; e quero provar que não os desmereço: a mulher que esquece o pobre a quem ama pelo rico a quem apenas estima tem coração que com dinheiro se compra!

— Oh! não... — bradou o fidalgo.

— E o coração da mulher — prosseguiu a moça — deve ser tesouro sagrado, que nunca se venda, nem se vender possa, e que só se troque por outro coração igual a ele. Sr. D. Rui Vaz, eu vos dedico a minha estima; Gil Mendonça, tu és o dono do meu amor.

— E tu, Gil Mendonça — disse o fidalgo —, tu que dizes?...

— O que ela disse — respondeu o rústico.

— Pois bem — tornou Rui Vaz —; pois bem. Gil Mendonça, eu dou-te metade das minhas riquezas, armar-te-ei cavaleiro, ofereço-te duas das minhas vilas, um dos meus castelos e o mais rico dos meus palácios; mas em troca de tudo isso, tu, que és dono do amor de Arabela, cede-mo.

— Vale mais, Sr. D. Rui Vaz, o coração de Arabela.

— Pois tudo, Gil Mendonça, tudo o que é meu... dou-te tudo...

— Ainda é pouco.

— Oh!... dize! pois com que se pode comprar esse amor a que eu aspiro, e a posse daquela moça?...

O popular sacudiu a cabeça friamente, como quem dizia:

— O amor nem se compra, nem se vende.

— E eles nem pensam no futuro daquela linda moça!... — exclamou o fidalgo pegando no chapéu — Gil Mendonça! pobre Gil Mendonça! que darás tu por herança ao filho de Arabela?... oh! pobreza!... sempre pobreza!...

O rosto do plebeu pareceu anuviar-se; passado um momento, ele levantou a cabeça e disse:

— Nobre Sr. D. Rui Vaz, o filho de Arabela não herdará de mim nem palácios, nem castelos, nem um colar de cavaleiro, porque plebeu nasci e plebeu morrerei; mas juro, à face de Deus, que dia e noite trabalharei por ele e para deixar-lhe uma herança que o livre da miséria e do infortúnio.

Depois, voltando-se para sua noiva, disse com voz grave e firme:

— Arabela! a Deus o juro!

No dia seguinte, Arabela era à face dos altares a mulher de Gil Mendonça.

Alguns dias depois o nobre e leal cavaleiro Sr. D. Rui Vaz tinha desaparecido das terras de Portugal; era um jovem fidalgo que, aos 25 anos de idade, aborrecia o mundo...

Ao lado de Arabela, Gil Mendonça, senhor do seu coração e certo da sua fidelidade, vivia feliz e sossegado; três anos se passaram, em que ele pedia ao céu um filho e, na esperança de vir a tê-lo, trabalhava com ardor indizível para preparar-lhe uma herança.

Ele nunca esquecia o seu juramento.

No fim de três anos, Arabela concebeu, e Gil Mendonça, festejando com entusiasmo tal acontecimento, sentiu, todavia, com tristeza que se achava ainda tão pobre como dantes. E ainda trabalhou mais...

No fim de nove meses, Arabela deu à luz uma linda menina, a quem puseram o nome de Isabel.

No dia que se seguiu ao do batizado, Gil Mendonça falou à sua mulher.

— Arabela, tu tens visto com que ardor eu trabalho e como mal nos paga a fortuna. Todos os dias me parece estar ouvindo as palavras daquele fidalgo que te amou: "que darás tu por herança ao filho de Arabela?...", enfim, tu me deste uma filha, eu me lembro também que por Deus te prometi dar-lhe uma herança; vejo que nada faço na minha terra e vou partir.

— Partir para onde?...

— Vou correr o mundo, Arabela, e conseguirei sem dúvida uma herança para deixarmos a Isabel.

A despeito das lágrimas e dos conselhos de Arabela, Gil Mendonça fez de sua roupa uma trouxa, tomou um bastão e o chapéu e, recebendo a bênção de seus pais, beijou sua filha, abraçou ternamente a sua esposa e partiu.

Gil Mendonça não sabia escrever, e Arabela não esperava notícias dele; contentou-se com chorar as suas saudades, consolando-se com o lindo anjinho que das suas entranhas recebera o nome do céu.

O tempo foi correndo; os dias e semanas foram passando, depois meses e anos, sem que chegasse notícia alguma de Gil Mendonça.

No entanto, ia crescendo Isabel; linda e engraçada como fora Arabela nessa feliz idade, sua mãe espelhava os antigos encantos infantis no rosto, e as suas virtudes no coração de Isabel.

Com toda a sublime ternura do amor maternal, Arabela perdeu primeiro as noites velando junto do berço querido, bebeu depois entusiasmada os sorrisos meigos e inocentes da filha da sua alma, escutou e decorou a sua primeira palavra, ensinou-lhe a repetir o nome de seu pai, dirigiu os seus primeiros passos e, quando Isabel começou a falar, aprendeu logo de sua mãe a pedir a Deus o regresso de Gil Mendonça.

Ao amanhecer de todos os dias, Arabela levava Isabel pela mão à porta da rua e, mostrando-lhe uma estrada, que fronteira ficava, dizia-lhe:

— Foi por ali, Isabel, que por amor do teu futuro partiu teu pai; é por ali que ele deverá voltar; todas as manhãs viremos esperar por ele, todas as tardes também; no entanto, Isabel, continua a ser a boa menina, para que ele te ache bonita e te ame como eu.

E depois Arabela voltava o rosto para esconder suas lágrimas de Isabel, que poderia chorar também e afligir assim seu coração maternal. Ainda se passou muito tempo sem que murchasse na alma de Arabela a esperança de ver chegar seu marido, e sem que este tornasse. Finalmente chegou o dia do natalício de Isabel.

Tinham-se passado nove anos depois que Gil Mendonça partiu em procura de melhor fortuna.

Ao amanhecer, Arabela, como costumava, levou Isabel pela mão até à porta e disse:

— Isabel, fazes hoje nove anos; há quase outro tanto que teu pai, por amor do teu futuro, nos deixou, partindo por ali... e é por ali que ele deverá voltar; esperemos...

O dia se passou como tantos outros, e, ao quebrar da tarde, Arabela, que se sentia abatida e aflita, sem, contudo, adivinhar a causa do que sofria, recolheu-se ao seu quarto, ficou só, chorando em segredo suas saudades.

Isabel foi, segundo costumava fazer com sua mãe, sentar-se à porta da casa e, fitando os olhos na estrada fronteira, como não tivesse ao lado sua mãe para repetir-lhe as palavras que sempre lhe ouvia, repetiu-as ela mesma:

— Foi por ali que, por amor do meu futuro, partiu meu pai, e é por ali que ele deverá voltar: continuarei a ser boa menina, para que ele me ache bonita e me ame como minha mãe.

Então ela viu vir chegando em direção à sua casa um velho peregrino, que parou a dois passos diante dela.

— Boa tarde, minha menina! — disse o peregrino.

— Boa tarde, meu velho! — respondeu ela.

— Olhavas com tanta curiosidade para mim que me lembrei de vir perguntar a causa.

— Ora... é que o senhor vinha pelo mesmo caminho por onde deve vir meu pai.

— Teu pai?... e como te chamas, menina?...

— Isabel, meu velho.

— Isabel?!... — repetiu o peregrino com violenta comoção; e depois continuou: — Isabel, eu tenho fome, dar-me-ás que comer?

— Sim, sim, entre: nós lhe daremos pão, ovos, bolos e vinho.

O velho peregrino entrou e daí a pouco foi cercado por toda a família, que lhe ofereceu uma frugal refeição. O semblante desse homem era respeitável: a cabeça estava toda branca, a voz era trêmula e compassada.

— Boa gente — disse ele, depois de dar fim à sua alimentação —, é hoje o dia em que faz nove anos aquela menina?...

— Sim... sim... e como o sabeis?...

— Eu vos trago novas do Sr. Gil Mendonça...

Um grito de Arabela interrompeu o peregrino:

— E onde está ele?... — perguntou.

— Na eternidade, Arabela! — respondeu o velho.

— Morto!... morto!... Isabel!... tu és órfã!... e eu sou viúva!... minha mísera filha!

Arabela abraçada em sua filha soluçava de um modo terrível; era a expressão de uma dessas dores profundas que se trocaria em amargoso e despedaçador silêncio, se ao pé não estivesse uma filha para desfazê-la em lágrimas.

— Minha filha! minha pobre Isabel! — exclamou depois de muito tempo Arabela — que te resta agora?...

— A herança de seu pai — respondeu o peregrino —; a herança de seu pai que vos trazer venho.

Todos olharam admirados para aquele homem.

— Arabela — continuou ele —, modera tua justa aflição e escuta--me; vós todos ouvi-me; Isabel, sossega tua mãe e atende-me também. Gil Mendonça, casando-se com Arabela, jurou que à força de seu braço saberia ganhar bastante para deixar ao filho que tivesse uma herança, que o tirasse da miséria e do infortúnio. Trabalhando sem descansar, trabalhando com ardor admirável, Gil Mendonça não deu um passo avante, e no fim de três anos o céu lhe havia concedido uma filha; mas ele se achava ainda tão pobre como dantes. Então, entendeu que lhe cumpria ir buscar em outras terras a fortuna; deixou pátria, esposa, filha e família, deixou tudo e, com sua vontade de ferro no coração, vagou pelo mundo oito anos; mas parece que a sua estrela o tinha condenado a ser pobre, de modo que, baldados todos os seus esforços, ele se via sempre o mesmo, tendo por únicos bens a trouxa de seus vestidos e o bordão do peregrino.

Sempre animoso, sempre trabalhando, ele correu a Espanha, a Itália, grande parte da Alemanha e voltou de novo à Itália, entrou na França, sem que a fortuna lhe tivesse sido um dia menos adversa. Há seis meses passados, enfim, ele estava em Provença e se dirigia à cidade de Aix.

Passava perto de uma ermida, viu sua porta aberta e a ela se dirigiu para ofertar suas orações ao Altíssimo... dentro da ermida havia sussurro; e passavam-se cenas de horrível profanação... Gil Mendonça entrou e ficou pasmado do que via; o altar estava destruído, imagens santas feitas pedaços rolavam pela terra... homens furiosos... uma horda de demônios em delírio, que em uma mão traziam um facho e na outra um machado, pareciam querer levar a destruição inda além.

Eram os maniqueus, os devastadores dos templos e das imagens, os gênios de destruição e do horror!

Um pobre e velho eremita, um desgraçado monge, coberto de cabelos brancos, e meio caído em um canto da ermida, se abraçava com ardente devoção com uma pequena e santíssima cruz de ouro, que tinha arrancado do altar, destruído logo depois, para assim salvá--la das mãos sacrílegas dos maniqueus.

Esse velho indefeso e inerme estava cercado por 20 miseráveis que contra ele despejavam pragas, maldições e ameaças.

— Tem ainda uma cruz nas mãos! — exclamou um deles — seja quebrada, seja destruída!

— Não! não!... não!... — exclamou o pobre monge — matai-me antes!...

Mas uma onda de maniqueus caiu sobre ele, e um desses monstros arrancou-lhe a cruz dentre as mãos...

O monge caiu de joelhos e, levantando as mãos para o céu, pôde apenas exclamar:

— A cruz de Jesus Cristo!... quem salva a cruz de Jesus Cristo?!...

O sacrílego que arrancara o Santo Lenho das mãos do monge estava a dois passos de Gil Mendonça, em quem os maniqueus não tinham reparado, e levantava uma pedra para quebrar a cruz, quando com voz de trovão Gil Mendonça bradou:

— Judeu! para!...

Sua voz ressoou terrivelmente no seio da ermida; uma multidão de braços se levantou contra ele!... mas Gil Mendonça sem hesitar descarregou o seu bastão sobre a cabeça do sacrílego, e, ao mesmo tempo que este caía desmaiado, ele se apossava da cruz. Então os maniqueus avançaram sobre Gil Mendonça, que se defendeu nobremente; enfim, cercado de todos os lados, depois de ferido cem vezes, tendo sempre a cruz em seu peito, e já tinta com seu sangue, o valente cristão caiu debaixo de tantos golpes, quando também uma centena de religiosos agricultores, entrando na ermida, começaram a bater e lançar por terra os maniqueus.

Meia hora depois, os sacrílegos tinham sido completamente postos em fuga, deixando muitos dos seus companheiros mortos; no meio desses cadáveres, o monge foi levantar o frio corpo daquele que sacrificara sua vida em defesa do Santíssimo Lenho.

Gil Mendonça ainda respirava e com força indizível apertava a cruz contra o coração.

Graças aos cuidados que lhe foram prodigalizados, ele abriu os olhos, viu ao pé de si o monge e pôde falar. Contou então em poucas e entrecortadas palavras a história de sua vida; disse ao monge o nome de sua mulher e de sua filha, ensinou-lhe o lugar onde moravam e concluiu dizendo:

— Monge! eu vou morrer; mas esta cruz é minha! esta cruz é o fruto de perto de nove anos de trabalho! esta cruz é a herança que deixo à minha filha; ela será feliz. Monge, tu me deves talvez a vida, serve-me, pois, no que te vou pedir: irás a Lisboa, sabe já onde moram meus parentes; de hoje a seis meses faz Isabel nove anos; tens 181 dias contados para lá ir; tu lhe entregarás nesse dia a cruz que passo agora às tuas mãos; dize-lhe que foi resgatada com o sangue e com a vida de seu pai, que lha deixa por herança.

Uma herança havia eu jurado legar-lhe... herança que a pusesse a salvo do infortúnio e da miséria... perto de nove anos trabalhei para cumprir meu juramento... eu buscava ouro... ouro para minha filha... e graças a Deus, eu deixo mais do que ouro, mais do que tudo... a ela... e a todos os meus descendentes. Essa cruz deverá fazê-los felizes!... protegerá a inocência e a fraqueza!... dize à minha filha que sempre que nascer para o futuro uma herdeira do nosso nome, se lhe entregará a cruz, quando fizer nove anos, até que venha uma nova herdeira e complete também essa idade... monge... a herança de minha filha é sagrada!... cumpre o que te peço... leva minhas despedidas a meus pais... a Arabela... e a Isabel... e enfim... reza por minha alma...

Gil Mendonça deixou então cair a cabeça e expirou; o monge rezou duas horas ao lado de seu cadáver e, erguendo-se depois, disse em voz baixa:

— E ele morreu sem me reconhecer!

— Agora, Isabel, tu já ouviste as disposições de teu pai; recebe, pois, a herança que te pertence.

E isto dizendo, o velho peregrino tirou do seio uma cruz de ouro que entregou a Isabel.

Toda essa história tinha sido ouvida com a maior atenção, no mais profundo silêncio. No fim dela, a cruz foi por todos beijada, e o pranto da família recomeçou.

Ao amanhecer do dia seguinte, o velho peregrino abençoou a triste família e partiu para nunca mais voltar.

Quando, ao quebrar da estrada, a casa de Arabela tinha de desaparecer para sempre a seus olhos, o peregrino voltou-se e, limpando duas grossas lágrimas, disse:

— E Arabela viu-me!... ouviu-me!... e não me reconheceu!

E esse monge, cujos cabelos estavam completamente brancos... esse monge pálido... magro... com o rosto enrugado... as mãos trêmulas... o andar mal seguro... esse monge, que todos julgariam octogenário... tinha apenas 35 anos... oh!... é porque há alguma coisa que envelhece e gasta o homem ainda mais do que o tempo... é a paixão desgraçada que não se extingue nunca... que escondida no fundo do coração... acabrunha o espírito e muda o aspecto do homem...

E aquele monge...

Gil Mendonça esteve nos seus braços... viu-o... ouviu-o... e não o reconheceu!

E esse peregrino...

Arabela hospedou-o em sua casa... viu-o... ouviu-o... e não o reconheceu!

Nunca mais se ouviu falar, e nunca mais se falou em D. Rui Vaz.

❖

VII

A cruz da família

Subida tinha sido a atenção com que Honorina escutava aquela velha história; espalhou-se no seu espírito ardente e romanesco aquele firme e inabalável propósito de um homem que a todo custo queria uma herança para sua filha e que, enxotado de seus teres pela má fortuna, foi correr mundo, até que a preço do seu sangue e vida conseguiu haver e deixar à herdeira do seu nome um legado tão novo como santo: achara, enfim, eco em seu coração esse amor puro e nunca vencido do rico fidalgo que, por não ser aceito pela pobre aldeã, esquecera nome, riquezas e mundo, eremita se fizera, e em tão poucos anos tanto o pungira a sua paixão veemente e desgraçada, que lhe enrugara o rosto, que lhe tornara grisalhos os cabelos e prematuramente o envelhecera por tal modo que nem o seu próprio rival, nem sua antiga amada puderam conhecer no hábito de eremita o antigo Sr. D. Rui Vaz.

Passados alguns momentos, e, quando ainda duas lágrimas, mimosas pérolas de ternura, alvejavam pendentes nos negri-longos cílios da bela moça, Ema prosseguiu dizendo:

— Eis aí, pois, Honorina, a origem dessa cruz que em tão grande amor e devoção tínhamos e que tanto devemos eternamente chorar.

Certamente; uma cruz sagrada, arrancada por semelhante maneira das mãos de homens loucos e ferozes, tinha de ser o talismã protetor dos descendentes desse homem que seu sangue derramara e dera a sua vida para não a ver menoscabada.

Assim foi, porque, minha filha, Deus não se esquece daqueles que dele se lembram e nele confiam.

Desde que o Sagrado Lenho entrou em casa de Arabela, a ventura começou a sorrir-se para a sua família; as privações foram desaparecendo como por encanto, seus bens se aumentaram de dia em dia, e o sossego e prazer presidiram de mãos dadas à corrente de seus anos.

Os desejos e a recomendação de Gil Mendonça foram completamente satisfeitos; a cruz de sua filha fez-se a cruz da família, a cruz que aos nove anos de idade recebia a herdeira de seu nome. Essa obrigação cumpriu-se religiosamente talvez seis séculos; essa herança chegou ainda até nós pura como a tinha recebido Isabel de Mendonça.

E nunca houve uma herdeira dessa cruz que não passasse vida feliz e sossegada.

Enfim, forçados pelo império das circunstâncias, nós, que jamais havíamos deixado a nossa pátria, viemos buscar seguro asilo na terra de Santa Cruz, fugindo dos horrores, da destruição e da impiedade que a todos os cantos da Europa levava a espada terrível de um monstro que se chamou Bonaparte.

Além de um tão cruel desgosto um outro, Honorina, me acompanhava. Eu não tinha tido senão dois filhos; o céu me tinha negado uma herdeira para a cruz da família; casamos Raul de Mendonça, nosso filho mais velho; porém o primeiro fruto desse himeneu foi ainda um varão, e minha nora não concebeu mais. Restou-nos uma única esperança, era Hugo; nós o casamos também, e, graças a Deus, Honorina, um ano depois desse casamento, nasceste tu para sossegar-nos, para ser a herdeira da cruz da família.

Ema suspendeu por um momento na relação que fazia e, voltando-se para Hugo, disse com voz pausada e grave:

— Hugo, eu hei de dizer tudo o que penso e que sinto a Honorina; se não te achas disposto a ouvir-me, ou se temes incomodar-te com o que vou dizer, será melhor que te retires.

— Pois bem, minha mãe — respondeu Hugo sorrindo-se —, eu saio para a deixar em completa liberdade; Honorina fará justiça a seu pai.

Logo que Hugo saiu, Ema continuou:

— O mundo, minha filha, tinha passado, estava e está passando por uma revolução espantosa; revolução que nada respeita, desde a política e a religião até mesmo as mais nobres e generosas crenças de ideias individuais. Demônios eloquentes, penas temperadas no fogo do inferno, tinham antes espalhado e pregado, segundo mil vezes me repetiu o meu santo confessor, princípios fatais à humanidade, desorganizadores dos tronos e do altar; máximas ardentes e perigosas eram oferecidas ao povo, e como incensavam a sua vaidade, foram bebidas e aceitas com entusiasmo por muitos; um vulcão se preparava, vulcão horrível, que rebentou primeiro na América, que logo depois prorrompeu em França, e do qual se ressentiu o mundo todo;

depois adiante da infernal propaganda, na frente da ímpia cruzada, apareceu esse inqualificável flagelo, essa vingança de Deus, chamada Bonaparte, que fez estremecer os templos do Senhor e os tronos dos reis; que regou com ondas de sangue humano a árvore da impiedade. Enfim, esse homem sucumbiu, depois de triunfar mil vezes; porém as ideias que ele replantou com a ponta da sua espada germinaram e vegetam ainda hoje!

Uma palavra mentirosa, mas de fogo, embriagava os homens; era ela "liberdade!"; em nome da liberdade, os grandes homens subiam a infamantes patíbulos... esgotavam-se os cofres públicos... cometiam-se horríveis sacrilégios... desterravam-se e exterminavam-se modestos religiosos!... ninguém mais se supôs pequeno. Uma outra palavra também mentirosa, mas também de fogo, fazia gigantes os mais desprezíveis anões... era ela "igualdade"!

Ninguém concebe quantos milhões de vítimas se têm sacrificado nos falsos altares desses dois ídolos de fumo.

Como precisa consequência de tão nefandos princípios, o gênio do mal, para alimentar e dar mais intensidade ao facho da anarquia, vomitou sobre e contra nós a liberdade da imprensa... máquina de calúnias e de intrigas... veneno dos espíritos... guarda avançada das revoltas.

Tudo mudou. Os meninos deixaram de aprender a rezar para ler periódicos e discutir presumidos direitos do homem; os operários abandonaram as suas fábricas para cuidar em eleições; a plebe imunda e perigosa agitou-se radiosa e triunfante em todas as nações.

A peste chegou até ao Brasil. Esta nação, criança, que ainda mal andava sustida pelos bracinhos, levantou orgulhosa a cabeça, dizendo que era um gigante, que não corria porque lhe atavam as pernas; que era uma águia, que não voava porque lhe prendiam as asas; que queria, que havia de caminhar só e livre; e, o que é mais, Honorina, um príncipe, um homem, em cujas veias corria o sangue mais nobre do mundo, foi o mesmo que, cheio de mal-empregado entusiasmo e bravura, tomou a dianteira ao povo e bradou "independência ou morte!"

Portanto, a embriaguez se tornou mais notável. As ideias deste século pervertido são contagiosas; povos inteiros padeceram o mesmo mal; o brasileiro não podia formar exceção.

E não se falou mais aqui senão em liberdade, câmaras, deputados e constituição...

Os velhos tornaram-se crianças... os meninos não tomaram mais a bênção a seus pais... as moças desprezaram os véus da modéstia e a vida sossegada da solidão para ir com o rosto bem à mostra e, carregadas de adornos e de modas indecentes, dançar em saraus, onde a licença e o desregramento tomaram o nome de civilização e de progresso!

Tudo isso foi devido à liberdade...

A peste também entrou em nossa família: teu avô, teu tio e eu nos conservamos firmes em nossos antigos princípios, com as belas inspirações dos nossos antepassados, desprezando todos esses erros, detestando todos esses crimes da época, todas essas mentiras de liberdade, igualdade, direitos do homem, constituição e não sei que mais! tendo finalmente por única glória sermos sempre devotados ao altar e trono, e mais nada.

No meio de nós, porém, levantava-se uma cabeça de louco e criava-se um coração de serpente.

Teu pai, Honorina, apesar da educação que lhe demos e dos exemplos que sem cessar lhe oferecíamos, tinha-se feito sectário das novas ideias: era um liberal delirante, que trouxe no braço a sua legenda, como na cabeça as suas loucuras; que cem vezes se enfeitava com flores e folhas para ir bramar nas praças, para tomar parte nas orgias do povo desenfreado.

Era uma cabeça de louco.

E o filho de Raul, teu primo Lauro, Honorina, desprezando os conselhos de nós todos, a despeito dos castigos que seu pai lhe fazia sofrer, cedendo a seu gênio inquieto e desastrado, crescia correndo pela estrada da perdição. Vivo e sagaz, travesso e imprudente como nenhum outro; sempre cheio de resolução e audácia, possuindo talento e habilidade em alto grau, poder-se-ia fazer dele um grande homem, se o tempo em que vivemos não bastasse para pervertê-lo. Tentamos aproveitá-lo e o fizemos estudar; compreendia as lições com facilidade espantosa, progredia rapidamente; mas ao mesmo tempo opunha-se com repreensível obstinação às ideias de seus mestres quando não lhe agradavam; ria-se diante deles, se os ouvia dizer o que ele chamava um absurdo; abandonava as aulas para passar horas inteiras nas galerias da câmara dos deputados; decorava os discursos mais veementes e arremedava os mais fortes oradores; enfim, mesmo na minha presença, atrevia-se a combater e zombar das minhas nobres crenças, a que ele ousava dar o nome de prejuízos dos séculos de escravidão e ignorância!

Era um coração de serpente.

Não: nem os avós, nem o pai desse menino protegeram com criminoso desleixo ou estúpida indiferença os erros, filhos da sua má índole; mas ele tinha uma mãe... indulgente como quase todas; uma mãe que o amava extremosamente, que fechava os olhos às suas faltas e que, finalmente, sem o querer, cooperou para a sua perdição...

Ao correr dos seus 16 anos, esse menino tinha concluído os seus estudos preparatórios e redobrado a viveza, a resolução, a audácia e a insolência que lhe eram naturais.

Então... a serpente mordeu-nos.

Tu, Honorina, chegavas à época feliz dos nove anos... De antemão, nós fruíamos o prazer de ver brilhar esse dia, em que a cruz da família tinha de passar às tuas mãos...

Mas eu nunca me enganei... eu tive pressentimentos de que uma grande desgraça estava prestes a cair sobre ti... sobre nós... essa desgraça foi preparada por teu próprio pai.

Sentindo aproximar-se o dia do teu nono aniversário, Hugo declarou-nos que queria mandar ornar a cruz da família com preciosos brilhantes; teu avô e teu tio, Honorina, aplaudiram essa ideia, porque pensavam assim demonstrar o muito apreço em que tinham a sagrada cruz e porque também isso satisfazia a ternura com que todos te amavam.

Fui eu a única que me opus; eu sempre entendi que cumpria conservar pura e intacta a nobre herança havida dos nossos avós, a nobre herança de Isabel deixada por Gil Mendonça. Mas que podia uma triste mulher contra todos os parentes?... foi com lágrimas nos olhos que eu vi levarem a cruz da família...

Chegou o dia do teu nono aniversário.

Jantamos todos reunidos. Duas únicas pessoas que não tinham o nome de Mendonça jantaram conosco: Lúcia, que dera de mamar a teu primo Lauro e a ti, e Félix, que é hoje o guarda-livros de teu pai; pobre e desvalido moço a quem por compaixão recebemos para nossa casa, e que nos tem sabido pagar com admirável gratidão.

Acabado o jantar, Honorina, eu te chamei para junto de mim; todos vieram cercar-me e ouviram-me repetir a história da cruz que ias receber e que consequentemente foi lançada ao teu pescoço.

Tu, Honorina, posto que contasses nove anos, eras inocentinha como uma pomba; porque na falta de tua mãe (pois já a tinhas perdido), nós, teus avós, te guardávamos e zelávamos sobre a tua educação, para que teu pai te não enlouquecesse com as suas extravagantes ideias.

Inocentinha como eras, tu beijaste a cruz com alegria infantil, e, sem ainda compreender o valor dela, orgulhosa a andavas mostrando a nós todos.

Então, Lauro disse-te, sorrindo-se: "Honorina... eis uma bela cruz para ser furtada! tem ricos brilhantes, que se podem vender..."

Tu correste instintivamente para mim; e eu respondi a teu primo: "Lauro, tu és louco: não se graceja com um objeto sagrado".

Este episódio não passou daí. Às sete horas da noite, adormeceste, e a tua cruz foi depositada perto do teu leito numa salva de prata.

Às dez horas da noite, a cruz da família tinha desaparecido.

A dor que sentimos não se pode descrever; e antes de procurar conhecer o ladrão, teus avós e eu, Honorina, já tínhamos adivinhado quem fora.

Todas as suspeitas recaíram sobre Lauro.

Félix e uma velha parente nossa declararam que o tinham visto entrar no teu quarto com precaução e cuidado; que ele por algum tempo aí se demorara, tendo tomado e examinado a cruz atentamente.

Lauro, ouvindo o testemunho de ambos, corou e disse com a sua costumada audácia: "Tudo isso é verdade". "E a cruz?... onde a puseste?" — bradamos nós. "Deixei-a lá mesmo" — foi a sua única resposta.

O resto tu o sabes, Honorina; a carta, que ouviste ler a teu pai, me poupa o trabalho de referir a cena de maldição, em que eu proferi as palavras de que ele se lembra, palavras que nunca me arrependi de ter proferido, palavras que repito ainda...

E a velha Ema, levantando a voz, disse com força:

— Torne-se em pedra o pão que ele comprar com o dinheiro pelo qual vendeu os brilhantes da cruz da família! o ladrão não me obrigue a corar de vergonha, aparecendo ainda diante de mim!...

❖

VIII

O primo Félix

Era a hora em que (segundo a fraseologia das moças) se prega no ponto — e da costura ou do bordado corre-se para a janela. Entendamo-nos; não queremos com isso dizer que a nossa civilização esteja tão atrasada que se imponha ainda ao belo sexo o importuno cativeiro da agulha: nada; isso não! é somente propósito nosso fazer sentir que tinha chegado o momento feliz em que o sol não reflete mais os seus raios sobre as janelas das casas da nossa cidade, e conseguintemente apareceram naquelas as elegantes e mimosas filhas de Niterói.

D. Rosinha estava, conforme o seu costume, de janela e então conversava fortemente com uma vizinha tão sua amiga que já uma vez chegara a sustentar seriamente que ela não era feia; sentia-se, pois, tão enlevada, no que praticava com o "seu pensamento", como a chamava, que não viu entrar o primo Félix.

Antes de irmos por diante, convém lembrar que temos aqui dois objetos que, sendo muito comuns, merecem, todavia, momentos de reflexão: são eles uma moça, que está de janela, e um primo da moça bonita.

Mas é preciso prevenir também que as observações que vão ser lidas sobre o primeiro ponto não poderão caber senão a um restrito número de jovens que não podem formar regra, que são tristes exceções entre as do seu sexo. E, para ofender ainda menos a suscetibilidade de quem quer que seja tratando delas, não diremos "uma moça"; diremos "uma moça loureira".

Uma moça loureira, que está de janela e que é do número dessas que sabem estar de janela, põe em ação a ciência mais difícil do mundo, e que é ao mesmo tempo tão positiva como a matemática, e tão cheia de coisas nenhumas como a diplomacia. Ela tem vista tão segura que pelo menear da bengalinha conhece o jovem que vem no princípio da rua; pelo tirar do chapéu adivinha se é moça ou velha a pessoa a quem ele cortejou; e, pelo cortejo que recebe, se o padecente inda tem de voltar pela mesma rua ou não. Tem o ouvido tão apurado que, pelo som da corneta, prediz o oficial que comanda a guarda que vai passar; pelo longínquo tropear de um ginete, quem é o cavaleiro que o cavalga; e pelo boa-tarde que lhe dá a vizinha, sabe logo se ela já o viu... ou se ainda espera. E a mãozinha de moça loureira que está de janela?... com os seus dedinhos cor-de-rosa, fala essa mão ainda mais que um papagaio de seminário! um lenço nessa mão move-se e dá mais sinais que o telégrafo do castelo; uma rosa ou um cravo entre os seus dedos é mais brilhante que a fogueira de Sesto, mais eloquente que um discurso de M. de Lamartine.

E uma moça loureira não perde nada; antes de tudo tira partido nessa posição: se, por exemplo, apanha um maninho, um sobrinho, uma criança, enfim, de poucos meses... que de carícias não recebe o pobre inocente!... ensina-lhe adeus com a mãozinha... abraça-a mil vezes... e em conclusão a criança não é mais do que um trunfo, no qual se embarca uma bisca.

E se há loureiras como ela?... misericórdia! isso sim é que é maçonaria, onde não penetra o vulgo profano; fazem elas um tratado de aliança tal que deve causar inveja a todos os diplomatas das quatro grandes potências: a mais sonsa delas vale o dobro do príncipe de Metternich. Velha ou moça que passa não vai sem sofrer uma análise crítica e miúda de todos os seus vestidos e a enumeração de todas as imperfeições do seu físico; velho ou moço que tem a desgraça de fazer por ali seu caminho não volta o canto sem levar nas costas a sua alcunha; e os senhores apaixonados tenham também paciência; será bom que vão passando com a certeza de que, se as queridas lhe perdoam, as vizinhas não podem deixar de lhes fazer ao menos uma careta, de dizer ao menos "que tolo!". ainda o que vale é que às vezes tais enredos e ciúmes se levantam entre elas, que mutuamente se beliscam e se atrapalham, que faz gosto ouvi-las e vê-las, de tão lindamente arrufadas que ficam.

Julga muita gente que, logo que olha para a moça loureira que está de janela, pode dizer a respeito do que está ela pensando, do que ela cuida e o que ela sente; pois elas se riem! e riem-se com razão; porque lá dos segredos da arte das janelas ainda ninguém tocou o fundo... Os vaidosos acreditam ter compreendido assaz, por haver tirado as seguintes consequências:

1ª.) Moça que estando de janela tem os olhos fitos no lado do mar é porque espera que venha alguém desse lado.

2ª.) Moça que não conversa com as vizinhas, que olha ora para baixo, ora para cima, sempre cuidadosa e suspirante, é porque não sabe por onde surdirá um rapagão que, por ciumento ou adoidado, não tem nem hora, nem ponto certo em que apareça.

3ª.) Moça sentada à janela com a face pousada sobre a mão tem saudades.

4ª.) Moça que, quando sente vir o predileto da parte de cima, fita os olhos no lado de baixo e, ao senti-lo defronte da janela, faz com a cabeça um movimento, formando um arco de círculo e olha para a parte donde ele veio, fingindo não o ter visto, está de arrufos.

5ª.) Moça que, ao ver aproximar-se o jovem que a requesta, volta-lhe as costas e foge para dentro, morre por ele.

Mas basta de falar em janelas, e já que por demais foi longe a reflexão sobre tal ponto, seja em compensação ligeira a que tocar aos primos.

Um jovem primo é pouco mais ou menos o espírito maligno em forma humana, calçando botas e vestindo casaca; há uma tal queda para os primos que se faz preciso andar sempre com os olhos bem abertos sobre eles.

Um jovem primo foi uma criança que brincou "o tempo será" com as primas, que chamou a uma delas minha mulher e foi por essa chamado meu marido; que se acostumou desde então a entrar em casa delas sem bater palmas, que fez quadrinhas para os lenços delas, que é o compadre das suas bonecas, e que, agora, ou é desses que fazem garbo da liberdade que têm com as primas e, à vista de gente, grita, corre e patusca com elas, e então não passa de moço de bom-tom, fogo de palha, casca de grande coisa com âmago de coisa nenhuma; ou, pelo contrário, é um primo com cara de tolo, que não perde terço nem novena, que reza muito na presença dos tios e tem um oratório em casa, onde faz festas aos santos da sua devoção, e que, enfim, em noites de reunião em casa das primas, enquanto elas palestram, dançam e se divertem, ele se deixa ficar em um dos cantos da sala, bocejando e cochilando, uma vez por outra dando tabaco ao tio, espevitando as velas e indo ajudar as primas a preparar o chá.

Essa é que é a casta de primos mais perigosa no seio de uma família do que um doente de sarampo ou bexigas.

Félix, a quem de antes conhecemos, pois que já o encontramos almoçando com a família de Venâncio, é um primo do primeiro gênero; perdido de amores por sua prima Rosinha, tem mais ciúmes dela do que uma criança do colo de sua mãe; Rosa, que o vê com olhos de quem quer casar, e que, além disso, é moça entendida em negócios diplomáticos, o julga um moço que, por falta de outro, lhe poderá servir para marido; e por consequência, segundo a tática que em outras pode ser observada, nem o despede, nem se deixa dominar; trá-lo atrás de si como o seu gatinho; se o vê exasperado e disposto a fugir-lhe, sorri-se para ele e assim o amansa, e o faz beijar-lhe os ferros; se o observa muito altaneiro e confiado em sua constância, não olha para ele um dia inteiro e o põe com o juízo em voltas, e a esperança em alarma. Já se vê, portanto, que Félix pertence ao número dos tolos de amor.

Pois ele não se quis fazer anunciar: com toda a sua perigosa liberdade de primo, entrou pé por pé para a sala; vendo aberto o piano, em que tantas vezes tocava a sua querida Rosinha, o foi beijando tecla por tecla... já tinha lambido metade do teclado quando se lembrou de causar um susto à prima, que, no fervor da sua conversa com a vizinha, não o tinha ainda percebido; mas não tardou a mudar de resolução, e, encobrindo-se atrás de um aparador, dispôs-se a escutar o que diziam as duas.

— Mas, meu pensamento — perguntava nesse instante a vizinha —, isso é sempre assim?...

— Sempre assim de três dias a esta parte!... foi há três dias a primeira vez que o vi, e desde então tanto eu o amo como minha mãe o mostra aborrecer.

— Amar há três dias?... — pensou o ciumento do primo —; há três dias viu ela Otávio no teatro?... mas como é que a mãe o detesta e o manda convidar para o sarau?...

E prestou dobrada atenção.

— Mas por que tanto ódio, meu pensamento?...

— Porque diz que é indigno de mim e que eu me não devo ocupar com ele; oh! isto já me aborrece!... talvez que em breve vá descansar.

— Sim!... estimarei bem.

— Sou capaz de, em menos de dois meses, estar casada com meu primo Félix.

— E ele que te há de amar tanto!

— Por certo; morre por mim.

— Disseram-me que é excessivamente ciumento.

— Sim... sim... mas embora; ainda quando lhe não tivesse amor algum, casar-me-ia com ele só para ver-me livre do mau gênio de minha mãe; ora... só o ódio que ela vota ao meu querido...

— A quem?... a teu primo?...

— Não: quando eu digo meu querido, deves adivinhar que não é a meu primo que me refiro.

— Ah!... — disse a vizinha de D. Rosa — porém, como ainda me não disseste o nome...

— É que o seu nome não tem nada com o amor que eu lhe tenho.

Félix começava a sentir-se cada vez mais curioso.

— Pois bem — começou D. Rosa —, como te eu dizia, minha mãe vota-lhe um ódio de morte; diz que por causa dele não coso, não bordo e não estudo piano há três dias.

— Que injustiça!...

— É verdade! então ele, que gosta tanto de me ouvir tocar!... uma vez, quando me levantei do piano, ele estava ao pé de mim, sem que eu saiba ainda como pôde entrar na sala; e sabes o que fez?... beijou-me a mão.

— Que amor! — disse a amiga.

Félix já estava realmente incomodado.

— Aí está! não diria isso minha mãe; não sei por que o detesta; ainda ontem, depois de ralhar comigo e de amaldiçoá-lo, perguntou--me, afetando um sorriso irônico: "por que te não casas com ele?"...

— Que mau gênio de senhora!...

— Ainda mais, a todo momento o chama desenxabido e feio.

— Outra injustiça, não é assim, meu pensamento?...

— Sem dúvida; e respondo chamando o teu testemunho: dize, meu pensamento, serão feios aqueles olhos vivos e travessos, será feio aquele rosto redondo e branco?... serão feios aqueles pés tão pequeninos, e feias aquelas mãos tão finas e tão macias?... oh!... como deixar de amá-lo?...

— Bem se vê que tens toda a razão.

— Sim!... eu o amo... amo-o e muito! será um capricho, uma loucura; mas não posso passar sem ele... eu lhe dou os meus sorrisos de dia e sonho com ele de noite!...

— Que paixão, meu pensamento!...

— E o mais é que eu entendo que tenho todo o direito de amar a quem bem me parecer...

— Eu também sou da sua opinião, meu pensamento: a vontade do cidadão é livre.

— Pois não é assim?... não se fala tanto em direitos e garantias?... quanto a mim, o direito e a garantia da mulher é amar a quem lhe agradar.

— Apoiado! meu pensamento, apoiadíssimo.

— Por consequência, minha mãe não me pode coagir a não amar o meu querido.

— Não, decerto; isso seria uma suspensão de garantias...

— E, portanto, hei de amá-lo sempre, e cada vez mais...

— E fará muito bem.

— Quando vier tocar piano, deixarei a porta da sala aberta para que ele venha ouvir-me... e beijar-me a mão...

— Isso... isso...

— Em todas as tardes, enquanto a minha mãe dormir a sesta, eu e ele havemos de comer, no mesmo prato, do melhor doce que tivermos em casa...

— Assim, assim, meu pensamento.

— E, apesar de minha mãe, hei de sempre achar meios de acariciá-lo e de gozar suas carícias; ao levantar-me da cama... durante o dia... de noite mesmo, procurarei vê-lo... mostrarei que o amo.

— Ora, aí está como deveríamos ser todas nós... fortes... decididas...

O infeliz primo Félix já se não podia suster... suava ciúme por todos os poros do seu corpo.

— Agora minha mãe, para afligir-me, diz que quer ver se, quando eu me casar e for dona de casa, ainda farei as mesmas meiguices e me portarei do mesmo modo com ele.

— E tu, que pensas?

— Penso que posso muito bem, depois de casada, amá-lo como agora; penso que terei tempo de me ocupar dele, sendo mesmo dona de casa; penso, enfim, que me será fácil conseguir que meu marido me ame também.

— Eu também julgo tudo isso muito possível e natural.

— O meu querido!... o meu querido!... — prosseguiu D. Rosa — ah!... mal podes conceber o susto que por causa dele passei ainda há pouco; eu te conto. Minha mãe mandou-me estudar a lição de piano; eu vim e apenas tinha tocado a introdução de uma peça, entrou ele pela porta da escada, que estava aberta, como agora, e, segundo seu costume de três dias, veio encostar sua linda cabeça no meu colo para ouvir-me tocar; mas cinco minutos não se haviam passado, quando senti os passos de minha mãe... ah!... não tive tempo senão de entrar na alcova e de escondê-lo atrás das cortinas do leito... então ele, que é tão medroso!...

— E depois?

— E depois, minha mãe não me deixou mais; vim para a janela

para não a fazer desconfiar, e, se o meu querido ainda não fugiu, vou agora dar-lhe escapula.

E D. Rosa voltou-se para ir abrir a porta da alcova, quando Félix ergueu-se e mostrou-se pálido, trêmulo e desfigurado.

— Ouvi tudo!... — balbuciou ele a custo.

— Senhor!... meu primo!... — exclamou a moça.

— Digo que eu estava ali — continuou o infeliz ciumento com voz rouca e sinistra —, estava ali e ouvi tudo!... tudo!...

— Que quer dizer?... — perguntou D. Rosa confusa.

— Quero dizer que, se há uma mulher que reúna em si quanta perfídia, quanta ingratidão, quanta astúcia e vileza tem vomitado o inferno, essa mulher... é a senhora.

— Senhor!...

— E a prova do que eu digo está bem perto de nós... vai mostrar-se já; porque eu vou abrir a porta desta alcova, e o infame há de aparecer para logo depois sair daqui... comigo.

D. Rosa soltou uma risada de escárnio.

— Escarneça!... escarneça!... mas o escárnio que me está lançando, há de ser lavado com o sangue do covarde!

E Félix dirigiu-se à porta da alcova.

— Um duelo?! — exclamou D. Rosa com indizível expressão de ironia —; um duelo?... nunca o acreditei tão intrépido.

— E será um duelo de morte!

— Vergonha a quem recuar! — disse a moça.

— Não serei eu! — bradou Félix, enfurecido.

— Vergonha a quem recuar!... — repetiu a moça, abrindo em par as portas da alcova.

Félix avançou furioso para o leito...

Com as mãos trêmulas, correu as cortinas...

Olhou com olhos flamejantes de cólera.

Soltou uma gargalhada...

E entrou de novo na sala, trazendo o seu rival nos braços.

O querido de D. Rosa era o seu cachorrinho; o seu branco e felpudo dogue.

❖

IX

Noites de visitas

Félix, com o dogue nos braços, alcançou para logo o perdão das parvoíces que haviam dito a Rosa, que recebeu, apertou contra o peito e beijou cem vezes o feliz felpudo animalzinho, pelo que já o padecente primo começava a fazer uma quadrinha imitante de outras por ele lidas e principiava a dizer assim:

Quem me dera ser cachorro,
Para...

Quando foi estagnada sua veia poética pela repentina chegada de Tomásia, que, ouvindo as risadas que há pouco tinham soado, vinha pedir a explicação delas. Encontrando o dogue nos braços de sua filha, seu rosto tomou expressão de cólera; mas cedo riu-se também com a melhor vontade, sabendo do quiproquó de seu sobrinho, e em louvor de tal prometeu a Rosa fechar os olhos à sua paixão pelo cãozinho.

Félix, que já se achava mais a sangue-frio, reparou então que alguma novidade devia haver na casa de sua tia; a sala estava cuidadosamente ornada; havia flores frescas nos vasos e velas ainda virgens nos castiçais; as duas senhoras mostravam-se vestidas no último apuro da mais afetada simplicidade.

— Então que quer dizer isto? — perguntou ele. — Minha tia, eu aposto que se esperavam visitas aqui!

— E ninguém será tão louco que queira perder apostando contra ti — respondeu Tomásia, sentando-se com um cuidado admirável para não amarrotar o vestido.

— Mas quem são, portanto, as pessoas que se devem mostrar hoje?... eu quero saber se me cumpre fugir ou ficar.

— Fica, fica, meu Félix, ao menos para me ajudares a sofrer com paciência as parvoíces do Sr. Estanislau, de sua terrível metade, desenxabida filha e malcriado filho... eu bem me não quero meter com semelhante gente... são as amizades de meu marido.

— Porém, minha mãe — disse Rosa —, em compensação meu primo apreciará a sociedade de D. Mafalda, que sem dúvida traz consigo a lindeza de sua sobrinha.

— Fico, minha prima, fico; ainda que seja só para ouvir D. Mafalda e ver D. Inácia.

— Pois o que tem de bom ouvir-se D. Mafalda? — perguntou Tomásia.

— Muito, tiazinha; ela sabe e conta a crônica dos mortos, dos vivos e até dos que ainda estão para nascer.

— E o que tem de bom ver D. Inácia? — inquiriu Rosa sorrindo--se de antemão.

— Misericórdia!... minha prima!...

— Ora... estou vendo que o senhor não a queria...

— Oh!... se a queria! mas para ganhar minha vida, andando pelo mundo a mostrá-la como raridade; que carão, minha prima, que carão!...

— Quanto mais se ela não andasse de vestido tão comprido.

— Então por quê?

— Tem as pernas enormemente zambras, e um pé duas polegadas maior do que o outro.

— Bravo! que belo achado!

— Mas que é isto, meu primo, que alegria é essa?...

— Um feliz achado; um amigo meu se ocupa em escrever os Mistérios do Rio de Janeiro, e vou oferecer-lhe em D. Inácia, uma cambeta.

— Cala-te, língua má! — disse por entre risadas de gosto Tomásia — cala-te e esperemos todos pelas nossas visitas.

No entanto que estas cenas se passavam em casa de Venâncio, em duas outras casas estiveram desde as sete até às oito horas e meia da noite, demonstrando toda a sua paciência dois pobres homens, mártires da moda.

Porque, em verdade, não é um martírio; mas é a provação mais segura da paciência de um homem o fazê-lo esperar por uma senhora gamenha que se veste para sair; assim como no fogo se prova o ouro e a prata, assim também nessa longa hora, em que o pai ou marido leva a bocejar, coçar a cabeça, passear pela sala e consultar o relógio, fica-lhe provada a santa virtude da paciência, e, o que é mais, são-lhe de justiça descontados boa meia dúzia de seus pequenos pecados.

De ordinário as senhoras fazem voto de sair cedo de casa, pois que, principalmente entre as moças, não se conta uma só que não beba os ares por uma noite de teatro, de visita às amigas ou de passeio pela Rua do Ouvidor; mas, quando se veem defronte do toucador (aqui para nós, um toucador é a cachaça das moças), esquecem-se das horas que passam e de lá se não desgrudam sem que os pais ou maridos gritem por elas cem vezes, de cansados de esperar que se acham.

Há, no entanto, duas cenas sobremaneira apreciáveis: aqui se vê um homem que, apertado dentro de sua casaca e enforcado por sua gravata, passeia impaciente ao longo da sala; lá, uma ou meia dúzia de moças que, firmes ante o toucador, dão graças à natureza, pois não há nenhuma que se não julgue bonita, e arengam, e gritam com as escravas e criadas para que as apertem até o ponto de sufocá-las.

Na sala, o pobre homem exclama de momento a momento: "andem, senhoras! venham meninas! pois ainda não estão prontas?" do toucador responde umas delas: "já vamos, meu paizinho! estamos pondo os anéis", e ainda lhes falta todo o ânimo preciso para afastar-se defronte do feiticeiro toucador... e ainda elas se ocupam em beliscar as orelhas para torná-las vermelhas, em morder os lábios para fazê-los rubros, em preparar certo mover neles para fingir um sorriso com que derrotem quem o merecer, e ensaiar um quebrar de olhos com que ponham em fino cascalho o coração mais de pedra que lhes venha à mente conquistar.

Finalmente, depois que na sala muito se esperou e se gritou, sai a senhora do toucador, exclamando que não se pode aturar um homem rabujento, e as meninas confessando em segredo que seu paizinho, à medida que se vai fazendo mais velho, se está tornando mais impertinente. Ainda ao descer a escada, e mesmo da porta da rua, elas voltam ou mandam buscar o vidro de essência de rosas, a flor, o leque, o lencinho escolhido e outras coisinhas de que ordinariamente se esquecem para lembrar-se nesse lugar, o que não deixa de ter seu mérito, no grande tom. Em resultado é sempre uma vitória de peso o vê-las em ordem de marcha. As senhoras negam essas observações; mas... respondam os mártires. Foi pouco mais ou menos isso mesmo o que se passou com o Sr. Estanislau, e com Brás-mimoso, que tinha sido convidado para acompanhar D. Mafalda.

Às oito horas e meia da noite, chegaram as visitas com diferença de minutos uma da outra. Escusado é dizer que muito tempo gastaram as senhoras em dar-se muitos beijos e em dizer-se mil coisinhas muito lisonjeiras, de que no interior elas mesmas se estavam rindo por havê-las dito.

Achavam-se, pois, presentes o Sr. Estanislau com sua mulher, filha e filho; o Sr. Brás-mimoso com D. Mafalda e D. Inácia; e Venâncio, Tomásia, Rosa e Félix.

Manduca tinha ido a um teatrinho de bonecos; divertimento de que era muitíssimo apaixonado.

Depois de sentados na sala, a sessão começou, como era de esperar, pela apresentação da recém-nascida, que foi trazida e mostrada a todos, passando pelo colo de todas as senhoras, recebendo um beijinho de cada uma delas.

— Dou-lhe os parabéns, Sra. D. Tomásia — disse D. Carlota, que assim se chamava a mulher de Estanislau —; sua filha é um perfeito cupidinho.

— E que viveza, minha senhora!... quando me vê, já estende os bracinhos e move com os lábios, como para dizer "mamãe"; olhe "ma" já ela chegou a dizer ontem à tarde... é o meu encanto... ri-se... brinca... conhece a todos de casa... não chora de noite... enfim, não é por ser minha filha, mas eu nunca vi criança como esta.

— Isso é verdade... eu nunca vi criança como esta — disse automaticamente Venâncio.

— Com quem se parece, Sr. Estanislau?...

O Sr. Estanislau, na verdade que quando a criança lhe fora apresentada, havia dito "que lindo anjinho!", mas, aqui para nós, nem de leve lhe reparara nas feições; todavia, ouvindo a pergunta de Tomásia, entendeu que deveria responder satisfatoriamente e por isso disse sem hesitar:

— Ora, minha senhora... basta um rápido olhar para se reconhecer o retrato de V. Sa. no belo rosto daquele querubim!...

— Então, Venâncio, não te tenho eu dito que esta menina é o meu retrato?...

— Basta vê-la, Tomásia, eu penso do mesmo modo.

— Olhem... — exclamou Tomásia — olhem como ela chupa o dedo!... que graça! que encanto!... quer mamar e não chora: uma outra criança já nos teria ensurdecido com seus vagidos; leva-a rapariga, leva-a com cuidado e dá-lhe de mamar; por esta vez...

— As crianças deste tempo — disse D. Mafalda — são todas vivas e maliciosas logo que nascem; desde que se proclamou a constituição, não se vê mais criança tola.

— Tomara eu que chegasse o dia do batizado!...

— Por falar no batizado, já sei que se deve achar em trabalhos com o seu baile.

— O certo é que me tenho visto doida com pedidos de convites!

— A propósito, minha tia — disse Félix —, devo dar-lhe conta de minha comissão.

— De que comissão me falas, sobrinho?

— Do convite que me obriguei a oferecer ao Sr. Hugo de Mendonça.

— O Sr. Hugo de Mendonça?... — disse Estanislau —; é o homem de quem te falei, minha Carlota.

— O homem que tem uma filha que diz ser bonita?...

— Esse mesmo.

— O pai da jovem a quem chamam romântica? — perguntou D. Rita, filha de Estanislau.

— Exatamente — respondeu Félix.

— Mas que tem ela para se chamar romântica? — tornou Carlota.

— Eu não sei; ainda não a vi.

— Eu já tive a honra inapreciável de vê-la — disse com ar meio irônico a sobrinha de D. Mafalda.

— E então?...

— E então?...

— Pinte-nos esse belo anjinho.

Todos se voltaram para D. Inácia e fizeram voto de lhes prestar a maior atenção. Brás-mimoso era, porém, da roda, o que se via mais atrapalhado: o filho de Estanislau, menino de sete anos, o rapazinho mais espirituoso do Rio de Janeiro, como supunha Carlota, o não deixava parar; empregava todo o seu espírito em incomodar o pobre homem; havia principalmente implicado com a corrente do relógio e com os belos cachos da postiça cabeleira de Brás-mimoso.

— Espere, nhonhô... Sr. Juca... espere — disse ele.

— Aquieta-te, Juca... olha que eu te prendo em uma cadeira — acudiu Estanislau.

— Estanislau, deixa a criança — exclamou Carlota —; tu sabes como o Sr. Brás ama o nosso Juca... aposto eu que ele está gostando... Juca é tão engraçado...

— Sem dúvida — tornou Brás-mimoso meio desapontado —, eu gosto muito dele... venha, Sr. Juca... sente-se aqui no meu colo.

O Juca não esperou segundo convite; sentou-se no colo de Brás--mimoso, que, para vingar-se do menino que com as mãos lhe torcia a corrente do relógio e com os botins lhe esfregava as calças, deu-lhe um comprido beijo na face, fitando os olhos em D. Rita.

— Mas, meus encantos — disse Rosa a D. Inácia —, a romântica, a romântica?...

— A romântica... é... uma moça.

— Até aí sabemos nós; falta o essencial: principiemos pela idade, quantos anos tem?...

— Não lhe vi ainda a certidão de batismo; a tal respeito não será bom fiarmo-nos no que ela disser.

— É bonita?...

— Isso é conforme... para mim todas são bonitas.

— Ora...

— Ora, não; se quiserem, o que eu posso fazer é dar os princípios, e depois podem as senhoras tirar a consequência.

— Pois comece, meus encantos; não vê a nossa ansiedade?...

— Começarei pelos cabelos... são negros... negros de meter medo!...

— Lisos ou crespos?...

— Não se conhece bem... parecem crespos; mas assim uns crespos à custa de muito trabalho...

— Curtos?...

— Não serão curtos; mas logo se adivinha que ela há de vir a ser calva.

— Oh! — exclamavam todas as senhoras a um tempo — isso é horrível!...

— A testa — continuou D. Inácia — é alta; mas sem nobreza...

— Antes fosse baixa... isso é já um defeito — acudiu Rita —, uma testa alta sem nobreza... vejam só como há de ser.

— Os olhos?...

— Os olhos... na verdade que são grandes e pretos; mas ao mesmo tempo são amortecidos... requebrados...

— Santa Bárbara! — gritou D. Carlota — olhos requebrados são coisas muito indecentes... antes ser cega...

— O nariz... não pequeno... é afilado... a falar seriamente, eu não julgo o nariz dela benfeito.

— Eu faço ideia — disse D. Rosa, dando uma risada.

— Os lábios são rubros... quando ela os morde... é um hábito que ela tem desde criança.

— Olhem que tal!... assim todas têm lábios bonitos.

— Os dentes muito brancos... ora este excesso...

— É um sinal de tísica pulmonar complicada com tubérculos pulmonares — acudiu Tomásia.

— O queixo... eu não me lembro bem se ela tem queixo!

As senhoras desataram a rir.

— A tez é branca, muito branca... não é amarela; mas também ela não tem a palidez da moda... a palidez romântica...

— É uma cor sem alma.

— Isso mesmo, minha mãe; o colo não é lá essas coisas... os braços podiam ser mais benfeitos... as mãos um pouco mais brancas... os dedos... os dedos tão finos que causam pena...

— Adiante, adiante, meus encantos.

— Que direi mais... meus encantos, você bem sabe que o corpo se arranja muito bem com algodão, saias e vestidos, de modo que só parece malfeita quem quer assim parecer.

— Por consequência?... — perguntou Félix, rindo-se.

— Há de ser calva — disse uma.

— Tem olhos indecentes — disse a outra.

— Não é bonita.

— É feia.

— É horrível.

— Não, não — tornou D. Inácia —, ela não é lá essas coisas que querem dizer; mas também não consinto que a julguem horrível... olhem, eu simpatizei com ela; talvez seja suspeita por isso; pois quem simpatiza com uma moça sempre a julga melhor do que na verdade é.

— Pois bem — disse Rosa —, nós a veremos em poucos dias; porque não creio que seu pai rejeitasse o convite que levou meu primo.

— Ah! — acudiu Tomásia — é verdade, Félix, vamos ao resultado da tua comissão.

— Foi uma batalha, minha tia.

— Como?...

— É o caso que a mãe do Sr. Hugo de Mendonça detesta os bailes, tanto como qualquer outro progresso nacional, e por consequência opôs-se furiosamente à aceitação do convite.

— Então tem o atrevimento de rejeitar?

— Ela por certo que não virá ao sarau de minha tia.

— Também não se precisa de semelhante original; e o Sr. Hugo?...

— Finalmente aceitou o convite, depois de uma discussão de duas horas, em que a Sra. D. Ema de Mendonça saiu fora da ordem mais de cem vezes.

Um grito de Brás-mimoso interrompeu Félix. Todos olharam: o mais extravagante sucesso tinha acontecido ao infeliz gamenho; o

Juca, que não lhe havia mais deixado o colo e que tinha passado o divertimento de suas mãos da corrente do relógio exclusivamente para os cabelos emprestados de Brás-mimoso, em um dos arrancos que lhes deu, atirou a cabeleira ao meio da sala, de modo que a linda calva de Brás-mimoso ficou patente aos olhos de toda a sociedade.

Seguiu-se um momento de contração de risadas.

Um outro de hilaridade prolongada.

Enfim, Estanislau passou a repreender o Juca; quando, porém, se dispunha a pô-lo de penitência em uma cadeira, Carlota chamou para junto de si o filho e deu-lhe três beijos seguidos, como mãe muito boa e extremosa que era.

Enquanto Brás-mimoso concertava a cabeleira, chegou o chá.

Depois do chá, D. Inácia cantou uma modinha, D. Rita um romance, e Brás-mimoso um lundu.

Às 11 horas as senhoras levantaram-se para retirar-se, às 11 horas e meia chegaram ao topo da escada, e alguns minutos depois da meia-noite desceram a escada, voltando ainda D. Rita para dar um beijo na filhinha de Tomásia.

Na primeira esquina, as duas famílias deviam separar-se. Aí conversaram ainda boa meia hora; entre muitas coisas disse D. Carlota:

— Aquela D. Tomásia é a velha mais tola e vaidosa que conheço.

— É uma amizade que a gente entretém para não dar que falar — disse D. Mafalda —; quanto ao mais, direi que só o pobre do Venâncio podia aturar semelhante bicho.

— E a tonta da filha? — disse D. Rita.

— É uma víbora — acudiu D. Inácia —; é o retrato da mãe.

— Leva de má língua — disse Estanislau —; vamos, que é quase uma hora.

Separadas que foram as duas famílias, cada qual conversou como pôde.

— Estanislau — disse D. Carlota —, que peça importante é esta D. Mafalda! que língua venenosa que tem!

— Meu paizinho, e a filha dela? é a moça mais estúpida com quem tenho conversado.

— Oh! Sr. Brás — dizia na outra rua D. Mafalda —, já viu mulher como aquela D. Carlota?... enfim, tem os mesmos costumes da avó e da mãe, que por minha desgraça conheci: é uma família de mexeriqueiros.

— E D. Rita, mamãe?... — dizia também D. Inácia — que desenxabida maitaca!... que cascavel! não se cala um instante.

— E o Juca, minhas senhoras — respondia Brás-mimoso —, que menino malcriado!

Chegando à porta da casa, Brás-mimoso despediu-se das senhoras. Apenas havia voltado as costas:

— De que empada nos fizemos acompanhar, Inácia!... — disse D. Mafalda.

E Brás-mimoso ia pela rua, dizendo consigo:

— Oh! que duas pamonhas eu aturei esta noite!...

Em casa de Venâncio, Tomásia havia exclamado apenas as visitas saíram:

— Que duas velhas tão detestáveis!...

E Rosa tinha dito:

— Que duas moças tão impertinentes e feias!

Venâncio exclamou coçando a cabeça:

— Que maçada!

❖

X

O cabeleireiro

Tinham soado quatro horas da tarde do dia em que devia ter lugar o sarau de Tomásia. No gabinete de vestir de Honorina achavam-se duas pessoas: ela, que esperava pelo cabeleireiro que tinha de toucá--la, e Lúcia, que, entretanto, a distraía conversando.

A mãe Lúcia, como Honorina chamava, era uma mulher de mais de 40 anos, alta, gorda, cheia de saúde e vivacidade; havia nascido longe da corte e perto de uma das fazendas do pai de Hugo, por quem fora convidada para servir de ama de leite ao pequeno Lauro de Mendonça. Lúcia, que nada tinha de seu e, aos 20 anos de idade que então fazia, acabava de perder, quase ao mesmo tempo, o marido, que a amparava, e uma filhinha de três meses, que ternamente amava, aceitou sem hesitar o convite; prudente, sossegada e carinhosa, amamentou com tanto amor, com tantos desvelos o pequeno Lauro que mereceu e teve a gratidão e amizade da família dele. Graças à solicitude de Raul de Mendonça (pai de Hugo), casou-se Lúcia pela segunda vez e, dando à luz uma menina exatamente na mesma época em que nasceu Honorina, soube com esta repartir o leite de seu filho; mas, roubando-lhe a morte também este, concentrou todos os seus cuidados e amor na menina que a seus seios confiaram. Alguns anos depois, ficou de novo viúva e só no mundo; e então a família Mendonça a recebeu para sempre em sua casa.

Tanta amizade, tanta confiança merecia essa mulher de toda a família, que a muitos pareceria uma parenta dos Mendonça; a sua voz é naquela casa atendida, os seus desejos estudados e sempre satisfeitos; ainda na véspera do dia em que se passa este capítulo, uma simples insinuação de Lúcia bastou para que Hugo mandasse admitir entre os caixeiros do seu armazém um menino, a quem nunca tinha visto, mas que a ama de sua filha apresentou como seu sobrinho.

Tendo dado uma sucinta ideia da mãe Lúcia, iremos agora acompanhar com ela a linda moça que espera pelo cabeleireiro.

— Mas tu vês, mãe Lúcia — disse Honorina —, que assim tenho por força de aparecer no sarau malvestida e mal toucada, de modo que todos se hão de rir de mim.

— Oh! não tenha medo disso, Sra. D. Honorina; com os olhos e rosto que tem, poderá causar inveja, mas não riso.

— Ora, mãe Lúcia!

— Além de que ainda temos tempo de sobra para tudo aquilo: às cinco horas chega o cabeleireiro, às seis estará penteada, às sete vestida, e em uma hora poderá chegar à corte.

— Porém, sempre foi bem má lembrança de minha avó o exigir que eu me preparasse e vestisse para o sarau aqui, em vez de o ir fazer na corte, mesmo em casa de Raquel.

— O que quer?... a nossa boa velha tem suas ideias mais ou menos extravagantes; não ouviu o que ela disse?... fora de mim carregar-te-ão com essas modas e enfeites indecentes, de que terás vergonha de ti própria!... a Sra. D. Ema está exatamente no ponto em que estava há 50 anos.

— É verdade, mãe Lúcia, e o ódio que ela vota a meu primo!... é um ódio tão elevado como só o é também o amor que lhe tens!

— Pois então, menina?... ele como a senhora beberam o leite dos meus peitos — disse Lúcia, enxugando uma lágrima —; e não é justo que se ame como a filhos as crianças que mamam o nosso leite?

— Agradecida, mãe Lúcia, agradecida! também pela minha parte eu te amo tanto como meu primo.

— Oh! o Sr. Lauro me amava muito!

— E eu, mãe Lúcia, e eu?

— Também, também! mas o Sr. Lauro...

— Sim... é porque tu o amas muito mais do que a mim — disse a moça tristemente.

— Não, Sra. D. Honorina; mas é porque se deve mais ternura aos que estão ausentes; a senhora lembra-se dele?

— Eu era tão pequena quando ele partiu...

— E que amor que ele lhe tinha, menina!... parecia seu irmão!...

Nesse momento uma escrava apareceu e anunciou a chegada do cabeleireiro.

— Ah!... que entre!... — exclamou Honorina, desabafando um suspiro e arranjando-se para logo defronte do toucador.

O cabeleireiro entrou; era um moço alto, vestido à fantasia, isto é, trazia uma coisa que ficava entre a casaca e a sobrecasaca, de cor verde, enfiada e segura pelos braços; a gravata era amarela, o colete vermelho com botões de metal dourado, as calças roxas, e calçava botinas de duraque de cor questionável com ponteira envernizada; quanto ao seu parecer, o cabeleireiro tinha os cabelos excessivamente ruivos, trazia óculos, e o seu rosto era tão rubro que parecia usar carmim.

Depois de cumprimentar as senhoras com respeitoso movimento de cabeça, colocou-se em posição de começar o seu trabalho.

— Faço mal conversar, enquanto me penteio?... — perguntou a moça.

O cabeleireiro fez um movimento que parecia querer dizer não; depois desatou a fita que prendia os cabelos de Honorina, e as bastas e negras madeixas da moça caíram como uma nuvem negra até ao chão. Honorina tinha as costas voltadas para o cabeleireiro; Lúcia olhava com prazer inefável para os cabelos da querida filha do seu leite, e por isso nenhuma das duas viu através dos vidros dos óculos do mancebo o fogo que de seus olhos lançava, como querendo devorar eles tão precioso tesouro.

— Pois que não faz mal conversar enquanto me penteio — disse Honorina —, podemos continuar, mãe Lúcia.

— Pois sim, Sra. D. Honorina, eu lhe dizia que o Sr. Lauro a amava muito e lhe perguntava se se lembrava dele.

— Eu te dizia que não, mãe Lúcia, isto é, de sua figura me não lembro nada, mas da sua amizade sim, conservo ainda bem agradáveis recordações!

— É possível?...

— Mas não é bem verdade que nós nos lembramos sempre docemente do que conosco se passou no tempo da nossa infância?

— Certamente.

— E, portanto, é por isso que eu me recordo de muitas coisas passadas então comigo, com minha mãe e contigo mãe Lúcia, com as minhas camaradas, e com meu primo.

— Também com ele?... ora...

— Então duvidas de mim, mãe Lúcia? pois eu podia provar-te já que é verdade o que digo... eu me lembro de mil pequeninos episódios...

— Passados com o Sr. Lauro?

— Sim... também com ele; olha... sim, por exemplo... a boneca cor-de-rosa...

— E então a boneca cor-de-rosa?...

— Eu te conto. Não sei que idade deveria eu ter — ai!... senhor, não me puxe assim os cabelos! —, mas eu era bem pequenina, bem travessa e, segundo o que dizem, bem engraçada; falava como um papagaio; ora, tu, mãe Lúcia, para me fazeres adormecer, costumavas embalar-me, cantando uma balada ou o que quer que seja, uma cantiga enfim: tão fácil era a música, e tantas vezes a havias cantado embalando-me que eu já a tinha de cor e a cantava também com minha graça infantil; riam-se tanto de me ouvir cantar que me faziam repetir 20 vezes por dia a tal cantiga; meu primo era insaciável; apesar do meu gênio condescendente, um dia, já de tão cansada que estava, teimei e não quis cantar para ele ouvir. Ele se fingiu enfadado. Chamou-me feia, tola e disse-me que já tinha outra prima mais bonita do que eu, e que no dia seguinte lhe compraria uma boneca; ora, eu era louca por bonecas... — mas o senhor o que faz? está parado... não me penteia... há mais de meia hora que tenho os cabelos soltos!... — mãe Lúcia, faça que ele me penteie.

Com efeito, o cabeleireiro estava em enlevada contemplação: o colo de alabastro de Honorina, todo nu e alvejando debaixo dos seus olhos, lhe havia feito esquecer o pente e o dever do seu ministério; já mesmo tinha levantado os óculos sobre a fronte e com vistas ardentes atentava as perfeições do colo da moça. Ouvindo a observação que lhe era dirigida, ele, sempre em teimosa mudez, não pronunciou uma só palavra e continuou o trabalho que havia, talvez sem querer, interrompido.

— Ande, senhor — disse Lúcia —; avie-se depressa. Sra. D. Honorina, continue a sua história.

— No outro dia, às horas do jantar, meu primo apareceu, trazendo uma boneca de vestido cor-de-rosa; apenas a vi, lembrei-me da cena passada; mas, sentida do que ele fazia, e que eu julguei um insulto, despeitada e talvez um pouco ciumenta, olhei para a boneca e não lha pedi. "Então, Honorina", disse-me minha mãe, "não é tua aquela boneca?..." "Não, minha mãe", respondi eu, "é da prima bonita dele". Sem querer, meus olhos se encheram de lágrimas, mas meu primo Lauro fingiu que não me via chorar. Acabado o jantar, Lauro disse que ia guardar a boneca para levá-la de noite à sua prima e entrou para o seu quarto; depois saiu... e desapareceu. Eu me sentia ansiosa por conseguir tão linda boneca; meus olhos não se podiam arrancar da porta do quarto de meu primo; minha mãe, que estava lendo o meu coração, disse: "Honorina, vai furtar a boneca da prima bonita de Lauro". Eu achei tão justo e agradável o conselho de minha mãe que entrei correndo no quarto de meu primo.

Havia no fundo do quarto uma espécie de altar; Lauro tinha feito da colcha da sua cama uma cortina que caía até abaixo, tapando a frente de uma mesa no fundo da qual eu vi a boneca.

Muito pequena para chegar até lá, eu arrastei uma cadeira, trepei e fui pegar na boneca; mas, quando a minha mão estava quase tocando--a, ela se ergueu acima da minha mão... levantei esta... a boneca abaixou-se... abaixei a mão... ela fugiu para um lado... persegui-a ali, e ela se escapou para o outro!... espantada... supondo-me só no quarto... eu recuei... dei um grito e corri para onde estava minha mãe... — ora... ora... isto é demais!... mãe Lúcia, este homem está beijando os meus cabelos!...

— Senhor!... — exclamou Lúcia, erguendo-se.

O cabeleireiro não fez o menor movimento; tinha com efeito beijado duas ou três vezes alguns anéis das belas madeixas de Honorina; mas, conhecendo que ela se ofendia com isso, continuou a penteá-la, sempre sem dizer palavra.

— Porém, mãe Lúcia, não é isto ousadia demais?...

— Provavelmente ele não quis ofendê-la com tal ação; se a senhora visse como o rosto do pobre homem está exprimindo dor tão pungente...

— Está bem, mãe Lúcia, não lhe digamos nada; coitado! é um estrangeiro, que ignora os nossos costumes. Eu creio que ele não sabe uma palavra do português: ainda não disse nada.

— Eu também penso do mesmo modo — disse Lúcia —, mas vamos à conclusão da história.

— Sim — continuou Honorina —; eu corri para minha mãe e contei assustada o que acabava de acontecer-me, assegurando que a boneca era encantada; minha mãe, contrafazendo-se para não se rir, disse-me que sabia um segredo para destruir o encanto da boneca, e depois de me ouvir instar muito para que mo dissesse, depois de me ver beijá-la e abraçá-la mil vezes, ensinou-me que fosse outra vez ao quarto e que, subindo na cadeira, cantasse defronte da boneca a minha cantiga; eu olhei para minha mãe, como quem duvidava; mas tanto ela insistiu e me assegurou que com isso seria destruído o encanto, tantas vezes me repetiu as mesmas palavras, que acabei por acreditar e entrei de novo, posto que menos apressada, no quarto de meu primo.

— E então?...

— Entre a dúvida e a esperança, coloquei-me defronte da boneca e comecei a cantar, tremendo...

Eu a vi fazer um movimento para mim...

Quase que soltei um grito... pouco depois, já mais animada, continuei... cantei o segundo verso...

A boneca aproximou-se algumas polegadas do meu lado...

O meu espanto só podia ser igualado pelo meu prazer; apesar da comoção que sentia, cantei ainda... cantei sempre... cantei até o fim...

E a boneca ainda se veio chegando... sempre mais... sempre mais... até que, ao terminar a minha cantiga, estendi os braços e prendi-a entre as minhas mãos. Então eu pude ver que alguns arames sustinham a boneca em pé, e que diversos cordões, que se perdiam por baixo da mesa tinham servido, não sei como, para fazê-la mover-se em diferentes sentidos; desatei esses cordões, livrei a minha boneca dos arames, e abraçada com ela ia saltar da cadeira, quando caí nos braços de meu primo, que me cobriu de beijos... oh! mãe Lúcia! todo aquele encanto de arames e cordões era ele que tinha ideado... ele não tinha prima bonita... a boneca tinha sido comprada de propósito para mim.

— E depois?...

— Nós fizemos as pazes, e eu lhe cantava todos os dias a minha cantiga... ai!... oh!... mãe Lúcia, este homem me cortou uma porção de cabelos!...

— Senhor! — exclamou Lúcia.

— Senhor! — disse a moça, fazendo-se cor de nácar — saiba que eu amo muito os meus cabelos para consentir que eles sejam assim cortados contra minha vontade! mãe Lúcia, onde está meu pai?...

— Ainda não veio, senhora.

— Pois devo eu estar sofrendo as loucuras deste homem?... eu juro que ele não é cabeleireiro... ainda tenho os cabelos soltos!... oh!... será possível que Raquel me mandasse cá semelhante homem para me pentear?...

O cabeleireiro, sempre silencioso e parecendo não compreender coisa alguma do que a moça estava dizendo, depois de guardar furtivamente no bolso da sua casaca ou sobrecasaca um belo anel de madeixa, ia continuar, quando Honorina se levantou; a moça estava rubra de despeito.

— Senhor, quero saber se me quer pentear ou não?... se quer, já o podia ter feito, se o não sabe fazer, deixe-nos.

Nada mais encantador do que a figura graciosa de Honorina: com uma mão pousada sobre o encosto da cadeira, em que estivera assentada, com os seus cabelos caídos até à altura dos joelhos, com as faces fortemente enrubescidas, ela encarava com olhos de despeito o homem que se atrevera a cortar-lhe um anel das suas belas madeixas.

O insolente cabeleireiro a princípio pareceu comovido por tantos encantos; depois, sempre sem dizer palavra, tomou o chapéu, cortejou as duas senhoras e foi saindo sem cerimônia alguma e sem mesmo cuidar em apanhar um papel, que do seio lhe caiu.

— Então ele se vai, mãe Lúcia?...

— Parece que sim...

— Será crível!... que homem é este?...

— Olhe, Sra. D. Honorina, ele deixou cair um papel... vejamos.

— Dá-mo.

— Ei-lo.

Honorina abriu o papel e soltou um grito.

— Que é isto? — perguntou Lúcia.

— É ele, mãe Lúcia, é ele!...

— Ele quem?... ele quem?... diga!...

— O desconhecido que jurou amar-me! o desconhecido de quem te falei!...

— Meu Deus!... e o que diz ele?...

— Ouve — respondeu Honorina, lendo o que estava escrito naquele papel: — "Honorina!... perdoa se te roubei um anel de madeixas, mas eu te amo! eu te amo com esse amor de poeta, com esse amor de fogo, que, ainda quando acaba na desgraça e na morte, contanto que seja sempre o mesmo amor, é por força bem belo!..."

— Oh! mas isto é já uma loucura!... — balbuciou Honorina.

— É admirável!... porém aquele que se esconde no mistério é um homem de quem se deve fugir.

— Sim, mãe Lúcia — disse automaticamente a moça —, é um homem de quem se deve fugir.

E, deixando-se insensivelmente sentar na cadeira, Honorina pareceu entregar-se à mais profunda meditação.

Era de ver-se essa jovem tão bela e tão interessante caída nessa posição desleixada, e tão fechada consigo mesma no íntimo de seus ocultos pensamentos; pálida, como a sombra da mais linda virgem refletida em água de fonte sossegada; com as mãos esquecidas sobre o colo; com seus cabelos espalhados e soltos negligentemente; com seus belos olhos desmaiados em doce quebrantamento; e em todo o seu semblante, com traços ligeiros dessa melancolia inefável, que tanto pode nos corações!

Lúcia olhava em silêncio para Honorina... parecia querer adivinhar seus pensamentos na expressão de seu rosto... bebê-los no ar que ela, respirando, deixava sair embalsamado por entre seus lábios cor-de-rosa.

No fim de um quarto de hora, a moça levantou a cabeça e com as mãos afastou para trás das orelhas as aneladas madeixas que lhe brincavam nas faces; estava então perigosamente fascinadora! era já absolutamente outra!... via-se sua fronte umedecida por leve suor, em seus olhos brilhava fogo celeste... suas faces mostravam-se brandamente coradas... suas narinas um pouco dilatadas... e pelos lábios, entreabertos, escapava-lhe respiração difícil e quase suspirante que lhe agitava o seio, como se se sujeitasse a repetidos choques elétricos, de momento a momento estremecia; depois de alguns instantes mais, ela passou a mão pela testa e, erguendo-se, desassossegada:

— O sarau!... — exclamou — o sarau!... que se me penteie... que se me vista depressa!... eu preciso sair... eu quero respirar o ar livre... e depois me esquecer do mundo e de mim mesma na embriaguez de uma noite de prazeres ruidosos!... mãe Lúcia, a minha cabeça me está ardendo! eu tenho nela alguma coisa que me queima... que me devora... que pode enlouquecer-me de um instante para outro!...

— Menina!...

— Que me penteiem!... que me vistam depressa!...

— Então será preciso mandar vir outro cabeleireiro...

— Oh!... quanto tempo perdido!... mas é impossível que fosse Raquel quem me mandasse aquele homem!... é impossível que se ela tenha ligado com ele para conspirar contra o meu sossego!...

— Um cabeleireiro, que vem da parte da Sra. Raquel — disse uma escrava, aparecendo na porta do gabinete.

— Que entre! — exclamou a moça — mãe Lúcia... não foi, portanto, Raquel quem o mandou cá...

O cabeleireiro entrou; a moça estava perfeitamente toucada uma hora depois.

No entanto, o primeiro cabeleireiro, que havia estado com Honorina, pouco depois de ter saído da casa dela, buscou apressadamente o ponto da praia onde em Niterói se encontram as faluas; aí cercado e perseguido pelos patrões e remadores, que à porfia lhe ofereciam seus batéis, o mancebo livrou-se deles, empurrando-os para os lados, e, saltando dentro da primeira falua que viu, gritou:

— Para a corte! velas ao vento, remos ao mar! e uma boa molhadura, se curta for a viagem!...

Meia hora depois, o mancebo desembarcava no cais da rua fresca, devendo apenas se notar que, com a pressa com que saltou fora do batel, desarranjou-se-lhe a cabeleira ruiva que trazia, e ele, para não demorar-se concertando-a, arrancou-a e guardou-a no bolso da casaca.

❖

XI

O sarau de Tomásia

Este mundo é grande campo, esta vida uma longa batalha, mercê de quem todos se combatem, embora a cada espécie e ainda a cada sexo caiba seu gênero de peleja particular, assim como a cada classe sua estratégia peculiar. Os homens, que têm para si tomado o que há de mais grave e talvez de mais difícil na ordem da sociedade, se dão batalha por diversos modos: e, pois, o político se bate no parlamento e nas antessalas de palácio; o diplomata nos brilhantes salões; o literato no prelo; os artistas nas exposições, etc. As senhoras não podiam deixar de ter no mundo o seu campo de guerra; elas o têm, o mote de todas é um só: "quero agradar", e o triunfo de uma significa a derrota de todas as outras.

Elas pelejam mostrando-se. No teatro elas pelejam, mas no teatro só são vistas por metade; no passeio elas pelejam, mas no passeio só de relance se mostrarão; seu grande campo é, pois, a noite de sarau. Então, desde a flor do cabelo até o bico do sapato, tudo se ostenta. Então se luta; luta-se uma noite inteira espírito contra espírito, gracejo contra gracejo, ironia contra ironia; então se opõe seda a seda, joia a joia, brilhantismo a brilhantismo; então se dança e se canta, se olha e se sorri, se fala e se suspira com estudo, com arte e intenção. Uma flor vale ali uma espada, uma amiga serve às vezes de escudo, um leque pode falar de longe, um lenço branco vale mais que tudo isso.

E a batalha é geral: não há camarada nem parenta que não possa ser uma rival; às vezes é uma prima, uma irmã mesmo, a inimiga a quem se hostiliza, a quem se não dá tréguas, a quem se faz oposição na sala e se persegue até na *toilette*.

E o triunfo?... o triunfo está na imaginação: ao entrar no carro, ao apear-se dele em casa, ao despir seus atavios que foram suas armas, ao deitar-se no leito de repouso, a moça suspira, fatigada, e diz "agradei!" eis sua vitória.

Pois uma dessas interessantes batalhas, em que damas são lidadores, e armas os encantos delas, se dava com vigor em casa de Venâncio.

Conceba-se agora uma espaçosa sala em que se deve dançar, uma outra mais curta onde se joga, um gabinete onde se há de tocar, uma escada gostosamente iluminada, pela qual sobem as senhoras para a *toilette*, uma sala que deverá ser a de jantar, e que ora nela se servem refrescos, e, enfim, ao lado dela um agradável terrado, cujos parapeitos estão cobertos de lindos vasos de flores das quais se pode gozar o aroma, sentado em bancos crivados de conchinhas brancas; e ter-se-á feito uma justa ideia da casa de Venâncio.

Conceba-se mais do belo ruído, toda a sublime desordem do começo de um sarau; as senhoras que chegam, os beijos que estalam lábio a lábio entre as camaradas que se encontram; o murmúrio das que criticam; os planos que se forjam nas rodas de moços; as quadrilhas que se engajam; as lisonjas que se dizem; as desculpas que se oferecem; e, sobretudo, os parabéns que recebe a Sra. D. Tomásia, e ter-se-á feito também justa ideia do que aí se passava pouco antes de começar o sarau.

Nesse tão forte ostentar de agrados e louçainhas, e entre as que mais se extremavam, via-se a madrinha da filha de Tomásia, D. Lucrécia, jovem viúva de 20 anos, orgulhosa de suas faces cor-de-rosa, de seu rosto fresco e belo, do interesse que lhe dava seu estado de viuvez tão prematuro, e que, cônscia de tais atrativos, ainda mais se deixava adormecer, sem cuidados do futuro, no seio da segurança e da felicidade que lhe prometiam seus avultados teres.

Tomásia não cabia em si de contente: havia umas poucas de razões porque se julgava venturosa. Antes de tudo ela conhecia que jamais enganara com mais habilidade a si própria: com efeito, nunca tingira melhor seus cabelos brancos, nem até então lhe havia Mme. Gudin cortado com mais feliz mão um vestido de seda; depois, Tomásia não deixava de ser mãe; via com orgulho sua querida filha, que, como toda a moça que tendo 16 anos não é feia e mostra-se espertinha, brilhava aos olhos da sociedade. Sem dúvida, Rosa fazia-se acompanhar em seus menores movimentos de boas duas dúzias de olhos masculinos, como conquistador que em triunfo arrasta após si vencidos algemados, tão galantinha, tão faceira e (digamos em francês para mais agradar) tão *coquette* que estava.

Finalmente, Tomásia se dava alegremente parabéns pelo gosto e brilhantismo de sua festa; fosse como fosse, Venâncio arranjou-se o melhor que pôde; o dinheiro havia aparecido, e Brás-mimoso, que tinha dedo para negócios tais, forjara e estava executando um plano de sarau tão bem concebido, determinado e posto em prática que nada deixava a desejar.

A casa já se achava cheia de convidados, e a todos os momentos vinham chegando novos. Entre os jovens mais elegantes, primava Otávio. Tomásia o tinha recebido com a maior afabilidade, e Rosa com engraçado sorrir, posto que ambas já não contavam com ele: Félix as tinha precedentemente desanimado com a relação da amorosa inteligência que se dava entre ele e D. Lucrécia; e também Otávio, que tanto olhara para Rosa no teatro, que a fora esperar à saída, e que até tomara nota da rua onde ela morava, nem uma só vez viera passar por defronte das janelas da moça nem mais se lembrara de seu lindo rosto moreno.

À vista de semelhante procedimento, Rosa tinha riscado o nome de Otávio da lista dos seus adoradores e o olhava quase com indiferença, quase que com os mesmos olhos com que observava a multidão de moços que vinha entrando e espalhando-se pelas salas.

Às oito horas e um quarto da noite, pouco mais ou menos, ouviu-se na sala um sussurro geral... os homens precipitaram-se para ver uma pessoa que entrava, as senhoras moveram-se todas... umas sorriram-se, outras estenderam os pescoços... foi, enfim, um movimento de curiosidade geralmente demonstrado por toda a assembleia.

Era Honorina que entrava.

A curiosidade, que tinha sido igual tanto nos homens como nas senhoras, nascia, porém, de um desejo absolutamente contrário: as senhoras desejavam dizer "é falso", e os homens "é verdade".

Não é uma ficção de romance. Uma moça, que dizem ser formosa e que chega a qualquer cidade, é pedida e desejada pelos olhos de todos; todos a querem ver, e no coração de todos se prepara um sentimento para ela, que antes da primeira vista é apenas interrogativo. No coração das moças se pergunta: "será uma rival perigosa?". no coração dos moços se diz ao contrário: "será um encanto poderoso?".

E, pois, Honorina estava nesse caso. Fora, é certo, nascida e educada na corte, mas longe dos olhos da multidão, abrigada à sombra do amor e escondida debaixo do véu dos prejuízos de uma família que, arraigada a graves usanças, se espantava e corava diante da civilização galanteadora da furta-cor França. Enfim, conquistada pelo gosto da época, ela entrava pela primeira vez em uma dessas salas de prazer ardente, onde parece que se quer com olhos de fogo devorar a beleza que chega.

Honorina entrou ao lado de Raquel: comovida e trêmula, ela hesitou um momento; inocente ainda, não compreendeu o que queria dizer o sussurro que se levantava à sua chegada; mas Raquel, que de coração a amava, vendo-a com os olhos no chão e mais pálida que nunca, disse-lhe ao ouvido:

— Princesa da festa, levanta a cabeça; pois que a vitória é já tua.

Honorina levantou os olhos e com eles percorreu toda a sala... o rubor do pejo tingiu suas faces... como as primeiras rosas da aurora insinuada em um céu cor de leite.

Com efeito, o triunfo era dela. O murmúrio que se escuta quando uma moça entra numa assembleia ou demonstra o horror que se vota ao vício, ou a admiração e entusiasmo com que se contempla a virtude e a beleza. O vício estava longe de Honorina; a virtude se aninhava em sua alma e a beleza se mostrava em toda ela; e, pois, o triunfo era dela.

Honorina vinha toucada e vestida do seguinte modo: dois largos bandós de lindos cabelos negros desciam até dois dedos abaixo das orelhas e para trás se voltavam, indo suas extremidades a perder-se por entre longas tranças de perfeitíssimo trabalho que se enroscavam, terminando em cesta; uma grinalda de flores brancas salteadas de pequeninos botões de rosa se entretecia nesse belo tecido de madeixas; duas rosetas de brilhantes pendiam de suas orelhas; nenhum enfeite, nenhum adorno ousara cair sobre seu colo que, nu, alvejava, arredondado, virginal e puro; um vestido de finíssimo blonde, que deixava transparecer o branco cetim que cobria o corpinho todo talhado em estreitas pregas, que desenhavam elegantes formas, era debruado por uma longa fita de flores semelhantes às dos cabelos, as quais ainda se deixavam de novo ver formando uma cercadura em que acabavam as mangas curtas, justas e singelas; esse vestido cruelmente comprido para esconder dois pequenos pés calçando sapatinhos de cetim se terminava por uma simples barra bordada de branco; no braço esquerdo da moça fulgia um bracelete de riquíssimos brilhantes; e, enfim, suas mãos calçavam luvas de pelica branca, guarnecidas de arminho e com borlas de seda frouxa.

Raquel se tinha vestido, toucado e adornado absolutamente como Honorina. Não se via em uma nada de menos e nada de mais do que na outra: eram duas irmãs, e ambas da mesma altura, ambas com cabelos e olhos pretos, ambas quase igualmente belas; apenas no rosto diferiam; porque a primeira o tinha corado, vivo e alegre; e a segunda, pálido e melancólico.

Honorina e Raquel ocupavam duas cadeiras que estavam aos

lados de D. Lucrécia. Essa senhora beijou as duas moças, e Honorina viu fitos em seu rosto dois lindos olhos azuis cheios de encantadora doçura, e ouviu que a jovem viúva lhe dizia:

— É preciso ser bem feliz, minha senhora, para que com tanta formosura se ganhe ao primeiro momento todo o coração de outra moça!...

E D. Lucrécia se sorriu com um sorrir angélico... e era uma rival que se sorria!...

Honorina, vivamente tocada do que lhe dizia Lucrécia, mal teve tempo de apertar decentemente a mão da moça, que segurava na sua, porque uma multidão de mancebos se precipitava para ela.

— Meu Deus!... — exclamou a moça, encostando-se o mais que pôde na cadeira.

A primeira, a segunda, a terceira... até a 12 quadrilha já estavam concedidas, e a coluna dos cavalheiros cada vez se tornava mais compacta e forte.

A cada mancebo galante que corria para Honorina, um novo e engraçado sorriso se derramava pelos lábios de Lucrécia, e uma seta penetrava em seu coração.

— Raquel! — disse Honorina, passando a cabeça por detrás da cadeira de Lucrécia — Raquel! acode-me; eu já não posso...

— Escuta — respondeu-lhe a amiga —; ao primeiro que te falar, responde: "já tenho para todas".

Quando Honorina voltou a cabeça, já estavam três cavalheiros defronte dela; o primeiro que lhe falou foi Brás-mimoso.

— Minha senhora, venho implorar a V. Exa. a honra de uma contradança.

— Mas se eu já tenho par para todas...

— Porém, quantas são todas, minha senhora?...

— A falar a verdade... eu me não lembro... Raquel, tu te lembras quantas contradanças prometi?...

— Vinte e três — respondeu Raquel, sem hesitar.

— E V. Exa., minha senhora? — disse Brás-mimoso, voltando-se para D. Lucrécia.

— Vinte e quatro — respondeu a viúva.

— E V. Exa., Sra. D. Raquel?...

— Vinte e cinco — disse Raquel rindo-se.

As três moças viram-se felizmente livres de seus cruéis perseguidores; no entanto Félix achava-se preso, desde que entrara Honorina, nas redes de sua interessante prima Rosinha. A moça, no meio de uma roda de quatro ou cinco companheiras tão travessas, tão galantinhas e levianas como ela mesma, entretinha o primo, contando-lhe uma história muito comprida e cheia de mil supérfluos episódios, tendo, porém, os olhos fitos na bela romântica.

Quando conheceu que seu primo não poderia obter mais contradança alguma de Honorina, exclamou:

— Oh!... mas, meu pensamento, nós nos esquecíamos de que meu primo deverá estar ansioso por alcançar para uma quadrilha o sim da interessante senhora que acabou de entrar... vá, meu primo, se já não veio engajado de casa, vá depressa.

— Sim, minha prima, eu vou... porém... minha prima ainda me não deu uma contradança...

— Eu já tenho par para todas — disse a moça, soltando uma risada que foi acompanhada pelas das outras moças.

— Muito sinto — disse Félix fazendo-se vermelho. — Conheço perfeitamente que as senhoras zombavam de mim; mas protesto que a jovem romântica me vingará.

Félix aproximou-se de Honorina... falou... e em resposta escutou essas terríveis palavras que ela já de Raquel tinha aprendido; essas cinco palavrinhas que, ainda pronunciadas com toda a doçura por uma boca de moça bonita, têm gosto de fel, e pesam, e soam horrivelmente para os pobres rapazes, que, mal as ouvem, voltam-se desapontados.

Às oito horas e meia da noite, teve princípio o sarau. Será bom considerá-lo em três partes distintas.

XII

Começa o sarau

Uma bela *ouverture* foi o sinal do começo do sarau. Logo depois, dançou-se a primeira quadrilha. A prova de que Honorina recebia as honras da noite é que todos os olhos estavam fitos nela, como querendo beber seus movimentos.

Não se diga nem se pense que loucura é querer concluir da graça de uma bela jovem dos vaivéns que simplesmente fazem as moças quando contradançam. É inegável que nos mais brilhantes saraus a dança não passa, quanto aos homens, de meia dúzia de arrasta-pés acompanhados de outras tantas cortesias, e quanto às moças, de igual número de interessantes deslizamentos; porém, quando uma senhora tem em si isso, que se não pode explicar, mas que por demais se sente no coração, isso que alguns têm chamado graça, mas que não se diz tudo, dizendo-se somente graças; porque graça não define essa bela reunião de uma boca, donde saem palavras que nos fazem sempre sorrir de gosto e que nos ficam de cor; de olhos cujas vistas nos obrigam a hesitar e estremecer e que penetram até o âmago de nossos corações; de um mimoso andar que nos faz embeber os olhos nos vestígios das pisadas que deixou, para procurarmos ver alguma coisa que não vemos, mas que devera ter ficado ali; do mimoso andar de um corpo que deixa na coluna de ar que cortou alguma doce... encantadora... inefável exalação de si próprio, como a rosa impregna de seus eflúvios a branda aragem que lhe varreu a face... isso tudo, e muito mais ainda, que nenhuma boca pode dizer, que nenhuma pena pode explicar, não é somente graça... é antes um sopro saído dos lábios de Deus, que cerca de uma atmosfera mágico-celestina a criatura feliz: não é somente graça; ou então é a graça de Deus.

Pois esse dom sagrado que nenhum homem tem, que pertence exclusivamente a algumas senhoras, pode-se apreciar e de fato se aprecia nas próprias contradanças francesas, apesar de toda a sua monotonia e desagradável simplicidade. E Honorina o tinha!... e eles, pois, a viram andando... (porque dizer dançando, além de uma mentira, seria fazer um insulto ao bom gosto da época), e eles, pois, a viram andando... não... deslizando-se doce e imperceptivelmente, como um leve batel a quem o sopro do brando zéfiro faz lamber a superfície de um lago sossegado!... e ainda mais: para o encanto ser completo, Honorina, de momento a momento, tornava-se dobradamente interessante. Com efeito, Honorina havia entrado na sala mais pálida do que era; trêmula, receosa, com os olhos baixos e toda cheia desse acanhamento que acobarda a jovem campesina, que, pela primeira vez, aparece em uma assembleia da corte, cônscia de sua ignorância, dos usos do belo tom, ela temia que em cada simples vista de seus olhos houvesse um erro, em cada palavra sua um crime de lesobom gosto; por isso ela tinha os olhos no colo e respondia apenas por monossílabos; porém sua organização eminentemente nervosa lhe devia dar a vitória sobre si mesma. Desde que a música rompeu, o milagre foi operado.

Ouvindo as primeiras harmonias dessa feiticeira inspiração de Auber, o *Dominó-noir* (que foi exatamente a *ouverture* com que se deu princípio ao sarau), Honorina sentiu um choque inexplicável... depois... sempre... até o fim, se foi ela animando... seu coração pulsando com mais força... sua alma pareceu inflamar-se... seu rosto ergueu-se, e ela começou a viver para o mundo onde estava.

Enfim, todo esse movimento, todo esse ruído de um sarau, o calor que fazia, a agitação das contradanças, cuja alegre música podia tanto nela, acenderam ainda mais o fogo que a salvara de seu acanhamento; já tinha as faces levemente coradas... seu peito arfava... ela começava a gostar de tudo o que via... seu cavalheiro já lhe havia jurado que ela era encantadora... Honorina já se tinha sorrido para Raquel... estava alegre, estava feliz; e sua alegria a tornava mais bela que nunca.

Mas o centro, o alvo das atenções dos homens deveria ser o dos ciúmes, pelo menos da maior parte das senhoras. Lucrécia vivamente se incomodava com os obséquios que a via receber; e tanto mais que Lucrécia era realmente bela e dobradamente orgulhosa. Flor das sociedades, não cedendo até então a primazia a nenhuma, Lucrécia queria todos os homens a seus pés; e nessa noite Honorina lhe conquistou a maior parte dos seus adoradores.

Além disso, um episódio tinha ocorrido que convém não deixar passar despercebidamente. Otávio havia chegado pouco antes de Honorina e se esquecera de ir logo aos pés da bela viúva; quando a filha de Hugo de Mendonça entrou e se sentou junto de Lucrécia, Otávio correra e obtivera daquela a sexta quadrilha e só depois foi que se dirigiu à sua bela amada, pedindo-lhe exatamente uma contradança que ela acabava de conceder a outro cavalheiro.

Ora, Lucrécia sabia bastante dos segredos dos saraus, que muitas vezes, quando um jovem não quer nem dançar, nem ofender o amor-próprio da senhora a quem um dever qualquer o obriga a dirigir-se, manda um amigo seu convidá-la para certa quadrilha e depois vai ter com ela e pede para si essa mesma quadrilha, que, incauta, já deu a outro.

Essa ideia, a lembrança desse estratagema tantas vezes posto em uso, feriu cruelmente o orgulho da viúva; portanto Otávio levantava acima dela essa menina que apenas acabava de aparecer!... isso era uma dessas ofensas que as senhoras jamais perdoam; e, entre as senhoras, o amante que se esqueceu de uma delas comete um crime enorme, que se faz expiar, não ao desleal que o cometeu, mas à rival, ainda inocente, que o causou. E, pois, Lucrécia, que se sorria, que tinha doçura angélica em seus belos olhos azuis, tinha ao mesmo tempo o despeito e o amargor no coração.

No gabinete onde estava a música e em que se achava também o piano, apareceu uma moça para cantar e começou a deixar ouvir os belos acordes de sua doce voz; uma coluna de moços tomava a porta do gabinete.

— Parabéns! — disse um àquele que conduzira a moça ao piano — parabéns ao condutor de Euterpe!...

— Que se há de fazer?... — respondeu ele. — Eu cá tolero que se cante, quando não há mais nada que fazer; porém agora, que podemos dançar e conversar com as moças, é mesmo horrível roubar-se-nos meia hora desse prazer para se ouvir aquela senhora!...

— O que é aquilo que ela está cantando?...

— Eu não sei... parece-me inglês; mas deve ser uma ária italiana: — bravo, minha senhora!...

— E que bico faz ela: — bravíssimo!...

— Como desafina: — bonito! bravo!...

Os dois senhores continuavam a falar desapiedadamente em voz baixa contra a moça que lhes fazia a honra de se deixar ouvir, ao mesmo tempo que em voz alta aplaudiam; mas... é preciso passar isso por alto, porque há tantos homens que se podem julgar retratados nestes dois Midas que é bom não entender com eles.

A moça concluiu a sua ária no meio de bravos e palmas, e foi conduzida à sua cadeira pelo mesmo cavalheiro que dela criticara em voz baixa.

— Parabéns, minha senhora — dizia ele à moça —; cantou mais que brilhantemente!... que harmonia, e que execução!... seria perdoável perguntar a V. Exa. se não podia repetir a mesma peça esta noite?...

— Oh!... a mesma não — respondeu a moça —; eu cantarei outras, que são igualmente bonitas.

— E quantas serão, minha senhora?...

— Talvez... ainda três...

— Meu Deus!... por que não serão antes seis!...

Mas um sinal da orquestra pôs fim às lisonjas e zombarias de que estava sendo vítima a inocente senhora; era o sinal brilhante e vivo da valsa.

A valsa! sim, a valsa é com toda a razão o delírio das moças e o belo ideal dos moços em um sarau. Acusem-na muito embora os senhores Esculápios (que, aqui para nós, nada há com que se não intrometam) como causa de enfermidades sem-número; amaldiçoem-na muito embora como origem de mil pleurites, hepatites e tudo o mais que na sua benta língua acabar em "ites", se é assim... melhor para eles.

A valsa é o delírio das moças; porque na valsa é que elas experimentam esses movimentos rápidos, acelerados, consecutivos, que tanto amam por sua organização e que, marcados por uma música forte, alegre, impulsiva, produzem nelas choques nervosos e abaladores. É na valsa que seus olhos mais brilham e que mais vivo fogo se acende em suas faces; é na valsa, enfim, que elas se assemelham com os anjos, voando pelos ares e tendo só de humanos... o receio de uma queda.

E a valsa é o belo ideal dos mancebos; porque é nela que eles cingem a delicada cintura de uma moça! Nas contradanças, o apaixonado prefere dançar defronte da sua bela; na valsa, pelo contrário, é com ela mesma que ele dança... com o rosto perto do dela... sentindo o fogo ardente de seus olhos fitos nele... sentindo o delicioso bafo que escapa suspiroso dos lábios dela para refletir nos seus, sentindo a palpitação de seu coração... o toque de sua mão... bebendo o sorriso de seus lábios e amparando o doce peso de seu corpo, que desleixadamente se abandona nos braços que a cingem!...

A valsa acabou enfim. E passeava-se.

Quem poderá ouvir tudo quanto se diz em um passeio de sarau! seria sua relação um romance tão variado como completo... seria talvez mil romances; porém, desgraçadamente, o que aí se conversa de mais interessante é feito tão em segredo e por entre tantos sorrisos que mal se pode entender. É melhor, pois, não dizer nada, para não cair no erro de dizer o que menos interessa.

Mas Lucrécia tinha sido convidada para passear por Otávio; era como uma satisfação que lhe dava o moço; ela lhe aceitou-lhe o braço. Havia algum acanhamento entre ambos, por isso durante a primeira volta pela sala nenhum dos dois disse palavra; depois eles se dirigiram para o terraço; ao passar pela sala dos refrescos, Otávio viu um amigo seu, que passeava só.

— Oh!... Leopoldo! tão solitário...

— Que queres? não encontrei senhora que quisesse aceitar a oferta do meu braço.

— Olha... dirige-te àquela... vai sem cavalheiro.

E Otávio mostra-lhe uma senhora que deveria contar seus bons 70 janeiros.

— Misericórdia! — exclamou Leopoldo — antes só, do que mal acompanhado.

— Mas, segundo o teu sistema, a melhor maneira de chegar até junto das moças é agradar às velhas.

— Sim, sim; porém aquela é uma velha sem fiadores.

Nesse momento Otávio e Lucrécia entravam no terrado.

— Que quer dizer uma velha sem fiadores?... — perguntou Lucrécia.

— Quer dizer — respondeu Otávio — uma senhora adiantada em anos, que não tem filhas, nem sobrinhas, nem agregadas moças.

— E por consequência uma senhora com quem os senhores julgam todos os momentos perdidos; Sr. Otávio, V. Sa. tem mãe?...

— Minha senhora, eu não penso como o meu amigo.

— Oh!... mas o que se pratica... o que tenho ouvido... o que acabei de ouvir, enfim me convence de que, se eu nunca tiver filhas, não devo frequentar sociedade alguma, logo que me sentir envelhecer.

— Mas, minha senhora, com o espírito de V. Exa., não é possível envelhecer...

— Obrigada... obrigada!... eu gosto muito de parecer espirituosa; mas V. Sa. o sabe, as senhoras gostam ainda mais de parecer outra coisa.

— Eu acreditei — respondeu Otávio — que devia mostrar-me simplesmente tocado do espírito de V. Exa., pois que para o completo elogio de sua beleza é mais que suficiente um espelho.

— Acha-me, portanto, bonita?...

— Preciso repeti-lo ainda?...

— Agradável?...

— Muito.

— Espirituosa?

— O mais que é possível.

— Meu Deus!... isto é quase uma declaração.

— Que não seria mais do que a repetição do que já me tem ouvido.

— Estou a ponto de crer que me ama.

— Eu pensava que já não havia dúvida a esse respeito.

— E, no entanto, o senhor nem ao menos dançará comigo!

— Minha senhora... eu cheguei tarde aos pés de V. Exa.

— Nem uma quadrilha... nem uma valsa... nada!

— Eu estava dizendo que cheguei tarde aos pés...

— Oh! é porque talvez, quando quis chegar até a mim, alguma bela aparição o fez parar... sentir... e desejar...

— Minha senhora...

— Primeiro dirigiu-se a uma moça que se sentava ao meu lado; obteve, sem dúvida, o que queria; e depois, quando ouviu que eu acabava de conceder a um seu amigo a terceira quadrilha, V. Sa. chega-se então a mim; e o que me pede?... a terceira quadrilha...

— Então V. Exa. chegou a persuadir-se...

— Tenho a certeza de que o Sr. Otávio não se lembrou de mim neste sarau.

— É uma injustiça, minha senhora, que eu podia voltar também contra V. Exa.

— Como?...

— Dizendo outro tanto de V. Exa.

— Por quê?...

— Porque sabendo que eu vinha a este sarau, porque vendo-me na sala, não me quis guardar uma quadrilha.

— Oh!... mas era o homem que devia apressar-se a correr até junto da senhora!

— Oh!... mas V. Exa. podia ter-me castigado com mais generosidade...

— Pois receba o castigo, senhor: eu lhe guardei uma quadrilha.

— E qual?... e qual?... minha senhora!

— O senhor a deseja?

— Peço-a de joelhos!... diga-me o número!...

— A sexta...

— A sexta quadrilha...

— Eu não sei a que atribua o movimento que faz: para atribuí-lo a prazer... seria amor-próprio demais.

— É que a sexta quadrilha... eu... me havia comprometido...

— Eu aprecio a sua urbanidade; porém é tão fácil fingir-se um engano... e depois com uma polida satisfação... ora, os senhores homens sabem às mil maravilhas como se faz isto.

— Se fosse possível ser uma outra qualquer...

— Senhor, eu poderia neste momento lembrar-me de ter ciúmes, se não devesse só recordar-me que já desci bastante de minha posição, guardando-lhe uma quadrilha!...

— Eu reconheço o obséquio que devo a V. Exa.

— E então?...

— Em todo caso aproveitar-me-ei dele... não era possível que de outra forma procedesse.

— Por civilidade, não é assim?...

— Oh!... não: por um sentimento bem terno.

Alguns minutos depois Lucrécia estava outra vez sentada junto de Honorina.

— Então, minha bela menina — disse ela —, como acha o sarau?... tem sido feliz nele?...

— Sim... sim, minha senhora; tenho passado uma noite bem esquecida de mim mesma...

— É uma compensação, porque acredito que muita gente só se tem ocupado em admirá-la.

— Minha senhora... eu não posso merecer...

— Ora... ora... aposto eu que tem dançado todas as quadrilhas, que não tem perdido uma só valsa?...

— É verdade; mas creio que também a senhora...

— Não... deixei de dançar a segunda quadrilha; estes homens!... acreditará que estes mesmos senhores, que tantas lisonjas nos dizem, que tantos elogios nos fazem, se aproveitam de tudo para atormentar--nos?...

— Mas a senhora parece ofendida.

— Não, eu os desprezo; porém quero preveni-la: sabe como aqui se fere o amor-próprio de uma mulher?...

— Não, minha senhora; eu nunca frequentei saraus.

— Pois bem: o homem que quer demonstrar a uma senhora que aquela que ele ama é superior a ela, convida-a para certa quadrilha, e, quando chega esta, deixa a senhora ficar sentada e vai dançar com a que ama!

— Isso quando feito de propósito deve julgar-se um insulto!

— Pois eles o fazem!...

Lucrécia pôs fim à sua conversação aí: tinha aguçado um punhal que deveria ferir o amor-próprio de Honorina no momento de se dançar a sexta quadrilha.

❖

XIII

O chá

O chá começou a servir-se às dez horas e meia da noite: a hora do chá é nos saraus a hora das satisfações, dos longos cumprimentos e de certos prazeres que lhe são muito peculiares. Compreender e ouvir para relatar tudo o que então se passa e se diz seria operar o milagre que não esteve ao alcance dos arquitetos e operários da torre de Babel. É certo que ali não se grita nem se amotina ninguém; mas há em compensação mais de 50 homens que conversam, e outras tantas senhoras que falam todas ao mesmo tempo... e tanto basta.

Brás-mimoso tirava então o seu ventre da miséria; no meio de meia dúzia de moças, nenhuma das quais tinha mais de 20 anos, ele, que tinha embora escondidos cabelos de avô de todas elas, se apresentava com cara e pretensões de priminho de qualquer das seis.

É preciso fazer sentir, antes de ir por diante, o erro em que estão certos sujeitos que, supondo enganar o mundo, enganando a natureza, não enganam senão a si próprios. Para todas as idades, como para todas as condições, há um quadro com duas faces; uma oferece o belo, e a outra o feio que lhe deve caber. Na boa face de seu quadro tem o velho os respeitos, as considerações, as honras que todo mundo bem-educado lhe deve e lhe vota; e o velho que se quer fazer passar por moço e gamenho perde o belo de seu quadro e fica com o feio em ambas as faces dele. Pois Brás-mimoso não se dava com isso: espartilhado, todo no rigor do tom, com sua bela cabeleira de cabelos pretos, gamenho com rugas na face, engraçado sem sainete, vaidoso sem mesmo saber de que, perseguia as moças como... como... tantos outros.

Ele investiu para aquela interessante meia dúzia de tentaçõezinhas com seis balas de estalo nas mãos; era o seu mar de rosas!... no entender de Brás-mimoso, a invenção das balas de estalo era o último apuro do engenho humano.

As moças, assim que o viram, começaram para logo a beliscar-se e a trocar segredos e meias risadinhas. Ora, essa espécie de cabala nelas é sempre denunciada por um risozinho engraçado, do qual todo homem que conta em si uma oitava de juízo tem mais medo do que da mais estrepitosa trovoada; porém Brás-mimoso não se dava muito com aquilo; também parece que a natureza, quando tivera de assoprar juízo na cabeça do homem quinquagenário, se achava com veia para a homeopatia.

Pobre do meu Brás-mimoso! ei-lo com elas! um velho namorado no meio de seis gênios de graças e travessuras.

— Sra. D. Adelaide — disse Brás-mimoso —, venho rogar-lhe que estale uma bala comigo... oh! será um estalo misterioso!...

— Pois não, Sr. Brás, de todo o coração...

A menina pegou na bala com a ponta dos dedos... puxaram, e o papel rompeu-se sem estalar.

— Chocha!... — exclamaram as moças, rindo às gargalhadas.

Ora, uma bala de estalo que sai chocha é uma coisa horrível para o gamenho; Brás-mimoso ficou espantado, como se nunca dantes lhe houvera sucedido tal, a ele o *non plus ultra* estala balas!

— Uma outra, minha senhora...

— Nada... — respondeu a moça — a primeira saiu chocha, não quero mais.

— Então Sra. D. Emília...

— Vamos... eu gosto muito de estalar balas com o senhor... bem, puxe!

— Chocha!... — exclamaram de novo as seis caçoístas...

— É que eu não compreendo isto! — disse Brás-mimoso. — Só se as senhoras não seguram na bala como manda a arte...

— Não senhor, não senhor... nós puxamos direito; é porque o senhor não nos estima...

— Oh! minhas senhoras...

— Puxe comigo, Sr. Brás — disse a terceira moça.

— Prontamente, Sra. D. Camila.

— Olhe... eu pego bem junto da bala... puxe!

— Chocha!...

— Ora, vocês estão mangando com o Sr. Brás — disse a quarta moça —; querem ver como estala?... vamos comigo, Sr. Brás.

Brás-mimoso, pálido e desfigurado, estendeu a mão a D. Rosaura... era a quarta bala que pretendia estalar... puxou...

— Chocha! — gritaram pela quarta vez as moças.

Brás-mimoso estava mesmo a ponto de chorar de vergonha;

parecia-lhe que toda a sociedade tinha os olhos fitos sobre ele... e ele desmentia o conceito que tanto se gabava de merecer!

— Puxe comigo, Sr. Brás — disse D. Leocádia —, puxe...

— Ei-la aí — murmurou o pobre do homem, quase gemendo.

— Chocha!...

Aquele grito: "chocha", soava terrivelmente aos ouvidos do presumido velho; como poderia aparecer ainda nas assembleias, ele, o gamenho por excelência, se em seus dedos haviam consecutivamente falhado cinco balas?! Brás-mimoso estava ouvindo a cada passo esse grito fatal, grito de maldição: "chocha!"... foi trêmulo e fora de si que automaticamente estendeu a última bala à sexta senhora.

D. Felícia teve piedade dele.

— Oh!... — exclamou Brás-mimoso, ouvindo o estalo —, que trovão argentino!...

As moças desataram a rir; com as risadas caiu o ramo de cravos a Felícia; Brás-mimoso imediatamente o apanhou e, beijando-o, lho entregou; mas quase ao mesmo tempo escapou o leque da mão de Rosaura; o infeliz homem quando o levantou, abaixou-se de novo para dar a Leocádia o lenço que lhe caíra; porém no mesmo momento tombaram os leques de Adelaide e Emília, e Brás-mimoso, que os ergueu, viu que de novo caíra o pendão de cravos de Felícia e, ao apanhá-lo, esteve a ponto de pisar nas luvas de Camila.

Finalmente, apiedadas do infeliz homem, as moças puseram termo a seu martírio, e para consolá-lo cada uma lhe deu uma flor e lhe disse, sorrindo docemente, o competente significado.

Brás-mimoso, suando por todos os poros de seu corpo, recebeu as flores com entusiasmo e, orgulhoso, atravessou a sala com elas no peito.

— Ande lá, Sr. Brás — disse um moço, ao vê-lo passar —, o senhor é o querido das moças; mas trabalha!...

— Meu amigo — respondeu seriamente Brás-mimoso —, sem trabalho não se conquista!

E saiu da sala para consertar-se; porque, graças às muitas vezes que se havia curvado para apanhar os objetos caídos, tinha ficado sem dois botões de sua esticada calça.

No entanto, Honorina e Raquel, alguns momentos depois de haverem tomado chá, tinham-se levantado e passeavam juntas. Apenas deixaram suas cadeiras, um elegante jovem correu para elas:

— V. Exas. — perguntou ele — estimariam honrar o braço de um cavalheiro?...

— Oh! — foi Raquel quem respondeu —, nós nos levantamos para conversar juntas e em liberdade; mas, se V. Sa. se interessa por passear conosco, nós teremos prazer em agradar-lhe...

— Minha senhora... grande seria para mim a honra; mas o interesse de meu coração deve ser sacrificado aos desejos de V. Exas.... eu as deixo em liberdade.

— Este moço é muito civil — disse Honorina, continuando a passear com sua amiga.

— Sim, Honorina, contam-se poucos homens que, como ele, deixem de ser importunos.

— Certamente; tenho notado em todos uma urbanidade tão estudada, cumprimentos tão exagerados, palavras tão escolhidas, comparações tão multiplicadas, que...

— Que parece que já as trazem de casa, não é assim?... pois até aí nada há de novo; alguns são ainda suportáveis pela variedade de suas cortesias; mas uma grande parte, Honorina, diz-nos hoje o que nos está a dizer há cinco ou seis saraus passados; diz-me agora o mesmo, o que já te disse e o que já havia dito a todas as moças com quem tem conversado durante a noite. São cortesãos a machado... belas casacas de fidalgo, cobrindo corpos de rústicos aldeões...

— Raquel, tu falas tão alto...

— Ora, Honorina, e quem manda a essas gralhas virem aqui mostrar-se com presunção de pavões?... é que se faz preciso rirmo-nos muito deles, porque eles pensam que zombam sempre de nós; zombemos, pois, também... zombemos muito. Olha, Honorina, uma boa parte desses senhores que tanto nos cercam e nos cortejam é tão tolas como presumidas, e alguns há ainda tão presumidos como insolentes!

— Mas tu és terrível, Raquel!

— É porque tu não os conheces como eu, Honorina. Tu não sabes o que é um jovem presumido. Por exemplo, dize: quantos hoje te hão asseverado que és encantadora!... anda... não cores assim... estás falando comigo: quantos?...

— Todos com quem dancei, Raquel.

— Pois bem, Honorina, eles falaram por acaso a verdade; mas queres tu apostar que quaisquer desses senhores vai dizer que és feia?...

Apesar de toda a sua simplicidade, Honorina não gostou da palavra "feia"; ela era mulher.

— Então, queres ou não?... — repetiu Raquel.

— À minha vista, Raquel?... — perguntou Honorina.

— Ora... à tua vista juraria de novo que és um anjo, o mesmo que tivesse dito que és feia.

— Mas poderei eu ouvi-lo?...

— Sim... é possível.

— Pois aceito.

— Bem... oh! a propósito... ali vai uma amiga minha que nos pode servir: vem cá, Úrsula...

— Adeus, Raquel!... mas deixa-me, eu vou à *toilette*...

— Não precisas: estás tão bela como entraste, ou mais ainda...

— Obrigada, meu senhor! quer saber onde eu moro?... — perguntou Úrsula gracejando.

— Deixa-te de graças, Úrsula; temos negócio sério; primeiro que tudo te apresento esta senhora, que é minha amiga do coração.

Úrsula deu um beijo em Honorina, e voltando-se para Raquel:

— E depois?... — perguntou.

— Ouve: Honorina é nova em nossas assembleias; acha por isso exagerado o quadro que lhe tracei dos nossos jovens cavalheiros...

— Oh!... são anjos todos eles, minha senhora!

— Pois, para dar-lhe uma fraca prova do que disse, eu propus fazê-la ouvir ser chamada feia por algum ou alguns dos que durante a noite lhe juraram que ela era encantadora.

— Pois a senhora duvida disso?...

— Não; mas sempre quisera ouvir.

— Nada é mais fácil; mostre-me alguns desses senhores...

— Aqueles dois que ali conversam...

— Oh! por minha vida! — exclamou Úrsula. — São meus apaixonados!... mas... separemo-nos... e por enquanto, minha senhora, sou a sua maior inimiga!... Raquel, toma cuidado no meu lenço, ouviste?

— Vai... e apressa-te.

Cinco minutos depois, a espertinha D. Úrsula, que se achava no vão de uma janela com outra moça, cercadas por alguns cavalheiros, fez com seu lencinho branco um sinal a Raquel.

— Agora, vem cá — disse Raquel a Honorina.

E, dando uma volta para não serem vistas, as duas moças espremeram-se na janela contígua àquela em que estava Úrsula.

A discussão já tinha começado. Os dois moços que Honorina havia mostrado estavam lá.

— Mas eu digo — falava Úrsula — que ela deve estar bem orgulhosa! tem sido tão incensada... tão requestada... eu não sei mesmo por quê...

— Porque é uma novidade...

— Tem dançado por empenhos!...

— Ora, minha senhora, também isso é exageração...

— O Sr. Daniel e o Sr. Jônatas, por exemplo, morriam de paixão se não tivessem dançado com ela!...

Os dois rapazes começaram a dar satisfações e tentaram livrar-se da moça, jogando a arma feliz, com que quase sempre se faz as pazes com uma senhora... fazendo-lhe elogios.

— Em todo caso, D. Querubina — continuou Úrsula, falando com a moça que lhe estava ao pé —, nós devemos estar descontentes e mesmo despeitadas; aquela senhora foi uma aparição terrível que nos veio fazer mal... nós nos temos achado sós toda a noite!...

— Que injustiça! — bradou Jônatas. — Eu não me lembro de haver jamais perseguido tanto V. Exa. como hoje!...

— Eles fizeram uma comparação entre nós e ela e a declararam princesa; concedendo-nos, talvez por compaixão, o grau de suas vassalas!...

— Meu Deus!... meu Deus!... como se julga mal de um pobre homem!...

— Paciência, D. Querubina, paciência!... é preciso ceder a palma à beleza do dia... o nosso reinado passou...

— Mas quem é a beleza do dia?... — perguntou Daniel.

— Quem?... o seu par da segunda contradança...

— Misericórdia!...

— Nega que os senhores a têm achado a mais bela moça do sarau?...

Daniel olhou para Jônatas.

— Nego! — disse Jônatas.

— Seria uma blasfêmia!... — disse Daniel.

— Oh! eu os compreendo! ao pé de mim se fala desse modo; mas daqui a pouco os senhores se vingam, desfazendo-se em elogiar a sua figura...

— Figura sem expressão, minha senhora — disse Daniel, torcendo o nariz.

— A sua beleza...

— Que beleza!... é uma flor desbotada... sem aroma... — disse Jônatas.

— O seu espírito...

— Espírito?... espírito de mudez: é uma estátua.

— Uma estátua... sim, meus senhores; estátua de Vênus, é o que querem dizer...

— Pois bem — tornou Jônatas —, uma estátua de Vênus feita por mãos de escultor calouro.

— E o Sr. Daniel, que é tão apaixonado da cor pálida...

— Sim... aprecio, amo muito a cor pálida... como, por exemplo, a de V. Exa.; porém a dela...

— É transparente... diáfana... romântica...

— Repulsiva... repulsiva — disse Daniel.

— Repulsiva?...

— É uma defunta viva, minha senhora! — acrescentou Jônatas.

As duas moças começaram a rir-se; e os dois cavalheiros continuariam a dizer ainda melhores coisas de Honorina se a orquestra não os chamasse para a quinta quadrilha.

Portanto, uns e outros se separaram, e um momento depois Úrsula estava junto de Raquel e Honorina.

— Então?... — perguntou a Honorina.

— Agradeço-lhe muito, minha senhora: juro-lhe que foram os minutos mais agradáveis que tenho passado esta noite.

— É verdade, Úrsula; a nossa Honorina ouviu tudo com o ar mais divertido do mundo.

— E hesitará em divertir-se também com eles?...

— Oh! não!... não, minha senhora!... muito simples deve ser a mulher que não souber fazer de um homem um bobo com quem se ria!

— Bem!... bem!...

— Honorina — disse Raquel —, eis um dos teus apaixonados.

— O Sr. Jônatas...

— Que te chamou defunta viva.

— Vem buscar-me para dançar com ele — tornou Raquel.

Jônatas chegou e ofereceu a mão a Raquel.

— Sr. Jônatas — disse Úrsula —, apresento-lhe a mais bela aquisição de nossas assembleias, a minha nova e querida amiga, a Sra. D. Honorina: não concorda que é uma jovem encantadora?...

— Apareceu-nos, senhora, como um anjo caído do céu!...

Honorina levou o lenço à boca... mas foi impossível suster-se: soltou uma risada.

❖

XIV

Fim do sarau

No fim da quinta quadrilha, Lucrécia sentou-se junto de Honorina e esperou ansiosa pelo momento de sua vingançazinha de moça. Quando a orquestra deu o sinal desejado, ela lhe perguntou:

— Com quem dança esta quadrilha, minha senhora?...

— Juro-lhe que me não lembro; eu não conheço aqui ninguém; pediram-me contradanças... disse que sim; e espero que me venham buscar.

— Oh! quisesse o céu que ficasse sentada, Honorina, eu não danço agora, e passearíamos sós.

— Raquel, eu também o desejo; mas tenho medo de o desejar em vão.

— Preferes tu passear comigo a dançar a sexta quadrilha?...

— Sim... mas...

— Pois vem cá, vamos para a *toilette* e desceremos para passear quando a quadrilha tiver começado.

— E o cavalheiro com quem me comprometi dançar?...

— Virá buscar-te e, não te encontrando, procurará outra senhora.

— Porém, Raquel, deve-se fazer tal?...

— Ora... ora... ora... quando eu digo que tu és simples demais, Honorina!... escuta: todas nós, quando temos pouca vontade de dançar, ou o não queremos fazer com algum cavalheiro, com quem a civilidade nos obrigou a comprometer-nos, apelamos sempre para a *toilette*, não pode haver melhor desculpa! estive consertando o cabelo... fui pregar um colchete que se rebentou... etc., etc., etc., são coisas que se dizem e que devem contentar.

— Porém, Raquel, deve-se fazer tal?...

— Deve-se, Honorina; é mesmo uma compensação; porque muitas vezes os nossos cavalheiros nos deixam ficar sentadas, entretidos e colados na mesa do *écarté;* ora, é muito mais natural e muito menos repreensível que uma moça se esqueça de um cavalheiro, presa defronte do toucador, do que um cavalheiro se esqueça de uma senhora por um baralho de cartas; por consequência, anda... vamos... vem esquecer-te...

— Eu não sei...

— Mas para que há de deixar de dançar?... — perguntou Lucrécia afetuosamente.

— Para passear comigo, minha senhora — respondeu Raquel, levando Honorina pela mão e quase à força.

A viúva ficou exasperada com tão imprevisto contratempo; com frieza acompanhou Otávio, que a veio receber, e dançou sem prazer algum.

No entanto, Raquel apenas sentiu que a quadrilha tinha começado, tomou o braço de Honorina e disse, sorrindo-se:

— Agora que já te esqueceste e que já consertaste o teu cabelo, desçamos para passear.

E as duas moças desceram e, dirigindo-se ao terrado, foram atravessando a sala do jogo.

— Quanta gente! — disse Honorina. — Todo esse mundo, Raquel, diverte-se jogando?...

— Sem dúvida... o que tem isso?...

— É que deve ser um jogo bem interessante.

— Sim... sim... é o *écarté*, jogo um bocadinho menos complicado do que o diabrete.

— Ora, Raquel!

— Como queres que te diga, Honorina?

— Então aquela gente toda...

— Empenha-se por ganhar ou perder dinheiro da maneira a mais desenxabida do mundo.

Nesse momento, e quase ao mesmo tempo, Honorina e Raquel entravam no terrado, e Tomásia saía dele.

Tomásia tinha sofrido uma contrariedade no meio de sua glória dessa noite: o cavalheiro que lhe havia pedido a sexta quadrilha a tinha deixado ficar sentada, e Tomásia, quando não dançava, ou brigava com Venâncio, ou arquejava.

Há um costume velho nos saraus: ali se contam certos moços que querem dançar sempre e a todo custo; e, se encontram todas as moças engajadas, atiram-se para dois lados das sociedades, os quais eles consideram talvez como dois esquadrões de reserva: são as crianças e as senhoras idosas; aí vão eles encher o número das quadrilhas que lhes faltam; porém, se no correr do sarau aparece alguma jovem que os queira ouvir, os meus senhores não têm dúvida nenhuma de deixar esperando inutilmente tanto a velha como a criança, que vão buscar para a quadrilha.

A Tomásia tinha sucedido, pouco mais ou menos, isso mesmo: seu prometido cavalheiro tinha deparado com uma jovem piedosa, e para logo se esqueceu completamente de Tomásia, apesar mesmo de ser a dona da casa.

Era por isso que Tomásia se achava em horas de tempestade; ardendo em desejos de encontrar em quem despejar seus furores, sua boa fortuna lhe mostrou o pobre Venâncio, que se dirigia para o interior da casa.

— Aonde vais, Venâncio?...

— Tomásia, vou ver como vai isto cá por dentro...

— E que tem o senhor com o que vai pelo interior da casa?... não sabe que isso pertence ao cuidado das senhoras?...

— Está bem, Tomásia, não te aflijas... estás tão colérica...

— Colérica?... e como não estar, se sinto a todos os momentos que me acho casada com um tolo, um água-morna, que para nada serve...

— Oh! senhora, nem mesmo agora me deixa descansar?!

— Vamos... vá para a sala... ou mesmo será melhor que fique cá dentro, para me não envergonhar.

— Então, Tomásia — disse pacificamente Venâncio —, queres que eu vá ou que fique?

— Quero que me não exasperes!... — bradou a mulher. — Anda... dá-me o braço e conduze-me à sala.

O pobre homem chegou-se para ela e, torcendo-se com a dor dos beliscões que recebia, a foi acompanhando com os lábios enfeitados pelo sorriso mais mal fingido do mundo.

No entanto, Honorina e Raquel se haviam assentado juntas em um dos bancos do terrado e conversavam alegremente, quando entrou um jovem, que poderia ter pouco mais ou menos 22 anos e que se foi sentar defronte delas triste e pensativo.

As duas moças, com uma rápida vista de olhos, fizeram um completo exame do recém-chegado: era moço, magro e de estatura; tinha belos cabelos loiros, que lhe caíam em anéis em derredor da cabeça; estava pálido e triste, o que não deixava de dar alguma graça a seu rosto simpático e talvez bonito para rosto de homem; vinha vestido todo de preto e de gravata branca e prendendo à fina camisa um rico alfinete de esmeralda; calçava, enfim, botins envernizados. A figura graciosa e modesta desse jovem tocou notavelmente as duas moças; como ele se conservasse silencioso e com os olhos fitos no chão, elas começaram a falar em voz baixa.

— Quem é?... — perguntou Honorina.

— Eu não sei — respondeu Raquel —, não me lembro de ter visto este moço.

— Está vestido sem exageração e com elegância...

— Traz ao peito um alfinete de esmeralda... a cor verde quer dizer esperança; então é porque ele tem alguma esperança no coração.

— Olha... ele não é feio.

— E está melancólico e pensativo... em que pensará ele?...

— Meu Deus... eu não posso adivinhá-lo.

— Pois pergunta-lhe.

— Raquel! tu me julgas doida?...

— Não... mas tinha vontade de saber em que ele pensa.

— É que tu és muito curiosa, Raquel.

— Mas não, Honorina, é que é muito mau costume vir um moço sentar-se melancólico e cabisbaixo defronte de duas moças... e pensando... pensando em quê?...

— Olha... ele suspirou; Raquel, saiamos daqui.

— Por quê?... pelo contrário, demoremo-nos.

— Olha... suspirou outra vez...

— Coitado! Honorina! pergunta-lhe se está doente.

— Eu!... Deus me livre.

— Pois, então, pergunto-lhe eu.

— Raquel!...

— O senhor está incomodado?... — perguntou a moça em voz alta.

O mancebo pareceu estremecer; ouvindo a voz de Raquel, levantou a cabeça e fitou nas duas moças dois olhos cheios de fogo.

— Perdão, minhas senhoras — disse ele com voz comovida —, perdão, se tenho cometido alguma falta!... eu não sei de mim mesmo!...

— Está doente?... — perguntou outra vez Raquel.

— Cala-te, extravagante! — disse Honorina ao ouvido da amiga.

— Oh!... muito doente... — respondeu o moço animando-se — muito doente na verdade!... na minha cabeça está um fogo que me devora; no meu coração se cria... se agita um sentimento que eu nunca experimentei até há bem poucos dias, mas que hoje é já suficientemente forte para fazer-me desgraçado!...

— Ora aí está o que tu querias ouvir; já sabes em que ele pensava?... — murmurou Honorina ao ouvido de Raquel.

— Espera, tola, deixa ouvir a relação da moléstia do moço — disse Raquel; e, voltando-se para o mancebo, continuou: —, e, portanto, veio ao sarau para distrair-se? tem passado melhor?...

— Cheguei agora mesmo, minha senhora.

— Ah! pensei que tinha estado cá desde o começo...

— Eu não sabia deste sarau... não fui convidado... não conheço aqui ninguém...

— Então?...

— Passei... ouvi tocar... entrei; ninguém me perguntou quem eu era, cheguei até aqui; a primeira pessoa que me falou foi V. Exa.

— Mas... é quase uma imprudência; podiam tê-lo tratado mal.

— Pois se eu digo que estou louco!... que padeço, e não sei o que tenho... oh!... não! isso não, eu sei bem o que padeço.

— Portanto...

— Eu amo.

As moças não disseram palavra.

— É uma nova imprudência que pratico, estar ocupando a atenção das senhoras com a relação dos meus sofrimentos; mas eu preciso falar para consolar-me!... Eu amo... muito! como ninguém amou ainda! amo uma virgem bela, inocente e pudibunda; e ela não sabe o que eu sofro, ignora a paixão que por ela nutro, ignora que vou morrendo pouco a pouco... em silêncio... com o meu segredo escondido no fundo de minha alma. Devo eu fazê-la corar diante de mim, perguntando-lhe se também me ama?... ou se me paga com ingratidão?...

— Como terá sempre de chegar a esse extremo... — disse Raquel.

— Oh!... não!... — balbuciou Honorina.

— Eu penso como a senhora — continuou o mancebo: — fazê-la corar à minha vista, não; seria demais para ela. Eu tenho estudado o meio. V. Exas. me têm tratado tão agradavelmente que não hesito em confessar-lhes tudo.

— Vamos... Raquel, vamos para dentro.

— Não... deixa o senhor acabar.

— Minhas senhoras, o meu projeto é filho de um sonho: é, pois, um sonho que eu quero realizar. Eu sonhei que me havia encontrado com a jovem, que me fez enlouquecer de amor; não querendo implorar ali a sua gratidão, mas desejando merecê-la, fingi uma paixão... contei uma história e disse que, para saber se era ou não amado, em uma manhã a mulher que eu amava acharia sobre a janela de seu gabinete uma sempre-viva... se ela fosse grata... guardaria a flor; se me desprezasse, deixá-la-ia cair para o lado de fora.

— É um bonito sonho — disse Raquel.

— Que continua ainda, minha senhora. No dia seguinte, a jovem senhora, que eu amava e a quem havia contado a minha história, quando acordou achou em cima da janela de seu gabinete uma sempre-viva!... lembrou-se de mim... lembrou-se do homem que a adorava...

— E o que fez?... — perguntou Raquel.

— Despertei nesse momento, minha senhora! ficou, pois, o meu sonho incompleto; mas eu quero aproveitar-me dele... realizá-lo... para ver no que acaba...

— Raquel... Raquel... vê como chega tanta gente... tu és louca, Raquel!...

— Sim... — disse o moço — é a multidão que chega... a multidão que me pesa. Devo sair, minhas senhoras; agradeço a obsequiosa atenção com que fui ouvido: o sofrimento a merecia!...

O moço, como para não ser conhecido, escondeu parte do rosto com o lenço e desapareceu no meio da multidão; Honorina e Raquel não o viram mais durante o resto do sarau.

Aquele mancebo, cujo nome as duas moças ignoravam, mas que tinha uma figura nobre e simpática, e uma voz tão doce como comovida, deixou no espírito de ambas uma sensação serena e agradável.

O sarau terminou às duas horas da manhã.

❖

XV

O bateleiro

Pouco antes das três horas da madrugada, Hugo de Mendonça e sua bela filha desembarcavam de um carro no cais da Rua Fresca. A velha Ema não tinha podido consentir que a sua Honorina dormisse aquela só noite na corte; e como havia sua condescendência chegado a ponto de revelar, embora a custo, que a menina se expusesse aos horríveis perigos de um sarau, força foi fazer-lhe a vontade também, voltando para junto dela logo depois de terminado aquele.

Apenas chegados ao cais, um moço alto e asselvajado se chegou a Hugo. Apesar de ser noite, conhecia-se ao primeiro olhar que era homem de mar: calçava grossos sapatos, não trazia meias, suas calças eram de ganga azul, e já ruças de tão usadas que estavam, e, enfim, vestia um quimão de baeta preta. Tendo seu chapéu em uma mão e o cigarro na outra, ele falou a Hugo de Mendonça com essa voz áspera e grossa tão comum nos patrões de nossos barcos.

— Meu amo: meu pai, que tinha ficado de esperar por V. Sa., lá se foi meter na cama com o maldito achaque de erisipela, que o persegue há 20 anos, de sorte que estou eu aqui, em lugar dele, às ordens de meu amo.

— Ser levado a Niterói pelo senhor ou por ele — disse Hugo —, contanto que vamos lá ter com prontidão e salvamento, é para mim indiferente.

— Lá isso não tem dúvida, meu amo; eu conheço a baía do Rio de Janeiro como as palmas de minhas mãos.

— Pois então, ao largo!...

O batel soltou-se e navegou para a jovem capital da província do Rio de Janeiro.

Honorina tinha encarado o patrão e examinava seus rudes trajos, sua cor vermelha e tostada e dois olhos vivos, e na verdade belos, cujas vistas, sem expressão sim, mas certamente brilhantes, eram

por desleixo do marinheiro meio nubladas pela enorme massa de longos e mal-educados cabelos pretos, que lhe caíam toscamente sobre os olhos.

O exame da moça pareceu incomodar ao rude patrão, que começou por coçar com força as bastas e crescidas barbas que lhe escondiam três partes do rosto (único ponto de contato ou antes de semelhança que, na opinião de Honorina, se dava entre ele e alguns dos jovens da moda, com quem acabava de estar no sarau); mas como visse que nem assim a jovem arrancava os olhos de sobre ele:

— Juro — disse — que estou incomodando a senhora com o fumo do cigarro...

— Não, não — respondeu a moça —, pode fumar: é verdade que me dou mal com o cheiro do fumo; mas agora o vento, que sopra, o leva para longe de nós.

— Como estava olhando para mim há muito tempo, eu pensei que era por isso... e, pelo sim, pelo não, cigarro na água.

E atirou com o cigarro no mar. Os pretos que remavam começaram a conversar em seu selvagem idioma e riam-se maliciosamente.

— Ó lá... — bradou o patrão com voz estrepitosa —, seja como for, quem manda aqui agora sou eu... leva de risadas!

Sua voz áspera e rude tinha tomado um tom bravio; seu rosto exprimia algum sentimento mais forte do que o que nasce de uma contrariedade: em seus traços quase que transpirava a cólera.

Honorina teve receio desse homem e arrependeu-se de haver olhado para ele.

— Perdoe-me — disse ela com voz trêmula —, perdoe-me! quando eu olhava para o senhor, não o queria ofender!...

E olhou, como que implorando proteção, para seu pai, que havia insensivelmente adormecido. Ela teve o pensamento de despertá-lo; porém sua mão, que para isso ia tocar nele, caiu-lhe de novo no colo, ao escutar outra vez a voz do marinheiro.

O receio... talvez o susto da bela passageira não tinha escapado aos olhos vivos e ardentes do jovem marítimo; seu rosto grosseiro se ameigou um pouco, como o leão que se curva apiedado diante da fraqueza e da inocência; ele abaixou, fez mesmo por adoçar um tanto sua voz agreste, e disse:

— Fui eu que ofendi a senhora com esta minha fala bruta; assustei--a; a senhora olhava para meu rosto e viu a cara de um bicho... depois ouviu minha voz, como o uivo de uma fera, e teve medo!... perdoe--me!... perdoe-me!... tirando disto, eu não sou mau.

— Senhor... eu não estou ofendida...

— Descanse... olhe seu pai como dorme; porque me parece que este homem é pai da senhora... durma também...

A moça obedeceu maquinalmente ao conselho do marinheiro; encostou o lindo braço todo nu na borda do batel e, pousando sobre ele a cabeça, fechou os olhos.

Mas Honorina não queria nem podia dormir: primeiramente as últimas palavras do patrão não tinham totalmente dissipado todos os seus receios; quem sabe por que desejava ele que ela dormisse?... o pensamento de que aquele homem poderia ser um malfeitor... um ladrão talvez, apareceu em seu espírito; mas, temendo desafiar outra vez sua cólera, se patenteasse a desconfiança que sentia, acordando seu pai, ela fingiu adormecer; porém o jovem marinheiro continuava a mostrar-se sossegado e já respeitoso; e quando falava aos remeiros, sua voz parecia abrandar-se de modo que semelhava menos uma ordem que uma súplica. E, pois, as ideias desfavoráveis, que sobre ele tinham aparecido no ânimo de Honorina, começaram a esvair-se pouco a pouco.

Depois, pode uma jovem senhora voltar de um agradável sarau sem pagar o tributo das lembranças?...

Perguntai a toda essa bela turba de moças e mancebos o que se passa durante o resto da noite que se queimou na pira dos prazeres de um sarau, e a uma voz vos responderão: "ah! recorda-se, se se vela!... sonha-se... quando se consegue dormir".

Recorda-se, sim, todos aqueles eloquentes obséquios, aquelas palavras de sentido obscuro para todos e bem claro para só ela que as ouviu e que as recorda!... recorda-se, sim, o mancebo daquela interessante senhora... toda graças... toda espírito, que lhe arrastava o coração e os olhos, quando valsava; que lhe prendia a alma inteira nos ouvidos quando lhe falava... recorda-se com saudade... mais do que com saudade de um simples, pode ser... de um doce talvez... murmurado com os lábios quase cerrados, e que ainda assim soa tão ternamente no coração; um doce talvez!... palavra mágica! primeiro elo dos amantes! fonte das primeiras esperanças! talvez... expressão sublime... tão sublime no princípio de um amor nascente, como só o é no fim dele o eu vos amo! da mulher que se adora; recorda-se mesmo com interesse de um duvidoso, quem sabe?... de um triste, não sei; apesar de toda a sua bárbara frialdade!...

E sonha-se também, oh! sonha-se muito! e ainda com o mesmo pobre mancebo que a seguiu inutilmente toda a noite... sonha-se com o seu olhar de fogo que, embebido nos olhos dela, pareceu querer penetrar até sua alma para lá plantar o sentimento que dardejava!... sonha-se com o sorriso angélico da encantadora moça que lhe deu uma inocente flor... sonha-se com aquele suspiro que se apanhou descuidado... com aquele pé, em que se tocou por acaso... com aquele colo de alabastro, onde dois tesouros se deixavam adivinhar tão belos!...

— Leva remos!... — disse o jovem patrão, porque chegavam à praia.

O batel arrastou seu bojo sobre a areia e, quando a prancha caiu, o marinheiro despertou a Hugo de Mendonça e a Honorina com a menor rudeza que pôde.

— Chegamos — disse ele.

— Bem... bem... obrigado... saltemos, Honorina.

Honorina ergueu-se e procurava as luvas, que havia posto sobre o banco.

— Eis aqui uma, senhora, o vento a ia lançando ao mar, enquanto a senhora dormia... foi por isso que parou em minhas mãos.

— Obrigada — respondeu a moça —, a outra tenho cá eu.

Mas, no momento de calçá-las, Honorina olhou com surpresa para o jovem marinheiro, que ao pé dela se mostrava triste e submisso.

Hugo e Honorina desembarcaram; e o patrão, que recebeu o seu dinheiro, os viu partir.

Que a luva estava nas mãos do marinheiro, Honorina o sabia quando parecia procurá-la no banco; porque ela, fingindo dormir, velara durante toda a viagem e vira tudo quanto se tinha passado no batel.

Primeiro, ela notou que o batel um instante se desgovernara... ou talvez seguia rumo diverso do que devera seguir, e o jovem patrão, que tão sabido se jactara de pilotagem, chamou a um dos remeiros e por algum tempo lhe entregou o leme.

Depois ela sentiu que, quando o batel se achou defronte da barra, o vento refrescou, e foi então que uma de suas luvas, levantada por ele, teria com efeito caído no mar se o jovem marinheiro a não tivesse tomado.

Enfim, ela reparou também que ele em lugar de tornar a pôr a luva onde estava, beijou-a muitas vezes... deu-lhe mil voltas, e por último guardou-a junto do coração.

Receosa ainda do que vira, supondo aquele homem tão rude... tão mal-educado, ousado demais por interessar-se tanto por um simples objeto que lhe pertencia, e não querendo, por isso, deixá-lo em suas mãos, Honorina fingiu procurar a luva que lhe faltava, no banco, onde a tinha posto.

Quando a recebeu das mãos do marinheiro... ela a achou quente ainda do calor daquele peito grosseiro; apesar disso, querendo calçá-la, fez um movimento de surpresa, porque dentro da luva estava alguma coisa de mais... guardou silêncio então, por temer que seu pai pudesse ter uma disputa com um homem tão selvagem; e, fingindo nada haver percebido, partiu com as mãos nuas.

Depois ela poderia falar e dizer a seu pai quanto se passara; mas Honorina pensou que iria afligir o seu bom velho; além de que não deixava de sentir alguma curiosidade de saber o que continha a luva.

Com tais pensamentos chegou a casa. Ema os esperava cuidadosa; recebeu nos braços a querida neta, a quem achou mais pálida e por demais fatigada; graças talvez a isso, foi-lhe para logo permitido retirar-se para seu quarto em companhia da boa Lúcia.

No entanto, logo que Hugo de Mendonça e sua filha desapareceram aos olhos do jovem marinheiro, este fez certo sinal a um dos remeiros, que, imediatamente, apertando o lábio inferior, soltou três assobios.

Alguns minutos depois, um velho, cujos vestidos em tudo se pareciam com os do moço patrão, chegou-se para este.

— Então, meu cavalheiro — disse o velho.

— Aqui está o seu dinheiro, patrão — respondeu o moço —, três mil réis, que deveria receber dos seus passageiros, e o dobro dessa quantia que lhe prometi.

— Obrigado, senhor... senhor... ah! é verdade que ainda me não disse a sua graça.

— Nem creio que seja preciso dizê-la: não entrou isso no nosso ajuste.

— Também foi só por perguntar... eu cá não sou curioso; mas conte-me, como se houve... o certo é que o mar esteve de rosas...

— Todavia desgovernei uma vez... vi-me doido entre os navios... e a maldita voz de bronze que me foi preciso fingir!... enfim, está passado; agora, pertence-lhe o resto; o senhor me jurou não dizer palavra.

— Pode ficar certo que eu cá para isso sou um poço.

— Otimamente. E pretende ir dormir?...

— Quando está para amanhecer, senhor?...

— Tanto melhor; dentro de uma hora parto para a corte; quer levar-me?

— Sem dúvida.

— Bem; eu volto imediatamente.

Com efeito, uma hora depois um interessante mancebo, cujos vestidos sem dúvida muito decentes estavam, todavia, em censurável desalinho, saltou dentro do batel, que regressou para a corte: uma metamorfose completa se havia, pois, operado no marinheiro de cabelos pretos.

* * *

— Mãe Lúcia! mãe Lúcia!... — dizia Honorina à sua ama, tendo um pequeno papel diante dos olhos — eis aqui!... é, portanto, sempre ele!...

— Quem, menina?...

— O homem que trabalha por enlouquecer-me!... que põe uma carta debaixo da janela do meu quarto... que se veste de cabeleireiro para cortar um anel de meus cabelos, que se veste de marinheiro para viajar comigo, e deitar um escrito dentro de minha luva!...

— Pois ele escreveu...

— Sempre as mesmas... as minhas próprias palavras!... ouve: "Honorina! eu te amo! eu te amo com esse amor de poeta, com esse amor de fogo, que ainda quando acaba na desgraça e na morte, contanto que seja sempre o mesmo amor, é por força bem belo!..."

— E, portanto, é que ele a ama muito!

— Oh!... mas quem se esconde é porque teme causar horror!

— Senhora!

— Está bem, mãe Lúcia, eu quero dormir... e amanhã que me deixem na cama até bem tarde.

— Pois será assim, menina. Boa-noite!

— Boa-noite!...

Mas como dormir?... como conciliar o sono quando se tem tanto em que pensar, tantas ideias a ligar e, sobretudo, um mistério a decifrar?... porém, Honorina lutou em vão com esse mistério; o homem que a amava nunca lhe tinha aparecido tal qual era; havia-se mostrado sempre ridículo ou estúpido... com uma cabeleira ruiva ou com uma de cabelos pretos... longos e tão grosseiros que pareciam nunca haver conhecido um pente e ser bem capazes de rebentar o mais forte que primeiro ousasse querer domá-los!... era por força feio... detestável... horrível o homem que se escondia assim.

E do feio... detestável... horrível, o pensamento de Honorina fugiu, procurando um objeto bonito... e amável, em quem por alguns momentos ao menos pousasse; e pousou na imagem do moço loiro que se havia sentado no terrado, triste e pensativo defronte dela e de Raquel.

Oh! aquele mancebo, apesar da extravagância e leviandade que mostrou, falando tão imprudentemente de seus amores a duas jovens desconhecidas, deveria ter deixado no ânimo de Honorina uma impressão bem agradável e talvez bem perigosa para que ela, com o pouco tempo que o viu, se lembre tão bem dele, que sua imagem a ocupe por momentos.

Com efeito, Honorina tem diante de si a graciosa figura do apaixonado mancebo: ela o vê ora melancólico e pensativo, suspirando silencioso... depois com sua cabeça levantada... seus cabelos loiros, caídos em belos cachos sobre as orelhas... seus brilhantes olhos dardejando vistas de fogo... ela escuta sua voz doce e comovida... enleva-se, vendo o triste sorriso de seus lábios... enfim, ela o vê partir... escapar-se por entre a multidão que entra no terrado, com o lenço sobre o rosto, como para não ser conhecido...

Mas a imagem, que desapareceu, volta de novo para repetir-se a mesma cena... duas... três... mil vezes até ao romper da aurora.

É que em seus sonhos de inocência e de amor, Honorina tinha desde muito tempo muitas vezes sonhado uma bela imagem de fantástico mancebo, que aquele moço venturoso viera realizar!...

A natureza havia despertado com a aurora, e o ruído que traz o dia arrancou Honorina de suas meditações.

A moça lembrou-se pela primeira vez de si própria e sentiu então que sua cabeça ardia... que ela não estava boa... que ela estava talvez próxima a padecer também a mesma moléstia do moço loiro.

Semelhante ideia fez estremecer Honorina e, pois, apertando a cabeça com as mãos, exclamou:

— Não! não! meu Deus!... isso não!

E cerrou as pálpebras para nada ver; e cobriu a cabeça para dormir.

Mas, apesar dela, a imagem do moço loiro vinha outra vez para diante de seu espírito, como uma doce harmonia que se tem ouvido, que se deseja esquecer e que se está repetindo no pensamento sem querer!...

Honorina ergueu-se espantada do que se passava nela, e, atirando-se fora do leito, exclamou de novo:

— Não!... não!... isso não, meu Deus!...

Lúcia, cuja câmara era imediata à de Honorina e que ouviu a exclamação dela, temendo alguma novidade, veio ver a sua querida filha; mas ficou estática e silenciosa, observando-a da porta. Honorina desassossegada e aflita correu para a janela... abriu-a, levantou a vidraça para deixar entrar as auras da manhã, e... recuou surpreendida...

Na janela estava deposta uma sempre-viva, e por debaixo desta um papel com algumas linhas escritas.

Uma sempre-viva!... Honorina lembrou-se do sonho do moço loiro. Por consequência, a jovem adorada era ela!...

Depois de alguns momentos de hesitação, ela tirou o papel que estava por baixo da flor e leu: "Honorina!... se ela me for grata, guardará a flor; mas, se me desprezar, deixá-la-á cair para o lado de fora... foi o meu sonho; ah! eu te amo! eu te amo com esse amor de poeta, com esse amor de fogo, que, ainda quando acaba na desgraça e na morte, contanto que seja sempre o mesmo amor, é por força bem belo!..."

— E, portanto — murmurou Honorina tremendo, mas levantando insensivelmente o papel até junto do coração —, e, portanto, o moço loiro era ele!...

Depois, como cedendo a um impulso repentino, a moça lançou-se para a janela... ia atirar a flor para fora... mas, antes que sua mão tocasse nela, o zéfiro da manhã, que com doçura soprava, fez a sempre-viva rolar brandamente pela janela até tombar dentro do quarto.

Como levada pela força de um milagre, Honorina olhou sorrindo-se para a flor e disse:

— Oh!... ainda bem que não fui eu!... foi o teu sopro, meu Deus!...

E, sentando-se junto do toucador com a face pousada na mão, esteve em silêncio muito tempo com os olhos fitos na flor... depois soltou um suspiro e adormeceu.

Quando Lúcia viu que ela dormia, cerrou mansamente a porta e retirou-se, dizendo em voz baixa:

— Ela o ama.

❖

XVI

Resultado do sarau

Portanto, o sarau de Tomásia não tinha sido infecundo.

Nós vimos como uma moça, que para ele fora com o coração virgem de amor, voltara possuída de um sentimento novo para ela, e que talvez, a pesar seu, seja o próprio que não conhecia. E nós vamos ver que outros corações há nos quais essa noite deixou vestígios mais ou menos profundos e impressões duradouras.

Uma mulher, na primavera da sua vida, bela para conquistar os olhos, pálida e graciosa para inflamar o espírito dos que a veem, havia aparecido nesse sarau e involuntariamente arrancado a palma da vitória aos mais encantadores e vaidosos semblantes: essa mulher, pois, devia ter dado origem a dois sentimentos opostos...

Era o que tinha realmente acontecido.

Simples, modesta e formosa, Honorina, deixando o sarau, arrastara após si, sem o querer, sem pensar em tal, 20 corações de mancebos; cercada de adorações, vitoriosa sempre, a mais requestada entre todas, seguiu-a, em compensação, a inveja de algumas, o ciúme de outras, e o desagrado da maior parte das moças.

Mas, ou porque o amor, quando não correspondido, é (para alguns) como uma exalação etérea que se esvai de súbito; ou porque o coração dos nossos mancebos seja para esse sentimento, como o espelho, que reflete a imagem de todos os semblantes, e todos os semblantes esquece desde o instante em que lhe fogem; ou porque, enfim, muitos sabem amar em triste silêncio, e fazer do próprio coração um túmulo para seu amor não aceito; alguns dos adoradores de Honorina não ousaram apresentar-se mais.

Muitos padecentes infelizes contentaram-se, porque mais não podiam, em ir todos os dias passar duas vezes junto ao gradil da bela casinha de Niterói, derretendo-se-lhe os olhos sobre o banco de relva, no qual tinham por acaso visto Honorina descansando um momento.

Outros, aproveitando-se da amizade que entretinham com o pai da moça, lá foram queimar suas almas no fogo dos olhos dela, e... puseram em tributo a paciência de Hugo e da velha Ema, a quem pagavam horas inteiras de maçada com o oferecimento de pitadas de ótimo rapé.

E porque seja destino de toda a moça bonita contar sempre entre seus sérios apaixonados algum tolo ou impertinente, Honorina tinha tido a desgraça de agradar também a Brás-mimoso e a Manduca.

Mas essa moça, a quem já conhecemos tão ardente, tão entusiasta, e (digamos assim) tão nascida para amar, conservava-se no meio de tanto fogo, insensível e fria.

Nem o mais leve favônio de esperança tinha conseguido um só de seus apaixonados.

Mas o objeto do amor de tantos homens devia ser o despeito de dobrado número de senhoras.

Com efeito, elas haviam sido feridas em dois pontos por demais sensíveis. Aquele ardor com que no sarau todos os cavalheiros procuravam dançar com Honorina; a deserção cruel que cada bela senhora notou no círculo de seus adoradores; a multidão que cercou, acompanhou e incensou durante toda a noite a jovem romântica; aqueles cem olhos de elegantes mancebos que estavam sempre embebidos no rosto dela; mil episódios, mil pequeninos incidentes, nenhum dos quais escapou nem podia escapar, tudo pareceu dizer, tudo disse a Honorina: "tu és a mais bela!"

E no meio de 50 moças dizer a uma "tu és a mais bela... tu és a rainha!", é ferir, é torturar o amor-próprio de todas as outras; e o amor-próprio é o *noli me tangere* da mulher; é levantar aquela a um ponto onde não podem chegar as outras; mas para onde elas mandam por si o despeito.

E sobre esse golpe, que foi comum a todas, caiu um outro que feriu principalmente a uma.

Otávio, não podendo resistir à força dos encantos de Honorina, amou-a mais do que todos os seus competidores; amou-a ardente e loucamente; amou-a como nunca dantes tinha amado.

Lucrécia, a antiga dama dos pensamentos de Otávio, Lucrécia, hábil e perspicaz, compreendeu desde logo que seu amante faltava aos juramentos tantas vezes repetidos, que a traía enfim!

E Honorina era a causa, embora involuntária, dessa traição!

Exasperada porque via acima de sua vaidade a cabeça angélica de uma moça encantadora; exasperada porque amava sempre e muito a Otávio, Lucrécia queria vingar-se; mas em todos os projetos de vingança, o meio... e a vítima eram somente Honorina.

Desde o instante da cruel convicção de sua derrota, Lucrécia determinou colocar-se entre o perjuro e a rival; sabendo que Otávio, esquecido do passado e só cuidoso do seu recente afeto, se aproveitara do antigo conhecimento que o podia aproximar de Hugo de Mendonça, o procurara e cercara de obséquios, e finalmente chegara até junto de Honorina, não hesitou: fez alugar uma casa em Niterói, e não longe da de sua rival correu a oferecer-lhe a sua amizade, eternizou nos lábios o seu belo sorrir que tão bem condizia com a doçura de seus lindos olhos azuis; e, recebida com prazer pela incauta jovem, ela ficou lá pronta para opor-se como uma barreira ao homem que a tinha ofendido, e, a ser preciso, para sacrificar a beleza e inocência de Honorina nos altares da sua vaidade.

Otávio e Lucrécia personificavam os sentimentos que por Honorina nutriam os homens e senhoras.

Uma única diferença havia.

Otávio era o mais apaixonado e ardente dos pretendentes que Honorina tinha, contra a sua vontade, trazido do sarau.

Lucrécia a menos nobre de todas as senhoras, isto é, nenhuma das rivais de Honorina desceria até o ponto a que é capaz de descer a viúva.

* * *

Duas semanas são passadas depois do sarau de Tomásia.

São nove horas da noite. Brás-mimoso e Félix acham-se em casa de Venâncio; a conversação tinha naturalmente caído sobre Honorina.

— Nós já a vimos com mais vagar — disse Tomásia —; há três dias que veio com seu pai cumprimentar-nos... ao menos política sabem eles...

— Política sabem eles — repetiu Venâncio.

— Quanto ao mais, outra vez digo, não é lá essas coisas — disse Rosa.

— Deixa-te disso, mana — acudiu Manduca —, foi a moça mais bonita que cá veio...

— Ora... vocês todos são assim; se amanhã chegar alguma outra mocinha... adeus, Sra. D. Honorina!...

— Não eu, que me acho apaixonado até aos olhos! — exclamou Brás-mimoso.

— Também o Sr. Brás?... muito bem: falta um para duas dúzias; primo Félix talvez queira inteirar a conta.

— Não, prima Rosa, se eu quisesse amá-la não precisava de conselhos... mas confesso que, achando D. Honorina bonita, não sinto, contudo, grande abalo por ela.

— Quem sabe, meu primo, talvez que você quando levantasse os olhos para olhá-la não a visse por estar alta demais...

— Pode ser, prima; mas, falando assim, você faz de antemão muito baixa ideia de outra mulher.

— Como?...

— Porque deve acreditar baixa demais a mulher a quem eu ousar oferecer o meu amor.

O rosto de Rosa se tornou da cor do seu nome; pois que acabava de ser cruelmente ferida com suas próprias armas.

— Lá pela conta dos 24 não haja arrufos — disse Brás-mimoso —, eu posso apresentar um nome que talvez não esteja na relação.

— Vamos a ele — disse Tomásia.

— O Sr. Otávio.

— Otávio! — exclamou dando uma risada Tomásia. — Sr. Brás, asseguro-lhe que está muito atrasado.

— Está muito atrasado, Sr. Brás! — repetiu Venâncio, rindo-se também com sua mulher.

— Mas explique-se Sra. D. Tomásia.

— Pois não sabe que ele é homem sobre quem não pode calcular nenhuma moça solteira?...

— Por quê?...

— Porque é parcela votada no orçamento da comadre Lucrécia.

— Está muito atrasada, Sra. D. Tomásia!... — exclamou Brás--mimoso, dando por sua vez uma risada.

— Então que há de novo?... conte-nos.

— Estão de arrufos!...

— Quem, Sr. Brás?...

— Otávio e sua comadre...

— É possível?!...

— Por causa da mesma feiticeira que nos encantou a todos...

— Ora, feiticeira!... feiticeira!... — murmurou Rosa — no meio de uma conversa séria, sai-se com aquilo.

— Mas como pode ser isso, Sr. Brás, se a comadre Lucrécia

está agora dia e noite na casa de Honorina e parece ser a sua melhor amiga?... em menos de oito dias de conhecimento travaram uma amizade que parece de anos.

— Lá esses segredos só as senhoras poderão explicar; quem é que até hoje compreendeu um coração de mulher?...

— Mas duas rivais darem-se assim...

— Rivais, não disse eu; porque Otávio ama loucamente uma senhora, não se segue que ela por isso lhe corresponda.

— Então D. Honorina é algum anjinho que não sinta o que nós sentimos? — perguntou Rosa. — Não há ninguém neste mundo que lhe mereça um suspiro? Meus senhores, tenham cuidado que não voe para o céu o seu querubim!...

— Não, não digo isso — tornou Brás-mimoso —; porém afirmo que não é Otávio o mais feliz de seus adoradores.

— Então quem é, quem é o venturoso conquistador daquele belo milagre da natureza?... — perguntou Rosa.

— Eu... eu o não saberei dizer — respondeu Brás-mimoso fingindo-se acanhado —, ainda é tão duvidoso...

— Bravo!... bravo!... parabéns, Sr. Brás — gritou Tomásia.

— Bravo!... parabéns!... parabéns!... — repetiu Venâncio.

— Devia ser assim!... — exclamou Rosa, rindo-se muito; os senhores merecem-se igualmente.

— Ora... não era isso... o que eu queria dizer; mas enfim... certos sinais que vi, e que um homem entendido nestas coisas sabe muito bem compreender...

— Bem bom!... bem bom!... — disse Rosa — vamos aos sinais...

— Desnublar arcanos de amor, minha senhora!

— Todos nós aqui somos de segredo... olhe, eu não tenho na vizinhança senão seis amigas com quem converso; o seu segredo não pode passar desta rua; além de que ninguém lhe mandou principiar.

— Os sinais, Sr. Brás, os sinais!...

— Enfim... vá...

Brás-mimoso, sem reparar que Manduca estava já roncando de raiva, começou:

— Talvez atendendo a estas minhas maneiras delicadas, ao espírito e sutileza que, sem vaidade o digo, desenvolvo em um sarau... D. Honorina mostrou-me uma predileção...

— Ora, isto já passa de impostura!... — bradou Manduca.

— Cala-te, Manuelzinho... Sr. Brás, não faça caso do que ele disser... — disse Tomásia.

— Não faça caso do que ele disser — repetiu Venâncio —; continue, Sr. Brás, não faça caso do que ele disser.

— Está com ciúmes!... coitado! — acudiu Rosa.

Brás-mimoso não cabia em si de contente: o ciúme de Manduca o enchia de glória.

— Pedindo-lhe para valsar comigo — continuou Brás-mimoso —, ela me respondeu que sentia bastante estar já comprometida com outro: ora, isto de sentir bastante não será muito explicativo?

— Muito!... muito!... não tem dúvida...

— No terrado, em um momento infeliz, escorreguei tão fortemente que, se me não seguro à casaca de um amigo, esbarrava por força diante dela; quando me endireitei, olhei-a e vi que ela se estava sorrindo docemente... bem se vê que isto não deixa dúvida nenhuma!...

— Mas, Sr. Brás — acudiu Rosa —, se eu estivesse lá e o visse escorregar, não me ria docemente, soltava mesmo uma gargalhada, e ninguém dirá que somos apaixonados.

— Por isso mesmo... no rir-se docemente é que está o segredo!...

— Ora, vejam isto!... e minha mãe me chama de tolo!... tolo eu, quando o Sr. Brás diz destas!... — exclamou Manduca.

— Enfim, minhas senhoras, por duas ou três vezes ela me olhou com expressão tal que...

— Se é por isso — interrompeu Manduca —, ela de uma vez também me olhou com expressão três vezes...

— Mano, isso precisa de explicação.

— O que precisa de explicação é o que tem dito o Sr. Brás — exclamou Manduca afrontado —; porque é muito malfeito andar se impondo de namorado de uma moça tão inocente.

— Bravo!... que inocência!... — disse Rosa.

— Pois eu tenho culpa de lhe haver agradado?... — tornou Brás--mimoso.

— Qual agradado nem meio agradado; pois o senhor se capacita de que uma moça de bom gosto havia de interessar-se por um esqueleto de 50 anos?

— O Sr. Manuel Venâncio me insulta!... — exclamou Brás-mimoso.

— Manuelzinho, cala-te!... — gritou Tomásia.

— Cala-te, Manuelzinho — repetiu Venâncio.

— O senhor — continuou Brás-mimoso, endireitando a gravata — com ter menos de 20 anos não é capaz de ser mais bonito nem mais engraçado do que eu.

— Pois mostre-se tal qual é — respondeu Manduca —; tire os

cabelos postiços, os dentes postiços, a cor postiça da cara!... o senhor sempre é um homem que usa de mais postiços do que a própria mana Rosa...

— Não seja tolo, ouviu? — acudiu Rosa enraivecida. — Não me meta lá nas suas tratadas... minha mãe, ouça o que está dizendo este pateta.

— Manuelzinho, retira-te — disse Tomásia —, a tua cabeça não está boa.

— Retira-te, Manuelzinho! — repetiu Venâncio. — Sr. Brás, não repare, a cabeça dele não está boa.

Manduca retirou-se furioso da sala, jurando vingar-se de Brás-mimoso.

— Não se enfade, Sr. Brás... aquilo é fogo de palha; tem estas imprudências, mas é um menino muito bem-criado e de muito bom gênio.

— Eu tenho-lhe amizade — disse Brás-mimoso, já menos irado —; sei o que é o ciúme... o Sr. Manuel foi infeliz... é um rival que caiu por si mesmo; o mais terrível e o que me dá mais cuidado é Otávio.

— Eu sei que ele já frequenta muito a casa de meu amo — disse Félix.

— Pois bem: é esse o único que me incomoda; mas ao menos ele não pode deixar de ver-se muito atrapalhado.

— Por quê?...

— Porque a sua comadre mudou-se para Niterói, e consta-me que não deixa a companhia de D. Honorina... isto há de dar ainda muito que falar.

— Rosa!... que belos dias temos de passar... é preciso entrelaçarmo-nos de amizade com D. Honorina; domingo, agrados sobre agrados!

— Então domingo...

— Estamos convidadas a passar o dia com ela...

— Minha senhora... se eu pudesse ser apresentado...

— Oh! será uma contrariedade para Manuelzinho; mas se quiser pode ir em nossa companhia, e devo crer que será bem recebido.

— Disso tenho eu a certeza.

— Pois muito bem; está convidado.

— Oh! presente do céu!...

* * *

No entanto que alguns dos apaixonados de Honorina preparavam-se para lutar, que Lucrécia se dispunha para vingar-se, ou pelo menos opor-se à ventura de Otávio, Tomásia e Rosa se tratavam para observar e murmurar; o que estaria projetando ou fazendo esse homem, de que nenhum deles sabe, esse incógnito cuja existência só tem sido sentida por Honorina, Raquel e Lúcia?...

Duas semanas são passadas desde o seu último aparecimento: não há notícia nenhuma dele; ninguém o conhece... e Honorina, que em silêncio pensa nele, não se anima nem se animará nunca a perguntar pelo moço loiro.

E quem é esse homem das sombras e do mistério?...

E o que quer dizer esse contínuo pensar do espírito de Honorina, que pende sempre docemente em suas reflexões das vigílias e em seus sonhos das noites para esse jovem desconhecido?... o que quer dizer?...

Extravagante, estouvado por força, esse personagem misterioso, que ainda se não sabe, ao certo, que cara tem, que muda de semblante, de ofício, de vestidos e de cabelos a cada hora, como pôde tão vivamente tocar a alma (e quem sabe se também já o coração) de uma inocente moça?...

Oh!... é porque a mulher ama, sobretudo, o que lhe parece mais romanesco e misterioso!

Sem que se dê por tal, ela é apenas curiosa no princípio, logo depois se faz interessada... e é um milagre se escapa de ser amante no fim.

E Honorina, que na cor pálida de seu rosto, na delicadeza de sua compleição e em todos os seus traços, enfim, deixava ler esse temperamento, talvez perigoso, mas sempre interessante, no qual a vida está no sentimento, e com o qual somente se sabe compreender, sentir e alimentar essa paixão ardente, cujo fogo não minora, não se extingue, nem ao sopro do infortúnio nem ao poder da prepotência, e com o qual, enfim, basta a impressão ligeira de uma figura que se vê na sombra... diáfana... misteriosa, que se adivinha bela, que se sonha, como se deseja para dar um rumo ao batel da vida, que nem um tufão da tempestade, nem a agitação das vagas pode jamais mudar; para dar um doce pendor ao espírito, que nem a docilidade dos conselhos, nem a força de uma ordem, nem o rigor do despotismo pode fazer desaparecer; e Honorina, dizemos nós, romanesca e entusiasta, tinha cedido à força de sua organização e ao enlevo do misterioso proceder do homem que a amava na sombra.

E, portanto, já havia um segredo na vida da moça, e a pesar dela uma ação que às vezes a obrigava levemente a corar. O segredo estava em seu coração... ainda pouco inteligível para ela mesma: era o sentimento que começava a votar ao moço loiro; a ação de que levemente corava, era o ter ela guardado a sempre-viva que o zéfiro da manhã lhe atirara dentro da câmara.

Duas semanas estavam passadas depois da noite do sarau; novas amizades tinham vindo ocupar-lhe horas de alguns dias; Lucrécia, que havia alugado uma casa em Niterói, era então assídua junto dela e a cercava de obsequiosos cuidados; mas Honorina se contrafazia ao pé de Lucrécia... amava a solidão... suspirava em silêncio, e a seu pesar... pensava no moço loiro.

Honorina se tinha tornado docemente melancólica, o que fazia ainda mais realçar os seus encantos.

Ela precisava sem dúvida confiar seus sentimentos... seus receios e seu estado a uma amiga; mas Lúcia tinha o triplo da sua idade, e, posto que não hesitara em mostrar-lhe os primeiros escritos do moço loiro, agora ela não podia resolver-se a corar diante dela, confessando-lhe que guardara a sempre-viva, ainda que lhe repetisse as mesmas palavras que costumava dizer a si própria para desculpar-se diante de sua mimosa consciência de moça:

— Não fui eu... meu Deus! foi o teu sopro.

Lucrécia... Lucrécia não era a sua amiga da infância, como Raquel, e Raquel estava longe dela.

Finalmente na manhã de sábado Hugo conveio em levar um bilhete de sua filha a Raquel; e, pois, Honorina escreveu depressa:

Raquel!... Não nos pudemos falar a sós no dia em que fui à corte; e eu tinha tantas coisas para te dizer!... vem hoje Raquel, dormiremos juntas, e eu te contarei uma história bem singular: vem hoje, Raquel, ver a tua amiga — Honorina.

Nesse dia, não; mas na manhã do seguinte, Honorina abraçou a Raquel.

XVII

Canto ao luar

Um dia inteiro se tinha passado sem que Honorina e Raquel tivessem podido estar a sós alguns momentos. A casa de Hugo se achava cheia de visitas. Lucrécia se havia apresentado às nove horas da manhã. Otávio um pouco depois; às 11 horas do dia, Venâncio com sua família, e Brás-mimoso; e, enfim, Félix. Era preciso, pois, que Honorina se repartisse por todas aquelas senhoras, que agradasse àqueles homens, que, em suma, desse alma à sociedade reunida em casa de seu pai.

O dia foi correndo prazenteiro e belo. Ema, apesar de não compreender como era possível tolerar-se a liberdade que aqueles homens tomavam com as senhoras, conversando, gracejando e lisonjeando a todas elas, não podia deixar de encher-se de orgulho, vendo a graça e a nobreza com que se portava a encantadora neta.

O jantar serviu-se tarde; e, já ao anoitecer, a sociedade, levantando-se, derramou-se pelo jardim. Ema, que não podia expor-se ao ar frio da noite, ficou na sala, acompanhada de Venâncio e de Jorge, o pai de Raquel.

Hugo de Mendonça passeava com Tomásia.

Honorina, defendida pela amizade de Raquel, vigiada pelo ciúme de Lucrécia, perseguida pelos impertinentes obséquios de Otávio, espantada das loucas pretensões de Brás-mimoso e do ridículo proceder de Manduca, caía às vezes em doces meditações, nas quais vinha quase sempre a imagem do moço loiro tomar o posto mais nobre.

Félix dava o abraço à sua querida prima; e, único feliz entre tantos, esquecia-se, conversando com ela, do tempo que passava, dos olhos que o cercavam, do passado, do presente e mesmo do futuro.

Porque o homem que passeia com a mulher que ama é um ente excepcional, cujo mundo não passa dela e dele; cujo mundo é fechado pelo horizonte de amor... horizonte belo, cor-de-rosa, brilhante, limitado... tão limitado que dentro dele só cabem dois corações, somente soam as palavras de duas bocas, somente pensam duas almas; troca-se entre ambos uma linguagem, um idioma de fogo, e sempre novo, que se fala pelos olhos e se entende pelo tremer dos braços ou pelo palpitar dos corações; tudo que os cerca está fora do seu mundo, não tem nele existência possível; aí só vivem os dois... e amor.

Depois de algum tempo de passeio, as senhoras recolheram-se. Hugo foi ajuntar-se e tomar parte com Venâncio e Jorge na conversação de sua mãe, que, entusiasmada, se exaltava, fazendo a apologia das belezas, dos prazeres e dos puros costumes do seu tempo.

Otávio uniu-se a Félix, e ambos desapareceram pelas mais obscuras ruas do jardim, como se os ocupasse objeto de muito subido interesse.

Brás-mimoso e Manduca passeavam cada um para seu lado; mas na volta de uma rua encontraram-se, talvez contra a vontade de um deles.

Aqueles dois completos namorados sem ventura eram, em verdade, a personificação de duas classes de homens que todas as senhoras devem mais ou menos ter encontrado no decurso de sua vida. Vejamos se, dando conta do caráter de cada um deles, poderemos ter a felicidade de chegar a ponto de que cada moça que tiver estas linhas diante de seus belos olhos possa dizer consigo, ao recordar a coleção de seus impertinentes adoradores: "Brás-mimoso se parece com este; Manduca é o retrato daquele".

Há um sentimento... oh! seria profanação dar-lhe o sagrado nome de amor. Comecemos, pois, de outro modo.

Há homens detestavelmente vaidosos, homens insolentes, que não veem na mulher senão a mais fraca e humilde das criaturas; homens que não amam nunca, pois são incapazes de tão nobres sentimentos, mas que trabalham para ser e se ufanam de parecer amados. A alma desses homens é torpe, é alma de lodo; e a mulher infeliz, a quem requestam, é por força a vítima de sua vanglória; porque, de duas uma, ou ela é bem desgraçada para corresponder a fingidos extremos, ou deles sabe zombar. No primeiro caso, lá vão os miseráveis ostentar seus triunfos em toda a parte... nas assembleias, nos passeios e no teatro eles desafiam a atenção do público para que todos sintam suas vitórias, invejem suas felicidades, proclamem-nos como conquistadores, embora à custa do nome e do crédito da vítima!... e, quando uma senhora os tem tratado de maneira que em sua própria vaidade não ousam supor-se felizes, eles ousam, contudo, por jactância e por vingança, impor... fingir... dizer sê-lo! para eles o nome e a fama de uma mulher não é mais que a flor, que importa pouco ser quebrada, murcha e perdida, contanto que sirva um momento para ornar a coroa de seus improvisados triunfos.

Brás-mimoso, com ser tão ridículo em si mesmo, era um desses homens.

Há outros que, pelo contrário, nem se sabem fazer amantes; outros que, vivamente interessados por uma senhora, ficam duas horas a sós com ela sem lhe dizer palavra, e, quando ela se retira, vingam-se de si mesmos, beijando suas pisadas, e se conservam uma noite inteira contemplando a cadeira em que ela esteve sentada; que comem o palito que lhe caiu dentre os dentes, que beijam em segredo o papelzinho que ela enrolou entre os dedos, que decoram e adoram os versos das balas que se atreveram a estalar com ela, que a servem nas sociedades como um escravo, e depois se retiram para um canto, olhando-a de longe e abaixando os olhos se encontram com os dela; que quando são obrigados a dar-lhe o braço tremem como varinhas verdes; se ousam dirigir-lhe a palavra, gaguejam e se perturbam a ponto de causar piedade; e que, finalmente, confiando, a medo, seus extremos a um amigo, lastimam-se, choram e vivem assim.

Manduca era pouco mais ou menos um namorado desse gênero.

Ora, parece, depois do que vem dito, que naturalmente o homem que impõe deve ser forte e valente, e aquele que chora, fraco e desanimado; pois por notável contradição sucede o contrário disso: as mais das vezes o chorão é um Hércules, e o impostor um covarde. E mais um exemplo vem para a regra; porque Manduca tem o braço de um atleta; e Brás-mimoso a natureza de um poltrão.

Exatamente por esse motivo, Brás-mimoso, que achava um não sei quê no rosto de Manduca, desde a última noite que havia passado na casa de Venâncio, não tinha lá a maior vontade de encontrar-se com o moço em lugar solitário; porém tantas voltas deu o filho de Tomásia pelas ruas do jardim que, depois de aturado trabalho, conseguiu encontrar-se cara a cara com Brás-mimoso, que, um pouco desapontado e com o mais desengraçado e menos bem fingido disfarce, ia já se voltando para trás, quando Manduca o chamou dizendo:

— Sr. Brás, faça-me o favor...

— Oh! Sr. Manuel! — exclamou Brás-mimoso — ora... muito bem diz o ditado: "os que se querem se encontram sempre".

— Fico-lhe obrigado; mas ouça-me, pois tenho de lhe falar.

— E eu também... quero dar-lhe os parabéns... o senhor tem sido feliz... felicíssimo... o nosso amigo Otávio deve trazê-lo na garganta.

— Pior é estar-me o senhor a trucar de falso!... — disse Manduca, levantando a voz.

Brás-mimoso estremeceu desde os pés até à cabeça.

— O Sr. Manuel parece um pouco... exacerbado!... creio que não fui eu quem teve a desgraça...

— Então já se esqueceu do que disse em minha casa sexta-feira à noite? — perguntou o moço.

— Oh!... pois V. Sa. ainda se lembra disso?

— Lembro-me perfeitamente de que o senhor se fez de grande valentão, porque estava à vista de minha mãe; e, portanto, venho aqui lhe repetir o que então disse e dar-lhe um conselho proveitoso.

— Sr. Manuel, V. Sa. abusa da minha posição!...

— Eu quero repetir-lhe na cara que o senhor é um esqueleto de 50 anos, um velho muito ridículo e miserável; pois que, sem se lembrar de que tem cara de avô, anda com pretensões de moço de 20 anos...

— Senhor... eu vejo que devo ser prudente com V. Sa... eu me recordo de que V. Sa. é o filho de um homem... e de uma senhora.

— Digo-lhe — continuou Manduca — que me não importa que o senhor persiga com suas maneiras ridículas e desprezíveis aquela bela senhora; pois que eu a suponho com bastante juízo para não fazer caso de uma ostra, de um carrança espartilhado como o senhor!...

Brás-mimoso tremia e suava suores frios; por isso ouviu sem dizer palavra aquele ataque feito a seu amor-próprio.

— Porém — prosseguiu Manduca —, e aqui vai o conselho; se o senhor tiver o atrevimento de gabar-se uma outra vez em qualquer parte do mundo de ter sido atendido por D. Honorina, já que mostra tão pouco juízo que parece haver-se tornado de novo criança, tenha a certeza de que me acho disposto a persegui-lo cruelmente.

— Está bem, Sr. Manuel, diga o que lhe parecer...

— Juro-lhe que sou capaz de arrancar-lhe a cabeleira mesmo à vista de D. Honorina.

— Senhor... mas eu não sei em que tenho merecido a inimizade de V. Sa...

— E como, em todo caso, faz-se preciso que um castigo acompanhe sempre o crime, e o senhor delinquiu, falando sem respeito de uma senhora honesta, e chegando mesmo a caluniá-la...

Brás-mimoso, ouvindo falar em castigo, sentiu enfraquecerem-lhe as pernas e, encostando-se ao tronco de uma árvore, olhava para todos os lados a ver se descobria alguém a quem recorresse.

— Eu exijo — continuou Manduca — que em presença das mesmas pessoas, diante de quem falou sexta-feira, o senhor se desdiga de quanto disse... que confesse que não passa de um tolo...

— Sr. Manuel... V. Sa...

— Um caluniador...

— Por quem é, Sr. Manuel, não me deite a perder...

— Um...

Manduca foi interrompido: o céu acabava de socorrer Brás-mimoso.

E os dois singulares rivais estenderam os pescoços e ficaram estáticos e boquiabertos, atentando os acentos melodiosos de uma voz doce e branda, que cantava uma música melancólica.

Uma ideia feliz tinha tido Hugo de Mendonça para obsequiar a seus hóspedes: como, à exceção de Brás-mimoso e Manduca, se achassem todos depois de algum tempo sentados debaixo de uma copada mangueira que ficava próxima do mar, ele se lembrou que ali, à mercê do silêncio da noite e ao clarão da lua, devia causar efeito bem agradável uma voz harmoniosa, que entoasse um canto; e, orgulhoso do mérito de sua filha, não hesitou em aconselhar-lhe que cantasse.

Félix ofereceu-se para acompanhá-la; apareceu um violão, e Honorina cantava.

Já então era noite fechada; mas a lua cheia e bela derramava sobre a interessante Niterói os raios de sua luz misteriosa. E uma voz entoava um hino melancólico. Oh! fora preciso estar ali e ouvi-la; e sentir também como toda a natureza harmonizava os seres, punha em concerto os elementos para magicamente acompanhá-la. E, pois, brando favônio lambia apenas as folhagens... as ondas murmuravam docemente ao beijar das praias... a lua prestava à cena essa luz receosa e modesta, mercê da qual o fraco embalançar dos ramos, que a aura embalava, erguia aqui e ali seres fantásticos... místicas sombras noturnas que, segundo o vaivém dos ramos, ora se agigantavam, ora se iam minguando até sumir-se de todo, para logo renascer outra vez... e por toda a parte o silêncio... e como se equilibrando sobre ele essa voz... doce, angélica... que diríeis um longo suspirar de anjo... essa voz... um pouco curta talvez... mas tão cheia de encanto e magia... que soar... tocar o ouvido... e cair no coração de quem a escutava, era milagre de um breve instante... Oh! fora preciso ouvi-la!... e também fora preciso ver essa moça que cantava, assentada debaixo de copada mangueira... essa moça bela... pálida... vestida de branco... semelhante talvez à imagem vaporosa que a imaginação escaldada do viandante noturno vê à porta do templo solitário... ou curvada sobre a campa de um finado... essa moça, cuja voz tinha um não sei quê de tão sutil... tão melancólico... tão sobre-humano talvez, que retinia no âmago do coração e nos seios da alma!...

Honorina escolhera para cantar uma lira que era desde alguns dias a sua favorita; que desde algumas noites ela preferia sempre a mil outras para entoá-la ao lado de seu pai ou sentada à janela de seu quarto no silêncio das desoras: essa lira parecia como uma prece, que saía do seio de uma virgem para subir ao céu; ela dizia assim:

Inocente, incauta virgem,
Que inda o mundo te sorri...
Esse mundo que te incensa
Laços arma contra ti.
Virgem, mede os passos teus...
Virgem, só confia em Deus!...

Esses olhos que dardejam
Sobre ti chamas de amor,
Podem verter em teu seio
Doce veneno traidor.
Virgem, mede os passos teus...
Virgem, só confia em Deus!...

Sê, ó virgem, sê somente
Sempre a rosa do Senhor...
Vê que o vento afronta às vezes
A do mundo pobre flor.
Virgem, mede os passos teus,
Virgem, só confia em Deus!...

Honorina calou-se... os aplausos choveram sobre ela... os dois infelizes amantes, que de longe a tinham escutado, correram a derramar suas felicitações e seus parabéns aos pés da encantadora moça que os enfeitiçava; mas de repente os parabéns, os aplausos se suspenderam, e todos olharam surpreendidos para o mar; porque uma voz também sonora entoava de lá o seu canto, sujeitando-se à mesma música.

Favorecidos pelo luar, eles viram, a pouca distância da praia, um pequeno e lindo batelão parado, e sobre ele a figura branca de um homem que, voltado para a árvore debaixo da qual se achavam, cantava com voz comovida; e eles ouviram que seu canto dizia assim:

Inocente, bela virgem,
Que o mundo fazes sorrir...
Amor, que inspira a virtude,
Sabe em teu seio nutrir.
Virgem, mede os passos teus;
Mas cede ao sopro de Deus!...

Lembra que esse amor de poeta,
Em que pode uma alma arder,
Mesmo acabando na morte
Por força belo há de ser.
Virgem, mede os passos teus;
Mas cede ao sopro de Deus!...

Qual cede a rosa ao favônio
Vivo aroma encantador;
Ao homem nobre e constante
Ceda a virgem seu amor.
Virgem, mede os passos teus;
Mas cede ao sopro de Deus!...

O canto terminou; e o batelão se foi misteriosamente deslizando para o largo.

Insensivelmente toda a companhia se tinha aproximado à praia; só Honorina e Raquel haviam ficado no mesmo lugar, surpreendidas e tomadas talvez do mesmo sentimento.

— É ele!... — murmurou Honorina, quando sentiu que o canto acabava.

— Eu o conheci — disse Raquel —; ele falou ainda uma vez no amor de poeta!

— Oh!... — tornou Honorina —, e o sopro de Deus!... o sopro de Deus!... portanto ele vê... ele ouve... ele sabe tudo!...

— Que queres dizer, Honorina?

— Logo... logo te direi tudo. Agora silêncio: todos se chegam para nós.

Com efeito, a sociedade tornava a seu primeiro lugar.

— É preciso convir — disse Hugo de Mendonça —, que aquele bateleiro é um atrevido, que tem muito boa voz e canta bem sofrivelmente!

— O que não pode fazer olvidar — disse Otávio — que ele é um insolente, que se aproveita da largueza do mar...

— Como insolente?... — acudiu Lucrécia, que se aprazia com o desgosto de Otávio —; eu me confundo decerto!... Supunha que nada havia mais natural do que um bateleiro fazer demorar sua viagem para ouvir a voz de uma moça que cantava; nada mais agradável do que responder ao canto, que acabava de ouvir, com outro da mesma natureza.

— Mas o homem que cantou não pode ser um rude bateleiro...

— E que podemos nós fazer?... — disse Hugo. — Porventura está no nosso direito impedir que se cante no mar?... deverá Honorina privar-se de sua mais bela prenda só porque houve um homem que, de longe, respondeu uma vez a seu canto?...

— Deus nos livre disso! — acudiu Otávio.

— Seja embora um atrevido — continuou Hugo —, devemos confessar que nos causou uma surpresa.

— Mesmo uma agradável surpresa — ajuntou Tomásia.

— Não tem dúvida; uma agradável surpresa — repetiu Venâncio.

— Mas que é isso, Honorina?... tão melancólica de repente?... será possível que aquele harmônico bateleiro chegasse a incomodar-te até o ponto de te entristecer assim?...

— Meu pai... é que eu não esperava...

— Graças a Deus temos todos essa certeza. Nada... nada de nos ofendermos por tão pouco... querem saber? se eu pudesse, faria com que o nosso bateleiro repetisse uma outra vez o seu canto...

— Meu pai!

— Não é graça... tem uma bela voz de tenor...

— E o efeito — disse Lucrécia —, o grande efeito que produz o canto no silêncio da noite e no mar...

— É verdade!... é verdade!...

— A propósito! — exclamou Hugo de Mendonça —, daremos uma lição ao nosso bateleiro.

— Como?...

— Se Honorina quiser, aproveitaremos uma ou duas destas belas noites de luar, faremos um passeio marítimo, e no mar... defronte da mais linda praia... levantam-se os remos, e Honorina entoa a sua lira da virgem inocente.

— Oh! não, meu pai!...

— Sim... sim, minha senhora... ceda...

— Porventura tens medo de bateleiro?... lá... o caso é outro: estaremos no mesmo campo, e se ele aparecer, veremos qual é o batel que mais voa... então que dizes?...

— Ceda... ceda...

— Eu farei o que meu pai quiser.

— Pois muito bem: estamos tratados; resta marcar a noite; quando deverá ser?...

— A Sra. D. Honorina que decida...

— Para mim é indiferente... pode ser qualquer...

— Honorina — disse Raquel —, marca a noite de amanhã: eu fico contigo até terça-feira, não é assim, meu pai?...

— Sim, minha filha — respondeu Jorge.

— Amanhã, amanhã, Sra. D. Honorina — disse Tomásia —, nós temos de passar o dia de amanhã com minha comadre e pediremos licença para tomar parte em tão agradável passatempo.

— Pois se meu pai quiser — tornou Honorina —, seja amanhã.

— Está dito — concluiu Hugo —, seja amanhã.

E ao mesmo tempo que todos se levantavam, ouviu-se ao longe muito ao longe, a voz do bateleiro, que repetia:

Virgem, mede os passos teus;
Mas cede ao sopro de Deus!

❖

XVIII

As duas amigas

Enfim, elas se viam sós; não como da outra vez, recostadas na janela que deitava para o jardim, porque Honorina receava uma aparição noturna e repentina daquele homem singular que em toda a parte e a todas as horas velava por ela. Mas agora, sentadas ambas em um sofá e livres de seus atavios, com a liberdade da solidão, independentes das prisões das modas, esquecidas de si próprias no doce enleio da amizade, Honorina e Raquel se dispunham para encetar a conversação que tanto desejavam; e, todavia, ainda em silêncio se conservavam, e já uma vez tinha cantado o galo.

O silêncio de Honorina não era difícil de explicar-se: havia nela por força todo esse belo receio, todo esse encantador acanhamento de virgem que, quando ama pela primeira vez, hesita e treme ao falar de seus sentimentos à própria amiga de seu peito, e até cora, quando pensa consigo mesma... nele.

Mas Raquel?... a jovial e feliz Raquel, por que não compreende a hesitação da pobre Honorina?... por que também docemente melancólica deixa ir correndo assim a noite?...

O galo cantou segunda vez; e Honorina, como para a todo custo dar princípio à conversação, disse:

— Que dia! Raquel, que dia enfadonho passamos!...

— Eu o sinto, Honorina; melhor valera se sós o tivéssemos gozado.

— Oh! é verdade... e tanta gente... e esses homens!

— Que te perseguiram, não é assim?...

— É que eu sou bem infeliz, Raquel; não bastava Otávio, que me diz tantas coisas; que me obriga a ouvi-las; que se enche de esperanças que eu não alimento!... eram precisos ainda mais dois que me atormentassem todo o dia com suas loucas palavras e ridículas ações!...

— E que remédio tem uma mulher, senão às vezes deixar-se requestar por tolos?... quem diz tolo, diz vaidoso.

— Oh! mas é necessário ter ou vaidade demais, ou então um espírito muito miserável, para que eles não compreendam que eu desprezo formalmente seus obséquios!

— Porém, quem te manda desprezá-los?... pelo menos podias animar o velho... um velho namorado, Honorina, serve muito para a gente rir-se...

— É... que... eu não posso rir-me!...

— Por que, Honorina?...

— Raquel!... — exclamou a moça, escondendo por instantes o rosto no seio da sua amiga.

— Fala, Honorina; desafoga-te comigo.

Passou-se ainda um momento de silêncio, em que o rosto de Honorina se foi tornando cor-de-rosa; depois ela falou:

— Raquel!... Raquel!... tu não sabes o que se tem passado comigo desde aquela fatal noite em que conversamos, ambas encostadas nessa janela; lembras-te daquele papel que achamos e lemos na manhã do dia seguinte?...

— Lembra-me... sim.

— Pois eu tenho involuntariamente recebido outros da mesma natureza, que trazem todas essas palavras que eu pronunciei, falando-te de amor, escritas... repetidas, como a divisa de um cavalheiro ou como o estribilho de um hino de triunfo...

— E o homem que as escreve?...

— Oh!... esse homem?... eu o tenho visto... eu o tenho ouvido... e eu não te posso dizer ao certo qual é o seu verdadeiro rosto, nem qual é o som de sua voz!...

— Mas o que tu dizes, Honorina, é ainda bem ininteligível!...

— E, todavia, é a própria verdade; o homem que me escreve é um ente que muda de aspecto, de voz, de vestidos, de condição, de ofício e de tudo, segundo as circunstâncias em que me quer aparecer.

Raquel chegou-se para mais perto de Honorina, como não querendo perder uma só palavra do que lhe ia dizer a amiga.

— Lembras-te que te mandei pedir — continuou Honorina — que me enviasses um cabeleireiro para me toucar no dia do sarau de D. Tomásia?... tu me tinhas respondido que às cinco horas da tarde o cabeleireiro se me apresentaria...

— E então?...

— Pouco depois das quatro aparece aqui um homem para pentear--me; um homem que não dizia uma só palavra, vestido de mil cores, com o rosto muito vermelho, com os cabelos ruivos, um homem que beijou minhas madeixas, que me roubou um anel delas, e que inopinadamente me deixou ainda destoucada; Raquel... era ele!...

— Mas o cabeleireiro que eu te mandei?...

— Chegou depois; exatamente às cinco horas da tarde. Ouve mais: de volta do sarau, somos trazidas aqui por um jovem marinheiro, rude, grosseiro... malvestido... com cabelos pretos tão longos como hirtos; no meio da viagem, enquanto meu pai dormia, e eu receosa dele fingia dormir, apanha uma de minhas luvas, que o vento levantara, beija-a, guarda-a junto do coração... e ao chegar à praia, vendo que eu buscava a minha luva, ma entrega, tendo posto dentro dela um papel; Raquel... era ele!...

— E esse papel, Honorina?

— Estavam nele escritas as palavras fatais... o meu imprudente pensamento sobre o amor... aquilo que eu te disse, Raquel, pensando que ninguém mais me ouvia!...

— E depois?

— Tu te recordas, Raquel, daquele jovem loiro que no sarau de D. Tomásia sentou-se no terrado defronte de nós?... Raquel! Raquel! tu te recordas de seu sonho?... tu te lembras o que ele disse sobre uma sempre-viva?...

— Oh!... muito!... muito, Honorina!... eu me lembro muito!

— Pois bem... eu não pude dormir... a imagem desse moço esteve sempre diante de meus olhos! Eu passei o resto da noite febril... ardente... desassossegada!... eu comparava o amor desse moço tão singular, mas tão respeitoso, que ele temia fazer corar de pejo o objeto de seus cuidados, com esse amor misterioso... noturno... e talvez terrível do homem que me persegue!... eu comparava aquele rosto melancólico e doce... aqueles belos cabelos loiros com o semblante vermelho ou agreste, com os cabelos ruivos ou pretos que no outro tinha visto!... comparava sua voz branda e comovida com a voz áspera, grossa e desagradável do bateleiro... ah! tudo isso era um paralelo cruel para o desconhecido que me amava!... agitada... com a cabeça em fogo... aflita, enfim, eu me ergui, à primeira luz do dia... abri aquela janela... levantei a vidraça... Raquel!... eu achei aí um papel, e sobre ele a sempre-viva!... a sempre-viva!...

— E o papel?... o que dizia o papel?... — perguntou Raquel violentamente comovida.

— Lê tu mesma — disse Honorina, mostrando-lhe um breve escrito que desde que se fora sentar tinha fechado em uma mão.

Raquel devorou rapidamente as poucas palavras escritas nesse papel e entregou-o de novo a Honorina com mão visivelmente trêmula.

— Portanto — continuou esta —, o moço loiro era ele!

— Sim... sim... era ele... eu o deveria ter previsto!...

Honorina abafou um suspiro.

— E a sempre-viva?... — perguntou Raquel.

— Ei-la aqui! — disse Honorina abrindo a outra mão.

— Tu a guardaste?!... e então foi o mesmo que responder "eu também te amo!"...

— Oh!... não me olhes assim Raquel, não me olhes com esses olhos tão ardentes, se não queres fazer-me abaixar os meus e fechar--me a boca!...

— Enfim... tu guardaste a sempre-viva, Honorina?

— Não... não fui eu!... escuta. Acabando de ler essas palavras que aí vês escritas, confesso que hesitei um momento; mas depois... eu dei um passo para a janela... estendi o meu braço... eu ia... eu devia deitar fora a sempre-viva, não é assim, Raquel?...

— Sim... sim...

— Mas... soprava uma branda aragem... o favônio da manhã, Raquel!... eu vi que cedendo a seu sopro... a sempre-viva rolou sobre a janela até cair a meus pés!...

— E depois... tu a guardaste?...

— Oh! Raquel! aquele zéfiro matutino tão fresco, tão doce, me pareceu então enviado pelo céu!... tu sabes, tens dito mil vezes, que eu tenho uma imaginação de louca, que à força de uma organização toda inflamável e de uma educação recebida na solidão, longe do mundo e dos homens, meu pensamento não se acomoda com o gelo das realidades e vive do fogo das quimeras; pois bem! será mais uma quimera; mas naquele instante eu pensei que o zéfiro que fazia rolar a flor para meu quarto, era como a mão do destino, que me arrastava para aquele homem! nos meus delírios... na exacerbação em que me achava, Raquel, eu contemplei a sempre-viva, que tinha tombado a meus pés, e sem ter ânimo para lançá-la fora... temendo mesmo cometer um sacrilégio se o fizesse, eu disse, desculpando-me a mim mesma: "Oh!... ainda bem que não fui eu... foi o teu sopro, meu Deus!"...

— O sopro de Deus!... — balbuciou Raquel.

— O sopro de Deus!... sim... o sopro de Deus!...

— E, portanto, ele cantava ainda agora um pensamento que tu só podias compreender!...

— Mas Raquel... Raquel, como é que esse homem ouviu o que eu murmurei baixinho escondida no meu quarto?... pois então ele está também em toda a parte, assim como se veste de todos os semblantes?...

— Quem sabe... talvez ele estivesse mesmo de longe... talvez ele visse rolar a sua flor à força do zéfiro... e então pensasse também, como tu pensaste, em um sopro de Deus!

— Mas podem acaso ter duas almas, ao mesmo tempo, um só e igual pensamento?...

Raquel respondeu com voz sumida e melancólica:

— Quando se amam, Honorina; porque já não há dúvida de que tu amas...

— Oh! Raquel!... eu tenho medo de o pensar!...

— Como tu és feliz, Honorina!... — disse docemente Raquel.

— E ele?... e ele? fala-me tu dele, Raquel.

— Minha bela vaidosa, que queres, pois, que eu diga?

— Se tu pudesses dizer-me, Raquel; se tu o soubesses!... é que há uma eterna pergunta no meu coração, e uma dúvida cruel dentro do meu espírito!... quem é ele?... quem é esse homem?...

— Posso eu o saber?

— Será um moço ou um velho?... será um belo jovem ou um homem que faça medo?... qual é o seu rosto? qual a sua voz? quais os seus cabelos?...

— Pois duvidas que seja o moço loiro, Honorina?

— Sim, Raquel, ele foi o moço loiro de alguns momentos!... eu tenho ainda no meu espírito aquela graciosa cabeça... eu sinto ainda o fogo ardente de seus olhos... eu vejo, Raquel, eu vejo sempre aquele triste sorriso que ele derramava em seus lábios... soa sempre em meus ouvidos, ainda mais docemente que o seu canto desta noite, aquela voz suave e comovida, com que ele dizia — eu amo!... muito!... como ninguém amou ainda!...

— E então, que queres tu mais, linda ambiciosa?...

— Raquel, Raquel, eu tenho medo de que assim como foi uma mentira aquela cabeça ruiva de ridículo cabeleireiro, assim como foi uma máscara ilusória aquela cabeça hirta de selvagem marinheiro, eu tenho medo, Raquel, de ver esvair-se como um sonho a minha mais bela ilusão... eu tenho medo de que aquele engraçado semblante de mancebo seja ainda um semblante emprestado, de que seus belos cabelos loiros sejam ainda uma pérfida cabeleira!...

Raquel não pôde deixar de sorrir-se do inocente receio de sua amiga.

— Sim... tu te estás rindo de minhas loucuras... perdoa-me, perdoa-me; porque eu estou talvez a ponto de ir ser bem desgraçada...

— Tu, Honorina, desgraçada?... e por quê?...

— Pois já te não lembras do que outrora me dizias, Raquel: desgraçada porque eu penso que já amo.

— Mas quando sabes que és amada?...

— Porém, isto é quase amar uma idealidade... uma sombra, que, quando pensamos tocar com o dedo, desaparece a nossos olhos!... isto é viver em um sonho eterno...

— Oh!...— exclamou Raquel, apertando a mão de Honorina — esse homem estudou bem a mulher de quem queria ser amado!... ele foi direito ao ponto mais fraco... atacou... e venceu!

— É porque eu sou uma mulher bem fraca, não é assim?...

— Não: é porque tu tens uma imaginação muito ardente, um coração muito cheio de fogo!... é porque tu terias amado a Torquato, como Eleonora, e a Camões, como Catarina de Ataíde!... e esse homem, que não tem certamente podido ser poeta para vir ajoelhar-se a teus pés, com sua lira nos braços, a oferecer-te a glória de um renome; que não tem certamente podido ser um herói para com os louros na fronte deslumbrar teus olhos e cativar teu espírito... esse homem, sagaz, sem dúvida, apelou para o mistério, chamou a seu favor o que achou que podia parecer-te maravilhoso... apresentou-se diante de ti coberto com um véu para te fazer desejar rompê-lo... trouxe uma centelha em seus olhos... atirou-a sobre a tua imaginação... ateou-a... venceu... é amado!...

— E tu, Raquel, terias resistido, não é assim?...

A pergunta pareceu contrariar a Raquel, que, depois de hesitar um momento, como se abafasse um gemido, respondeu:

— Honorina, não se trata de mim agora.

— Sim... sim, eu sei... terias resistido; porque tu não és como eu... tu és prudente.

— Oh!... e de que vale a prudência, Honorina?...

— A experiência e sábios conselhos de teu pai te armaram de uma fortaleza que nenhuma outra teve ainda... teu coração para amor está forrado de aço... tu só és sensível à amizade...

— Pelo amor de Deus, Honorina, não fales de mim agora!...

— Tu podes sofrer sem estremecer o olhar atrevido de um homem fixado uma hora inteira sobre teu rosto... tu zombas do poder dos olhos... tu és surda para as palavras de amor... a influência de um homem não chega nunca a teu espírito!... tu és feliz... bem feliz!...

— Honorina!... Honorina... tu ignoras o mal que me estás fazendo!...

— Eu te invejo, Raquel!...

— Desgraçada!... tu não sabes o que dizes!...

— Oh! eu me lembro bem daquelas frias palavras que uma vez me disseste!... eu as decorei, porque elas me espantaram! porque seu pensamento, enunciado por uma mulher, me pareceu um milagre... tu disseste...

— Não... não... Honorina, não as repita...

— Tu disseste: "Amor é uma vã mentira!... amor não é mais que uma das muitas quimeras com que a imaginação nos entretém na vida, como a boneca que se dá à criança para conservá-la quieta no berço... amor não é mais que a flor de um só dia, que se abre de manhã, e antes da noite está murcha!...".

— Perdão!... perdão!... Honorina; pode ser que eu me tivesse enganado!...

Honorina olhou espantada para Raquel, ouvindo suas últimas palavras.

— Raquel! — exclamou a moça — tu me deves um segredo!

O semblante de Raquel tornou-se pálido, semelhante ao de uma moribunda: seus olhos se fecharam, como para não deixar que os de Honorina fossem nos seus beber o arcano que ela escondia; e, parecendo haver tomado uma repentina resolução, disse tremendo:

— Honorina, eu também amo.

— Amas?... amas?... e a quem?...

— Tu vais corar, Honorina!...

— Dize, dize...

— A um homem casado.

— Desgraçada!... — exclamou Honorina, abraçando sua amiga.

Sorriso amargo e irônico se derramou pelos lábios de Raquel, ouvindo a exclamação da moça.

Raquel havia mentido.

❖

XIX

Noite no mar

O vapor das seis horas da tarde do dia seguinte trouxe Hugo de Mendonça e o seu guarda-livros Félix, Jorge e Otávio, que todos vinham, como tratado estava, tomar parte no agradável passatempo em que se projetava empregar à noite. Venâncio, Manuel e Brás-mimoso se tinham deixado ficar em Niterói, como homens a quem não importavam negócios, ou de negócios careciam.

As senhoras haviam de sua parte passado o dia o mais monótono que é possível: Lucrécia, obrigada a permanecer em casa com seus hóspedes, deixava de empregar junto de Honorina horas que ela considerava por demais preciosas. Honorina e Raquel, tristes e taciturnas, bordavam sem descansar ao pé de Ema, que gastou o dia inteiro em falar contra o que chamava loucuras próprias somente do gênio extravagante de Hugo. Ela não compreendia como um homem de juízo podia expor a sua filha e a si mesmo a todos os riscos de um passeio noturno e marítimo; exasperava-se, lembrando-se de que seu filho já não atendia aos conselhos que lhe dava, e temia muito que nem mesmo suas próprias orações pudessem salvar Honorina da vida de desatinos por onde começava a levá-la seu imprudente pai.

Hugo fez quanto pôde para sossegar sua mãe, a quem ainda encontrou despeitada; enfim, jurou-lhe que seria o primeiro e último passeio marítimo que fariam; mas que então era impossível desfazer o que estava projetado e que a todos parecia dar tanto prazer. Às oito horas da noite ergueram-se para partir; e Ema, que até à porta os acompanhou, levantou o braço e, com sua mão trêmula, mostrou uma nuvem negra que se deixava ver no horizonte.

— Não é nada, minha mãe — disse Hugo —; não vê como a lua está clara e bela?...

— A lua turvar-se-á.

— Nada de maus agouros, minha mãe, até à volta... e prometemos cear bastante.

— Minha Honorina — disse tristemente a velha —, Deus te acompanhe!...

A sociedade partiu: três batelões já se achavam na praia prestes para recebê-los, e imediatamente tratou-se de embarcar. Uma boa meia hora se empregou na divisão da companhia. À exceção de Jorge, que por gênio e sistema achava que tudo no mundo corria sempre bem e não abria a boca para falar senão quando era absolutamente necessário que fizesse uma pergunta ou desse uma resposta; à exceção ainda de Venâncio, que pensava e desejava pela alma de sua mulher, todos os outros homens empenhavam-se valorosamente por ir no batelão em que se embarcasse Honorina.

O único que só por gestos havia demonstrado esse desejo fora Brás-mimoso; porque logo no princípio da questão, querendo expor muito parlamentarmente os seus direitos, e tendo para isso já a boca aberta, foi obrigado a fechá-la incontinenti; pois Manduca, que junto dele se achava, deu-lhe um beliscão com tão boa vontade que o fez ir às nuvens.

Hugo divertia-se extraordinariamente com a discussão suscitada; finalmente, para se pôr um termo a ela, decidiu-se que Honorina escolhesse três companheiros.

Honorina respondeu sem hesitar:

— Escolho a meu pai, a Raquel e ao Sr. Félix, que deverá acompanhar-me, se meu pai quiser que eu cante.

— No que não haverá dúvida nenhuma — respondeu Hugo.

Rosa achou um não sei quê de pouco bonito na escolha que de seu primo fez Honorina para ir com ela no mesmo batel.

Venâncio chegou-se respeitosamente ao pé de sua mulher e falou-lhe ao ouvido.

— Tomásia, em que batel julgas tu mais conveniente que eu me embarque?

— Naquele em que eu não for — respondeu imperiosamente Tomásia —, não é justo nem decente que ande o senhor sempre atrás de mim.

O resto da companhia embarcou-se sem demora. Lucrécia, Rosa, Venâncio e Otávio no segundo batel, e no terceiro, enfim, Tomásia,

Jorge, Brás-mimoso e Manduca, que havia tomado por timbre andar constantemente à pista do seu rival. Brás-mimoso já tinha jurado cem vezes aos seus botões que aquele rapaz era o homem mais impertinente do mundo todo.

Os batéis afastaram-se da praia.

Era belo vê-los como graciosos, iluminados e galhardos docemente se deslizavam pela superfície do mar sereno de Niterói!...

Soprava uma aragem suave e deleitosa; a noite estava clara, brilhante e fresca.

A lua gostosa se namorava, mirando-se no espelho das ondas.

E os três batéis iam indo... e dos remos que se erguiam do seio do verde lago, caía uma chuva de lágrimas brilhantes, que se diria um enxame de pirilampos.

A hora e o sítio pareciam ainda mais próprios para doces meditações do que para o ruído do prazer.

Honorina e Raquel, predispostas como se achavam para deixar ir suas almas enlevando-se e perdendo-se no encanto agridoce da melancolia, não puderam furtar-se à influência de tudo isso que se passava em derredor delas: o monótono ruído dos remos; o fraco murmúrio das ondas; a suave frescura do favônio; o sossego do sítio; o silêncio da hora, tudo, tudo as convidava a meditar... e elas meditavam.

E uma jovem, quando medita, é sempre sobre amor.

A mímica dessas duas moças demonstrava que havia um ponto de notável dessemelhança na natureza de seus pensamentos.

Raquel tinha a cabeça inclinada para baixo e os olhos fitos no fundo do batel; cedendo a inexplicáveis movimentos de desassossego, suas mãos, que se achavam unidas uma à outra sobre o colo, apertavam-se mútua e cruelmente; seus lábios às vezes estremeciam, como dando passagem a um suspiro; e então ela olhava cuidadosa por um instante para seus três companheiros de passeio e de novo caía na sua primeira posição.

Dir-se-ia que Raquel tinha na alma um pensamento doloroso e fatal que desejava esconder de todos e abafá-lo dentro de si mesma.

Honorina, ao contrário, estava um pouco voltada para fora e tinha os olhos embebidos em um único ponto do mar; brando e meigo sorriso se deslizava em seus lábios; os negros caracóis de suas belas madeixas brincavam, mercê do zéfiro, sobre suas faces... e ela também suspirava.

E, pois, Honorina como que se aprazia em abrir as portas de sua alma, em deixar sair pelos olhos o pensamento que a ocupava.

A meditação da primeira é, portanto, um segredo; o pensamento da segunda podia ser perfeitamente compreendido, ao menos pela sua amiga.

Honorina pensava sempre no moço loiro.

Vós, que haveis amado mesmo há 10 ou 20 anos passados, nunca parastes junto de uma árvore, como procurando o vestígio dos passos ou o aroma dos vestidos do objeto de vosso amor, que outrora vistes descansando à sombra dela?... vós que amais ainda hoje não buscastes com os olhos, ao entrar no jardim, o mesmo banco de relva em que ontem vistes sentada a bela de vossos pensamentos, e não ficastes estático... enlevado com as vistas fitas nele uma hora inteira, como se ela ainda estivesse lá, sorrindo-se para as flores ou adormecida entre elas?...

Pois bem: naquele ponto do mar, onde tem Honorina embebidos os seus olhos, esteve ele... sobre o seu gracioso batel noturno; foi dali que ele respondeu ao hino da virgem; e Honorina pede, sem sentir, ao mar, que lhe mostre um sinal do rosto de seu batel, e às auras, que lhe tragam em suas asas ainda o eco de suas vozes!

Mas é que Hugo não se dava muito bem com cenas mudas, e ainda pior com semblantes melancólicos:

— Então, que é isto? — gritou ele —, saímos, porventura, de casa para entristecer-nos? será crível que estejam aqui as senhoras com medo deste mar de leite... ou quem sabe se estão ainda pensando no bateleiro de ontem à noite?

Honorina e Raquel olharam-se ao mesmo tempo... talvez Hugo tivesse, sem querer, compreendido os pensamentos de ambas.

— Vamos! ânimo! não sentem o prazer que reina nos outros dois batelões?... eu pensava que o nosso seria o mais divertido de todos! remadores... à esquerda e com força... avante!...

As duas moças viram-se obrigadas a fazer-se alegres para satisfazer a Hugo e, desde então somente, começaram a tomar parte no divertimento noturno.

A primeira hora foi toda empregada em correr indistintamente pelo mar: os batelões ora aproximavam-se, ora fugiam rapidamente da praia... depois todos três emparelhados empenhavam-se em disputar a primazia na rapidez da carreira, e ouviam-se consequentemente os aplausos de vitória, dentro do que alcançava o triunfo, e as admoestações e pragas aos remeiros daqueles que eram vencidos.

Enfim, quando já se achavam fatigados ou começavam a sentir-se aborrecidos do passeio, os três batéis reuniram-se e, de acordo comum, se foram postar diante dessas belas casas que situadas ficam entre S. Domingos e a Praia do Gravatá: tratava-se de ouvir cantar a Honorina.

Embebidos, enlevados e perdidos na embriaguez de seu prazer, a companhia não notava que a lua se ia turvando, o mar tornando-se crespo e cavado, e que o vento, que refrescava, caía às vezes sobre eles em tufões que faziam jogar os batéis.

Honorina deixou, pois, ouvir sua voz melodiosa e terna: aquele canto no meio do mar, levado nas asas do vento, perdido no longo espaço, ouvido no silêncio da noite, tinha um não sei quê de místico e poderoso, que cativava as almas!

A praia ficou para logo coberta de curiosos expectadores, que, quando sentiram terminar o hino da virgem, fizeram soar seus aplausos de mistura com aqueles que prorrompiam dos batéis.

E as aclamações não deixaram ouvir bem distintamente o surdo mugido de um trovão longínquo, que, enfezado, bramia; um fuzil se desabriu e fez estremecer Honorina.

— Meu pai, meu pai, veja como fuzila, como o horizonte se tem tornado escuro... oh! minha avó tinha bem razão... vamos desembarcar!

— Não!... não!... — disseram os moços —, ainda uma vez o hino!... uma segunda vez, minha senhora!

— Sim, Honorina, repete o teu belo hino; que, apenas o terminares, desembarcaremos.

— Mas, meu pai, Raquel e eu estamos tremendo!

— Que medo então é esse? não vês que estamos a dois palmos de distância da terra?... canta... canta.

Nesse momento uma pequena canoa, guiada por duas únicas pessoas, aproximou-se dos batelões e deu fundo.

— Oh! temos companheiros? — disse Hugo.

— Quem sabe se será o nosso cantor de ontem?...

— Em todo caso não faz mal reconhecê-lo — disse Otávio —; remadores... para junto daquela canoa...

— Remadores — repetiu Manduca no batel em que estava —, para junto daquela canoa...

— Mas o que eu não sei — murmurou Brás-mimoso — é o que temos nós de ir entender com quem está quieto.

— Oh! Sr. Brás! até disto tem medo?...

— Quem?... eu?... medo?... as senhoras ainda me não conhecem a fundo.

No entanto, os batéis tinham chegado até encostar-se à canoa; Otávio e Manduca puseram-se a examiná-la em pé sobre a borda de seus batelões, e todos os outros fitaram os olhos dentro dela. Estavam lá duas únicas pessoas: um velho pobremente vestido e com a cabeça toda branca, e um negro, que era talvez seu escravo; dentro da canoa viam-se todos os objetos próprios de uma pescaria.

— É um pescador — disse Otávio.

— Sim — falou o velho com voz trêmula —, um pobre pescador que vai fugindo da tempestade que se avizinha.

— Mas, meu velho, quem foge não para.

— É que eu ouvi uma voz bem suave!...

— E, portanto, esqueceu-se da tempestade?...

— Porque desde então, senhores, todos os meus sentidos... toda a minha alma se passou para meus ouvidos...

— Pois então — disse Hugo —, escuta de novo, meu pescador!

O canto soou talvez mais docemente ainda; porque a voz de Honorina estava levemente trêmula do medo que sentia do temporal que se aproximava.

Mas ela não pôde acabar...

Um relâmpago deslumbrador pareceu abrir uma fenda de fogo horrível no horizonte; um trovão medonho estalante rebentou terrivelmente, e um tufão desesperado rugiu sobre o mar, que se levantou encapelado e bravo...

Um grito geral prorrompeu de dentro dos três batéis...

Ao já fraco clarão da lua, sucedeu a mais completa escuridade: a dois passos ninguém podia ver um companheiro.

O batel em que ia Honorina ficou cheio de água. Ouvindo a custo os gritos de Hugo, de Félix e das duas moças, os outros dois batéis e a canoa do pescador acudiram prontamente: aquele em que vinha Otávio foi o primeiro que se encostou ao de Hugo, que, tomando sua filha nos braços, inclinou-se para depô-la no batel que os socorrera; mas neste momento a borrasca rugiu de novo... o fuzil... o trovão... o raio!... os batéis, cedendo à força das vagas que cavavam sumidouros debaixo deles, afastaram-se, jogando terrível e desordenadamente... Hugo caiu sobre os bancos dos remeiros, e Honorina, escapando de seus braços, desapareceu no abismo do mar...

Um novo grito horrível... desesperado... arrancado das entranhas se ouviu, apesar da tempestade, sair do triste batel...

Félix agarrou pela cintura a Hugo, que se queria lançar ao meio das ondas...

Sentiu-se o baque de um corpo que caía na água...

Tudo isso foi obra de um rápido instante.

No auge da maior dor, do mais cruel desespero, entre mil ideias sem ordem, sem nexo, tudo se perguntando, e nada se fazendo, a companhia ainda há pouco tão alegre e tão aflita agora deixava perder momentos de valor inqualificável...

Mas um brado de vida se levantou na praia.

— Salva!... salva!... salva!...

Oh!... quando se diz a um pai que crê sua filha já morta "salva!... salva!... tua filha está salva!...", tem-se como uma voz de anjo... como um poder de providência...

— Salva!... — exclamou Hugo — à praia!... à praia!...

E os batéis atiraram-se para a praia.

Tinham-se passado apenas breves minutos depois da fatal catástrofe!

Com efeito, Honorina tinha sido arrancada do seio das ondas.

O velho pescador, apenas ouviu o grito de Hugo, atirou-se na água; desgraçadamente esteve a ponto de sucumbir, pois que um dos batéis foi em seu tempestuoso jogo de encontro a ele, no instante mesmo em que acabava de cair no mar.

Depois...

É, enfim, e de uma vez para sempre, necessário convir que o dedo de Deus guia continuadamente o homem na prática das boas ações.

O velho mergulhou... e a Providência Divina fez com que sua mão tocasse o corpo de uma mulher; então ele nadou para terra com o seu precioso fardo.

Honorina devia a vida a esse homem e também à sua própria organização.

O mesmo fenômeno que se tem por muitas vezes observado em idênticas circunstâncias naqueles em quem predomina o sistema nervoso, sucedeu à moça: no momento da submersão, foi presa de uma síncope e caiu no fundo do mar.

Houve então um homem eminentemente bravo que soube, arriscando a própria vida, salvar a filha de Hugo de Mendonça.

Quando o velho pescador surgiu no meio das vagas, trazendo a moça em seus braços, os espectadores levantaram seu brado de alegria e correram a prestar à cena a luz de velas e fachos, de que já se tinham munido.

Depondo o corpo da jovem na areia, o velho curvou-se, como

para observar seu semblante e, erguendo logo depois as mãos para o céu, com indizível expressão de ventura, exclamou:

— Era ela!

Palavras cheias de nobreza, de generosidade e grandeza de alma; porque provavam que esse homem se arrojara ao mar para salvar uma vítima qualquer... uma vítima que ele não sabia quem era.

— Vive!... vive!... ela ainda vive!... — bradava o pescador, sentindo que Honorina começava a reanimar-se.

— Mas o senhor feriu-se?... — perguntou um dos espectadores.

— Eu?... ferido... que importa?... — respondeu o velho.

E pela primeira vez lembrando-se de si, ele viu seus vestidos cobertos de sangue, que abundantemente lhe corria da cabeça.

Nesse momento os três batéis chegaram à praia.

Mas, ao senti-los arrastar o bojo pela areia, o velho afastou com força os espectadores que o cercavam, abriu passagem por entre eles e, correndo, desapareceu.

— Salva!... — exclamou Hugo, caindo sobre sua filha.

— E quem a salvou?... quem a salvou?...

— Um velho...

— O velho pescador...

— Qual velho! — disse um dos espectadores —, ele não era velho.

— Oh! — acudiu Otávio —; eu o observei de bem perto: tinha os cabelos completamente brancos.

— Ei-los ali!... era uma cabeleira!...

E todos viram sobre a praia uma cabeleira branca coberta de sangue.

— E, portanto — pensou Raquel —, era ainda ele!...

XX

Honorina

Era meia-noite.

A tempestade tinha passado: o tempo se havia tornado chão, a atmosfera fresca e leve.

Honorina dormia.

O médico chamado para prestar seus cuidados à jovem senhora conseguira facilmente fazer desaparecer a síncope, que a salvara no momento da submersão e que ainda durava algum tempo depois; segundo ele, Honorina não corre perigo algum.

A câmara de Honorina está fracamente iluminada; três pessoas velam junto de seu leito.

Ema reza piedosamente defronte da querida neta; Raquel, à cabeceira de sua amiga, tem uma das mãos dela entre as suas; Lúcia suspira sentada aos pés da filha de seu leite; Raquel e Lúcia mostram-se mais agitadas e aflitas do que já pedia o caso.

E Honorina dorme: vestida com um ligeiro roupão branco, com seus belos e longos cabelos, ainda molhados, espargidos pela almofada, com seu rosto meigo e formoso, então ainda mais pálido, com suas pálpebras cerradas, ocultando seus grandes e brilhantes olhos, estava encantadora e poética; e o sono da virgem semelhava o dormir de um anjo; porque suavíssimo era ele, e quase imperceptível a respiração que pelos lábios da moça saía. Tão bela, tão pálida, tão imóvel, alguém poderia crê-la estátua de puro mármore, exposta como triunfo de mestre.

Por algum tempo reinou na câmara profundo silêncio, apenas de momento a momento interrompido pelo baque das contas do rosário, em que a religiosa velha marcava suas orações; e às vezes levantava-se alguma das três pessoas que aí velavam, e ia pé por pé até junto da moça para, chegando o rosto perto dos lábios dela, receber a impressão de seu respirar de pomba.

Depois de algum tempo ainda de não quebrado silêncio, Lúcia, cujo desassossego não diminuía, apesar do lisonjeiro estado de Honorina, murmurou baixinho:

— Mas ele... ele... o salvador de nossa querida menina!...

— Hugo foi dar todas as providências — disse Ema no mesmo tom —, e é de crer que o possamos abraçar e recompensar...

— Recompensar?! — tornou Lúcia. — O homem que assim se expôs à morte tem por força um coração muito elevado para que chegue até a ele a ideia de uma recompensa.

— E isso não nos dispensa do dever da gratidão.

— De uma outra gratidão, senhora.

— Tu estás de mau humor, mãe Lúcia.

— Perdão, senhora; mas aquele homem... ferir-se...

— Aquele homem é um herói da têmpera de nossos avós... nos dias de hoje não se encontram dois homens como ele.

— Outra vez perdão, senhora; mas eu sei de um que seria capaz de praticar a mesma ação que ele praticou.

— Capaz de, em uma noite tempestuosa, atirar-se ao mar borrascoso para salvar uma moça que não é sua irmã nem sua amiga?... — perguntou Ema sacudindo a cabeça em sinal de dúvida.

— Sim, senhora — respondeu Lúcia com a firmeza da convicção —; capaz talvez de mais ainda.

— E quem é esse?...

— Eu tenho medo de desgostar a senhora.

— Não! dize, dize.

— Esse — disse Lúcia, enxugando duas grossas lágrimas —; esse não está conosco... está bem longe daqui... é o homem que bebeu o leite de meus peitos... é seu neto...

— Mãe Lúcia, não me fales dele!

— Aquele, senhora, que foi capaz de arrojar-se às chamas para salvar uma moça que não era sua irmã nem sua amiga, atirava-se também pelo mesmo motivo ao mar, embora o visse tempestuoso.

— Há uma diferença, mãe Lúcia: o homem que se lançou ao mar para salvar Honorina, fê-lo, porque era um bravo; e Lauro arrojou-se às chamas porque não passa de um louco.

— Está bem... basta, senhora! — disse Lúcia, chorando amargamente.

Sem tomar parte no diálogo que entretinham as duas, sem talvez muita atenção prestar-lhe, Raquel guardava triste silêncio. Sossegada a respeito do estado de Honorina, ela parecia ter em seu espírito alguma outra consideração que a fazia sofrer: na vida dessa moça, que até então tinha corrido toda em fios cor-de-rosa, aparecia, enfim, uma nuvem de abafado padecer; em sua alma, que brilhara sempre com a luz viva do prazer, desenhava-se já a sombra de um desgosto. Raquel, tendo os olhos embebidos no rosto da sua amiga da infância, às vezes deixava pendurar-se em seus longos cílios uma grossa lágrima escapada insensivelmente de seus belos olhos, como gota de orvalho caída do céu; qual será a causa dessa lágrima?... será, porventura, exprimida de dentro do coração?... será seu destino ir nas asas de algum terno pensamento a outrem que ali não esteja?...

Quase ao mesmo tempo em que Ema e Lúcia punham termo às suas observações sobre o salvador de Honorina, Hugo entrou no quarto pé por pé.

— Minha mãe, como vai ela?...

— Dorme tranquilamente.

— Graças a Deus! — disse Hugo.

E, chegando-se para o leito em que descansava sua filha, ele... pobre e amante pai, que se culpava de todas as desgraças daquela fatal noite, foi, como o faziam as três senhoras, beber ao pé dos lábios de Honorina o ar de seu bafo, como um favônio de esperança e de vida; e depois, temendo muito a acordar daquele sono reparador, outra vez com seu sagrado amor de pai, com as faces cobertas de lágrimas, beijou com ternura e fervor as belas madeixas de Honorina, que úmidas caíam pela almofada.

— E ele?... — disseram ao mesmo tempo Ema e Lúcia, ao ver que Hugo se desprendia do leito da filha.

— Não... não... não façam bulha — balbuciou o extremoso pai com um receio infantil desenhado no rosto —; não a despertem... venham para fora que eu falarei então.

Ema e Lúcia logo se ergueram, saíram do quarto com Hugo e dirigiram-se para a sala; Raquel, que não menos curiosa se mostrava pela sorte do salvador de sua amiga, encaminhou-se depois de vê-los desaparecer, como quem pretendia ir furtivamente escutar; porém, antes de chegar à porta, voltou de novo ao lugar que ocupava, pois um brando suspiro tinha estremecido nos lábios de Honorina.

Apenas chegados à sala, Hugo atirou-se, soluçando fortemente sobre o canapé e, com uma como delirante demonstração de prazer, ele exclamou repetidas vezes:

— Está salva!... está salva!... minha filha está salva!...

Era o amor de pai! o amor de pai, que por toda a parte transpirava nele... pelos soluços que o sufocavam... pelas lágrimas que de seus olhos corriam, pelo riso que em seus lábios brincava. O amor dos pais é assim, e é ainda belo, grande, majestoso, como nenhum outro.

— Está salva, meu filho — disse Ema —; e Deus te há dado esta lição para te emendares.

— Sim, sim, minha mãe, contanto que me reste Honorina, eu lhe prometo tudo, minha mãe!... deixaremos esta casa... não veremos mais esta praia... iremos de uma vez para a corte, e lá Honorina estará sempre debaixo dos olhos de minha mãe...

— E ele, senhor?... — perguntou Lúcia, ansiosa — e ele?...

— Ele?... é verdade: eu tinha vindo para falar dele...

— E então?...

— Nós seguimos os seus passos: à mercê de nossos fachos acompanhamos suas pisadas; oh! era impossível as perder de vista... estavam horrivelmente marcadas!... sobre cada uma delas havia gotas de sangue...

— Oh!... desgraçado!... — exclamaram as duas.

— Fomos indo assim até que chegamos ao sítio da praia, onde se acham reunidas as faluas; aí toda a esperança de encontrá-lo se perdeu: alguns patrões viram-no embarcar-se e mandar, a despeito do horrível temporal, abrir as velas e sair...

— Pobre homem! quem sabe se estará ainda vivo?!

— Oh! senhora — exclamou Lúcia —, não diga semelhante coisa!...

— Mas por que se esconde ele... por que se furta tão misteriosamente a nossos olhos?!...

Era essa uma pergunta à qual nenhum dos três se achava em estado de responder, por isso se contentaram com guardar triste e profundo silêncio.

Enquanto isso se passava na sala, Raquel, ouvindo o suspiro que estremecera nos lábios de sua pobre amiga, foi outra vez de manso sentar-se junto dela; de novo tomou entre as suas uma das mãos de Honorina, que, ao doce contato, fez um movimento e abriu os olhos. Raquel estremeceu como se temesse haver cometido uma grande falta; Honorina talvez a compreendeu, pois que a sossegou com o meigo sorrir de seus lábios.

— Honorina, tu estás muito melhor, não é assim?... — perguntou Raquel.

— Sim, Raquel... agora só falta a cabeça... que me anda à roda... e me pesa muito...

— Está bem... não fales mais: isso há de passar... dorme, Honorina.

Honorina, parecendo obedecer ao conselho de sua amiga, fechou os olhos; mas bem depressa os abriu de novo, e uma ligeira nuvem cor-de-rosa se espalhou em suas faces.

— Raquel — disse ela com voz comovida e trêmula —, Raquel... perdoa-me, porém sossega-me...

— Que queres, pois, Honorina? fala.

— Tu viste?... — perguntou ela, enrubescendo ainda mais.

— Quem, Honorina?

— O homem que me salvou?...

Aquela pergunta deveria ter feito mal a Raquel, porque ela se tornou de repente mais pálida do que há pouco estava Honorina e foi quase gemendo que respondeu:

— Era... ele.

Honorina, como se acabasse de experimentar a influência de um choque elétrico, estremeceu toda e, com viva expressão de agradecimento, levou a mão de sua amiga até os lábios.

— Dorme agora, Honorina.

Dir-se-ia que a moça cedera ao encanto da voz de Raquel, pois pareceu imediatamente adormecida. Momentos depois Ema e Lúcia entraram de novo no quarto.

— Como vai ela?... — perguntou Ema.

— Esteve um momento acordada... queixou-se ainda da cabeça; mas tornou a adormecer sossegadamente.

— Pobre menina! — disse a velha.

Honorina tinha os olhos fechados; porém estava ouvindo tudo com a curiosidade própria de um enfermo.

— E ele?... — perguntou Raquel — sabe-se alguma notícia?

— Tristes novas, minha senhora — respondeu Lúcia.

— Pobre homem! — disse Ema. — Deixou suas pisadas marcadas com seu sangue! nós suspeitávamos que ele havia ficado ferido; porém, assim... oh!... é bem triste!

Ouviu-se então um longo gemido... longo... arrancado do coração; Honorina tinha compreendido tudo.

O resto da noite foi cruel e terrível. A dor de Honorina transbordou.

Durante a noite o pensamento é mais arrojado e mais livre; e de ordinário o coração acompanha o pensamento, e ambos se deixam ver em seus voos, tais como são.

Honorina nem mesmo tratou de esconder o pesar e a aflição que lhe causava aquela fatal nova; parecia ter orgulho de ostentar ambos; parecia querer dizer a todos: "eu sofro... eu choro por ele!".

Inventou-se e repetiu-se mil vezes uma história para abrandar a dor da interessante moça: jurou-se-lhe que um homem, a quem nenhum de seus amigos conhecia, mas que a tinha salvado, pouco depois se embarcara para a corte; que ele estava ferido sim, porém levemente; que sua vida não corria risco; que tudo ia bem... tudo o melhor possível.

Raquel, sem desamparar um só momento a sua amiga do coração, velou toda a noite por ela e pelo segredo do seu amor; animou-a... fechou-lhe a boca mil vezes, mil vezes deu uma falsa interpretação a seus gemidos para encobrir a verdadeira causa deles; e, finalmente, rendeu graças ao céu ao vê-la adormecer em seus braços ao romper da aurora.

Às dez horas do dia, Honorina despertou melhor e mais sossegada. Então ela se lembrou da terrível noite que se tinha passado... ouviu a relação da catástrofe... e conheceu que em tudo quanto lhe diziam do homem que a tinha salvado só eram verdadeiras duas coisas: que ele se havia ferido ao salvá-la e que nada se sabia do seu destino. Mas agora, já razoável, agora, com todo o seu pudor de virgem despertado, esforçou-se ela por sepultar sua dor no fundo do coração, ou por derramá-la somente no seio de Raquel, de cujos lábios ouvia palavras de amizade que lhe acendiam na alma a esperança.

E, pois, com a dor no coração e a esperança na alma, Honorina, embora abatida e melancólica, mostrava ir restabelecer-se depressa; e, assim, esvaíram-se prontamente todos os receios que pela sua vida puderam ter seus parentes e seus amigos.

* * *

Ao declinar da tarde desse dia, as duas amigas tiveram de separar-se: bem quisera Raquel demorar-se mais; porém seu pai, a quem sempre sobravam sérios negócios, já se tinha deixado ficar em Niterói um dia inteiro, só em atenção à filha do seu amigo.

No instante da despedida, Honorina e Raquel achavam-se a sós; haviam acabado de trocar um beijo, estavam ainda apertadas em estreito abraço, quando a primeira murmurou com voz trêmula:

— Raquel, minha amiga! eu não devo nem quero ter segredos para ti...

— O que há, pois, Honorina?

— É que já não posso duvidar do que sinto; eu amo!... conheço, enfim, que amo, e muito!...

— Sim... sim... eu já o sabia, Honorina! — balbuciou a custo a outra moça.

— E eu te queria ainda pedir...

— Dize!

— Raquel! tu és boa, tu és bela e virtuosa; e, portanto, tuas orações deverão chegar até o céu, como o perfume de uma pura flor!... e, pois, pela santa amizade que nos liga, pelo amor de teu pai, reza para que Deus abençoe e proteja o meu amor!...

— Sim... sim... sim... — disse a amiga de Honorina, com voz abafada.

Quando Raquel deixou a câmara de Honorina e foi juntar-se a seu pai para partir, este notou no rosto contraído de sua filha a expressão de um sofrimento acerbo... terrível... e profundamente concentrado.

❖

XXI

Raquel

Raquel tinha deixado com seu pai a jovem cidade de Niterói; sentada em um dos bancos centrais da barca que os levava, a moça mergulhara seu espírito em profunda meditação; triste e silenciosa, ela havia abaixado a cabeça, como para esconder seu rosto de todas as vistas, e, no entanto, dois olhos estavam fitos nela, examinando seus menores movimentos, adivinhando seus mais ocultos pensamentos. Eram os olhos de seu pai.

Jorge era um homem de 60 anos, alto, proporcionadamente gordo, tinha os cabelos e supercílios todos brancos, os olhos pardos e não grandes; seu rosto era comprido e pálido; trajava sempre vestes pretas, seu andar era vagaroso e grave, falava muito poucas vezes e quase nunca se ria: tudo isto lhe dava um parecer melancólico, frio e severo.

Jorge desprezava o mundo, desconfiava dos homens e dificilmente abria seu peito a essas nobres e generosas afeições que nos prendem à vida; em compensação, porém, quando algumas delas podiam chegar a seu coração, não saíam daí mais nunca; como se todo o seu ardor estivesse concentrado nos poucos entes a quem amava, Jorge daria a vida pelo seu amigo, e a alma pela sua Raquel.

Oh!... o amor que esse homem votava à sua filha era imenso e desmedido! fruto único que lhe havia legado uma esposa, a quem apaixonadamente idolatrara: Raquel foi por ele criada com extremosa ternura; recebeu dele uma educação especial e nova; mas desgraçadamente Raquel, moça, alegre, cheia de vida e vivacidade, cedendo a um erro fatal de seu pai, deixou ir caindo em seu coração todo esse frio, toda essa desconfiança do mundo e dos homens, que no respeitável ancião se davam.

Jorge se aplaudia dos benignos efeitos da educação que dera à sua filha: Raquel era feliz, livre como a ave dos bosques, alegre e pura no meio da desgraça, do cativeiro, da tristeza e da miséria do mundo. Mas o orgulho do velho tinha de ser terrivelmente ferido.

Logo depois do sarau de Tomásia, Jorge reparou que sua filha passava horas de inexplicável tristeza... dias inteiros de esquecimento de si própria... noites gastas em meditações e suspiros...

Outrora, Raquel, quando sentia um pesar ou um prazer, por pequenino que fosse, corria a derramá-lo também na alma de seu pai...

E naqueles dias Raquel fugia de encontrar os olhos de Jorge...

O tempo foi passando, e o amoroso pai observava que sua filha cada vez mais e mais se ia abatendo.

Voltavam, enfim, ambos da cidade de Niterói.

Jorge não perdia de vista a sua querida Raquel; notava cuidadoso aquela tristeza que há dias a enuviava; e ele, que nunca hesitara em interrogar a consciência de sua filha, pela primeira vez, com seu instinto paternal, temia vê-la corar antes de responder-lhe.

Raquel sofria, com efeito, muito: criada com a educação singular que lhe havia dado seu pai, essa moça, única talvez entre todas as da sua idade, olhando para o mundo de uma maneira tão particular, sem ter ainda podido despertar nela esses sentimentos ardentes e devoradores que fazem sempre a desgraça ou a ventura de toda uma vida, e por isso não acreditando neles, acostumada a rir-se das fingidas paixões com que se lisonjeiam as moças nas assembleias; essa moça, que tinha dito a Honorina "o amor é uma vã mentira!", também, por sua vez, amava!...

E como se pelo orgulho que ela tinha de sua insensibilidade para o amor lhe devesse ser dado um castigo que a fosse ferir aí mesmo e demonstrar toda a sua fraqueza, Raquel tinha sentido derreter-se a massa de bronze que defendia seu coração, ao simples fogo do olhar de um homem, que via pela primeira vez!

E como se pela incredulidade com que desrespeitava os grandes sentimentos que fazem ferver a vida humana, ela devesse provar uma pena tão grande como o seu delito, Raquel sentia o mais requintado tormento que pode consumir uma mulher que ama; porque, enfim, ela sabia até à evidência que não era amada.

E como finalmente se não bastasse isso ainda, como se ela tivesse de engolir até as fezes de seu cálix de amargura, como se não se lhe devesse deixar um abrigo para esconder-se, um seio onde chorasse, um coração onde derramasse seus suspiros, uma boca que lhe consolasse, Raquel, que tinha no mundo um pai e uma amiga, era deles que mais escondia seu sofrimento; porque seu pai a fazia corar, e sua amiga era a sua feliz rival.

Raquel amava, e amava apaixonadamente o moço loiro.

Nesse fatal sarau que ela tantas mil vezes amaldiçoava em suas tão longas horas de meditação tormentosa, ela o tinha visto triste e pensativo, e então por ele não sentiu mais do que essa engraçada curiosidade que toda moça experimenta quando vê perto de si um moço que pensa, e que seu amor-próprio lhe faz julgar que é dela que talvez se ocupa; mas, quando o jovem melancólico levantou a cabeça, Raquel, ao encontrar seus olhos, cujas vistas ardentes penetravam como uma seta, conheceu que havia naquele olhar alguma coisa muito poderosa e nova para ela. Ainda alegre e apenas curiosa, procurou vê-lo durante o fim do sarau; depois inexplicavelmente preocupada, como Honorina, passou o resto da noite a pensar nele com sua imagem diante dos olhos... com o timbre de sua voz nos ouvidos... e com um peso... uma aflição... uma sensação ainda indizível em toda ela. Enfim, no outro dia, no que se lhe seguiu, no outro ainda... sempre e sempre ansiosa, exasperada, não pôde negar mais a si mesma que fora ela quem havia mentido, dizendo "amor é uma vã mentira". Ela amava.

Raquel, orgulhosa e encantadora moça, sentiu finalmente que, assim como há para o homem, há para a mulher também um momento na vida decisivo, terrível, em que somente um olhar conquista... subjuga... cativa para sempre o coração daquele que o experimenta: um olhar penetrante como o raio de sol que, chegando até à alma, absorve seus pensamentos, como o mesmo sol o aroma das flores; que com esses pensamentos se mistura para sempre, que neles lança os vestígios de sua poderosa influência, como a gota de líquido corado que, lançada no vaso de água cristalina, a colore toda.

Oh! Raquel amava muito o moço loiro; e seu amor redobrou, vendo como ele se dedicava a Honorina; talvez... se é possível, Honorina não o amava tanto como Raquel; ou então é preciso distinguir que o amor de uma, partindo do coração, partia ainda mais do espírito, e o da outra saía todo ele do coração.

Honorina, eminentemente nervosa, entusiasta e romanesca, já estava predisposta para amar, quando viu o moço loiro; depois comparou-o com o seu desconhecido, e bem que o resultado da comparação não fosse lisonjeiro a este, todavia, ao conhecer que o jovem loiro e o desconhecido não eram senão a mesma personagem, sua imaginação já excitada se inflamou, e, se seu coração pulsava pela imagem do agradável moço, seu espírito se deixava levar daquelas aparições inesperadas, daquela voz que respondia a seu hino, daquele homem, enfim, que se apresentava imprevisto para arrancá-la da morte. Honorina, pois, amava com o coração, e ainda mais com o espírito.

Raquel, fortemente sanguínea, não era nem entusiasta, nem romanesca como sua amiga: uma carta de mão incógnita a faria rir; aquelas aparições a divertiriam; um homem que expusesse sua vida para salvar a dela ganharia toda a sua gratidão e, todavia, não o seu amor. Mas o moço loiro era amado por seu olhar poderoso, por seus belos cabelos, por seu rosto varonil e interessante, por seu sorrir melancólico, por ele mesmo e só, enfim, sem mistérios e sem nada mais fora dele. E, pois, o amor de Raquel saía todo inteiro do coração.

E, contudo, esse amor tão puro e tão terno devia morrer ali mesmo, onde tinha nascido, sem que ninguém o percebesse, como a flor da colina solitária ou o suspiro exalado na solidão! era um amor que cavava uma sepultura em seu berço. Se Raquel fosse amada, sua abnegação não chegaria a esmagar seu terno sentimento e sacrificá-lo à ventura de Honorina; porém ela via que sua rival era feliz; e sua rival era amiga de seus primeiros anos, a sócia de seus prazeres, a companheira dos seus brincos de infância. E, portanto, Raquel, boa, nobre, fiel à amizade, não podia levantar-se diante da felicidade de Honorina; ela se sentia com ânimo bastante, ela desejava mesmo acender a pira do himeneu e, levando Honorina pela mão, entregá-la a esse moço loiro tão interessante que devia ser por força um homem virtuoso.

Também mais do que isso não se pode exigir de uma mulher que é rival: com tal já se tortura ela bastante.

Quando Jorge e Raquel desembarcaram, já era noite; eles caminharam silenciosos, e, ao passar por uma rua estreita e tortuosa, Raquel, apontando para uma pequena casa, por defronte da qual iam, disse:

— Meu pai, não é ali a casa da velha Sara?...

— Sim, minha filha.

— Oh! pois eu estimaria bem ver a minha pequena afilhada!

— Isso me convém, Raquel; pouco atrás nos ficou a casa do meu guarda-livros, e eu quero saber o que temos de novo.

E, dirigindo-se para o outro lado da rua, Jorge bateu em uma rótula e viu logo depois sua filha abençoada pela gente que aí morava. Raquel era o gênio da beneficência daquela família.

Jorge saiu para logo voltar.

Moravam nessa casa a velha Sara, a quem Raquel tratava por avó; um moço de 20 anos, seu neto, que se chamava Miguel, e uma inocente menina de três anos, neta também de Sara, e que, tendo perdido sua mãe poucos momentos depois de nascer, outra encontrara na piedade da filha de Jorge.

Depois de haver acariciado sua inocente afilhada, que justamente era a órfã, Raquel dirigiu-se à velha:

— Então, minha boa avó, está ainda bem forte, não é verdade?...

— Sim, sim, minha senhora, para meus 90 anos; porém, tudo isto vai caindo de repente... há dois meses passados eu era outra...

— Não se pode ser forte toda a vida, boa avó; mas, graças a Deus, eu a acho sempre gorda... goza mais saúde do que se podia esperar em tão avançada idade: e tudo por aqui vai bem; Miguel está forte... e mostra ser sadio... a pequena Luísa, muito limpinha e viva... bem... bem...

— Oh! mas nunca faltam incômodos...

— Então o que há?... eu reparo que aqui se passa alguma coisa; Miguel tem estado a ponto de falar umas poucas de vezes; e ele lhe custa a fazê-lo...

— É o seu costume... abrir a boca, quando deve fechá-la.

— Então é um segredo?... pois bem: eu não quero sabê-lo.

— Sim — disse Miguel —; mas eu já tenho dito dez vezes à mãe Sara que, se ele nos morrer em casa, pode-nos custar caro.

— Morrer em casa!... — exclamou Raquel.

— Miguel! tu faltaste ao que prometeste — disse severamente a velha.

— Não, mãe Sara: a Sra. D. Raquel não entrava na conta; nós não podemos esconder nada dela.

— Então, de que se trata? — perguntou Raquel.

— Fala tu, Miguel, já que começaste.

— Falo, sim, senhora — tornou Miguel: — pelo sim, pelo não, é bom que a senhora saiba; pois se acontecer alguma desgraça...

— Fala... anda.

— Foi o caso que ontem, pela volta das 11 da noite, tinha eu chegado por acaso à janela, quando vi aproximar-se vagarosamente, e apoiando-se pelas paredes, um moço, coitado, todo molhado e, o que é mais, coberto de sangue.

— Meu Deus! e que é feito dele?...

— Pediu-me com voz desfalecida que o socorresse... que o ajudasse a caminhar... ora, eu não tenho coração para ver essas coisas; chamei mãe Sara, e compadecidos todos lhe oferecemos a minha cama...

— E ele, e ele?...

— Arrumou os pés à parede e não quis aceitar senão depois que lhe prometemos nada dizer a seu respeito, a quem quer que fosse...

Percy Lau

enfim, entrou: pobre moço! tinha a cabeça quebrada; não consentiu, porém, por modo algum que se chamasse médico; fez-me amarrar-lhe a cabeça com panos; mãe Sara pôs-lhe um remédio na ferida, e ele dormiu toda a noite; mas ainda não se pôde levantar.

— E agora?...

— Há duas horas que dorme.

— Minha boa avó — disse Raquel, com voz muito trêmula —, ele dorme... deixe que eu veja esse moço... só da porta... de longe...

— Minha filha, posso eu dizer-lhe que não?... mas Deus sabe que não fui eu quem faltou à promessa.

Raquel deixou Sara e, acompanhada de Miguel, dirigiu-se por um corredor escuro e longo, no fim do qual este lhe apontou um quartinho, cuja porta estava apenas cerrada.

Raquel fez sinal a Miguel para que observasse se o moço dormia; e, só depois de certificada disso, ela passou mansamente metade de seu esbelto corpo para dentro do quarto e viu... era ele mesmo!

Uma fraca luz ardia junto à sua cabeceira, e, à mercê de seu triste clarão, ela viu o rosto pálido e abatido do jovem ferido... alguns anéis de seus cabelos saíam por debaixo do lenço em que tinha envolvida a cabeça... seus olhos estavam fechados; mas, ainda dormindo, parecia tão meigo como na noite do sarau.

Raquel contemplou enlevada a figura do moço adormecido; depois, como arrependida de algum terno pensamento que talvez lhe surgisse na alma, retirou-se rapidamente da porta do quarto e, levando a Miguel para outro que defronte ficava, disse:

— Miguel, és capaz de ir agora mesmo a Niterói?

— Ao fim do mundo para lhe servir, senhora.

— Pois vai: procura entre S. Domingos e a Praia Grande a casa em que mora o Sr. Hugo de Mendonça... está situada a poucas braças do mar; dize que vais da minha parte falar à sua filha: e a ela só, Miguel, ou a uma mulher já idosa, que se chama Lúcia, entrega a carta que vou escrever, que não deverá ser lida senão por ela... por ela só, entendes?...

— Perfeitamente; pode contar que tudo está feito.

— Dá-me papel e tinta.

Raquel ficou só no quarto e escrevia a Honorina; quando já tinha terminado e dobrado a carta, Miguel a veio chamar da parte de Jorge, que acabava de chegar; foram então ambos para a sala; alguns momentos depois, porém, a moça, tendo obtido de seu pai licença para mandar, como dizia, buscar notícias de Honorina, voltou, selou a sua carta, e, pondo-lhe o sobrescrito ao mesmo tempo que com seu pai se retirava, Miguel partia para Niterói.

Raquel, mandando lisonjeiras notícias do moço loiro à sua rival e amiga, castigava sua alma pelo amoroso pensamento que há pouco tinha concebido, ao observar o jovem adormecido.

No fim de três horas Honorina lia a carta de Raquel. Miguel havia desempenhado sua comissão como melhor pôde, confiando a carta a Lúcia.

Honorina beijou mil vezes aquelas letras, que, por serem vindas da mão da sua melhor ou talvez única amiga, livravam-na além disso de metade de seus cuidados; tendo finalmente de guardar a carta, viu, ao fechá-la, surpreendida a princípio, e logo depois toda prazer e ardor, que havia, no verso da página escrita, algumas linhas que lhe tinham escapado, que não eram da mão de Raquel, e que diziam assim:

Honorina, eu te amo! eu amo, com esse amor de poeta, como esse amor de fogo, que ainda quando acaba na desgraça e na morte, contanto que seja sempre o mesmo amor, é por força bem belo!...

— Oh!... — exclamou Honorina, levantando as mãos para o céu — quanto devo eu à amizade da minha Raquel!...

Mas, no meio de seu prazer imenso, a moça tornou-se subitamente melancólica e pensativa, como se uma lembrança amarga tivesse vindo avivar-se-lhe no espírito.

Há no mundo um sentimento encantador e meigo como o primeiro sorrir de um filhinho, puro e benigno como o orvalho da aurora, inocente e casto como o amor nascente de uma virgem; é a amizade de duas moças.

No meio desses juramentos de eterna estima, que as jovens senhoras proferem em um sarau, ao som das contradanças, e que cinco minutos depois esquecem; no meio desses beijos, dessas carícias que se dão, e se despedem com as faces ardendo e o coração gelando, a amizade sincera de duas moças fulge como brilhante sem jaça entre a multidão de falsas pedras; e os corações daquelas pendem um para o outro, ao doce impulso da amizade, semelhante a duas mimosas flores que se aproximam e se tocam impelidas pelo sopro de matinal favônio.

Uma amizade desse gênero ligava Honorina a Raquel; elas se amavam como duas irmãs gêmeas que se amam muito.

São 11 horas da noite.

Melancólicas e pálidas velavam duas virgens na solidão de suas câmaras: estavam separadas uma da outra por esse braço do oceano, que passa entre as duas cidades do Rio de Janeiro e de Niterói, e além se estende, beijando namorado brancas orlas de sossegadas praias, e namorado abraçando ilhotas graciosas; mas, no entanto, acima desse mar e subindo ao céu, encontravam-se talvez os pensamentos de ambas, porque pensavam uma sobre a outra.

Honorina de repente se entristecera, lembrando-se de Raquel: no meio de sua alegria recordou-se de que uma paixão fatal e reprovada torturava a alma de sua amiga; incapaz de dizer uma mentira a Raquel, e nesta confiando muito, acreditou que ela amava um homem casado; e a lembrança do padecer da escolhida de seu coração a mergulhava em um mar de cruéis reflexões. Honorina não achava um só meio de servir a Raquel: Honorina chorava.

Passado algum tempo, a filha de Hugo de Mendonça foi ajoelhar-se ante uma imagem da Mãe de Deus: Honorina rezava.

Raquel sentia que o amor que votava ao moço loiro a cada instante se tornava mais e mais ardente; cedendo às vezes à influência de sua imaginação, sonhando um momento acordada, ia desenhar belos arabescos no painel de seu futuro; mas de súbito se lembrava de Honorina, da sua fiel e única amiga, do amor que lhe tinha aquele a quem amava, e uma barreira imensa... insuperável... se erguia entre Raquel e a felicidade: então ela de novo castigava seu espírito, fazendo votos pela ventura de Honorina; mas pensando também em si... Raquel chorava.

E a filha de Jorge foi ajoelhar-se, como à mesma hora o fazia Honorina, ante uma imagem da Mãe de Deus. Raquel rezava.

E no fim de uma hora, Honorina, que tinha concluído suas orações, antes de levantar-se, ergueu as mãos para a sagrada imagem e exclamou:

— Oh! minha Mãe Santíssima!... tende piedade daqueles que padecem!... curai a dor do meu coração, fazendo a felicidade de Raquel!...

E também no fim de uma hora, Raquel, que tinha concluído suas orações, antes de levantar-se, ergueu as mãos para a sagrada imagem e exclamou:

— Oh! minha Mãe Santíssima!... abençoai e protegei o amor de Honorina; mas tende comiseração de mim, que muito sofro!...

XXII

Ele

Na manhã do dia seguinte, o moço ferido, que se achava na casa da pobre Sara, achou-se melhor; sentia apenas que, ainda nimiamente fraco, não podia deixar aquela casa sem um companheiro que o sustivesse.

Sara e Miguel estavam à mesa almoçando com a melhor disposição, quando viram aparecer à porta da varanda o seu doente.

— Ninguém se desarranje por minha causa — disse ele alegremente —; eu me acho melhor e, falando sem-cerimônia, tenho bastante fome.

— Mas...

— Nada... nada de reflexões — continuou sorrindo-se —; mãe Sara (permita que lhe chame assim), dê-me uma xícara do seu café e metade do seu pão... eu já estou bom... completamente bom... e sinto uma fome terrível... ah!... então parece que duvidam!... pois, meus bons amigos, eu não faço cerimônia... com licença.

E dizendo isso, o moço serviu-se de café e pão e começou a fazer boa companhia aos seus hóspedes; já se dispunha a repetir segunda dose de café, quando a velha o suspendeu.

— Alto lá, senhor! não se come tanto de uma vez ao entrar em convalescença...

— Também lhe acho razão, mãe Sara, e sujeito-me agora a suas determinações; porém, ali pelo correr das duas horas há de fazer-me o favor de servir-me com uma... está bem, não vamos tão depressa... com metade de uma galinha ensopada, guisada, assada ou como lhe parecer. É certo que agora não tenho dinheiro, porém amanhã, mãe Sara, eu lhe prometo que há de ser paga de suas despesas e trabalhos.

— Que despesas, moço! até esta hora ainda não me fez gastar um vintém... não falemos nisso; eu estou bem contente de vê-lo assim alegre...

— Obrigado, mãe Sara; agora tenho um negócio com o Sr. Miguel...

— Então quer que eu faça alguma coisa?

— Sim, meu amigo: eu quero que ao toque das oito horas da noite esteja hoje o senhor junto às grades do templo do Carmo.

— Bem; e depois?...

— Há de aí vir um menino vivo, esperto, loiro, que mostrará ter 16 anos... vestido de branco (pelo menos é de esperar que assim venha) e com uma fita preta atada em laço ao pescoço: mostre-lhe o senhor este anel, que lhe vou dar, e diga-lhe que o acompanhe.

— E depois?...

— E depois, Sr. Miguel, não há mais nada a fazer: o senhor entra e fica na sua casa; e o menino terá de conversar comigo.

— Ah!... entendo: quer que traga o menino cá?...

— É exatamente isso mesmo; o Sr. Miguel tem uma penetração admirável!... eis aqui o anel.

Miguel recebeu o anel, escondeu-o no bolso da calça e saiu.

— Agora, mãe Sara — disse o moço —, consinta que eu vá descansar um pouco.

— Vá, vá, moço, e não seja desinsofrido.

O moço loiro levantou-se e foi direto para seu quarto, já sem se encostar às paredes.

— Ora, pois — disse ele, entrando —, vê-se bem que esta cabeça vai tomando juízo: já não me anda tanto à roda...

E, deitando-se em uma pobre cama, adormeceu de novo.

Mas quem é esse mancebo?... donde veio?... o que pretende?... por que se esconde?... pouco nos é dado dizer a semelhante respeito; nada adiantaremos ao que já qualquer que ler este livro terá compreendido.

É absolutamente o mesmo moço loiro que se apresentou no sarau de Tomásia diante de Honorina e Raquel; mas seu rosto, que não afeta mais a doce melancolia, que, sem dúvida, fingiu à vista das duas moças, está agora extremamente pálido; seus olhos se acham encovados; ainda assim, porém, ardentes e vivos; e, apesar de fraco e abatido, ele sempre alegre e fagueiro deixa brincar nos lábios descorados um sorriso engraçado, que sabe tornar melancólico, irônico, picante ou agradável, segundo as circunstâncias do momento.

Mas como se chama o moço loiro?... ficamos como dantes; é essa uma questão que ele nunca trata de decidir; uma vez, em que Sara lhe perguntou qual era o seu nome:

— Há suas dúvidas a esse respeito, mãe Sara — disse ele com

voz meiga —, eu mesmo ainda não sei como me devo chamar; no entanto pode ir chamando-me como lhe parecer, porque eu acudo por todos os nomes da folhinha.

Todavia, apesar do mistério de que se rodeia, há uma coisa que à primeira vista de olhos se aprecia devidamente em suas ações e mesmo em seu semblante: é o caráter dele. Na parte superior da sua fronte desenha-se descendo e estreitando-se até o meio dela, com sua forma cônica, e apenas sensível, o órgão da sagacidade e vivacidade de espírito. Basta, além disso, observar esse moço durante breves momentos para conhecê-lo todo; com efeito, tudo nele é fogo e ardideza; ágil, rápido e precipitado, quase em um só tempo pensa e executa; jovem e parecendo cheio de esperanças, ele se ri para o mundo com uma audaz confiança no futuro; forte, decidido, bravo e imprudente, não hesitaria um instante ao ver-se à borda de profundo abismo, antes se atiraria no seu fundo para salvar uma vítima, qualquer que fosse, que lá se debatesse; talentoso, ardente e romanesco, despreza a vida de vegetação e de monotonia e, todo entregue aos sonhos e desvarios de sua imaginação, cria em derredor de si, e para viver a seu gosto, um mundo de ilusão, de mistérios e de belas fantasias; finalmente, compassivo e alegre, independente e brando, é sempre o amigo dos desgraçados, tem sempre piedade dos outros e nunca de si; está constantemente alegre, não odeia a ninguém, estima muita gente e morre de amores por Honorina.

O gênero de amor que entretém deve, pois, sua origem e alimentação a uma de duas causas: ou a seu caráter, ou a uma razão ainda desconhecida.

É possível que, extravagante e ardente como é, tendo ouvido o primeiro diálogo de Honorina e Raquel, e então devidamente apreciado a imaginação daquela moça que devia ser com tanta facilidade inflamável, lhe viesse ao pensamento desafiar-lhe primeiro a curiosidade, e depois ganhar-lhe o amor com suas aparições inopinadas e preparados mistérios: se ele pensou assim, tirou completo resultado de seu plano.

Mas é possível também que, amando desde muito a bela moça e temendo que seu rosto, visto à luz do dia, possa recordar um crime ou uma infâmia que faça recuar horrorizado de seu aspecto aquele anjo de pureza, se furte aos olhos de todos, e à mercê da noite, ou quando, aparecendo só a ela, ninguém haja para apontá-lo com o dedo e dizer: "eis um monstro!", trate de prender em duros laços o inocente coração da menina, a fim de que, se uma hora soar em que seja conhecido, seja também já impossível lhe escapar a presa.

Pode, porém, existir tanta malvadeza em um homem tão nobre, que se expõe à morte para salvar uma mulher?... em um homem que, ainda estando só, está sempre alegre?... a alegria na solidão não será um privilégio exclusivo da virtude?...

Além disso, uma consideração há a fazer notar em todos os passos desse mancebo: como pode ele penetrar nas noites que lhe agradam, dentro do jardim de Hugo?... quem lhe foi dizer que Honorina esperava um cabeleireiro no dia do sarau de Tomásia?... quem o foi prevenir de que Hugo voltaria com sua filha para Niterói na mesma noite?... quem o avisou de que haveria um passeio marítimo na noite da tempestade?...

Embora não se possa explicar semelhantes dúvidas, nada há mais certo do que o conhecimento prévio que o moço loiro teve de tudo aquilo; ele, pois, sabe de todos os passos de Honorina, de suas ações, de seus projetos, e, jogando com eles, ganha sempre as partidas em que compra cartas.

Em seu engraçado contender de amor, ainda não abandonou o campo uma só vez como vencido. De duas uma: ou deixa a confusão no arraial inimigo e de longe com isso se recreia, ou vai bater-se face a face e ganha de ordinário um troféu de vitória. Sempre imprevisto, nunca esperado, jamais o mesmo, muda de armas em cada batalha, de gênero de combate em cada campo. Há só um objeto constante nele — a sua bandeira, a divisa de seu escudo: amor!

Assim, testemunha ocular, ouvindo a conversação de duas moças horas inteiras de uma noite, ouvindo, sem ser visto, ele confunde a ambas com sua primeira carta, que nada menos significou do que a declaração da guerra do amor.

Dias depois, ridiculamente vestido e ainda pior toucado, apresenta-se diante da moça a que ama, rouba-lhe um anel de madeixas e desaparece.

Mais algumas horas e ei-lo metamorfoseado em moço loiro, sentimental e melancólico: fala, e de seus lábios escorre veneno para o coração de duas moças; olha, e de seus olhos partem setas de fogo, que fazem arder o sossego de ambas elas; tem entrado em um sarau para o qual não o convidaram, vê a gente que chega, e foge sem ser sentido, sem ser notado, deixando sua imagem e a relação de um sonho para atormentar duas belezas.

Para logo inteiramente novo, é já um rude bateleiro que com sua voz áspera e grossa assusta Honorina e faz-lhe fechar os olhos: aproveita-se do vento... beija-lhe uma luva, e dentro dela lança o seu hino de vitória, e ao amanhecer, na janela da moça, a flor que devia explicar o sonho!

Não muito depois responde a um canto com outro, em que demonstra que ouviu ou que sabe de um doce pensamento escapado da alma e dos lábios de Honorina. Na noite seguinte o velho pescador, como um enviado do céu, atira-se ao mar e salva aquela a quem ama. Não tem por armas mais do que cabeleiras e vestidos singulares, e à mercê deles triunfa sempre.

Quem é, pois, esse mancebo que não sabe toucar e faz-se cabeleireiro; que nada compreende de pilotagem e se improvisa patrão de batéis?...

* * *

Meio-dia soou: o moço loiro acordou-se e, ouvindo a voz de Sara na varanda, levantou-se e se foi sentar em uma banquinha junto dela.

— Então como vai, moço?...

— Cada vez melhor, mãe Sara; mas confesso-lhe que sinto outra vez uma fome dos meus pecados; a minha galinha estará pronta?...

— Ainda não, moço; o senhor disse que queria pela volta das duas horas da tarde.

— Paciência... paciência; porém, mãe Sara, quero pedir-lhe um favor: não me chame de moço; chame-me de filho.

— Pois bem: meu filho...

— Assim... mas o que é?...

— O que é o quê?

— Ah! eu pensei que mãe Sara me perguntava alguma coisa; como ia dizendo "meu filho"...

— Não, nada perguntei; e, todavia, alguma pergunta poderia ser-lhe feita.

— O quê?...

— Eu não sou curiosa, meu filho; recebi-o em minha casa sem o conhecer; mas... cheio de sangue... que queria isso dizer?...

— Que o sangue era de minha cabeça, mãe Sara.

— E como se quebrou a sua cabeça?...

— Ora... como se quebrou?... quebrando-se; não há nada mais natural; nunca se viu uma cabeça quebrada?...

— Sim; mas era possível temer...

— Está bom... está bom, mãe Sara; falemos em outra coisa; não há nada pior do que dormir com fome.

— Por quê?...

— Porque se sonha muito.

— Sim?... então sonhou?...

— Esta noite... muito; dois longos sonhos... olhe, mãe Sara, em parte eu gosto bastante de sonhar; se soubesse como eu tenho sido feliz com sonhos!...

E o moço pôs-se a rir.

— E sonha muitas vezes?...

— Faço ainda mais, mãe Sara: quando não posso sonhar, invento sonhos.

— Mas, meu filho, isso também é mentir; e, portanto, é pecado.

— Há certos pecados que Deus perdoa facilmente; porém, como lhe dizia, esta noite tive dois sonhos... e um com mãe Sara!

— Comigo?...

— Sem dúvida; mãe Sara é bem pobre, não é assim?...

— É verdade, mas não da graça de Deus.

— Pois eu sonhei que me ia hoje embora, e, querendo dar-lhe algum dinheiro, mãe Sara o não quis receber...

— E era isso o que havia de acontecer.

— Obrigado... obrigado... nem eu me atrevia a oferecer-lhe nada; mas o sonho continua... e amanheceu o dia de amanhã... mãe Sara acordou e achou debaixo do travesseiro uma carteira cheia de dinheiro...

— E quem a tinha posto lá?... — perguntou, rindo-se a velha.

— Provavelmente a mão de algum gênio benfazejo.

— E depois?...

— Mãe Sara ficou com o dinheiro, e acabou-se o sonho.

O moço loiro ria-se agradavelmente, observando a impressão que seu sonho produzia na pobre velha; depois de alguns instantes de silêncio, ela perguntou:

— E o outro sonho, feiticeiro?

— O outro... o outro é com Miguel; eu queria repeti-lo à vista dele, porém mãe Sara lho contará.

— Vamos lá; e nada de inventar.

— Eu sonhei que ontem à noite tinha vindo uma moça visitar a mãe Sara...

A velha olhou espantada para o moço.

— Sonhei até que essa moça se chamava... se chamava... espere que me lembro... chamava-se Raquel!

— É possível...

— Sonhei que Miguel tinha faltado à sua promessa, contando à moça tudo quanto havia a meu respeito...

— Perdão, meu filho! — exclamou a velha —, perdão para Miguel; porque tudo isso é verdade!...

— Ah! é verdade?... melhor: pobre Miguel! se fosse eu, tinha feito ainda mais, inventava uma história bem comprida e mentia, como é de meu costume... pobre Miguel! por isso não o estimo eu menos.

— Meu bom filho!... feiticeiro!... feiticeiro!...

— Espere, mãe Sara; o sonho continua. Sonhei que a moça veio observar-me da porta do quarto... como era bonita!...

— É verdade... tudo verdade...

— Sonhei que logo depois ela entrou em outro quarto... no seu, mãe Sara; e foi escrever a uma amiga... também muito bonita, muito, mãe Sara! essa então era mais bonita ainda!... ora bem: quando a moça estava fechando a carta, chegou o pai, que a vinha buscar, e ela correu à sala...

— Sim... sim... foi assim mesmo.

— Agora o resto é melhor ainda: sonhei que eu me ergui da cama e, encostando-me pelas paredes, fui pé por pé ao quarto de mãe Sara, abri a carta que a moça tinha escrito... oh! o ladrão da moça escreve bem!... mãe Sara, eu beijei a carta!...

— Brejeiro!... brejeiro!...

— E depois... olhe que tudo isto é sonho; depois eu virei a folha e escrevi no verso duas ou três linhas com quanta pressa podia; feito isso, retirei-me e fingi outra vez dormir.

— Agora é muito! se fosse verdade...

— Estou dizendo que é sonho, mãe Sara, sonho só; olhe, pergunte à moça se, quando ela me observou, eu não estava dormindo; porém, mãe Sara, não me deixa acabar nunca!...

— Acabe... acabe, meu filho.

— Sonhei que apenas tinha eu deixado o quarto, a moça tornou a entrar e, selando a carta, entregou-a a Miguel.

— É tudo verdade.

— Sonhei, enfim, que a moça partiu com o pai para sua casa, e Miguel para Niterói... lá, Miguel entregou a carta... mãe Sara; no meu sonho eu vi também a outra moça lendo; ainda uma vez... como era bonita!...

— Meu filho, se isso é um sonho, foi um poder sobrenatural quem o fez tê-lo, para castigo de Miguel...

— Pobre Miguel! não falemos dele... eu o perdoo de todo o meu coração!... por consequência, tudo o que eu sonhei foi realidade?...

— Pelo menos quase tudo...

— Ah! mãe Sara!... se se realizasse o resto...

— Pois ainda temos mais?...

— A última parte.

— Então acabe.

— Eu dizia que a moça que recebeu a carta era muito bonita... encantadora, mãe Sara!... pois bem... no meio de tudo isto... sonhei que me tinha casado com ela...

— Extravagante!...

— Despertei, soltando um grito de alegria...

— Enfim?...

— Achei-me, quando procurei minha mulher, só... com a cabeça quebrada... cheio de sangue... aborrecido de mim mesmo...

— Louco!... e por isso se faz de repente tão triste!

Nesse momento ouviu-se um sino que dava horas.

— Que horas são?... — perguntou o moço com vivacidade.

— Uma.

— Mãe Sara, a minha galinha?...

— Às duas horas.

— Que fome, meu Deus!... que fome!... que fome!...

A velha desatou a rir.

❖

XXIII

Afilhado

Ouvindo o sinal das oito horas, Miguel correu para junto do templo do Carmo e, bem não eram ainda passados cinco minutos, logo viu chegar cuidadoso e apressado um menino, que era por força aquele de quem o moço loiro lhe dera os sinais.

Faça-se ideia da vivacidade personalizada: era esse menino, sem dúvida, com não mais de 16 anos; com cabelos excessivamente loiros e crespos; os olhos grandes, pretos, brilhantes e à flor do rosto, que, muito redondo, era ao mesmo tempo igualmente corado; o nariz pequeno, os lábios rubros; dentes belíssimos; o corpo delgado; e em todas as suas ações, em todos os seus movimentos, ligeireza, rapidez, volubilidade: os olhos do menino brilhavam de noite como dois globos ardentes, em rotação contínua.

Miguel endireitou para ele e a dois passos parou e ficou firme como um soldado, mas sem dizer palavra: o menino fitou-lhe seus dois olhos de um modo tão penetrante, tão perscrutador, tão forte que, a despeito da influência de sua maior idade, Miguel teve de voltar a cabeça por não poder encará-lo.

— Que é isso lá?... — disse o menino, com voz argentina e firme.

Miguel nada respondeu; tirando, porém, a mão do bolso, estendeu o braço e mostrou-lhe o anel.

O menino arrancou-lhe o anel da mão e correu para baixo de um lampião; depois, voltando com igual presteza:

— Onde está o dono deste anel?... — perguntou.

— Na minha casa.

— Pois partamos.

E, tomando o braço de Miguel, o menino obrigou-o a andar tão depressa que quase corriam.

Depois de alguns minutos de marcha, Miguel teve vontade de travar conversação com o seu companheiro.

— O senhor — disse ele ao menino —, é irmão daquele moço que está em minha casa?...

— Não.

— Mas é seu amigo?

— Sim.

— Entendo: não tem parentesco nenhum com ele?

— Não.

— Oh! ele parece ser muito bom moço.

— Sim.

— É mesmo natural desta terra?...

— Que lhe importa?...

Essa última resposta foi dada de um modo interrogativo; mas com um tom tão terminante que Miguel convenceu-se para logo que aquele estômago de criança não cedia nem ao mais poderoso emético.

Portanto, decidiu-se a guardar silêncio. Assim chegaram a casa.

Apenas entrando no quarto do moço loiro, o menino correu para ele e, abraçando-lhe as pernas, exclamou:

— Ah! padrinho!...

— Está bom, Carlos, está bom — disse sorrindo-se o moço —; não há tempo a perder. Deve ir à casa que tu sabes e entrega este bilhete à mesma pessoa a quem tens entregado os outros: o que trouxeres, deve ser-me dado quando eu estiver só.

O menino recebeu um bilhete, que o moço tinha escrito na tarde desse dia, e desapareceu correndo.

Miguel, que pretendia colher muitas reflexões da entrevista dos dois, convenceu-se para logo, ao ver a maneira por que se explicava o moço, que ainda depois da volta do menino se deveria contentar com saber que ele se chamava Carlos, e que o moço era seu padrinho.

E, para maior pena, o moço foi pedir à mãe Sara que, quando voltasse o seu afilhado, o deixassem a sós com ele; de modo que Miguel abriu a porta ao pequeno Carlos e teve de ficar ao pé de sua avó, até que, passado um quarto de hora, apareceram os dois na sala.

— Adeus, mãe Sara! — disse o moço —; eu me vou... e algum dia receberá novas minhas... adeus, Miguel!... adeus também minha pequena afilhada de bonita madrinha!... oh!... vem cá, meu anjinho; quero dar-te um beijo... não é verdade que tua madrinha te beija também? eu creio que devo vir a ser muito amigo dela...

— Meu filho — disse a velha —, pois ainda tão fraco...

— Este menino tem o braço bem forte para me sustentar. Adeus, pois, meus amigos... obrigado!... muito obrigado!...

Feitas as últimas despedidas, o padrinho e o afilhado saíram, deixando a avó e o neto a pensar neles.

— Este rapaz — repetia a velha muitas vezes —, tem cabeça de doido e coração de santo! sempre tão alegre e tão afável!... o brejeiro zombou de mim todo o dia, ao mesmo tempo que me abraçava e chamava-me sua mãe!... eu não sei por que, mas a gente por força há de querer-lhe bem!

Entretanto, os dois caminhavam, como podia o ferido, escolhendo de preferência as ruas mais solitárias; de minuto a minuto o menino voltava para trás seus dois belos pirilampos, como para convencer-se de que não eram seguidos. Finalmente, chegando a uma rua escura e feia, cujo nome importa pouco saber, eles entraram em uma casa de triste aparência.

Essa casa era habitada por uma família tão necessitada como aquela que recebera o ferido; mas este ocupava um pequeno sótão que nela havia; e posto que devesse pagar aluguel a esta família, parecia pouco conhecido dela, pois que apenas do corredor deu as boas-noites e começou a subir vagarosamente a escada do sótão, enquanto Carlos foi pedir a chave da porta.

Enfim, eles se acharam sentados defronte um do outro. Todo o sótão se compunha de uma saleta e dois pequenos quartos; neles não reinava nem luxo, nem miséria; era a morada de um homem solteiro arranjada um pouco menos à franciscana do que um quarto de estudante.

Quando o menino sentiu que seu padrinho já havia descansado, disse:

— Eu não sei por que meu padrinho, em lugar de me fazer ir todas as noites postar-me de sentinela junto ao Carmo, me não deixa antes vir encontrá-lo aqui!

— Porque poderiam seguir-te, ver-te entrar... e quem sabe as consequências?

— Ver-me entrar?... a mim?... — perguntou o menino, sacudindo a cabeça.

— Pois bem, meu vaidosinho, a cautela nunca fez mal... mas agora vamos ao que nos interessa: que novidades há?...

— Nenhuma.

— Quê!... pois nenhuma absolutamente?...

— Já disse até onde tinha chegado! ainda não fui mais longe.

— Que tens ouvido?...

— Nada.

— Que tens visto?

— Coisa nenhuma.

— Que tens pensado... sentido... suspeitado?...

— Absolutamente nada.

— É porque tens sido um tolo.

— Qual tolo, meu padrinho! lá, de dia trabalha-se...

— E de noite?

— Dorme-se.

O moço não pôde deixar de rir-se da resposta de seu afilhado; alguns minutos depois continuou no seu interrogatório.

— E tu onde dormes?

— No sótão... mesmo por cima do quarto dele.

— No sótão?... ah! tu já me tinhas dito; bem bom, Carlos, bem bom; mas isso é quase uma honra...

— Foi em atenção àquela senhora que falou por mim.

— Eu sei... eu sei; porém, vamos: tu dormes no sótão, mesmo por cima do quarto dele... eis aí meio caminho andado; deverias ter visto e ouvido muita coisa...

— E o forro?...

— Arranca-se uma tábua.

— E a bulha?...

— Então, desce-se ao sobrado para espreitar...

— E as portas?

— Que têm as portas?

— Durmo trancado.

— Pateta!... não há chaves falsas no mundo?...

— E o tempo que se gasta em procurá-las?...

— Pois bem... e o tempo que se tem perdido?...

— Qual perdido, meu padrinho!... fiz coisa melhor do que tudo isso.

— E então para que me quebras a cabeça? fala.

— No sótão e junto da minha cama há uma tábua quebrada no assoalho; arranquei-a.

— E depois?...

— Restava o forro: arranjei uma verruma e, à mercê dela, fiz um buraco que chega para metade de meu olho.

— Bem; e depois?...

— Aprontei um pauzinho redondo e pintado de branco...

— E para que essa asneira?...

— Para ter o buraco tapado de dia.

— Está bom... está bom; tens razão, adiante...

— Às dez horas de todas as noites apago a minha luz; levanto com cuidado a tábua velha do assoalho; tiro o meu pauzinho do forro; e fico com o olho no buraco.

— Vamos... vamos...

— Quando ele não tem divertimento, recolhe-se às dez horas.

— E o que faz?...

— Lê livros ou periódicos.

— E depois?...

— Despe-se e vai deitar-se.

— E depois?...

— Dorme.

— E enfim?...

— E, enfim, vou eu também dormir.

— Pois é preciso não dormir, Carlos.

— Mas, meu padrinho, é que se não pode trabalhar no dia seguinte.

— Pois faze-te doente.

— Dar-me-ão remédios.

— Toma-os.

— E se eu morrer?...

— Mandarei fazer-te um riquíssimo enterro.

— Obrigado, meu padrinho.

— Tu és um preguiçoso... um descuidado e um tolo!... não tens feito nada... nada... nem trabalhado por fazer.

O menino pareceu vivamente incomodar-se com o desgosto de seu padrinho.

— Mas... eu não pensava!... o que é que se pode colher de um homem que dorme?!...

— Oh!... o sono, Carlos, o sono pode ser bem fatal a um homem! quem sabe se ele não sonha?... quem te assegura que ele em seus sonhos não possa dizer alguma coisa que nos seja útil?... Carlos, o sonho do homem é mil vezes o traidor de seus pensamentos!... e, portanto, é preciso que tu o observes de dia e de noite; no trabalho e no descanso; na vigília e no sono!

— Porém, eu não hei de dormir nunca?!...

— Também tens razão — disse o moço, rindo-se de novo —; façamos, portanto, um ajuste; a que horas dormes?...

— À meia-noite, e às vezes depois.

— E quando te levantas?...

— Às cinco e meia.

— Bem: vela depois que ele dormir mais uma hora e dorme quatro e meia.

— Velarei hora e meia e dormirei quatro.

— Carlos, tu és muito bom.

— Oh! meu padrinho! — exclamou o menino, abraçando o moço.

— Precisas de dinheiro? — perguntou este.

— Ainda tenho bastante.

— Excelente rapaz!

— Meu padrinho está contente de mim?...

— O mais que é possível!

O menino demonstrou o seu prazer, saltando e batendo palmas loucamente.

— Aquieta-te, travesso — disse o moço —; ainda temos que falar.

O menino tomou de novo o seu lugar; e ficou mudo, sério e atento como um ministro de Estado que vai ouvir uma interpelação.

— Durante estes cinco dias, observa o nosso homem, se nada colheres, fica em casa; se houver novidade ou precisares de alguma coisa, achar-me-ás aqui; depois, será como dantes, às oito horas da noite junto ao templo do Carmo.

— Estou ciente.

— Agora, ajuda-me a mudar esta roupa, que ainda tem manchas de sangue.

— Foi uma queda horrível, não é assim, meu padrinho?

— Sim... uma queda; mas quem te disse que foi horrível?...

— Eu pensava... uma queda em que se quebra a cabeça...

— Pois eu não quero que penses desse modo, Carlos.

— Então como?...

— Foi uma queda abençoada, ouviste?

— Está dito, meu padrinho: foi uma queda abençoada.

Meia hora depois, Carlos, deixando seu padrinho de vestidos mudados, com um lenço limpo na cabeça e sossegadamente deitado, despediu-se dele e ia descer:

— Carlos — disse ainda o moço —, dize à família que mora embaixo que fico estes cinco dias em casa; e, por consequência, que continue a mandar-me almoço, jantar e ceia; principiando pela ceia, ouviste?...

— Sim, meu padrinho!... — respondeu Carlos, descendo rapidamente a escada.

— Grata criança!... — disse o moço, quando o viu partir.

No entanto, o menino, depois de cumprir a recomendação de seu padrinho, pôs a cabeça fora da rótula, examinou se alguém havia de espreita e, vendo a rua solitária, saiu e marchou precipitadamente, olhando muitas vezes para trás, como era de seu costume.

A dedicação dessa criança ao moço loiro deveria ter por origem um sentimento bem nobre!

Às dez horas da noite Carlos entrava pela porta de uma elegante casa, dizendo consigo mesmo:

— Esta noite não durmo sem ouvir sermão; também nunca me recolhi tão tarde.

E ao mesmo tempo o moço loiro sentava-se à mesa de seu pequeno quarto e se dispunha a cear o que acabavam de trazer-lhe.

* * *

Ao amanhecer do dia seguinte, a velha Sara despertou e, lembrando-se do moço ferido... sem poder conter-se de si mesma, passou a mão por baixo de seu travesseiro e, surpreendida, tirou daí uma carteira...

Imediatamente gritou por Miguel, que se levantou espantado; mas para logo seu espanto se tornou em vivo prazer; pois viu que a carteira, se não continha soma capaz de enriquecer uma família, lhes trazia meios de melhorar muito sua posição.

Raquel, a quem foi relatado o sonho do moço e o aparecimento da carteira, compreendeu facilmente qual tinha sido a mão de gênio benfazejo.

❖

XXIV

Um mês

Depois dos acontecimentos que muito sucintamente acabamos de relatar, um mês se passou por tal modo infecundo e árido, que justo parece passarmos também de um rápido voo sobre ele.

Hugo de Mendonça deixou para sempre a sua bela casinha de Niterói. Ema havia tomado tal horror da vista daquele mar tão traidor com suas mansinhas e risi-bulhentas ondas que lhe esteve para arrancar do coração a única, talvez a única corrente que ainda a prende ao mundo; Hugo mesmo se lembrava todos os dias com tal horror da fatal noite de tempestade que sua mudança para a corte foi determinada e prontamente executada, apesar do muito que Honorina se aprazia da meia solidão, do meio sossego que gozava naquela pequena e graciosa casa, abrigada por trás de sombrias árvores; e pode ser, das lembranças já doces que esse mesmo mar insano, que essas noites de claro luar lhe derramavam no espírito.

E, como se a interessante moça houvesse adquirido influência tão forte e decidida sobre o ânimo de Lucrécia, e impressão tão agradável nele tivesse produzido que já não fosse possível a esta fruir com prazer a vida longe da filha de Hugo de Mendonça, a linda viúva abandonou também para logo a jovem cidade, que talvez, para alguns, semelhou, durante alguns dias, jardim desamado donde se há arrancado para transplantar em outro suas flores mais mimosas.

Honorina, portanto, tinha como que duas existências ligadas à sua, como que duas sombras que acompanhavam seu corpo: a viúva e o moço loiro.

Mercê de nosso privilégio de autor, temos já entrado na alma de ambas essas personagens, e ter-se-á compreendido que tão benigno deverá ser o influxo de um, como maligno o da outra.

À primeira vista parecerá um contrassenso que tenha de partir o bem daquele que se esconde nas trevas, e o mal daquela que se apresenta com a face descoberta, sendo, tal qual é, a virtude sempre límpida e transparente, e vezes mil, ou antes de ordinário, a maldade misteriosa e encapotada; mas um momento de reflexão fará lembrar que outra é a capa e a máscara da maldade que não em todos os casos a escuridão da noite; outra mais negra ainda e ainda mais impenetrável que esta é a hipocrisia; é o sossego do rosto mentindo as convulsões do espírito; o doce sorrir dos lábios por cima do amargor e do veneno do coração; o olhar meigo e terno dos olhos adiante da vesgueira enfezada do ânimo.

É possível que o futuro proceder das duas personagens, em quem por último tocamos, venha, ainda uma vez, demonstrar a veracidade dessa já velha observação.

* * *

E um mês se passou: um mês de suspiro para uma amante saudosa; de acerba melancolia para uma mártir de amor; de projetos e combinações sinistras para uma mulher falsária.

Iremos, pois, considerar três mulheres: Honorina, Raquel e Lucrécia.

Começaremos pela última.

Lucrécia, hábil e provecta, apesar de seus poucos anos, tinha compreendido, à primeira vista de olhos, que Otávio não era atendido por Honorina; ao mesmo tempo, porém, todas as ações, todos os passos, cada pensamento e cada palavra desse homem provavam até à evidência que ardente paixão concebera ele pela moça, e a que frio e ofensivo esquecimento estava a viúva condenada.

Lucrécia tinha em sua desmedida vaidade um horrível aparelho de torturas, ralada pelo qual via ela o belo quadro de seu passado apagado pela mão de Honorina; as viçosas flores de suas coroas de triunfo caídas, espalhadas por terra e aos pés dessa moça... e Lucrécia arquejava.

Embora inocente, a filha de Hugo de Mendonça era a causa dos seus tormentos... era a mulher por quem Otávio a esquecia... era a sua rival, isto é, a sua inimiga...

Ora, é possível que um homem, esquecido, desprezado pela sua amada, nem por isso se exaspere contra aquele por quem ela o deixou, a quem ela procura inutilmente conquistar e prender: pode mesmo suceder que o ofendido aplauda e estime o outro, como a sua vingança, quando está firmemente convencido de que esse é amado, mas não ama.

Uma mulher, porém, não pensa por essa maneira.

A mulher é o ente que tem o privilégio de levar todos os sentimentos dessa ordem ao seu mais elevado grau. Aquela que se sente traída pelo homem que a amava vai com seu olhar terrível e brilhante adivinhar, no meio de uma multidão de belezas, qual é a que lhe prefere; e ainda que essa não se levante diante de seus projetos, que seja inocente no afeto que inspirou, que mesmo maltrate ao homem que sem retribuição a requesta, ela a olha como uma rival, uma inimiga, um insulto vivo a seu amor-próprio de mulher.

E o pensamento que primeiro e naturalmente se lhe apresenta é este — vençamo-la!

Sim; porque aí há duas ofensas que não se perdoam facilmente: há, antes de tudo, uma outra mulher que pode agradar mais do que ela; que parece levantar sua cabeça e sorrir-se orgulhosamente vitoriosa diante dela; e há, depois, um escravo perdido, um homem que andou de rojo, beijando suas pisadas, e que agora a desdenha... a esquece... a despreza por causa de outra.

E, pois, a essa outra se odeia... e se quer também e a todo custo vencer.

Sim; porque há um grande e talvez único pensamento na vida da mulher, que, durante 40 anos, a ocupa toda; que se alimenta, se rumina, e por ele se vive: é o amor, pensamento que iguala a aldeã à princesa; porque podem ambas amar da mesma forma, com o mesmo fogo e ao mesmo homem: pensamento que poderá fazer com que a princesa desça do palácio e vá à cabana combater a aldeã; pois, se esta for a rival preferida, aquela que não deixou de ser mulher para sentar-se tão alta; que se ufana de agradar também, há de sentir arder seu amor-próprio no desejo vivo de vencê-la; e de vencê-la somente, como mulher.

Mas, para vencer, é preciso combater: e a mulher não se lembra nunca de atacar o homem que a traiu, porque seu único anelo é rebaixar aquela que lhe preferiu.

E onde ir feri-la?... e como abatê-la?... a mulher conquista o homem pela força dos encantos do espírito e do corpo; porém, para destruir os encantos do espírito de uma rival, era preciso que a ciumenta pudesse chegar com seus lábios até muito em cima e apagar com seu sopro de boca humana a chama brilhante do Criador: e isso é absolutamente impossível; ou então, o que seria muito louvável e nobre, adornar o espírito próprio, enfeitá-lo, aproveitar-se de suas disposições, ilustrar-se e brilhar por si mesma. Mas essa é uma vingança morosa... que se espera muito... que vem chegar tarde...

Restam os encantos físicos. Há contra eles dois meios poderosos: a enfermidade e o tempo; porém aqui ainda esses meios escapam, porque as enfermidades não são como as pedras que no chão se apanham para lançar-se ao rosto do inimigo; e as pragas do ciúme e do ódio não chegam até o alto dos céus para realizar-se. O tempo não corre hoje mais depressa do que ontem correu e amanhã correrá: o tempo não sairia de seu passo igual, compassado e imutável à voz de ninguém; e, sobretudo, não seria nunca uma mulher quem, para cavar duas rugas no rosto de uma rival, consentisse em ver outras cavadas no seu.

Todavia, há um ponto delicado, alvo, finíssimo e por demais sensível, que pode ser ferido em uma mulher; e que, quando nele se toca, basta que a adaga penetre uma só linha, para que o golpe seja mortal; para que ela caia ainda mais abaixo do que as que se sentam menos altas, e fique ombro a ombro com as que estão no fundo do abismo, esse ponto é a sua fama... a sua pureza... a sua honra: belo astro de luz, a quem a mais leve nuvem pode escurecer; fresca rosa matutina, a quem sobra o mais fraco sopro para roubar-lhe todo perfume; véu branco, transparente e fino, a quem o mais brando espinho é capaz de romper, e um simples átomo de poeira mancha para sempre.

E é contra esse ponto que a mulher, quando não tem nobreza, quando sua vaidade é tão grande como imperceptível sua virtude, vai direita tocar e pretender ferir; porque, ferido ele, sua rival, mesmo aos olhos do homem que mais loucamente a adora, fica por força abaixo dela, se está ainda incólume.

Esse raciocínio importa uma verdade execrável... e, contudo, entre mil, entre mais de mil senhoras, que com sua angélica piedade, com a doçura e virtudes de seu sexo recuam horrorizadas diante de tal infâmia, uma ou outra, enfim, desgraçadamente se encontra, que se não turva ante a imagem de seus resultados, que a aceita e se esperança nela.

Lucrécia, na concentração de seu ciúme, tinha compreendido que era essa a única maneira de se levantar sobre Honorina aos olhos de Otávio.

Lucrécia, jovem e bela, com seus olhos tão langorosos, com seu sorrir tão engraçado, concebendo pensamento tão medonho, era como abismo insondável escondido por um tapete de flores, que em sua boca se enredassem.

Para mais direta chegar a seus fins, a viúva procurou, fazendo por merecer a confiança de Honorina, entrar em seu coração e conhecer seus segredos; frequentando com admirável assiduidade a casa de Hugo de Mendonça, Lucrécia se dizia a maior amiga da filha deste; e a alto gastar de desvelos e extremos, ela pareceu armar-se do direito de merecer essa confiança, que, todavia, Honorina só lha concedeu por metade.

Lucrécia, fingindo-se curiosa, ouviu então o que já sabia. A incauta moça falou-lhe das loucas pretensões de seus dois ridículos amantes e da perseguição de Otávio.

A viúva mostrou-se assustada e receosa do que podia sofrer a reputação daquela a quem chamava sua querida amiga, pelos atrevidos obséquios e cumprimentos de Otávio; quanto aos outros dois, dizia ela que não havia mesmo o menor inconveniente em Honorina animá-los para divertir-se.

Em seguida, vendo derramado o temor e o espanto pelo rosto da pobre moça, Lucrécia ofereceu-lhe um remédio, um meio para sair de tão difícil conjuntura; raciocinou de um modo claro, apoiou seus conselhos com sua experiência e provou que Honorina devia demonstrar terminantemente o muito que lhe desagradava Otávio; que convinha mesmo mostrar preferir-lhe alguém; e, como pensava que seu coração ainda não havia feito escolha, lembrava-lhe a utilidade de fingir-se sensível à paixão de um dos dois parvos pretendentes; asseverou que talvez bastasse isso para desanimar Otávio; e concluiu dizendo que, como cumpria dar contas ao mundo, seria melhor atender antes a Brás-mimoso, que, como velho e tolo, pareceria a todos menos o objeto de uma verdadeira afeição do que o de um simples passatempo.

Lucrécia não tinha concebido ainda um plano de vingança: desarmada pela inocência, honestidade e nobreza de Honorina, ela podia apenas preparar, facilitar os meios de vingar-se e esperar que o tempo lhe desse azo para o resto; mas, como para a execução de um projeto qualquer sempre haveria necessidade de um homem, ela foi pôr de mão o mais miserável de todos os apaixonados de Honorina: o ente escolhido foi Brás-mimoso; semelhante escolha lisonjeava seu ciúme, porque rebaixava sua rival.

A viúva não achou a menor dificuldade em trazer para perto de si e dispor para instrumento da predisposta vingança a Brás-mimoso:

vaidoso e parvo, esse homem acreditou facilmente em tudo quanto lhe quis dizer Lucrécia. Ela começou por demonstrar-lhe que sua amiga de muitos anos, e conhecendo a paixão em que ele ardia por Honorina, desejava servi-lo e trabalhar para sua ventura; que nisso não só satisfazia a amizade como ainda se vingava de Otávio, que tão vilmente zombara dela; asseverou-lhe que Otávio não era um rival para temer, pois que a filha de Hugo de Mendonça o desprezava; e, enfim, para excitar um pouco o amor do velho gamenho e torná-lo mais ávido da vitória, fê-lo crer que o único homem cuja concorrência podia ser-lhe nociva era o filho de Venâncio.

Segura de Brás-mimoso, de quem podia vir a precisar, Lucrécia continuou a acariciar e observar Honorina, esperando tudo mais do tempo.

O que narramos, muito passageiramente, foi não a obra de um dia, mas o aturado trabalho de um mês inteiro; e seu resultado, embora muito incompleto, deveu-se ao desamparo de Honorina.

Porque Raquel a tinha vindo ver só três vezes em todo um mês...

Honorina sentia-se agradecida a Lucrécia pelo carinho com que por ela era tratada; mas ao mesmo tempo alguma coisa muito inexplicável a tornava incapaz de ser amiga da viúva. Escutando suas palavras, ouvindo falar em calúnia, Honorina tinha medo; na frente, porém, do mundo que a assustava, ela estava vendo Lucrécia! ouvindo sempre, respondendo poucas vezes e jamais prometendo, a filha de Hugo de Mendonça jurou manifestar a mais completa indiferença e mesmo algum rigor a Otávio; mas teve tédio de parecer sensível a Brás-mimoso.

Amor era para ela um sentimento sagrado, e servir-se dele para uma zombaria importava, em sua opinião, o cometimento de um sacrilégio.

Pura como tinha nascido, exaltada como o mais vivo afeto, Honorina amava com esse extremoso amar de alguns corações de mulher, que são sentidos no mundo, escapados talvez por descuido dos anjos guardadores dos corações do céu.

Toda inteira votada ao homem que pela primeira vez lhe fizera experimentar o anelante e doce sentimento, ela queria que seus olhos nem por fingimento ou gracejo despendessem com outro a ternura que guardava só para ele; que ninguém mais bebesse seus sorrisos, ninguém mais fosse objeto da meditação de seu espírito e, enfim, que a nenhum outro viesse, nem por sonhos, a ideia de possuí-la.

Tal como o infame, que primeiramente se arreceia de entrar num jogo, que lhe hão pintado muito perigoso, porém, uma vez nele entrado, a ele todo se dá e não o quer deixar mais; assim Honorina, que tocada das palavras e da moral fria de Raquel, concebera indizível terror da posição da mulher que ama neste mundo de perversão e de misérias, sentindo, depois, que amava o moço loiro, olvidou seus receios passados e entregou-se a seu primeiro e doce amor com todo o enlevo, com toda a doce embriaguez de um coração virgem.

Consigo mesma ela se ufanava de amar; e cultivava seu terno e grandioso afeto com religioso desvelo: erigia-lhe um altar em sua alma e incensava seu ídolo com pensamentos e suspiros.

Bela e inocente, o mundo dessas duas cidades, as colunas de desejosos mancebos, a multidão desses ociosos que querem sempre murmurar; dessas rivais que desejam rir-se, ferindo; desses curiosos que procuram tudo saber, e às vezes se atrevem a pretender adivinhar, tentavam, porém debalde, acertar com o objeto dos pensamentos dela.

O amor de Honorina era um segredo que só a Raquel havia sido confiado.

E o amor, que sentia a interessante moça, era também o único que lhe podia convir: toda espírito, toda imaginação e poesia, Honorina achava encantamento inexplicável em amar esse ente misterioso, quase imaginário, que se deixava ver resvalando pela sombra; que se fazia sentir pelo acento de sua voz sonora ou pela benigna influência de seu gênio; que aparecia onde não era esperado, e que invisível velava por ela, como o anjo de sua guarda.

Honorina tinha passado um mês inteiro sem que uma nova aparição ou uma nova carta lhe viesse assegurar a constância do moço loiro; confiada, porém, na santidade do sentimento que fazia então a ventura da sua vida, ela acreditava que aquele homem tão nobre, tão bravo, que por ela lutara braço a braço com a morte, não podia mudar nunca; que o moço loiro a amava sempre e muito; e que a chama que ardia em seus dois corações, acesa pelo sopro de Deus, devia ser e seria brilhante e eterna como o sol.

Gastando todas as horas de seus dias em pensar no moço loiro, Honorina adormecia de noite para sonhar com ele; e, embora saudosa, ela vivia feliz, votando os suspiros de suas vigílias e os sonhos de seu leito ao escolhido de sua alma.

No meio, porém, de suas saudades e de suas esperanças, por entre os suspiros de suas vigílias e as belas imagens dos sonhos de suas noites, vinha muitas vezes misturar-se um pensamento melancólico e amargo; ao pé da lembrança do moço loiro aparecia também e sempre a lembrança de Raquel; e Honorina sentia murchar a flor de seus prazeres, recordando-se dos sofrimentos da sua amiga.

Com efeito, Raquel padecia muito.

O que lhe tinha contado Sara, o que lhe havia dito Honorina provava que o moço loiro fingira dormir, quando ela o observara; que soubera aproveitar-se de sua momentânea ausência do quarto, onde escrevia à sua amiga, para traçar no verso de sua carta aquelas breves e eloquentes linhas que significavam o triunfo de Honorina; e ainda nas palavras que ele dissera à velha: "eu creio que hei de vir a ser muito amigo dela", como que esse mancebo lhe quisera apagar a derradeira esperança, se alguma esperança lhe fosse dado nutrir; como que lhe estava ele chamando: "Raquel, amor para ti é um impossível; eu posso apenas ser teu amigo!".

E, portanto, não havia esperança para Raquel; nem lhe era dado, para mitigar sua dor, imaginar, enganar a si própria, desenhar no futuro uma simples ilusão; porque essa simples ilusão era a seus sonhos um crime, uma traição feita à amiga de seu peito.

O que podia restar à miséria?... um único abrigo: ela o achava na solidão.

Na solidão escondia ela ao menos suas lágrimas do pai carinhoso que a observava; porque Raquel não tinha o ânimo de outrora para ir derramar no seio paterno suas mágoas; porque há dores, há sofrimentos de que uma filha não se queixa à sua mãe sem corar primeiro até à raiz dos cabelos; e não pode acusá-los a seu pai sem um enorme sacrifício de seu pudor de virgem: dores e sofrimentos muito nobres, muito naturais, mas que a mesma natureza parece ensinar a engolir sem gemer em silêncio despedaçador...

Na solidão: porque lá não estava ao lado de Honorina, que, beijando-a com ternura de verdadeira amiga, lhe pedia conta de suas lágrimas; lhe obrigava a mentir mil vezes; chorava com ela e lhe falava no seu tormento... no moço loiro...

Na solidão enfim: porque a mulher, ainda mais do que o homem, quando sofre uma dor profunda... concentrada... incurável; quando ama, não é amada e não pode vencer o seu amor, deve chorar longe de todos... deve gemer com cuidado para que ninguém a ouça, para que os suspiros, que lhe podem escapar, não sejam sentidos... apanhados por ninguém... para que a causa de seu padecer não chegue a ser adivinhada... compreendida por ninguém... por ninguém desse mundo bárbaro, imoral e detestável, que zomba, que calunia, que não sabe adorar de joelhos o coração de uma mulher que ama e que sofre por saber amar!...

Na solidão, portanto, Raquel ficou um mês inteiro, durante o qual só três vezes abraçou Honorina.

* * *

Fica, pois, aqui ligeiramente debuxada a história de 30 dias de três moças:

Honorina — aura que suspirava.

Raquel — pomba que gemia.

Lucrécia — serpente que se enroscava.

XXV

Brás-mimoso

Brás-mimoso não cabia em si de contente; tais coisas lhe tinha dito a provecta viúva que o nosso velho gamenho com sua tonta vaidade se convenceu muito seriamente de que o seu negócio estava muito bem principiado; que havia mesmo produzido em Honorina a mais agradável impressão. Fez consequentemente planos de casamento e, calculando sobre o dote da noiva, determinou dias de jantares, noites de saraus; e, enfim, sonhou consigo mesmo, recostado na mais cômoda poltrona a conversar com os amigos, a ralhar com a mulher, e a comer dos juros de 200 ou 300 apólices.

Em alguns momentos, porém, suspirava, lembrando-se de seu desalmado rival; Lucrécia lhe asseverara que o único homem a que podia perturbar o justo andamento e a esperançosa conclusão de suas pretensões era o filho de Venâncio. Ora, Manduca era justamente o homem com quem Brás-mimoso menos desejava lutar.

— Se ele fosse algum diplomata, um jovem parlamentar, como eu, ainda bem — pensava Brás-mimoso —; porém não passa de um estúpido materialão, que apela sempre para a força bruta, e é muito capaz de preferir trocar socos a trocar notas diplomáticas.

Contudo, tão poderoso feitiço havia no belo quadro que aos olhos do nosso velho gamenho tinha traçado Lucrécia que ele se resolveu a trabalhar por arredar Manduca da casa de Hugo de Mendonça.

Firme nesse projeto, gastou longas noites em estudar o melhor meio de pô-lo em execução; e um dia, enfim, supondo haver achado a incógnita, levantou-se lépido e risonho e, depois de cuidadosamente ataviar-se, saiu de casa e dirigiu-se à de Venâncio, onde há muito não aparecia, receoso de perder, enfim, a paciência, dizia ele, e de praticar alguma loucura contra o miserável Manduca.

Em casa de Venâncio cogitava-se pela mesma pessoa por quem se interessava Brás-mimoso. Tomásia, sentindo a inclinação de Manduca e supondo que Honorina era um belíssimo partido, animava e acendia a paixão do interessante filho, em quem, como mãe extremosa, não via senão merecimento e perfeição, não podendo por isso acreditar que a tão requestada moça ousasse resistir à lindeza do querido Manuelzinho. Daí provinham os elogios que Tomásia, sem cessar, fazia à graça e ao espírito de Honorina.

Venâncio, ente passivo, colônia de sua metrópole, pensava, conforme o seu costume, pela alma de Tomásia; e, pois, falava sempre com entusiasmo a respeito da família de Hugo de Mendonça e do amor do seu Manduca; e em paga disso ganhava o estar passando já há duas semanas em paz com sua mulher, isto é, livre dos ataques e furores de Tomásia; porque em paz com ela sempre estava Venâncio, quer quisesse, quer não.

Rosa apoiava as mesmas ideias; e posto que fizesse sempre o seu biquinho e torcesse seus eterni-mordidos lábios, quando à vista dela se gabava Honorina, contudo, como se tratava de relacioná-la e prendê-la com um homem com quem não lhe seria possível casar-se, e, além disso, era esse um meio de segurar a constância de seu primo Félix, que temia estar assim meio embalançada, empenhava também seus esforços para animar o galante menino e lhe dava os mais entendidos e experimentados conselhos para encantar a moça.

Todavia, Manduca, apesar de... (digamos aqui bem em segredo da Sra. D. Tomásia) apesar de ser tolo, tinha sido por tal maneira recebido por Honorina que não lhe restava a mais leve dúvida da indiferença da moça. Em tais circunstâncias, e com tão amarga certeza, o rapaz torturou seu espírito por uma semana inteira, parafusando na causa por que tão mal atendido fora.

Sua mãe lhe havia assegurado tantas mil vezes que ele era um mocetão de encher o olho, que a despeito de três espelhos que tinha em seu quarto, Manduca não pôde atribuir a crueldade de Honorina à falta de encantos físicos de sua parte.

Agora, a respeito de encantos de espírito, Manduca era o primeiro a dar a si próprio parabéns pela abundância que deles possuía e gastava; outra vez, aqui para nós, neste mundo cheio de gente, ainda se não achou um tolo que se não julgasse avisado.

Portanto, não lhe faltava nem beleza, nem espírito; o que era pois?... ah!... finalmente no cabo de sete dias a inteligência de Manduca deu com a causa de sua má fortuna: com toda a modéstia de que pôde valer-se, o filho de Tomásia reconheceu que não representava um grande papel na sociedade; enfim, que não era fidalgo nem homem proeminente.

E eis o nosso Manduca a resolver, durante outros sete dias, um problema ainda mais difícil: como se havia de tornar grande coisa em pouco tempo?...

Manduca lembrou-se da literatura...

E raciocinou:

Em um mundo todo voltado de pernas para o ar pode-se tirar algum proveito dos pés; mas da cabeça?!... ninguém mais se lembra de tal: isso de ganhar amor pelas letras já é muito antigo; foi ideia do século das trevas; está absolutamente reprovado por toda moça que sabe executar, mesmo fora de compasso, um simples *chassé croisé huit*; ninguém pode mais ser amado pelas letras diante do encantamento das tretas... olhem bem que era o tolo do Manduca que pensava assim.

Desprezado esse primeiro caminho que se lhe apresentou, veio-lhe ainda a ideia da carreira das armas; mas também já se não encanta as belas com o brilhantismo da glória e a fama de altas façanhas; as justas e os torneios lá se foram; tudo agora é mais cômodo e menos perigoso... e, além disso, Manduca sabia que não lhe dariam patente, pelo menos de coronel; e ele não era homem que recebesse ordens aí de qualquer cabo de esquadra.

Mas no último de outros sete dias a brilhante inteligência de Manduca deu à luz a resolução do novo problema: estava conhecida e aberta a estrada da felicidade... a política!...

Eis a primeira e única ocasião em que Manduca mostrou em toda a sua longa vida ter algum discernimento.

E o que há aí de tão proveitoso como um homem fazer-se político?... a política é para a maior parte um jogo que nunca se perde: quando não se ganha hoje, tem-se um bocadinho de paciência e amanhã lucra-se por dois dias... ora, confessemos que Manduca tinha razão.

E também o que há aí de tão fácil como ser político?... a política, que pode ser matéria muito espinhosa e intrincada em todo o mundo, reduz-se em certo país, que Manduca e nós conhecemos bem, a muito pouca coisa. O essencial é o seguinte: quando se está debaixo, brame-se diante do público e pede-se nas antessalas; e quando se está de cima, choraminga-se aos ouvidos do povo e zomba-se dele no gabinete; e, finalmente, quer debaixo, quer de cima, maneja-se uma eleiçãozinha, escondendo-se primeiro, bem no fundo da gaveta, certos papéis escritos, a que se tem dado o nome de constituição e leis... ora, confessemos, confessemos outra vez que Manduca tinha razão.

Por consequência, o rapaz determinou-se a tentar ventura na lisonjeira estrada das grandezas, honras, poder e riquezas: mas por onde começar?... a que porta bater?... qual o primeiro passo a dar?...

Quem pensar que semelhante consideração seria uma terceira dificuldade, um novo problema a resolver para Manduca, engana-se redondamente: a cabeça mais desmiolada, o homem mais parvo do mundo, que entre nós se determinasse a seguir a carreira política e procurasse o primeiro degrau para pôr sobre ele o pé, instintivamente lembrava-se da assembleia provincial.

Aí, apesar das teimosas e desprezíveis discussões das necessidades materiais da província, um homem faz por habilitar-se; tratando-se de um chafariz, enxerta-se um discurso sobre política geral...; discutindo-se os melhores meios de esgotamento, vem mesmo a pelo uma longa dissertação sobre as mais intricadas questões financeiras; e, enfim, na discussão de uma ponte, pode um orador de habilidade entrar pela pasta dos negócios estrangeiros adentro, posto que anda ela quase sempre fechada com o muito cômodo e abençoado selo das questões pendentes.

Manduca, que se achava com jeito para orador, pesou todas essas reflexões e, assentando de pedra e cal que devia ser deputado provincial, como visse que as eleições batiam à porta, no dia em que Brás-mimoso se dispôs a ir à casa de Venâncio, levantou-se ele pronto para meter mãos à obra e, apenas se achou na sala, declarou o propósito em que estava a seus extremosos pais.

Pouco faltou para que Tomásia perdesse o juízo de alegria, ouvindo a determinação de seu filho.

— Sempre te conheci — exclamou ela — com inspirações de gênio! Manuelzinho, saíste à tua mãe!

E Venâncio imediatamente, levantando as faces com lágrimas de prazer, disse entre soluços:

— É o que eu tenho dito mil vezes!... aquele rapaz saiu em todo à minha Tomásia!

Tratou-se para logo de cabalar: Venâncio foi tomar a casaca para ir alcançar cartas de recomendação em prol do ilustre candidato; Manduca dispôs-se a ir ao correio comprar selos para as cartas; e Tomásia fez voto de pôr em campo todas as suas amigas.

E não era nem original, nem má a lembrança de Tomásia. Feliz daquele que puder ser candidato de senhoras: qual será o empedernido eleitor que resista a uma cheirosa cartinha de moça, principalmente se for bonita?... em tais apuros, quem não é de ferro não tem outro remédio senão atirar com a consciência para um lado e escrever a sua lista com o coração.

Mas no momento em que Venâncio e Manuelzinho saíam, pensando na eleição próxima e no subsequente esperado casamento, pois não era crível que Honorina resistisse a um deputado provincial da ordem de Manduca, Brás-mimoso batia palmas na escada; e, entrando para a sala, viu-se agradavelmente recebido por Tomásia e Rosa, mesmo mais agradável do que dantes, porque enfim... as vésperas das eleições fazem a gente tão delicada... tão obsequiosa!...

Tomásia não quis falar logo sobre os projetos e esperanças do querido Manduca; por isso a conversação versou a respeito de objetos gerais. Insensivelmente, porém, foi levada passo a passo e caiu em cheio acerca da filha de Hugo de Mendonça.

— E as senhoras têm visto essa moça?... — perguntou Brás-mimoso.

— Apenas duas vezes, em que a fomos visitar, depois daquela noite desgraçada...

— Em que eu me ia lançando ao mar para salvar a pobre menina!... se não ouço o baque do outro, que caiu na água, arrojava-me eu decerto: não posso emendar-me... isto vem de natureza... em vendo alguma senhora em perigo, atiro-me, suceda o que suceder.

— Pois aí está! nós pensamos que o senhor tinha tido muito medo da tempestade, porque eu juro que o vi tremer...

— Ah!... qual medo! eu até gosto muito de tempestades: o que eu sentia era pena de ver as senhoras assustadas... mas, voltando ao que conversávamos, então já viu D. Honorina duas vezes?

— Sim... sim... coitadinha! Ainda não pôde vir pagar-nos a visita... teve alguns dias de febre, e os médicos quase a mataram com a dieta...

— E como a achou?...

— Sempre agradável, carinhosa e, todavia, melancólica...

— E já se sabe alguma particularidade a respeito do homem de cabeleira que a salvou?...

— Qual nada; o homem desapareceu; talvez morresse.

— Aquilo não foi só humanidade!

— Eu também pensei o mesmo — acudiu Rosa.

— Ora... ora... — disse Tomásia.

— Ali anda namoro encoberto, minhas senhoras...

— D. Honorina é boa moça — tornou Rosa —; talvez não seja

por culpa dela... mas o caso é para se julgar assim... todavia, como eu sou muito amiga dela, não consinto que se diga nada.

— Nem eu — disse Tomásia —; temos sido muito obsequiadas... é uma excelente pessoa...

— Decerto, decerto — respondeu Brás-mimoso —; ninguém diz menos disso; posto que às vezes me tenha parecido um bocadinho hipócrita...

— Então, minha mãe, eu não lhe disse a mesma coisa?... porém não, Sr. Brás, ela parece, e não é; olhe, eu creio e digo que aquilo tudo é singeleza.

— É vaidosa... um pouco vaidosa...

— Sim; mas não muito... pode passar; quem não tem seus defeitos?...

— Nada! ela tem presunção de bonita e faz mau uso de suas graças; gosta de ser conquistadora e não escolhe a quem deve conquistar...

— Mas... nós não notamos isso!...

— As senhoras são todas muito inocentes; e, portanto, deixam passar tudo...

— Só se foi por isso: eu nunca reparo nas outras; tomara que não reparassem em mim.

— Um homem é outra coisa — continuou Brás-mimoso —; um homem estuda sempre as senhoras com quem está; faz-se necessário ser assim... não é por mal...

— Está visto; então o senhor notou alguma coisa?

— Sim... mas...

— Diga... todos nós somos amigos de D. Honorina; o que dissermos não será por má vontade que lhe tenhamos; mas por pena de que ela seja assim...

— Pois bem... eu reparei nos dois dias que passamos em Niterói que D. Honorina era ambiciosa de conquistas. As senhoras hão de crer?... continuou a tratar-me com distinção; disse-me palavras ternas ao ouvido e fez-me tais perguntas, que eu me considerei o seu predileto...

— E não era?...

— Ora! vi logo depois que praticava o mesmo com Otávio; isto já não parece bem...

— Decerto... decerto.

— O Sr. Manuel não pode também queixar-se da sua sorte...

— Sim... sim — disse Tomásia —; eu notei que ela se interessava muito por Manuelzinho... e, enfim, é preciso convir que teve razão.

— Mas é preciso convir, ao mesmo tempo, que três já eram de sobra, para que ela tratasse de conquistar o Sr. Félix, de modo que pôs o moço quase doido!

— Então, minha mãe! — exclamou Rosa —; eu não lhe tenho dito cem vezes que aquela moça anda trabalhando por desinquietar a meu primo?...

— Qual, menina! o Sr. Brás está brincando...

— Não, senhora, não foi o Sr. Brás só; eu também vi; é verdade tudo quanto ele disse, principalmente a respeito de meu primo, Sr. Brás! ninguém conhece aquela amarela a fundo senão eu!...

— Engana-se, minha senhora; eu tenho de confiar um segredo às senhoras, de que hão de ficar pasmadas.

— Então o que é?

— D. Honorina não respeita as cãs da velhice; e atreve-se a requestar um ancião respeitável!...

— É possível?!

— Não se respeita a si própria; ousa levantar os olhos e pretender conquistar um homem casado!

— Isso é demais!... e, portanto, a quem?...

— As senhoras vão admirar-se ainda mais: a um homem probo, pacato, recolhido consigo, todo votado à sua família...

— E esse é...

— O Sr. Venâncio!... o próprio Sr. Venâncio!...

— Ora... o senhor está brincando outra vez — disse Tomásia, empalidecendo.

— O pobre homem não tinha culpa; não! isso juro eu; mas a menina era o diabo! Sra. D. Tomásia, nunca passou por perto dele que lhe não desse com o cotovelo!...

— Por isso eu a vi chegar-se tanto para Venâncio!

— Uma vez... porém não; eu mesmo tenho vergonha de dizer, tratemos de outra coisa.

— Nada... nada; falemos disto mesmo: uma vez...

— Enfim, eu obedeço às senhoras: recorda-se da noite em que ela cantou embaixo da mangueira? lembra-se que depois nos levantamos todos para ir de mais perto ouvir o canto do bateleiro, e que ficou ela só com D. Raquel no mesmo lugar?...

— Sim... sim...

— Pois quando voltamos, ao passar o Sr. Venâncio junto dela, apertou-lhe a mão...

— Insolente!... atrevida!...

— O Sr. Venâncio puxava a mão... não queria...

— Qual não queria, Sr. Brás! o senhor ainda não conhece a joia que tenho por marido!... aquilo é um dragão!... um velho traidor e hipócrita!...

— Eu vejo a senhora tão exasperada que me arrependo de ter dito...

Tomásia arquejava.

— Minha mãe, não faça caso; o negócio principal é com meu primo; ela morre por casar-se, não acha com quem, e quer ver se meu primo cai, mas isso fica por minha conta.

— Aquele velhaco!... — murmurava Tomásia.

— Aquela amarela!... — dizia Rosa, com os dentes cerrados.

Nesse instante ouviu-se o ruído que faziam duas pessoas que subiam a escada.

— Ei-los! — disse Tomásia.

— Ei-los quem? — perguntou Brás-mimoso, sentindo-se incomodado.

— Venâncio e meu filho.

— Minhas senhoras, eu devo retirar-me — disse Brás-mimoso, tomando o chapéu. — Sra. D. Tomásia, peço-lhe que ao menos por hoje se contenha, para não me comprometer com o Sr. Manuel.

— Não tenha cuidado, Sr. Brás... adeus!... apareça sempre!...

Porém, Brás-mimoso, ao sair da sala, encontrou Manduca, que lhe lançou um olhar vitorioso e terrível.

❖

XXVI

Ciúmes

Venâncio entrou na sala alegre e risonho, trazendo debaixo do braço um embrulho que continha duas dúzias de cartas; em menos de três horas havia arranjado com que encher uma mala de correio. Tão às boas se apartara há pouco de Tomásia que, indo sentar-se junto dela, não reparou na tromba enfarruscada que a querida metade já tinha amarrado no rosto.

Manduca e Rosa entraram para o gabinete; e ao mesmo tempo que a moça se atirava furiosa sobre uma cadeira, o rapaz se lançava entusiasmado em outra.

— Não há que duvidar, mana Rosinha; tenho já 12 colégios fechados aqui na mão!... está decidido; sou deputado!... é preciso dar-me ao estudo de palavras antigas e rabiosas... e isso quanto antes; porque no primeiro dia de sessão, peço a palavra!... oh!... ela há de ler o meu discurso; empenhar-me-ei para que saia no *Jornal do Comércio*, todo cheio de apartes; apoiados, apoiadíssimos, muito bem... e terminando com bravos, apoiados e aplausos! só penso na sensação que lhe há de produzir o meu *début!...*

— Produzir sensação em quem, mano?...

— Em quem?... nela!... pois é pouco vir a ser mulher de um deputado?... e quem te diz que eu não subirei em breve tempo à mais alta posição?...

— Manuel, abandona os teus projetos... esquece aquela mulher.

— Então, que novidades há?... que quer dizer com isso?...

— Todos nós estávamos iludidos... ela não te ama.

— Ora, isso sei eu há muito tempo; até dou-lhe alguma razão... eu nem deputado era!

— Qual deputado nem meio deputado! torno a dizer-te, que estávamos iludidos: aquela mulher nem te ama, nem é digna de ti.

— Hein?...

— É uma refinada namoradeira!...

— Mana Rosa... olhe que você me insulta!... faça de conta que D. Honorina é já minha mulher... que somos ambos solidários...

— É uma insolente!...

— Mana Rosa, contenha-se, senão digo-lhe também das últimas...

— Teve a audácia de perseguir em um só dia cinco homens ao mesmo tempo!...

— Isso é uma calúnia!... não era capaz de tal!... todas vocês têm raiva dela por ser mais bonita, mais engraçada, mais...

— Manduca, você é um grandíssimo tolo, ouviu!...

— E você tem uma linguinha de cobra!...

— Sim, por dizer verdades de uma mulher que se abaixou a ponto de mostrar-se apaixonada de um original como o Brás-mimoso.

— É falso!... é uma mentira daquele ventas de mono!...

— Que se fingiu namorada de Otávio...

— Ora... ora... ora... isto não se pode sofrer quando ela parecia até não gostar de semelhante impostor!

— Que se mostrava sensível às tontices que você lhe dizia...

— Isto só pelo diabo! mana Rosa, não tenho vergonha de dizer que levei tábua redonda em todas as vezes que a ela me dirigi.

— Que namorou a meu primo Félix...

— Mana Rosa, olhe que se vai por aí, eu lhe rasgo o capote em cinco minutos!

— Que nem mesmo perdoou a meu pai com ser velho; que deu-lhe cotoveladas, que lhe apertou a mão... que...

— Ai!... já sei donde vem esta embrulhada!... você, senhora mana Rosa, era capaz de levantar três dúzias de aleives a D. Honorina pela inveja que dela tem; mas no que acaba de dizer conhece-se o dedo do gigante!... por isso o tal brejeiro escamou-se daqui apenas me viu chegar; porém, deixe-o estar, que há de pagá-lo com língua de palmo: quer saber de uma coisa?...

— O que é? diga.

— A primeira vez que encontrar o Sr. Brás-mimoso, corto-lhe as orelhas.

— Não foi ele...

— Foi!...

— Juro que não foi ele.

— Quer fosse, quer não; tenho sede naquele atrevidaço... ainda mais agora que me asseguram tentar também o tal sujeito a deputação provincial!

— Manduca, eu hei de dizer a minha mãe.

— Pode fazê-lo... ou é melhor que vá eu mesmo lhe assegurar as minhas últimas determinações.

Isso dizendo, Manduca atirou-se para a sala, sendo imediatamente seguido por sua mana Rosa.

Como fizemos notar, Venâncio não tinha reparado no carão assustador de Tomásia e, por isso, sentando-se junto dela, começava por dar conta de todos os meios empregados a fim de ganhar votação para o jovem candidato; depois a sua má sina o foi empurrando para a fogueira em que tinha de arder, de modo que Venâncio concluiu, dizendo:

— Agora só me falta ir falar ao Sr. Hugo de Mendonça; tem relações com muita gente dos colégios da serra... e pode alcançar-nos boa votação: oh! há de dar-nos uma carga cerrada...

— Sim... sim... — disse Tomásia com terrível sorriso —; uma carga cerrada... é o que se precisa!

— Tu, minha Tomásia, podes bem dispor a nossa boa D. Honorina em prol do querido Manuelzinho... ela te estima tanto!...

— E a ti não menos; não é assim?... D. Honorina é tão agradável!...

— É verdade!... tão agradável!...

— Interessante!... — disse Tomásia, levantando a voz.

— Interessante!... — repetiu Venâncio, procurando imitar o fogo com que falava sua mulher.

— Bonita!... linda!...

— Bonita!... linda!... — exclamou Venâncio.

— Chega mesmo a ser encantadora!...

— Mesmo a ser encantadora!... — disse o velho com entusiasmo.

— É um anjo!...

— Um anjo do céu, Tomásia!...

— Eu a amo mesmo como se fosse minha filha!...

— E eu, Tomásia!... e eu!...

— E então tu a amas também muito?...

— Oh!... pouco mais ou menos como tu mesma.

— E por que te não diriges antes a ela do que a seu pai, para falares sobre a eleição?...

— Eu... porque... não me tinha lembrado...

— D. Honorina pode empenhar-se com o pai...

— É verdade!... que juízo que tu tens, Tomásia!

— Por consequência...

— Achas que devo ir falar a D. Honorina?...

— Sem dúvida...

— E quando, Tomásia?...

— O mais cedo possível.

— Agora, por exemplo?...

— Sim; podes jantar com ela: não gostas da sua companhia?...

— Muito, Tomásia!...

— A gente não se lembra de mais nada no mundo; não é assim, Venâncio!

— Ora... pois se ela é tão feiticeira!...

— Então, Venâncio, vai... vai já...

— Pois sim... até logo, Tomásia.

Venâncio levantou-se e, tomando o chapéu, ia cheio de prazer pelas boas maneiras com que o tratava sua formidável esposa; quando ao chegar à porta sentiu-se agarrado pelas abas da casaca, e sofreu tão terrível arrancada que foi parar no meio da sala, fazendo a pirueta mais brilhante do mundo.

— Passa para ali, grandíssimo insolente!... — bradou Tomásia.

Venâncio abriu a boca para soltar um grito de admiração; mas, como arregalasse os olhos e visse uma das abas de sua casaca nas mãos de Tomásia, exclamou dolorosamente:

— A melhor aba da minha casaca nova!...

E, enquanto Tomásia, pálida, trêmula e fora de si, queria, procurava e não achava palavras assaz fortes para exprimir o furor de que se sentia acendida, Venâncio, em piedosa contemplação diante da aba de sua casaca, tinha pronunciado como automaticamente, três vezes:

— A melhor aba da minha casaca nova!...

— Ó miserável!... ó tolo!... ó vil!... — disse tremendo de raiva Tomásia.

— Serei tudo quanto a senhora quiser — respondeu Venâncio, afastando-se prudentemente —; mas juro que não a entendo e, ainda que a entendesse, não sei que culpa teve a minha casaca nova...

Tomásia não o deixou concluir: fazendo um rolo da aba da casaca, atirou-o contra o marido; e acertou-lhe em cheio sobre o nariz.

Já dissemos uma vez que Venâncio amava o seu nariz sobre todas as coisas.

— A senhora não se pode nunca enraivecer que não implique com o meu nariz!... — exclamou ele.

— Miserável! miserável! miserável!...

— Que o sou, sei-o eu há mais de 20 anos, senhora!

— Depois de velho, de torpe... depois de ser capaz de causar nojo a todo mundo, dar em namorador!...

— Eu?! — bradou Venâncio, fazendo uma terrível careta.

— Tentaria, sem dúvida, envenenar-me a ver se casava com ela.

— Casar-me?... oh, Sra. Tomásia, falando sério, se eu tivesse a felicidade de ficar viúvo, não me casava nem com uma santa!...

— Pois hei de viver!... hei de viver!... e hei de viver!...

— Obrigado... obrigado... irei assim ganhando mais direitos ao reino do céu.

— Hei de persegui-lo!... maltratá-lo!... martirizá-lo!...

— Isso não me faz mossa... já estou habituado.

— Sou capaz de fugir-lhe de casa!...

— Minha senhora, a porta da rua é a serventia da casa; mas não creio que chegue a fazer tal.

— Por quê?... pensa que preciso de sua pessoa?...

— Ao contrário: porque seria para uma pessoa como a minha, muita felicidade junta.

— O senhor come pelo meu dote!...

— Sim, senhora... sim, senhora... os seus dotes são extraordinários!...

— Sabe?... o senhor está hoje muito atrevido!...

— E a senhora não se lembra de que ainda há pouco atirou com a aba da minha casaca sobre o meu nariz?...

— Um homem casado ofender assim sua mulher!...

— Ora, isso só pode ouvir um homem prudente como eu!... Sra. D. Tomásia, a senhora tem venetas, tem acessos de loucura?... que diabo lhe fiz eu?... diga, senão desta vez estouro!...

— Hipócrita!...

— Atacar-me na pessoa da minha casaca!... ofender-me no indivíduo do meu nariz!... e sem nenhum motivo plausível, sem nenhuma razão sensível, dar um golpe de Estado em circunstâncias ordinárias!...

— Miserável!... e ainda quer encobrir?!...

— Encobrir o que, senhora da minha alma?... ora, dá-se um inferno, como este em que vivo?...

— Pois aonde ia o senhor ainda agora?...

— Trabalhar para a eleição de Manuelzinho; não era isso da sua vontade?

— Todos eles têm sempre um pé por onde se desculpam! por que não confessa antes, senhor hipócrita, que ia ver a sua namorada?...

— Pois eu tenho namorada, mulher dos meus pecados?!

— Então tem ainda o atrevimento de negar que anda apaixonado pela filha de Hugo de Mendonça?...

— Misericórdia! que calúnia! que falsidade!...

— E há pouco por que o senhor a chamava agradável, interessante, linda, encantadora, e até anjo?!...

— E não foi a senhora quem lhe deu primeiro todos esses nomes?... se eu dissesse o contrário disso, tínhamos trovoada por três dias!... caí na asneira de repetir o que ouvia, e eis o resultado! nesta casa sou preso por ter cão, e preso por não ter cão; mas vou apelar para outro meio: fale, minha senhora; que de hoje em diante ficarei mudo, como o Pão de Açúcar.

— E hei de falar, gritar e bramir!...

— Hum.

— Anjo!... anjo!... anjo aquela lambisgoia!...

— Hum.

— Uma amarela sem graça!

— Hum.

— Entendeu?... não quero que se trate mais de eleições.

— Hum.

— Não quero mais amizade com aquela gentinha.

— Hum.

— Não quero que o senhor me ponha mais os pés da porta para fora.

— Hum.

— Pois que é um velho estúpido e namorador...

— Hum.

— Miserável!... torpe!... covarde!...

— Hum.

— Tão covarde que ouve os insultos que lhe estou dirigindo e não me diz palavra!...

— Hum.

— Digo-lhe que não me sai mais de casa! que hei de tê-lo preso num quarto escuro! que hei de pô-lo em penitência de pão e água!...

— Hum.

— Homem sem sangue!... fale!... senão desespero!...

— Hum.

— Oh, velho desgraçado!... desculpe-se ou grite, mas fale!... ou ver-me-á fazer alguma asneira!

— Hum.

— Oh, narigudo de uma figa!...

Tomásia, furiosa com o propósito em que estava Venâncio de não dizer palavra, triunfou inesperadamente: o pobre velho não pôde ouvir em silêncio um insulto dirigido ao seu nariz.

— Oh, Sra. Tomásia, por quem é, não me deite a perder!... diga tudo quanto quiser; mas não toque no meu nariz!...

— Narigudo!... narigudo!...

— A senhora devia ser casada com um homem sem nariz!

— Narigudo!... narigudo!...

— E a senhora!... é uma mulher que se diz com 29 anos, sendo capaz de ser minha mãe!...

— O que é que diz?... — gritou Tomásia, avançando.

— Pois se não quer ver-me perder o meu sangue-frio, não fale do meu nariz!... — disse Venâncio, afastando-se temeroso.

— Narigudo! — bradou Tomásia.

— E a senhora é um... estu... víbo... dia... dragão!...

— Espera, que eu te ensino, narigudo duma figa!

Tomásia lançou mão de uma cadeira e atirou-se contra Venâncio, que deitou a correr em roda da sala, tomando outra cadeira para defender-se; ao passar junto da porta do gabinete, viu que Manduca aparecia e exclamou:

— Manduca! salva teu pai das garras daquela mulher!

E como para isto dizer fizesse uma pequena parada, Tomásia atirou-lhe com a cadeira; mas já então Manduca se havia posto entre ambos, e foi ele quem recebeu nas costas tão grande pancada, que caiu derreado.

— Manduca!... — exclamaram os dois velhos, esquecendo-se por um momento de seus furores e correndo a acudir o filho.

— Manduca!... — assobiou Rosa, com voz de falsete.

No entanto, Manduca fazia no rosto contrações horríveis e, por duas ou três vezes que tentou levantar-se, caiu de novo.

Os dois irmãos, ocupados em sua disputa fraternal, não haviam dado atenção aos gritos que seus pais soltavam na sala, aos quais, aliás, por muito afeitos, já ouviam sem grande cuidado; enfim, no momento de entrar na sala, o filho apanhou em lugar de seu pai o golpe de que acabamos de falar.

— Quem tem culpa és tu, velho narigudo! — disse Tomásia.

— Quem tem culpa é a senhora, mulher despropositada! — disse Venâncio.

— Quem tem culpa, minha mãe, é a amarela da moda — acudiu Rosa.

— Quem tem culpa é o Sr. Brás-mimoso — balbuciou Manduca, falando como a espremer-se.

— Meu filho — tornou Tomásia —; eu te vingarei no nariz de teu pai.

— Meu filho — acudiu Venâncio —, eu te vingarei não dando mais resposta a tua mãe.

— Meu irmão — bradou Rosa —; eu te vingarei, pondo a boca no mundo contra aquela bruxinha desenxabida!

— Obrigado! — disse Manduca —; mas a vingança quero eu tirá-la das orelhas do Sr. Brás-mimoso.

— Minha mãe — exclamou Rosa —, Manduca quer cortar as orelhas do Sr. Brás!...

— Manduca! eu te defendo, sob pena de minha maldição, de tocares em um só cabelo do Sr. Brás!...

— Está bem, minha mãe — disse Manduca —; eu lhe juro que não tocarei em um só cabelo do Sr. Brás-mimoso.

E depois continuou, dizendo consigo mesmo:

— Ainda bem que o tal bichinho é careca.

❖

XXVII

Otávio

Pouco mais ou menos pelo mesmo tempo em que tiveram lugar as cenas desagradáveis que no anterior capítulo descrevemos, uma outra mais grave e muito mais terrível ocorreu na câmara do guarda-livros de Hugo de Mendonça.

Félix alojava-se em um simples e modesto gabinete do sobrado da casa comercial de seu amo.

Eram nove horas da noite.

O guarda-livros entrou vivamente agitado para seu quarto; e, fechando-se por dentro, atirou-se sobre uma cadeira de braços e ficou quase uma hora imóvel e abatido, mergulhado em amargas reflexões.

Um candeeiro de bronze estava aceso defronte dele e refletia sobre o pálido semblante do mancebo os raios de uma luz débil e enfraquecida...

Em todo esse tempo apenas se ouviam profundos suspiros soltados por Félix, e o monótono tique-taque da pêndula de um relógio que sobre um próximo aparador existia.

Finalmente, os olhos do guarda-livros ergueram-se e fitaram-se no relógio.

Faltavam cinco minutos para as dez horas.

O guarda-livros estremeceu todo e, arrancando convulsamente uma carta do bolso de sua sobrecasaca, leu para si, sorrindo-se com desesperada ironia, as seguintes breves linhas:

Félix. Tentei todos os meios... esgotei-os todos, e tudo foi baldado; o derradeiro recurso que me resta é esse... um crime!!... embora... nós o lavaremos. Reduzido a dar um passo desesperado, eu abuso da minha posição; eu sei que abuso, Félix! porém, não posso voltar atrás; e, portanto, eu insisto... eu imponho!... às dez horas da noite entregar-te-ei a caixinha de veludo preto; e tu me darás as letras. Otávio.

Acabando de ler, Félix foi guardar a carta em uma das gavetas de sua secretária e, voltando de novo a seu primeiro posto, murmurou com voz abafada:

— E, portanto, ele deve também corar diante de mim!

O relógio marcou e deu dez horas.

Um servente de escritório bateu à porta do quarto de Félix e anunciou o Sr. Otávio.

Um momento depois, a porta do quarto de novo por dentro se fechou, e Otávio e Félix sentaram-se defronte um do outro: ambos estavam pálidos, ambos trêmulos, ambos cabisbaixos.

Passou-se muito tempo em silêncio; os dois mancebos pareciam temer olhar um para o outro; devia haver alguma coisa entre eles que os envergonhasse a ambos.

Finalmente, Otávio pareceu tomar uma resolução; tornou-se extremamente corado e, erguendo os olhos, disse:

— E então, Félix?!

— Otávio — respondeu o guarda-livros, levantando, por sua vez, o rosto —; Otávio, tudo isto é muito horrível!...

— E, todavia, é inevitável!

— Inevitável?... oh!.. somente inevitável pode ser a nossa vergonha!... porque eu fui infame; e tu, Otávio... queres sê-lo!

— E qual de nós é mais desgraçado, Félix?...

— Eu.

— Não!... não!...

— Sou eu, Otávio; porque a desgraça está somente no crime!... e o crime é uma mão de bronze que nos fecha para sempre a porta do próprio sossego!... e eu tenho ofendido a meus benfeitores... aqueles a quem devo tudo!... eu lhes mordi em seu coração; e agora tu queres que lhes morda de novo?!... não! não! isso não! já padeço bastante...

— Mas esta ferida terá de fechar-se depressa; e depois eu poderei curar a outra...

— Nunca! há feridas que jamais se fecham; porque a consciência dilacera o coração do mau a todo instante...

O guarda-livros ergueu-se como desesperado e, apertando a cabeça com as mãos, exclamou:

— Meu Deus! meu Deus! meu Deus!

E depois, encarando Otávio, disse com voz comovida:

— E como te atreves, tu até agora puro e honrado, a vires propor-me uma infâmia... um crime, em que ambos teríamos parte igual?!

— Félix, é que não compreendes o que se passa em mim! não sabes o que é sofrer, como eu sofro!...

— E eu?... e eu?...

— Escuta: deixa-me começar bem de longe, bem do tempo da felicidade. Tu me conheces; fui sempre, como há pouco disseste, puro e honrado; desde a infância ligou-nos a mais estreita amizade; aos 18 anos era eu guarda-livros da casa de meu pai, e tu primeiro caixeiro da do Sr. Raul de Mendonça; nós nos encontrávamos sempre; nas horas de descanso éramos inseparáveis; e meu pai, que me proibia todos os prazeres que a mocidade procura com tanto ardor, era o primeiro a animar nossa mútua afeição; e muitas vezes, falando-me de ti, dizia: "eis ali um menino que há de ser alguma coisa e que deverá tudo à força de seu trabalho e ao valor de sua probidade!"

— Basta, Otávio; não prossigas...

— Porém, é absolutamente preciso que eu avive todas essas ideias! e, pois, Félix, recordemos a noite terrível, que de meu igual te podia fazer meu escravo. Lembras-te?... eram dez horas, como agora; eu vim ver-te e achei que a porta de teu quarto se achava fechada por dentro, também como agora; então, sem pensar no que fazia, instintivamente talvez, ou para zombar contigo, eu olhei pela fechadura... Félix!... havia dentro de teu quarto a prova de um crime, como também está havendo agora!

— Oh!...

— Não compreendendo ainda o que via, cuidando que seria um presente da fortuna, bati na porta; e senti que tu ocultavas o objeto que eu acabava de descobrir em tuas mãos; abriste-me a porta, Félix, e eu te encontrei pálido e desfigurado, como o estás agora!

— Não mais, Otávio!...

— Pedi que me explicasses a tua perturbação; disse-te o que eu tinha visto; e tu caíste a meus pés, implorando compaixão e segredo e gritando misericórdia!...

— Sim... mas tu tiveste piedade...

— Eu quis obrigar-te a desfazer o teu crime; porém, chorando arrependido, disseste que já era tarde, que outro havia sido considerado o perpetrador dele e como tal castigado, e que ficarias perdido se se descobrisse o fatal segredo. Cheio de remorsos, de joelhos a meus pés, abraçado com minhas pernas, tu me pediste que eu escondesse em minha casa a prova de teu delito, até que um dia te pudesses lavar dessa vergonhosa mancha... eu hesitei... mas amava-te muito!... levei-a, ocultei-a e tenho-a comigo.

Félix escondera o rosto entre as mãos, tomado de vergonha e de remorsos. Otávio prosseguiu.

— Depois eu tive de sair por muitas vezes do Rio de Janeiro... graves e importantes empresas comerciais me tinham quase sempre longe desta cidade... não te encubro, Félix; se eu morresse, achar-se-ia entre os meus papéis a salvaguarda de minha honra; porque a minha honra era só o que eu não podia sacrificar à amizade. Enfim, faleceu meu pai, e hoje, herdeiro da sua riqueza e do seu nome, sou julgado feliz e digno de inveja; e até há bem poucos dias eu não achava na minha vida de que me envergonhar, senão de ser o depositário de um crime!

— Oh! e para que agora queres ter de que abaixar o rosto?...

— Porque o coração de um moço, Félix, pode mais do que a sua cabeça!...

Otávio enxugou sofregamente o suor, que em bagas lhe corria da fronte; e continuou falando com ardor e precipitação.

— Tu sabes, Félix, o que é amar loucamente uma mulher?... compreendes o que é passar dias inteiros pensando nela, todas as noites velando por ela, todas as horas por ela suspirando?... eu mesmo não concebo o que é isso que tem em si essa mulher para fazer-me delirar e esquecer meus negócios, meus prazeres, meu dever e até minha honra!... mas eu sei que a amo como um louco, como um homem perdido!... eu sinto que este amor traz em si alguma coisa de tão abominável e infernal que, por essa mulher, se eu fosse rei, me faria abandonar o trono, se eu fosse pai, amaldiçoar meu filho, se eu fosse sacerdote, renegar do meu Deus! oh! Félix, Félix!... um amor como este é horrível e capaz de tudo! uma mulher como essa pode fazer de um homem virtuoso um ladrão ou um sicário! sim: se Honorina me dissesse "mata!", eu creio que iria matar; se ela me gritasse "rouba!", eu penso que iria roubar, ainda que estivesse certo de que um dia depois seria condenado à morte; mas contanto que de cima do patíbulo ganhasse um sorriso de gratidão de seus lábios!... oh!... pois essa mulher há de ser minha!... eu a quereria a preço de meu sangue! eu a quero mesmo a preço de meu nome e de minha honra!... eu a quero! eu a quero!...

Otávio, que falava como possuído de violento delírio, pronunciou as últimas palavras quase sufocado.

— Mas é horrível, Otávio — disse Félix —, pretenderes sacrificar--me à tua paixão!

— Eu sei, eu sei, mas já te disse que seria também capaz de matar e roubar. Tenho tentado tudo inutilmente: cerquei-a de atenções e de obséquios... e nem gratidão obtive; procurei mostrar-lhe o como era extremoso e puro o amor que por ela sinto, e nem ao menos pude ser ouvido; expliquei-me mais claramente... falei-lhe em casamento... e Honorina repeliu-me!

— E seu pai?... por que te não diriges a seu pai?

— Félix, confesso-te com vergonha: há três dias que fui ajoelhar--me diante dele; pedi-lhe o sossego, a paz e a ventura de minha vida, pedi-lhe, enfim, a mão de sua filha. O Sr. Hugo de Mendonça pareceu inclinar-se a meu favor, sua mãe mostrou alegrar-se, ouvindo minhas proposições; Honorina foi chamada... consultou-se sua vontade... e ela disse que não! não!... diante de meu rosto!... e, portanto, não há mais esperança por esse lado... a esperança que me resta é uma só: em ti a tenho posto.

— Em mim não, Otávio; eu não poderei fazer nada.

— Podes, podes muito: eu exijo, e já disse uma vez, eu imponho! tu ficaste, há perto de um ano, administrando, com plenos poderes, a casa de Hugo de Mendonça; eu sei que o velho e falecido Raul de Mendonça havia entrado em empresas arriscadas... tinha parte muito notável no contrabando de africanos; não podias tu, depois da morte deste, e na ausência de Hugo, entreter ainda as mesmas negociações?... para entretê-las não te era preciso contrair empréstimos?... e não seria, enfim, muito possível ser infeliz e perder tudo?... Félix, eu sei ainda que a casa de Hugo teve prejuízos e estremeceu...tenho a certeza de que estremece ainda... pois bem! passa-me letras...

Otávio, como para ver-se livre de um peso enorme, continuou, dizendo depressa:

— Passa-me letras de grande valor... na importância de 40 a 50 contos de réis... escreve-as com datas atrasadas, que seu vencimento tenha lugar agora... e Hugo de Mendonça estará perdido para sempre, ou dar-me-á sua filha em casamento.

— E hei de assim, Otávio, pagar a meu benfeitor a dívida imensa em que lhe estou?...

— Oh! não... não haverá nada: assustá-lo-ei apenas; se me der sua filha, no dia das núpcias declararei o nosso crime e obterei o seu perdão.

— Ele sacrificará primeiro todos os seus bens para pagar-te...

— O Sr. Hugo de Mendonça é muito honrado para querer pagar--me com a herança de seu sobrinho, de sua mãe e de sua filha.

— Mas tem a sua.

— Insuficiente.

— Lançar-me-á a pontapés para longe de sua casa...

— E eu te receberei na minha.

— Desonrado!...

— Tu te saberás defender: o contrabando, em que se achava empenhada a casa de Hugo, enriquece e empobrece com a rapidez do raio.

— O Sr. Hugo de Mendonça, quando me deixou administrando sua casa, ordenou-me que pusesse termo a todas as negociações da costa da África, Otávio.

— Sim; mas poderiam haver antigos comprometimentos... e em tal caso...

— E como?... como explicar essa perda enorme?

— Félix, tudo nos auxilia; o velho Raul de Mendonça e meu pai eram sócios em semelhantes empresas; mortos ambos quase ao mesmo tempo, não é inverossímil que ficassem ajustes, obrigações que prendessem ambas as casas; sabes que a fortuna me tem sido terrivelmente contrária nestes dois últimos meses; pois, bem... explica as tuas perdas pelas minhas... éramos sócios... ninguém virá dizer que não, porque eu tenho negociado só por minha conta; e, portanto, éramos sócios... e tu não fizeste mais do que cumprir antigas e inevitáveis obrigações... que, enfim, nós podemos documentar agora em dez minutos.

— Não! não!

— Félix, eu te escrevi uma carta, que poderás atirar-me ao rosto, se eu faltar ao que prometo!

— É uma infâmia...

— Que se lavará depressa.

— Sim, porque tu te desculparás com a paixão que te cega.

— E tu com o direito que eu tinha de te impor condições...

— Será dizer ao mundo que eu tenho sido infame toda a minha vida...

— Não; eu alcançarei o teu perdão e sepultarei o teu segredo.

— Mas não me livrarás de corar sempre diante de uma família inteira!

— É um sacrifício, Félix, eu o sei; porém, tu mo deves...

— Este não... é enorme!...

— É que tu ainda não pensaste que me não podes negar nada!...

— Otávio!...

— Que um homem que, tendo sido como eu, honrado em toda a sua vida, que não teve nela ainda uma só mancha, e chega a ponto de vir envergonhar-se a teus olhos, não hesitará um só instante em lançar mão dos últimos meios!

— Otávio!...

— Que um homem que ama, como eu amo, não conhece barreiras, não respeita nada... não se pode lembrar nem dos outros, nem de si!...

— Otávio!

— É que tu ainda não pensaste que eu estou dando o derradeiro passo! e que me agarro à última tábua! que acredito que tu podes ser o instrumento de minha ventura; e que se a isso te negares, eu posso e hei de vingar-me!

— Mas é que tu não pensaste também, Otávio, que a minha queda trará após si a tua; porque tu me escreveste uma carta que te desonra!

— Embora! embora! eu pensei em tudo isso, e em mais ainda; porém, já te disse mil vezes, Félix: quem ama não respeita o mundo, não se lembra da virtude, está louco e perdido, e só pode salvar-se com a posse daquela que adora!

— Insensato!

— Eu pensei até na possibilidade de um outro crime, Félix! eu pensei que tu podias tentar arrancar de minhas mãos a prova de tua desgraça; e sabes o que fiz?... vim armado... para defender-me!... para salvar a minha esperança!...

— E para talvez matar-me, não é assim?

— Não! matar-te não; porque eu preciso da tua vida Félix, tu és a carta que eu jogo; a carta, mercê da qual devo ganhar a partida.

— Otávio, eu me espanto da tua audácia!...

— Admira antes o amor desesperado que eu tenho!...

— O que tu intentas, Otávio, chama-se roubo!

O rosto do mancebo tornou-se rubro de cólera e vergonha. Não podendo suster-se no primeiro momento, agarrou e sacudiu com força o braço de Félix e exclamou:

— Desgraçado! e és tu que falas em roubo?!

Félix, como fulminado por um raio, caiu sobre a cadeira de braços, da qual há um instante se tinha erguido.

Onze horas soaram então.

— Há uma hora que falamos em vão — disse Otávio, sossegando —; é necessário acabar com isto: decide-te.

— Estou decidido — respondeu Félix —, não!

— Bem, amanhã haverá de mais dois desgraçados no mundo: de manhã tu serás vergonhosamente expulso da casa de Hugo de Mendonça como um vil ladrão; de tarde mostrarás a minha carta ao povo que me cuspirá no rosto.

E dizendo isso Otávio deu dois passos para a porta.

— Para, Otávio! — exclamou Félix.

— Queres dar-me as letras?...

— E onde está a prova de minha miséria?...

— Trouxe-a comigo.

— Juras-me que, se te casares com Honorina, conseguirás o meu perdão e sepultarás o meu segredo?...

— Juro... pela alma de meu pai.

— Que se não obtiveres a mão dessa infeliz moça, não sacrificarás a fortuna de seu pai?...

Otávio pensou um momento.

— E então?

— Não juro, Félix; porque eu precisarei vingar-me! porque eu quererei abaixá-la muito para depois a levantar.

— Desse modo... repito que não!

— Pois até amanhã, Félix...

Otávio encaminhou-se de novo para a porta.

— Piedade! piedade!... compaixão, Otávio!...

— Queres dar-me as letras?... — perguntou o moço, voltando o rosto.

— Oh!... tu és muito traidor para ser amigo!...

— Queres dar-me as letras?...

— Otávio!... Otávio!... isso é horrível!...

— Em conclusão?...

— Em conclusão, tu és o demônio!...

Félix saiu do quarto e, dirigindo-se ao escritório, de lá voltou logo com algumas letras em branco; fechou-se de novo por dentro com Otávio e, depois de temerosamente correr os olhos em derredor de si, encheu as letras, as quais foram assinadas por ele como aceitante, na qualidade de administrador da casa e procurador bastante de Hugo de Mendonça. Todas elas deveriam vencer-se pouco tempo depois; quando as letras estiveram prontas, Félix as entregou a Otávio, que, somando-as, disse:

— Bem, são 46 contos de réis.

— E agora — disse Félix, abaixando os olhos —, o que me pertence?

Otávio, tendo guardado as letras com todo cuidado, tirou do bolso um pequeno embrulho, que deu ao guarda-livros.

Félix arrancou o papel que envolvia aquele objeto e achou uma pequena boceta forrada de veludo preto.

Abriu a boceta e achou uma cruz cravada de brilhantes.

— É isto mesmo — disse tremendo.

XXVIII

Pai e negociante

Hugo de Mendonça, deixando a bela casinha de Niterói, tinha vindo a instâncias de Lucrécia morar vizinho dela, nesse bairro alegre e aristocrático chamado da Glória, onde a diplomacia e a riqueza têm, no Rio de Janeiro, assentado o trono de seus prazeres.

A elegante casa ocupada pelo pai de Honorina ergue-se do meio de um jardim que, desdobrando-se, primeiro faz frente para essa soberba rua sempre trêmula pelo rodar das carruagens, sempre ruidosa pela multidão que por ela vai a caminho; e depois se continua por outra que, em compensação, sossegada, solitária e melancólica, se termina breve defronte do mar.

Ante a rua orgulhosa e nobre se ostenta magnífico portão de grades de ferro, que se abre em par preso a duas elevadas colunas de pedra, ao mesmo tempo que pela outra, solitária e melancólica, se franqueia o jardim por um pequeno pórtico engraçado e modesto, a cujos lados se levantam dois terraços, cada um dos quais tem no fundo duas portas que dão entrada a uma saleta de recreio.

Como acima fica dito, no meio desse jardim levanta-se a vistosa casa em que mora o pai de Honorina.

Era um domingo às nove horas da manhã.

Apesar de ser feriado, como era esse dia o que tinha seguido à horrível noite em que sobre a vergonha passada de um homem levantava outro homem também sua vergonha, Félix foi cedo procurar a seu amo para dar-lhe a fatal notícia da triste posição de sua casa, da ruína que o esperava: ruína iminente... talvez inevitável.

Ema e Honorina praticavam na sala, enquanto em um gabinete contíguo a esta, Hugo se ocupava em examinar vários papéis e livros comerciais, quando anunciaram Félix.

O negociante escutou, estremecendo o anúncio daquela inesperada visita; e, com o pressentimento de um infortúnio, ordenou que fizessem entrar o mancebo para o gabinete.

Hugo conhecia que seus negócios não se achavam no melhor pé possível: ele tinha herdado de seus pais uma casa forte pelo crédito que merecia, manca, porém, em si mesma pelas grandes dívidas que sobre ela pesavam, e que não podiam ser de pronto satisfeitas; pois que não era lícito ao honrado negociante dispor, para pagá-las, dos bens que cabiam por herança à sua mãe e a Honorina.

O irmão de Hugo, falecido quase ao mesmo tempo que seu pai, havia deixado bens consideráveis; morrendo, porém, sem testamento e tendo um filho único, embora ausente, esses bens não deviam ser empregados em favor dos interesses particulares de Hugo, que, sempre consciencioso e nobre, zelava a herança de Lauro com um respeito religioso.

E, pois, Hugo de Mendonça, que, para ficar senhor independente da casa de seu pai, se obrigara a todas as dívidas, que a faziam gemer, começara logo a lutar com imensas dificuldades; todavia, tendo um nome cheio de brilhante reputação e uma vida ainda sem mancha, pôde sustentar-se no mesmo pé em que dantes vivera seu pai; obrigado a sair da corte para tomar conta dos bens, que longe haviam deixado seus parentes, ele pôs os seus negócios sob a direção de um moço que, há dez anos, era o primeiro caixeiro de casa, e que jamais dera azo à menor desconfiança da sua probidade.

Voltando depois de alguns meses de ausência, Hugo achou tudo no mesmo estado... a casa se debatia ainda apertada pelos mesmos empenhos... mancava sempre; mas era inegável que Félix, que a ficara administrando com amplos poderes, fizera admiráveis esforços para sustentá-la.

Quem julgasse a Hugo de Mendonça pelas aparências, o acreditaria tão feliz como rico; além de ser o gênio naturalmente alegre, o negociante, à semelhança da jovem loureira que, abatida e amargurada no fundo da alma, ainda assim levanta orgulhosa a cabeça diante de suas rivais, fazia por esconder seus concentrados tormentos sob um aspecto de felicidade; mas, para contrastar a alegria de seus dias, ele passava noites cruéis de cálculos baldados; noites que ele gastava em lembrar e somar suas dívidas; em sentir apertar-se-lhe o coração, prevendo que lhe seria preciso voltar-se para sua mãe e sua filha e pedir-lhes seus bens para perder tudo, menos a honra.

Foi por isso, sem dúvida, que ele estremeceu, ouvindo anunciar a visita de Félix a horas em que o não devia esperar.

O guarda-livros entrou e, obedecendo à voz de Hugo, sentou-se defronte dele.

O mancebo trazia no semblante a expressão de pungente dor; em seus olhos se estava lendo a vigília de uma noite inteira.

— Pois bem, meu Félix — disse Hugo, forçando um sorriso —; eu estou agourando-nos mal da tua visita.

Félix fez um sinal afirmativo.

— É que temos novas dificuldades a vencer para sustentar-nos... empenhos novos... e quem sabe?... talvez uma grande desgraça.

O guarda-livros fez novo e igual movimento de cabeça; Hugo de Mendonça tornou-se, então, pálido, como ele.

— Almocemos primeiro — tornou depois de alguns minutos de silêncio —; procuremos adquirir forças para assoberbar a tempestade.

Félix quis falar; porém Hugo de Mendonça, já com muito sangue-frio, repetiu o mesmo conselho.

— Almocemos primeiro, meu amigo; há sempre tempo de sobra para o infortúnio.

Até à hora do almoço Hugo entreteve agradavelmente a Félix e as senhoras, com as quais se tinham ido ajuntar, em objetos indiferentes.

Finalmente, os dois se viram de novo a sós e defronte um do outro no mesmo gabinete.

— Agora, meu Félix — disse Hugo de Mendonça —, vamos ao que é mais sério e mais triste: que há de novo?... fala...

— Senhor... há uma desgraça... horrível!...

— Mas, enfim, sempre acharemos para salvar-nos algum meio, embora difícil...

— Senhor — disse o moço —, o mal é muito grande... é enorme...

— Sem remédio?...

— Talvez... desgraçadamente, talvez sem remédio!

— Mas o que será isso, que por hora não compreendo!... eu me supunha ao fato de todos os meus negócios!...

Félix ficou frio como um cadáver; e sentiu que as palavras de Hugo de Mendonça retiniam cruelmente no fundo de seu coração.

— Félix — continuou o negociante —, é preciso falar... vamos...

— Senhor — respondeu o guarda-livros —; eu sempre mereci a mais completa confiança do senhor seu pai; e nunca dei motivo para perder a sua. Recebido e educado nesta casa, pobre órfão que eu era, eu vos olhava como meus pais, como vós me olháveis como vosso filho.

— Adiante... adiante...

— Não; tudo é preciso dizer; porque eu cometi um erro, a que se poderá chamar um abuso de confiança, pois que suas consequências foram desgraçadas, e que se diria uma grande prova de amizade e dedicação, se o seu resultado correspondesse aos meus desejos e esperanças!

— Basta de preâmbulos, Félix; eu estou ansioso por conhecer esse infortúnio que tanto te abate.

— Eu o vou dizer; mas assegure-me primeiro, senhor, de que eu tenho administrado a sua casa mais como um membro da família, mais como um filho do que como um assalariado...

— Sim... todos te fazemos justiça: porém, vamos... vamos...

— Eu me explico: é, todavia, necessário partir de longe. Senhor, quando morreu seu pai, eu sabia dos negócios da casa mil vezes mais do que V. Sa.; perdoe-me... o Sr. Raul de Mendonça parecia estimá-lo pouco; e por isso o arredava sempre dos seus conselhos...

— Adiante... adiante...

— O senhor seu pai, poucos anos antes de morrer, se havia empenhado em negociações proibidas e perigosas; e, como tantos outros, sofreu reveses; o resultado foi deixar a casa nas difíceis circunstâncias em que passou a seu poder...

— Sabemos disso...

— Logo que depois da morte dele a casa ficou debaixo da direção de V. Sa., eu, recebendo amplos poderes para, em sua ausência, continuar com os negócios, recebi também ordens terminantes para pôr termo a essas empresas fatais e ilícitas...

— Concluamos enfim...

— Alguns dias, porém, depois da sua partida para o campo, a firma de seu pai me foi apresentada... havia uma promessa, uma obrigação dele, contando-se com a qual despesas que se tinham feito, e navios preparados: era um enorme empenho... mas o que podia eu fazer?...

— É que eu ainda não compreendi bastante, Félix!...

— Senhor, eu quero dizer que fui obrigado a contrair novas e grandes dívidas para entrar na negociação com a parte a que se obrigara a casa, que eu estava administrando.

— Mas eu tinha o direito de saber tudo, e tu o dever de nada me ocultar!...

— Eis o erro que choro, senhor! porém, eu esperava que desta vez a sorte nos seria menos adversa; e contava que poderia apresentar-me vitorioso, depois de ter salvado de todos os seus empenhos a casa que administrei.

— E então?...

— Calculando os lucros sobre uma perda de metade de nossas embarcações, ainda assim teríamos vencido muito...

— E então?... e então?... e então?

— Oh! há três meses que se têm ido quebrando contra meu coração uma por uma todas as probabilidades que a nosso favor eu tinha!... cada notícia importava sempre uma desgraça!... a primeira, a segunda, a terceira, todas as embarcações perdidas... tomadas!... só nos restava a última... a última, que era também a derradeira tábua de salvação para nós; pois bem! ontem a notícia chegou... perdida! tomada, como as outras!...

— E, portanto?... — perguntou o negociante, apertando violentamente as mãos.

— E, portanto, tudo está acabado... não há mais esperança possível!...

Hugo de Mendonça desabafou um gemido surdo e doloroso.

— E de hoje a três dias, senhor, temos de pagar uma letra na importância de 13 contos de réis.

— Oh!...

— E de hoje a três meses uma segunda de 15 contos de réis.

— Félix!...

— E, enfim, de hoje a seis meses ainda uma terceira importando em 18 contos de réis.

— Que todas três perfazem a quantia de 46 contos de réis!... — disse, tremendo, Hugo de Mendonça, que estupidamente somara pelos dedos a dívida inesperada.

— É verdade, senhor.

— Sim... ainda quarenta e seis contos de réis que devem ser pagos no mesmo tempo em que se virá pedir-me outro tanto!...

— Era por isso que eu julgava esta desgraça inevitável!...

— Mas há, Sr. Félix — disse Hugo, afetando um tom improvisadamente polido; há em tudo isto um lado obscuro... ininteligível!... nenhum administrador ocultou assim por tanto tempo negócios de tal importância ao dono da casa.

— Sr. Hugo de Mendonça — respondeu Félix, empalidecendo involuntariamente —, eu tenho e trago comigo documentos que esclarecem bastante o meu proceder; por eles se pode ver em que tempo fui contrair essa dívida na mesma casa que, com a que eu administrava, se ia de sociedade empenhar na fatal empresa; neles estão marcados, com a mesma data das letras que assinei, todos e ainda os mais minuciosos esclarecimentos a respeito das embarcações enviadas à costa da África. E de mais, senhor, conto a meu favor honroso procedimento de longos anos de serviço!... ninguém poderá fazer-me a injustiça de crer que enriqueço, fazendo a desgraça da sua casa!...

— Não se lhe disse isso, senhor — tornou Hugo —; mas eu creio que no estado em que me vejo, deve-se-me tolerar uma queixa!

— Oh! perdão! perdão, Sr. Hugo de Mendonça!

— Está bem; está bem, Félix... deixa-me os papéis que me sentenciam a miséria.

— Ei-los aqui, senhor.

Félix entregou a Hugo de Mendonça um pequeno maço de papéis, e alguns momentos depois se retirou abatido e triste, como viera.

O negociante acompanhou com vistas perscrutadoras o seu guarda-livros até vê-lo desaparecer.

No pensamento de Hugo desenhava-se, ao pé da lembrança de seu infortúnio, uma dúvida que o fazia vacilar muito.

A história que lhe contara Félix tinha um não sei quê de fabuloso... seria Hugo vítima de uma trama infernal?... deveria o seu guarda-livros levantar-se rico e feliz sobre a sua miséria?...

Mas, ao mesmo tempo que tais ideias surgiam-lhe na alma, Hugo lembrava-se de que Félix havia sido um caixeiro exemplar por sua honra e fidelidade; e a vida inteira do mancebo sem nenhuma mancha, sem a mais leve nódoa, fazia estremecer o negociante arruinado diante da imagem da calúnia.

Enfim, ele começou a examinar os papéis; tudo estava em ordem... tudo cuidadosa e miudamente documentado... e ainda um novo golpe vinha cair sobre Hugo de Mendonça; ele era devedor de grande quantia ao mesmo homem que, poucos dias antes, lhe viera pedir a mão de sua filha, e fora por ela não aceito!...

Horas terríveis se passaram então...

Só, sem nenhum objeto que o distraísse, Hugo de Mendonça examinou os seus livros, as suas contas, os seus papéis; pensou em tudo... lembrou-se de sua mãe e de sua filha; e, quando ao voltar a página de um livro ou ao combinar um novo pensamento sentia entrever uma esperança, arquejava imediatamente depois; porque nessa mesma página do livro, e na reflexão desse mesmo pensamento, ele esbarrava sempre com a ideia fria, horrível, geladora — impossível!...

Impossível! — palavra fatal, que na vida moral do homem significa o perdimento de toda a esperança... isto é, a morte do coração!... noite perpétua e escuríssima ainda no meio dos mais belos dias!...

Oh! o negociante hábil e honrado que sente desmoronar-se sua casa, apesar de seus desesperados esforços... que não tem mais uma única probabilidade a seu favor, uma simples e fraca tábua de salvação a que se agarre, sofre muito... muito... terrivelmente... parece que não é possível sofrer mais; e, todavia, Hugo era despedaçado ainda por dobradas angústias; porque Hugo era pai...

Quando ele se lembrava de sua filha, o que sucedia a todos os instantes; quando sentia o ruído de suas pisadas... quando ouvia o som de sua voz doce e meiga e pensava que ela, tão linda, tão mimosa, tão acostumada aos regalos que se gozam no seio da abundância, ia cair nos emagrecidos braços da pobreza, experimentar privações, e...

Não, não se compreende assim tão facilmente essa dor indizível que vem do fundo da alma... do âmago do coração, queimando-o devagar e cruelmente, como uma língua de ferro em brasa!... é preciso, para bem compreendê-la, ser pai e ter visto nascer e ir crescendo uma criancinha, que se adora como a pupila dos próprios olhos... uma menina bela... filha da mulher que mais se amou no mundo, que com essa mulher se parece, e que vai crescendo debaixo das vistas desveladas dele mesmo, como um lindo arbustinho sob os cuidados de vigilante jardineiro... que, enfim, já é moça encantadora e virtuosa, que se sonha, que se conta fazer venturosa, e que se vê de repente tombar na miséria!...

* * *

Chegaram as horas do jantar.

Hugo de Mendonça, querendo ainda esconder à sua mãe e filha a desgraça que sobre eles todos caíra, foi sentar-se à mesa, fingindo-se alegre e sossegado.

Passados alguns momentos, porém, quando levava aos lábios um cálice de vinho, fitou os olhos em Honorina... embebeu-os no rosto docemente pálido daquele anjo de beleza, que em breve seria mártir... e, como para abençoá-la, deixou cair o cálice da mão... e, não podendo mais se suster, atirou-se chorando sobre a filha, a quem abraçou com violenta efusão de ternura.

Era impossível ocultar por mais tempo o triste segredo: tudo foi revelado.

Meia hora depois, Honorina estava ainda nos braços de seu pai, molhando suas faces com as lágrimas que dos olhos dele corriam, animando-o e chorando também.

— Era de prever! — disse Ema finalmente —; uma grande desgraça tinha de vir sobre nós, pois que havia desaparecido a cruz da família!... sete anos se passaram... mas ei-la!... eis a desgraça... irremediável!!!

— Minha mãe!...

— É preciso vender tudo, Hugo; é necessário pagar essas dívidas com os teus, com os meus, com os bens de tua filha...

— Oh!... é a miséria para vós!...

— E a riqueza para ele!... embora... não se há de tocar por modo algum na herança do infame!...

— Minha avó, por que falar assim?!...

— Pois não é ele quem tem culpa de tudo isto?... ele!... esse Lauro!...

E o rosto da velha tomou uma expressão terrível de ódio e de vingança; ela ergueu sua mão trêmula, e com voz forte exclamou:

— Maldito!... maldito!... maldito seja o miserável!...

Nesse momento um escravo entrou na sala e entregou a Hugo uma carta, que acabava de chegar. O negociante a abriu imediatamente e leu a assinatura.

— Lauro!... — disse ele.

— Lauro?!... — exclamaram as duas senhoras.

Hugo de Mendonça leu alto o que continha a carta.

Meu tio. Recebi a carta em que V. M. rejeita a doação que fiz à minha prima de herança que me coube pela morte de meu pai; e de novo me convida para ir receber o que me pertence. Pois bem, meu tio, somos ambos teimosos; mas agora preciso é que também cedamos ambos, e transijamos em alguma coisa. Eu conto demonstrar, em breve, que me caluniaram, os que me denunciaram como perpetrador do furto da cruz da família; e, pois, poderei cedo entrar com o rosto descoberto na casa de meus pais; em consequência eu proponho a V. M. o meu casamento com minha prima Honorina, de quem tenho recebido as mais lisonjeiras notícias; se isso lhe for agradável, exijo, como condição, que V. M. empregue todo o produto da minha herança no desempenho da casa, que, segundo me informam, meu avô deixou em difíceis conjunturas: o crédito do nome, que eu já tive, e que ainda terei, deve ser sustentado por todos nós.

Cidade da Bahia, setembro... de 1844.

Lauro.

Depois da leitura desta carta reinou profundo silêncio durante alguns minutos.

Ema havia primeiro pensado que, empregando-se a herança de Lauro, vencer-se-iam as maiores dificuldades com que lutava a casa; mas para logo abafou esse pensamento, porque, teimosa em tudo e sempre inabalável em todos os seus juízos, ninguém a fazia crer que podia não ter sido Lauro o roubador da cruz da família; e ela jamais consentiria em sacrificar Honorina a um homem sem honra.

Hugo de Mendonça achava a proposição muito conveniente; por sua vez, porém recuava ante a ideia de negociar com o coração de sua filha.

Honorina tremia, pensando em seu pai e no moço loiro.

Depois de muito tempo de penoso silêncio, Ema falou com voz grave e firme:

— Não; de modo nenhum.

E Hugo de Mendonça, com acento ainda mais firme, com o tom do homem absolutamente decidido, disse:

— Minha mãe, a esta carta só uma pessoa deve com toda liberdade responder: o sim ou o não só dela partirá. Honorina, tens a tarde, e a noite de hoje, e o dia de amanhã para pensar; e nós teremos a noite do dia que se vai seguir para receber tua resposta terminante e livre.

❖

XXIX

Honorina meditando

A solidão é o espaço encantado onde o espírito se derrama livremente...

Passa-se nela longas horas em uma doce embriaguez de reflexões, engolfado em místico e jamais interrompido silêncio... nulificam-se aí os sentidos com a mais completa indiferença a tudo que os rodeia... não se vê o que existe a dois palmos dos olhos... não se ouve a avezinha que modula na árvore mais próxima... não se sente a aurora que principia a romper, nem as trevas que começam a difundir-se; está levantada uma barreira entre o mundo e a alma; e, mais que nunca dona de si própria, ela rumina o passado... reflete sobre o presente... e sonha de ordinário com o futuro...

Oh!... então é um milagre quando os lábios se sorriem, a não ser com amarga ironia!... porque também, para dizer a verdade, o homem tem na sua vida tão poucas coisas de que sorrir-se alegremente!...

Então se está quase sempre ou sempre sob o domínio da melancolia.

Mas esse estado não se parece nada com o desgosto de si mesmo, que, como o castigo de Deus, enche de fel o coração do mau.

Esse estado é o que convém à imaginação brilhante, que se sente enjoada e se vinga do mundo de gelo e de cifras, indo, livre dos grilhões da sociedade, derreter-se em arabescos de fogo...

É o fecundo sonhar do poeta...

É não dormir, e não velar; é um viver entre a vigília e o sono, que se assemelha à hora do crepúsculo, que não é dia nem noite.

A natureza parece haver criado aqui e ali sítios moldados a esse inefável gozo de ilusões, como altares erguidos ao espírito no templo da solidão.

E os homens nisso, como em tudo mais, têm pretendido com a arte arremedar as obras inimitáveis do Senhor.

No jardim da casa ocupada por Hugo de Mendonça se encontrava um desses lugares silenciosos e melancólicos que convidam a meditar.

As pequenas salas que davam para os terraços levantados aos lados do pórtico singelo da rua solitária se escondiam cercadas por grupos de frondosas árvores, abrindo para o interior do jardim duas janelas, defronte de cada uma das quais outras tantas palmeiras derramavam seus ramos arqueados.

Pois que essa rua é ainda agora mesmo muito pouco frequentada; em certas horas do dia reinava aí silêncio profundo... solidão completa... e então as pequenas salas desabitadas e sombrias, onde chegava apenas o gemer das ondas e o ciciar das palmeiras, tinham inexplicável encanto.

Honorina, já naturalmente melancólica e contemplativa, e escrava ainda mais do terno segredo de seu amor, desde que viera com sua família habitar a elegante casa da Rua da Glória, se aprazia em ir passar as últimas horas do dia naquela das salas que ficava do lado do mar.

Hugo, respeitando os inocentes desejos de sua filha, não só deixou sempre que ela fosse na companhia de Lúcia passar as tardes na sala predileta, como fê-la mobiliar com simplicidade e gosto; de modo que, ao aproximar-se a hora do crepúsculo, Honorina e Lúcia dirigiam-se para os terraços; e, enquanto esta descansava à sombra das palmeiras, aquela ia, em completa liberdade, pensar no seu amor.

Era, portanto, aí que Honorina dividia os seus pensamentos e suspiros pelo moço loiro e pela amiga de seu peito; e era nesse lugar, enfim, que um dia, repassada de angústia, deveria vir chorar a desgraça de seu pai... e a posição melindrosa em que tinha de ver-se colocada.

* * *

Não havia chegado ainda a seu termo o dia em que Hugo de Mendonça recebera a notícia de seu inesperado infortúnio, e logo depois a carta de Lauro.

O sol começava a moderar o calor de seus raios; uma aragem branda e suave vinha soprando docemente.

Honorina e Lúcia encaminharam-se para os terraços da rua solitária; e, como sempre, Lúcia ficou sentada à sombra de uma palmeira, e Honorina subiu para a sala do lado do mar.

E ela meditava...

Não lhe restava a menor dúvida... a lei do destino, a força das circunstâncias a tinha colocado entre dois terríveis extremos!... dois pensamentos deviam ser medidos... um de dois tormentos escolhido:

Ou a miséria de seu pai.

Ou o sacrifício de seu amor.

De um lado estava um ancião respeitável que a carregara pequenina; que depois de lhe ter dado a existência, lhe dera ainda tudo mais que pode dar um extremoso amor de pai; que, nas tristes circunstâncias em que se achava, não ousava oferecer um conselho; não queria o menor sacrifício; não desenhava aos olhos dela o painel da miséria, que podia ser para longe lançada com uma única palavra... enfim, de um lado estava seu pai: seu pai, que ela amava como a mais extremosa das filhas, abatido... magro... desfigurado... enfermo... pedindo compaixão e piedade à sua filha!...

E a filha poderia negar compaixão e piedade a seu pai?...

Mas do outro lado levantava-se um mancebo, nobre, ardente e destemido; um mancebo que lhe salvara a vida... que a amava com paixão desmedida, e que era amado com mais paixão ainda... enfim, do outro lado levantava-se o moço loiro, aflito... silencioso... que ia passando sem deixar uma só queixa... e que ia indo com o desespero no coração... ia indo...

E para onde se vai quando se tem no coração o desespero?!...

E essas duas imagens, a de seu pai e a do moço loiro, se sucediam em seu espírito uma à outra, três, vinte, cem, mil vezes sempre as mesmas, sempre do mesmo modo; como as ondas do mar repetidas sempre!...

Falava primeiro o amor de seu berço, o amor da infância, o amor que votava àquele que, pegando-lhe pelas mãozinhas, lhe tinha ensinado a andar... que se sorrira ao seu primeiro sorrir, e chorara de prazer à sua primeira palavra... falava primeiro o amor do pai...

Falava depois o primeiro amor de seu virginal coração... oh! o primeiro amor!... o eterno sentimento que, ainda quando se não realizam seus anelos, deixa, para jamais extinguir-se, seu doce e fragrante aroma impregnado na alma!... o primeiro amor! almo, desperto do sono da inocência! chama abrasadora da juventude... pura como a juventude; tão sem vil ambição como a juventude; bela e cheia de esperança, como ainda a juventude!... o primeiro amor! e falava então o amor do moço loiro...

E depois ela media suas próprias forças...

Ardente e devotada achava-se capaz de ser mártir... não hesitaria em sacrificar pela felicidade de seu pai a sua própria vida... tudo...

tudo... oh! mas aquilo que ela dizia ser a única luz que pode tornar brilhante o caminho da vida para a mulher?...

E apenas com 16 anos, tão moça ainda! ela olhava para a vasta extensão que lhe cumpria atravessar no mundo, e tudo se lhe antolhava feio, perigoso, escuro, horrível... e não longe, pronto a correr para seu lado, estava um moço loiro, que, com lâmpada mágica na mão, mudando a face de toda essa cena amedrontadora, prometia levá-la por um caminho de flores, risonha e feliz até o fim da viagem.

Afora a imagem do moço loiro, não via mais nada no campo da vida... tudo era negro... e feio... apenas na outra extremidade do vasto campo podia descobrir a pálida figura do descanso assentada na beira de uma cova...

Oh!... se ao menos lhe dessem a certeza de não padecer muito... de morrer cedo!...

E de novo lembrava-se de seu pai... não; nunca de seus lábios sairia a sentença da desgraça dele... mas o sacrifício de seu amor?!... era muito... muito!...

E Deus não podia amaldiçoá-la por vê-la hesitando; e o mundo não tinha o direito de chamá-la ingrata; porque Deus está vendo a sorte que os homens prescrevem à mulher; e o mundo deve, antes de tudo, corar de si próprio!!!...

A verdade é esta: a mulher só tem na vida o amor; sacrificar seu único bem é perder tudo... é deixar-se morrer de um modo cruel.

Porque, ou seja vício de educação, ou de qual causa estimarem dar, a sorte da mulher é apoucada e mesquinha.

Na divisão dos direitos e deveres coube-lhe um papel, sem dúvida respeitável e nobre debaixo de um ponto de vista; porém, em tudo mais secundário e quimérico, a mulher chega a ser mãe de família... e mais nada.

Primeiro, felizmente adormecida no doce cativeiro de seus pais, acorda com um gemido para passar ao de seu tutor; ou se sorri, recebendo as cadeias que lhe lança seu marido, sujeita desde que nasce... sujeita até que morre, tem sempre ao pé de si um homem para pensar e desejar por ela; para, pelo prazer dele, medir o seu... é uma criança que sempre se vigia... um cego que se leva pela mão; ou, ao muito, quando consegue ser amada, uma escrava que se prende em um altar, uma divindade que se tem em ferros e a quem se dá o nome de senhora!...

E a mulher há de por força sujeitar-se à lei que os homens lhe têm imposto: se alguma tentasse reaver... exercer direitos muito

nobres e legítimos que Deus lhe concedeu, e o mundo lhe arranca; se alguma ousasse dizer "eu sou livre", teria horríveis tempestades a assoberbar, e, por fim, sucumbiria; porque o mundo entende que só há dois caminhos para a mulher: o da escravidão e o da vergonha.

E ainda quando ela, sentindo-se insultada, gritasse "calúnia! calúnia!"... o mundo rir-se-ia... e responderia sempre "vergonha!... vergonha!"... porque somente o homem tem o direito de fazer face à opinião dos outros... e a mulher não pode ser senão aquilo que o mundo quiser que ela seja...

E, apertada no estreito círculo dos deveres domésticos, a mulher não terá nunca outras honras, outra glória a desejar, senão aquelas que se devem à fidelidade da esposa, à extremosa maternidade, às virtudes domésticas enfim; e, quando uma desgraça cair sobre ela e sobre a sua família, ela, a quem se não permite outro cuidado, outro culto, que não seja o de sua família e o de si, isto é, ela, que está apertada no estreito círculo dos deveres domésticos, é mais que o homem lamentável.

Porque o homem tem o comércio... as armas... a política... muito mais ainda... e, finalmente, a mulher.

E a mulher tem unicamente o homem.

Ora, se ele, que pode ser distraído por tantos interesses diversos, no tão vasto campo que se lhe abre para dar pasto a seu espírito, ainda assim é digno de lástima quando desposa uma mulher que não ama; ela, se abafa uma paixão em que se esperançava e liga sua vida inteira a um estranho, a quem jura obediência e amor eterno, consuma o maior de todos os sacrifícios, apaga assim a só luz, que lhe pode tornar brilhante o caminho da vida.

Por consequência, ninguém deve exigir de uma mulher o sacrifício de seu amor.

Porque a única esperança que ela pode ter na vida é amar e ser amada.

Porque o único direito que se lhe concede no mundo é (às vezes) o de aceitar ou não um noivo.

Porque é justo que ela escolha entre todas as cadeias que lhe oferecem, aquelas que menos pesadas julgue e mais bem douradas pareçam a seus olhos.

Porque, enfim, é necessário que a mulher ame a seu marido, para que possa ser esposa feliz e mãe extremosa.

E, sem o querer, sem o pensar, Hugo de Mendonça pede à sua filha o sacrifício de seu amor tão terno e tão doce; pois, ainda que ele tenha dito "responde livremente", não pode dar-se verdadeira liberdade em Honorina, que a todo momento vê diante de seus olhos a imagem da pobreza nua... desgrenhada... dolorosa... estendendo emagrecidos braços para prender entre eles a seu pai.

E, portanto, terá Honorina de ser uma nova mártir que vá aumentar o número já tão crescido dessas outras nobres mártires que aí vão passando pela vida... pálidas... silenciosas... e que muita gente as julga felizes; porque elas, sempre generosas, sabem abafar seus suspiros... engolir seus gemidos... e esconder seus tormentos de um mundo egoísta e sem piedade, no qual a mulher é quase sempre uma vítima!...

Mas a meditação da moça foi interrompida por Lúcia, que entrou na sala.

— Sra. D. Honorina! — disse ela.

— O que é, mãe Lúcia?... — respondeu a jovem, levantando a cabeça, que tinha pousado sobre uma mão.

— Um pajem, que não conheci, chamou-me da porta do jardim e, dizendo-se escravo do Sr. Jorge, entregou-me esta carta que da parte da Sra. D. Raquel lhe é dirigida.

— Oh!... a minha Raquel!... dá-ma... mas esse pajem, mãe Lúcia?...

— Retirou-se imediatamente.

— Embora... é uma carta da minha Raquel... que virá talvez me animar um pouco.

Honorina ficou outra vez só e abriu a carta; havia, além de um curto bilhete, algumas páginas escritas em separado...

A moça leu primeiramente o bilhete com violenta comoção.

Honorina. Eu sei tudo! a casa do Sr. Hugo de Mendonça vai desmoronar-se... e um homem se oferece para sustê-la: a esperança de teu pai está toda concentrada em ti... pende de teus lábios; e tu salvarás o autor de teus dias, e a família do nome que tens, aceitando a proposição de teu primo. Oh!... e que filha resistiria ao aspecto da desgraça de um pai?!... se eu fosse rico!... se eu fosse rico, iria de joelhos despejar meus tesouros a teus pés; mas tão pobre!... que importa que meu amor seja ardente e desmedido? de que vale, de que serve o amor de um pobre?... é, portanto, preciso esquecer... apagar para sempre a memória do passado; mas, Honorina, se esta minha paixão tão desgraçada... se esta, que eu morro, morte do coração pode merecer alguma piedade, aceita, recebe, recebe essas páginas do livro de minha alma!!!... a derradeira esperança que me resta é que elas serão lidas por teus olhos, e finalmente, queimando-as junto de ti, vê-las-ás tornadas em cinza feia e negra... negra, como o futuro do pobre... como o meu futuro! aceita-as, pois, e adeus!... sê feliz... esquece-me...

Terminando a leitura do bilhete, a moça misturou duas lágrimas brilhantes com um sorriso acerbo, cheio do fel da ironia, e murmurou tristemente:

— Como todos estes homens a quem eu amo desconhecem o meu coração!... como é que meu pai pôde dizer-me "falarás livremente"! como é que este homem animou-se a escrever-me "de que vale, de que serve o amor de um pobre!"... então este... este me compreende ainda menos do que meu pai!...

E depois começou a ler as páginas do livro da alma do moço loiro.

❖

XXX

Ao crepúsculo

À luz dos últimos raios do sol, lia Honorina as páginas escritas do livro de amor do moço loiro: uma profunda melancolia, às vezes acerba, estava em quase todas elas derramada.

Julgava-se o moço loiro verdadeiramente infeliz? ou sua tristeza era ainda fingida, como a que afetara na noite do sarau de Tomásia?... exprimia naqueles papéis uma dor terrível e real, ou neles jogava sua derradeira carta para ver se ganhava a partida?...

Longo e afatigador fora acompanhar a filha de Hugo de Mendonça na leitura que começara; parece talvez melhor transcrever aqui apenas o que for suficiente para dar uma ideia dessa peça, que, em suma, é tão vã e inconsequente como qualquer outra do mesmo gênero, como qualquer carta de amor.

No entanto, por deferência a seu autor, conserva o título e a epígrafe, com que se orna.

Era pouco mais ou menos o seguinte:

LIVRO DE MINH'ALMA

................................*Je t'aime!*
Et te le dire ici, c'est le bonheur suprême!...
V. Hugo

I

Eu vi uma mulher verdadeiramente bela.

Seus cabelos são negros e luzidios como o azeviche; seus olhos grandes, pretos e ardentes dardejam vistas de fogo tão penetrantes como os raios do sol.

Sua fronte branca, elevada e lisa é o trono do mais nobre sossego; seu rosto pálido, melancólico e doce, o assento da graça mais arrebatadora; seus lábios encarnados, virginais e puros, a fonte das mais angélicas delícias.

E abaixo de seu colo garboso, como o da garça, há um mar de leite que, quando ela suspira, se agita... se inquieta... e... então lutam aí de mistura pudor e desejos; inocência e amor; candideza e voluptuosidade!... e então, quem a está olhando sente... anela... arde.

Seus braços são alvos e torneados; e suas mãos delicadas e finas; seus dedos dir-se-iam brandas hastes de cristal, cada uma das quais fosse coroada por uma pétala de rubra rosa.

Seu pisar é sutil como o da pomba... o volver de seu vulto engraçado como o fugir da sombra... o seu falar meigo e harmonioso como a melodia de um anjo.

Ela tem a gentileza da aurora; a frescura do favônio; a suavidade e pureza do arroio do deserto.

* * *

Um olhar de amor de seus olhos, uma palavra de amor de seus lábios, e um suspiro de amor de seu seio deve ser o complemento de todas as felicidades que se podem dar cá na terra...

Porque enfim... ela é uma mulher verdadeiramente bela.

II

E antes de ver essa mulher, já eu a amava muito; porque já a tinha ouvido.

Era uma noite serena e fresca: eu passeava melancólico e abatido à borda do mar, quando de repente uma voz — ah! uma voz como outra igual nunca dantes havia soado!... suave, melíflua e tocante, que, entrando por meus ouvidos, ia até à medula de meus ossos, até ao âmago de meu coração, que se entranhava por minha alma!... — entoou um hino à inocência.

Debalde o canto acabou... debalde; porque eu o estava ouvindo sempre, e dentro de mim mesmo... e ali fiquei estático, entre o céu e a terra, entre a consciência do meu nada, de minha pobreza, de minha desgraça; e essa voz fascinadora, que pôde fazer-me crer que é possível a felicidade cá embaixo, quando se vive toda uma vida com os olhos embebidos nos olhos, com os ouvidos perto dos lábios desse anjo que canta assim.

O sinal da meia-noite arrancou-me do meu encanto... lembrei-me, então, de que sobre a minha cabeça, debaixo de meus pés e em derredor de mim, havia mundo e miséria; porque até essa hora eu tinha esquecido tudo... tudo... ocupado somente com duas ideias, que eram a onipotência de Deus e a existência dessa mulher.

A lua estava clara e brilhante... vi, a curta distância, aberta a porta de um jardim, e no meio deste, erguer-se uma frondosa mangueira debaixo da qual tinha saído a voz que me arrebatara. Entrei... um braço invisível e forte me arrastava para aí... eu queria, ao menos, beijar as pisadas dessa mulher.

Avancei alguns passos... a claridade da lua mostrou-me dois vultos de moças recostadas em uma janela; senti dentro de mim um desejo invencível de ouvir o que diziam as duas moças, de julgar de sua beleza se possível fosse...

Não as vi tão bem como anelava...

Mas o que eu ouvi não me esquecerá mais nunca!...

* * *

Meu Deus!... meu Deus!... vós não sentis que a sensibilidade é o maior dos tormentos do homem pobre?... não é bem verdade que os pobres deveriam poder viver sem coração?...

Pois o que há de fazer o homem pobre, quando ama?...

Abafar o seu amor?

Eis aí, portanto, um enorme tormento: esse fogo intenso que se sufoca, lança chamas devoradoras que fazem caminho rasgando... queimando o coração; esse amor que se concentra e se faz por afogar é um raio da alma, que brilha no meio de horríveis ruínas... de calabouços medonhos! por que, pois, a luz, se a luz vem fazer sentir tão grande miséria?!...

Pretender o objeto amado?...

Como?... e para quê?... — Como, se essa mulher encantadora e bela, cercada sempre por uma multidão de galantes mancebos, ricos, espirituosos, alegres, lisonjeadores, que sabem dizer tão bonitas coisas e olhar com olhos tão ardentes, não poderá ver nunca o homem pobre, que só tem para lhe oferecer um coração cheio de lágrimas!... que não se animará nunca a balbuciar uma frase de amor!... que não ousará jamais levantar seus olhos uma só linha acima dos pés da mulher amada?!... — E para quê?... para ser correspondido?... para ganhar gratidão e depois dar para comer a esse anjo que se adora um pedaço de pão amassado com o pranto de seus olhos?... para repartir com essa mulher a miséria que padece... a vida de tormentos que arrasta?!... para padecer o dobro, vendo-a padecer também?!...

Oh! não!... não, meu Deus!... o homem pobre não deve amar, não!

* * *

E, então, por que fui eu escrever aquele bilhete e deixá-lo debaixo da vidraça de sua janela?... por que me atrevi a jurar-lhe um amor de poeta e de fogo?...

Oh! foi porque a voz dessa mulher prendeu para sempre meu destino a seus lábios!...

E, portanto, não me é possível duvidar mais da natureza de meus sentimentos... eu amo!...

Qual será o resultado desta paixão que me alucina?... que futuro me estará esperando?... por que novas provações terá de passar a minha alma?...

Meu Deus!... meu Deus!... vós não sentis que a sensibilidade é o maior dos tormentos do homem pobre?... não é bem verdade que os pobres deveriam poder viver sem coração?...

III

Enfim, graças ao céu!... eu pude, sem ser visto, vê-la de perto... observá-la... admirá-la!

Há no mundo só uma coisa que arrebata ainda mais do que a voz dessa moça; é o semblante dela mesma.

Já me não arrependo de tê-la ouvido e visto; já não sinto haver amado; sofrerei todos os tormentos possíveis com valor e serenidade... chegarei mesmo a bendizê-los; pois estou convencido de que por gratidão eu devia amar tão encantadora criatura.

Devia! porque ela fez desabrochar em minha alma, sempre tão árida e tão estéril, uma flor: a flor da crença na possibilidade de ventura cá na terra, flor bela como o rosto, suave como o canto, balsâmica como o hálito de Honorina!...

Devia! porque ela fez bruxulear no horizonte de minha vida sempre tão escuro, tão em trevas, tão tempestuoso, uma aurora... a jucunda aurora do amor, aurora brilhante como o olhar, bonançosa como o sorrir, fascinadora como o arfar dos seios de Honorina!...

E eu, pois, a amo! amo-a qual ama o náufrago a derradeira tábua do navio despedaçado, a que se prende para escapar à morte!...

amo-a como o homem réprobo amaria o anjo de salvação, a cujas asas se pudesse ter agarrado!

Amo-a como a pomba a seus pombinhos inda implumes; como o heliotrópio ao astro do dia; como a mais extremosa mãe ao mais extremoso filho!

* * *

Mas é bem possível que essa mulher angélica não se lembre nunca deste homem que a adora tanto!

E isso que importa?... é a sorte do mundo. Todo homem encontra sempre em sua vida um coração de mulher que o não atende, e outro coração de mulher que por ele sofre: é a sorte do mundo.

Daqui a pouco verei chegar a jovem S... pobre menina!... creio que também é infeliz... suponho que me ama... e que se ressente de minha indiferença...

Se Honorina um dia me dissesse: "Senhor!... como pode maltratar assim uma mulher que lhe ama?..."

Eu acredito que me atreveria a responder-lhe: "É uma compensação, senhora! É preciso que uma mulher experimente os tormentos que outra mulher me faz sofrer!"

É a sorte do mundo.

IV

Esperança!... esperança!... esperança!...

Por que não posso eu ser amado por Honorina?... o que pede ela ao céu?... um amor de poeta e de fogo; pois bem: eu tenho mil vulcões no coração, desde que a amo; ame-me ela, e terei uma cabeça de poeta.

* * *

E onde deve despontar o almo sol da esperança, senão no sereno horizonte da juventude?... onde com tanto viço, com tão copiosa exalação de perfumes se ostentará a rosa da esperança, como no jardim fecundo da idade dos amores?

A luz da vida — o facho que o homem se guia na longa viagem deste mundo — a fonte inesgotável donde o pensamento tira as tintas cor de fogo para pintar formosos arabescos no painel do futuro — a balança encantada em que o homem se equilibra entre os males que experimenta, e os bens que almeja — eis a esperança!...

Ninguém, ninguém vive sem esperança: por que, pois, não a terei eu também?... oh!... ainda que seja uma ilusão... eu a quero!...

A esperança é o alimento do espírito... a alma do coração...

* * *

V

Tenho sido tão ousado como feliz! Em meus sonos de mancebo jamais sonhei gozar tantas delícias como as que me tem dado a realidade deste amor.

Escreverei aqui a história da minha vida, desde que me fiz cabeleireiro, até que fui velho pescador.

* * *

.... A minha sempre-viva caiu dentro de sua câmara... a seus pés!... sua mão ia talvez lançá-la fora, quando me valeu o zéfiro da manhã... e, portanto, esse zéfiro será sempre para mim o sopro de Deus!

* * *

Salvei-a!... salvei-a!... como me encho de orgulho! como me considero coberto de glória!... é um homem pobre... desvalido... sem amigos, só no mundo, que se entusiasma por ter arrancado das garras da morte a obra mais perfeita do Criador!...

* * *

Eu receio estar cometendo um sacrilégio... eu tenho medo de que o céu me castigue... porque ouso pensar que sou amado!...

Meus Deus! se isso não é verdade, deixai-me ir gozando meus dias embalado por tão doce mentira...

Já agora viver sem essa deliciosa ilusão é um impossível; é o único sacrifício que eu não faria a Honorina.

* * *

VI

O que seria do homem sem o amor da mulher?

Ir até o fim dessa longa viagem da vida, que se começa chorando, e se acaba com um gemido; contar tantos anos, em que algumas horas de ventura são sufocadas pela corrente imensa desses dias de infortúnios, fora certamente impossível, se não houvesse desejos na alma e esperança no coração do homem.

E a mulher é a fonte das mais doces esperanças e o objeto dos mais ternos desejos.

* * *

Deus tinha previsto que a vida com tantas tempestades se tornaria desagradável, enfadonha ao homem; que o mundo tão semeado de abismos seria um perigo para a virtude; e assoprou na alma do mesmo homem uma chama sagrada, que alimenta a virtude — é a esperança da eternidade —; e plantou-lhe no coração um sentimento generoso e nobre, que sabe prendê-lo à vida: é o amor da mulher.

* * *

E o homem deve ser para a mulher como o favônio da aurora ou o orvalho da noite são para a flor; porque também ela é para o homem, como a flor para o prado, a fragrância para o zéfiro, o sorriso para os lábios e a ventura para o coração.

* * *

Seja, portanto, a alma do homem uma harpa harmoniosa; e converta ela seus pensamentos todos em hinos jamais interrompidos, e votados sempre à mulher!...

VII

* * *

VIII

A desgraça veio sobre mim imprevista, inesperada como o raio; furiosa, terrível, como o tigre.

Não há mais esperança para mim.

Estou outra vez no que era dantes; estou de novo nas trevas; e minha posição é agora dobradamente cruel; porque a luz já tocou meus olhos... e, portanto, posso avaliar o bem que tenho perdido!...

Ah!... o homem que nasce cego é menos infeliz do que aquele que cega depois de ter visto; o primeiro não goza nada... mas também não conhece o valor daquilo que não goza!...

Para que ouvi eu a voz, vi o rosto e compreendi a alma dessa mulher-anjo, que nunca poderá derramar vistas de amor sobre meu rosto?

Pobre de minha ilusão!... foi como o sonho da noite que se esvai ao romper da aurora!... desfez-se ante a força da realidade, semelhante a esses lagos encantados de orvalho, que se veem nas invernosas manhãs de junho e que pouco depois se derretem sob a influência dos raios do sol!...

* * *

Impossível!... impossível!... impossível!...

Maldito seja o homem que primeiro inventou essa palavra infernal que exprime uma blasfêmia!...

E, todavia, eu a estou ouvindo a todo instante dentro do coração!... oh! é horrível!... ver o homem perto de si uma mulher bela... amá-la e supor que é também amado... não conceber sem ela felicidade nesta vida, e sentir o homem, o homem que tem direito de procurar ser feliz, sentir que o destino vai levantando entre ela e ele uma barreira insuperável!... que a desgraça vai murmurando aos ouvidos dele e dela nunca!... nunca!... impossível!... impossível!... oh!... é muito horrível, meu Deus!...

* * *

E o que poderá fazer essa interessante moça que vê as lágrimas de seu pai e pressente sua miséria?... o que, se não cede às inspirações da virtude?...

Portanto, também a mesma virtude se opõe ao amor que me abrasa!... e eu que me achava com forças de disputar a posse de Honorina ao mundo inteiro, devo e hei de abaixar a cabeça à filha do céu!...

Não há nada, não; não há meio nenhum!... em minha própria imaginação eu não encontro um único remédio!...

Um só... talvez... se eu fosse rico!...

Oh!... tenho-me lembrado de sair por essas ruas, gritando: "quem quer comprar um homem de honra?"... mas ninguém daria por mim tanto quanto é preciso para salvar o pai de Honorina!... e, contudo, existe no meu coração um amor generoso e nobre que vale mil vezes mais do que todos os tesouros do universo...

Meu Deus!... meu Deus!... como há de ser a minha vida de agora por diante?!...

* * *

No primeiro instante turvou-me o espírito a ideia do suicídio... mas logo depois a imagem de Honorina veio apagar o sinistro pensamento; foi ela o anjo de minha guarda que arrojou para longe a tentação do demônio... foi como um vento benigno e saudável que desfez a nuvem negra prenhe de tempestade e de horrores...

Agora só me ficou o coração cheio de agonia profunda... incurável... que não há de acabar nem diminuir nunca; se eu vivesse ainda cem anos, no dia em que completasse um século teria aí a mesma agonia, com a mesma intensidade, profunda... incurável sempre, como há cem anos antes...

Mas por que desejar a morte?... o mimoso sentimento que fez a minha ventura de alguns dias, nem sofreu a injúria de um desprezo, nem a injustiça de uma ingratidão; cedeu ao império de um dever... duro, porém sublime. O sacrifício deste amor é a demonstração de sua pureza e santidade!...

Minha alma repassada de dores aparece no meio de suas angústias, inocente e cândida como o formoso e angélico semblante de uma virgem cristã que morre pela fé, brilha com os raios da divina graça por entre as chamas da fogueira do martírio...

Há também orgulho na desgraça não merecida... e esse orgulho deve ser capaz de animar-me nos dias de torturas por que vou passar, como a esperança da eternidade infunde coragem no homem injustamente condenado, que de cima do patíbulo diz o adeus derradeiro ao mundo...

Sim! devo viver para que minha alma provada na abnegação e

nos tormentos se ostente com seu amor mais que nunca puro, imenso e radioso, semelhante ao pirilampo que tanto mais brilha quanto mais negra e obumbrada é a noite; semelhante às plantas aromáticas, que tanto mais recendem quanto mais as pisam e maceram...

Devo viver, porque pobre... desgraçado... miserável e rude, o único objeto que eu tenho para oferecer e votar a Honorina é a minha vida; e quem sabe se um dia o triste presente não poderá ser apreciado?... neste mundo desleal e insano, a mulher, que enquanto menina é sempre um anjo que se sorri, e quando chega a senhora é às vezes uma vítima que chora, tem tantos perigos a correr, tantas borrascas a assoberbar, que lhe deve ser grato contar com um homem pronto a morrer por ela.

* * *

Possa a dedicação de minha vida ser tão bem-aceita por Honorina como deve tê-lo sido pela virtude o sacrifício do mais ardente amor!...

E o lugar, que no meu coração era ocupado pela esperança do amor de Honorina, seja hoje consagrado a uma nova esperança... a de morrer por ela.

* * *

Arrastemos os dias pois...

Até que enfim, se no caminho da vida de Honorina estiver aberto um abismo, e além dele lhe seja preciso ir, passe-o ela segura e salva por cima do meu cadáver, como sobre a tábua de uma ponte.

Mas se ainda a derradeira esperança tem de ser também a minha última ilusão; se a vida deve, finalmente, deixar-me, evaporando-se pouco a pouco no esquecimento de alguma cabana solitária; então, na hora da extrema agonia, farei com que o arranco doloroso do pensamento se transforme em um hino de saudade votada à mulher que adorei com tanta paixão.

E, como o cisne que canta assentado na beira do sepulcro em que vai cair, eu pisarei no umbral da eternidade e saudarei o espectro da morte, entoando um canto de amor!...

FIM

Quando Honorina terminou a leitura das páginas de amor, apertouas fortemente contra o coração; e depois, reclinando-se sobre a cadeira de braços em que se achava sentada, fechou os olhos...

Parecia querer assim cerrar as portas de sua alma a todos os objetos, para embeber-se exclusivamente numa única ideia, em um único sentimento — naquele amor ardente e sublime que lhe votava o moço loiro.

Nos longos cílios de suas pálpebras cerradas viam-se pendendo lágrimas brilhantes... no arfar veemente de seus seios adivinhava-se uma luta de nobres afetos travada em seu coração...

Tão enlevada ficou no seu meditar, que talvez fosse uma corrente de ternos pensamentos a que se estava deslizando por diante de seu espírito.

Era já começo da noite: a brisa meigamente brincava com os anéis das madeixas de Honorina, que, vestida com um simples roupão branco, cujo corpinho folgado deixava em perigosa liberdade insinuarem-se as mais encantadoras formas, e sentada perto e defronte de uma janela, por onde vinham alguns raios da lua clara e luzente derramar-se sobre ela, mostrava-se pálida... fantástica... e mais que nunca formosa...

Alguns minutos se passaram... depois as lágrimas caíram dos cílios de Honorina, e não foram novas dependurar-se neles... serenou a tempestade que agitava o seio da virgem... e ela sempre em silêncio... imóvel... respirava apenas.

Tinha involuntariamente adormecido.

Alguns momentos mais... e na porta de um corredor, mercê da qual se comunicavam as duas saletas pelo lado do jardim, deixou-se ver a figura de um mancebo loiro... engraçado e alegre...

Era ele.

O moço loiro foi pé por pé, cuidadoso e de manso ajoelhar-se junto de Honorina; e ficou breves minutos em encantada contemplação com os olhos embebidos no rosto da virgem, como um pecador aos pés de uma santa.

Depois, curvou-se até o chão... beijou com apaixonado gesto a barra do vestido da idolatrada moça e, olhando-a ainda uma vez radioso de ternura e felicidade, retirou-se tão de manso como viera; e sumiu-se pelo corredor...

Quase ao mesmo tempo Lúcia apareceu na porta da entrada da saleta e despertou a Honorina.

XXXI

Imposição

Honorina não pôde dormir um só instante durante toda a noite. O bilhete e ainda mais o livro da alma do moço loiro tinham vindo aumentar os sofrimentos da infeliz jovem; porque, além da expressão viva e terna de um amor ardente e nobre, como o que ela pedira noutro tempo ao céu, amor de poeta e de fogo, aí aparecia uma ideia melancólica, amarga, arrancada talvez da íntima e dolorosa convicção de quem a enunciava: era o profundo sentimento da miséria do pobre.

E essa ideia despótica, terrível, apoderou-se da imaginação de Honorina, pô-la em torturas longas horas de uma noite, desenhou-se com mil formas diante de seus olhos e pesou sobre seu coração de um modo cruel.

Estimulada por seu amor, levada da nobreza de sua alma, escrava de sua imaginação fervente, Honorina corou, acreditou-se muito abaixo de si própria, não achou uma desculpa para suas hesitações do dia que acabara; e, uma vez desassossegada, possuída de convulso tremor, sentou-se no leito e, com os olhos luzentes, ela, um pouco febril e superexcitada, lançou para trás com as mãos as soltas madeixas e, sacudindo a cabeça como se delirasse, exclamou:

— Nada de máscara!... não!... nada de máscara!... sinceridade ao menos. É preciso confessar que eu sou do vulgo e cativa do meu século!... seria uma vergonha aceitar a defesa que me oferece aquele que eu me ufanava de amar, quando diz que a minha generosidade me sacrifica, quando pensa que eu sou uma mártir. Não!... nada de ilusões! o caso é simples: ponhamo-lo bem transparente. Eu disse a mim mesma que amava a um homem, e esse homem é pobre; meu pai sente estremecer sua casa, está a ponto de perder tudo, e meu primo, que é rico, se oferece para salvar-nos a preço de minha mão, isto é, temos de um lado um homem pobre, e do outro um rico; temos numa das conchas da balança amor, e na outra ouro!... temos ali um mancebo que me ama e que me salvou a vida; acolá, um outro que não pode amar-me e que quer comprar a minha mão por alguns contos de réis; e aqui, enfim, temos uma mulher que diz que ama e hesita na escolha; que diz que despreza o ouro e tem pensado em se deixar vender por ele!... Não!... ainda uma vez nada de máscara!... nada de falsas interpretações!... o que quer dizer aquele que escreve a um pai estas palavras "toma esse dinheiro; mas dá-me tua filha", o que quer dizer?... falemos claro: é exatamente o seguinte "queres vender-me tua filha?... eu dou-te tanto".

Copioso suor banhou a fronte de Honorina, que prosseguiu com dobrado fogo.

— Isso quer dizer que se negocia com o coração de uma mulher!... que a alma que ama, a alma que é dom do céu, a alma que é espírito, a alma, que é de Deus, pode comprar-se com o ouro dos homens!... oh!... e quando se tem um pai como eu tenho, que não é tirano, que é amigo extremoso, que é, enfim, digno do sagrado nome de pai; quando ele me está dizendo — filha!... respeita a flor de teu coração! filha, não te sacrifiques!... filha, não cases com quem não amas!... filha, decide-te com toda a liberdade! — pensar eu, um instante só, em sacrificar-me!... o que é a desgraçada, que para não ser pobre se liga para sempre ao homem que mal conhece, traindo um outro que tem domínio sobre seus pensamentos, que é o objeto do mais puro amor?... o que é?... é uma mulher que se vende! não é uma mulher, não: é uma escrava, ou, ainda melhor, a alfaia delicada que um homem regateia e compra!...

Honorina estava realmente bela nesse monólogo febril em que ela deixava fugir-lhe dentre os lábios as proposições atrevidas de seu exagerado raciocinar, como centelhas brilhantes de um vivo fogo em que internamente estivesse ardendo. Mas, arrastada por sua imaginação, continuou ainda:

— E como me desculpo eu!... digo que hesito, porque me lembro do quanto sofrerão meu pai e minha avó nas garras da pobreza que os ameaça!... sinto isto no coração; porém, meu Deus, a pobreza e a miséria poderão causar maior dor a meus pais do que o aspecto da minha desgraça?!... não será enormíssima crueldade que uma moça se faça infeliz por suas mãos, casando-se com um homem a quem não ama, quando sabe que sua desdita, sua vida de martírio, vai ser um tormento incessante, eterno, despedaçador do coração de seu pai?...

e, de mais, o que faz a mulher que abafa suas ternas afeições para sacrificar-se a um noivo que não poderá amar nunca?... de duas uma: ou é má e suspira por um véu de viúva, ou é vítima e, com o rosto em lágrimas, com o padecimento na face, faz o tormento do marido que a infelicita e, finalmente, o atraiçoa na alma; porque, mesmo contra a vontade, pensa no seu primeiro amor.

Depois de um instante de silêncio, a filha de Hugo de Mendonça prosseguiu:

— E eu então que outrora bradava: "é um horrível sacrilégio ir um homem ajoelhar-se aos pés do altar, receber a bênção do sacerdote, estender a mão para uma triste mulher, com os olhos em seu rosto e o pensamento no seu dinheiro!"... eu, então, como devo bradar agora?... oh!... pela última vez, nada de máscara!... não!... sinceridade ao menos!... esse ente, que tenho ouvido dizer, que é muito belo, e que começo a experimentar que é muito desgraçado; a mulher que esquece o amor pelo ouro, que entrega sua mão a um homem com as vistas em suas riquezas, procede dobradamente pior! sim, porque a mulher vale muito, vale tudo pelo amor; e sem ele perde seu brilho, todo o seu merecimento; sim, porque o amor é o perfume, o encanto da mulher; sim, finalmente, porque a mulher que vai junto aos altares jurar amor eterno a um homem que não ama, jurar por Deus o que não pode cumprir, é mil vezes sacrílega!... fecha com suas próprias mãos as portas da salvação!... pois bem, não serei sacrílega!... não serei sacrílega!... e, quando meu pai me perguntar "o que decides?"... eu lhe direi bem alto "não!"...

Mas, no meio do ardor e da veemência de seus pensamentos, mesmo quando acabava de pronunciar a palavra "não!", parece que uma ideia sinistra surgiu na alma da virgem; pois que ela, soltando um gemido, exclamou com a expressão da mais dolorosa angústia:

— E meu pai!... e meu desgraçado pai!...

E deixou-se cair no leito como quem tivesse esgotado todas as suas forças.

* * *

Pelo correr das dez horas do dia o curso de suas reflexões foi interrompido por Lúcia, que entrou no quarto.

Honorina, ao senti-la chegar, ergueu-se para atirar-se nos seus braços, mas recuou espantada, vendo alegre sorrir derramado nos lábios de Lúcia.

Oh!... é mais que impiedade; é talvez um insulto que aquele a quem estimamos venha rir-se no rosto de nossa dor!...

— Estás bem alegre, mãe Lúcia! — disse a moça, em tom de amarga queixa.

— Eu pensava que a senhora também o estaria!

— É porque eu sou bem venturosa, não é assim, mãe Lúcia?!

— Ah! eu vejo, pois, que me enganei; ouvi a Sra. D. Ema repetir--me o conteúdo da carta que ontem se recebeu do meu querido filho, e vinha alegrar-me com a outra minha filha... é que eu tinha para mim que a maior felicidade que me podia ainda vir no mundo era ver unidos os dois entes que alimentei com meu leite...

— Também tu, mãe Lúcia! — exclamou a moça, chorando amargamente.

— Mas eu não entendo por que a senhora está chorando assim...

— Ainda bem!... ainda bem que o não entendes!...

— Devo crer que é por não desejar casar-se com seu primo; pois por ele respondo eu: o Sr. Lauro não é capaz de abusar de sua posição...

— Mãe Lúcia!

— Parece-me, porém, que, se a senhora chegar a vê-lo, há de mudar de opinião... olhe, menina, não se parece nada com o outro...

— Com o outro?... que outro?... — perguntou estremecendo Honorina, que tinha sempre o pensamento no moço loiro.

— O outro que cá veio, há poucos dias, pedi-la em casamento, que foi pela senhora mal aceito, e que, apesar disso, não sei por que teima em voltar ainda...

— Pois ele tem voltado?...

— Está aí agora a praticar com o Sr. Hugo de Mendonça e com a senhora sua avó.

— Mãe Lúcia — disse Honorina, levantando-se e enxugando os olhos —, eu quero ouvi-los.

— Nada é mais fácil: a porta que dá para o gabinete de seu pai está aberta.

— Pois vem comigo.

Um momento depois Honorina e Lúcia, apertadas contra a porta do gabinete de Hugo de Mendonça, ouviam tudo o que se passava na sala.

Ainda uma vez tratava-se de Honorina.

Estavam aí três pessoas: Ema, Hugo de Mendonça e Otávio.

Otávio não tinha tido a paciência precisa para esperar pelo dia do vencimento da primeira letra; com toda a sofreguidão de um homem apaixonado, sob o pretexto de vir antecipar a Hugo de Mendonça aquilo mesmo de que nenhum negociante honrado se pode esquecer, apresentou-se na casa dele.

Travou-se em breve entre os três uma polêmica forte e animada. Otávio mostrou-se sabido do estado dos negócios de Hugo e, imprudente, sem dúvida, ofereceu-se para salvá-lo à custa da mão de Honorina, aceitando como dote da moça a dívida de Hugo de Mendonça: em suma, Otávio impôs.

Ema, que já tinha defendido as pretensões de Otávio e que agora temia ver sua neta casada com o moço que detestava, sustentou na presença daquele a conveniência do casamento que lhes vinha propor; e, exasperada pela oposição de seu filho, declarou a Otávio que contasse com a sua aprovação.

Hugo de Mendonça, enfim, em quem a desgraça parecia haver criado resolução e força, respondeu com dignidade à imposição de Otávio e ao empenho de sua mãe.

— Senhor — exclamou o negociante olhando para Otávio —, não chegou ainda nenhum dos dias em que se vencem as letras, que lhe devo pagar e lhe pagarei; só então, se eu faltar aos meus deveres, lhe será lícito vir impor-me condições!

— Senhora — continuou, dirigindo-se à sua mãe —, eu me espanto da parte animada que minha mãe toma em favor das pretensões do Sr. Otávio; mas minha mãe sabe que primeiro arrastarei a miséria, do que consentirei que minha filha sacrifique seu coração à minha fortuna!

— Senhor! — disse ele ainda uma vez a Otávio — dentro em dois dias eu conto que estarão terminados todos os negócios que entre nós se acham pendentes; no entanto, espero que se convença, de uma vez para sempre, que eu não considero minha filha uma letra de câmbio nem uma mercadoria com que possa negociar; que eu não vendo minha filha por nenhum preço; que jamais consentirei em vê-la sacrificada ao homem que não pode amar!

Escutando semelhante conclusão, Otávio despediu-se vivamente agitado; e foi com acento de concentrado despeito que ele disse sem apertar a mão de Hugo:

— Até depois de amanhã!

— Sem dúvida — respondeu o negociante, vendo-o sair —; até depois de amanhã!

Honorina apenas viu a sós seu pai e sua avó, ia de novo recolher-se à sua câmara, quando se suspendeu a voz de Hugo, que se dirigia a Ema.

— Minha mãe — disse o filho —; parece que me não deve ser oculta a razão por que tanto se mostra empenhada a favor do homem que acaba de sair daqui.

— Há duas razões — disse a velha com rispidez.

— Posso eu sabê-las?...

— Sim; eu vejo prestes a cair a casa que tanto trabalhamos para levantar; essa queda trará a vergonha de todos nós; e o casamento que se propõe é um meio de preveni-la tão fácil como decoroso.

— Mas minha mãe devia lembrar-se de que Honorina já disse uma vez que "não" a iguais proposições deste mesmo homem.

— Honorina há de dizer que sim quando pensar que é esse o único meio de salvar sua família.

— Mas o pai de Honorina não há de consentir semelhante sacrifício! eu sei que, se ela ouvir a minha mãe, responderá chorando "sim"; fique, porém, minha mãe sabendo que o pai de Honorina dirá, por sua vez, "não"!

A velha fez um movimento de cólera, que não escapou aos olhos de Hugo de Mendonça.

— Sossegue, minha mãe; bem vê que se está tratando de minha filha. Vamos à segunda razão.

— A segunda razão — disse Ema com despeito — é que este casamento impediria que se concluísse o outro que projetas; faria com que tu não fosses entregar a única pessoa que me prende ao mundo a um homem miserável e infame!

— Minha mãe, Lauro pediu a mão de Honorina para quando provasse que essa infâmia não tem sido mais que uma calúnia!

A velha soltou uma risada sarcástica.

— E quem já assegurou — continuou Hugo de Mendonça — que minha filha se casará com Lauro?...

Ema olhou espantada para seu filho.

— Porventura Honorina já nos disse que sim?...

— E se ela o não disser, que esperança te restará, Hugo?...

— Minha mãe, a mesma que me restava ontem de manhã.

— A desonra.

— Não: a miséria.

— Sim... tudo sacrificado...

— Tudo — respondeu friamente Hugo de Mendonça.

— E depois darás à tua filha a vida das lágrimas e das privações;

rir-te-ás diante de seu pranto; e dirás triunfante: "ao menos não é esposa de Otávio!"

Nas palavras de Ema estava derramado todo o fel da mais acerba ironia.

— Não, minha mãe — respondeu o filho —; trabalharei noite e dia por minha filha; irei ser um humilde caixeiro, um simples escrevente de cartório, o que primeiro puder ser, enfim; mas trabalharei sempre, e muito... dormirei menos duas horas... vestir-me-ei mal... serei capaz de pedir uma esmola; mas, quando trouxer a Honorina o pão comprado com o suor do meu rosto, eu exultarei, minha mãe; porque no meu coração estarei dizendo a mim mesmo "ao menos não a sacrifiquei!"

— Sim! sim! sim! — exclamou a velha, despeitada —; e quando daqui a um ano, a dois ou três, pagares o tributo de tua vida, tu a deixarás no mundo só, nua, faminta, com um pé na miséria e o outro na desonra; mas do fundo do sepulcro teus ossos estarão dizendo: "ao menos não a sacrifiquei!"...

— Minha mãe! é uma impiedade estar assim redobrando meus tormentos!...

— É que tu estás cavando um abismo debaixo dos pés de tua filha!

— Eu... nós já lhe demos a educação e os exemplos da virtude...

— Mas aí está o mundo...

— E sobre o mundo, minha mãe, está Deus...

A velha entendeu que era tempo de calar-se; e Hugo de Mendonça, que já se achava vestido e pronto para sair, tomou o chapéu.

— Minha mãe, devo sair — disse ele —; tenho ainda papéis a ver, passos a dar e talvez fatos a averiguar. Eu lhe peço que não diga uma única palavra a Honorina a respeito do que se tem passado: devemos querer, quero, que ela tome uma resolução definitiva, sim; mas quero também que o faça livremente; trata-se da felicidade ou da desgraça de toda a sua vida; e já que a seu pai não é dado ler no futuro, faça-se ela feliz ou desgraçada por suas próprias mãos.

Um instante depois Ema ficou só na sala; e Honorina foi de novo abrigar-se no silêncio de seu quarto.

❖

XXXII

Lucrécia

A causa, que pleiteavam no coração de Honorina a natureza e o amor, continuava indecisa; porque a sentença tinha sempre de ser um martírio para o juiz. Os litigantes combatiam-se mutuamente com as armas da generosidade; e, talvez a próprio despeito, quando queriam ceder o campo, ainda mais avançavam.

O pai dizia à filha: "não te sacrifiques!"

O amante dizia à amada: "salva a teu pai e esquece-me!"

E se ao morrer de um dia uma carta do moço loiro, na qual ele parecia renunciar à esperança de felicidade, era justamente o que mais em seu favor argumentava e plantava na alma de Honorina novos direitos a essa esperança; na manhã do outro a prática havida entre Hugo e sua mãe, o voto solene que fez o extremoso pai de não só não querer como também de não consentir o menor sacrifício do coração de sua filha, apesar da pobreza e da desgraça que o esperavam, dava dobrada força, enchia de interesse e de ardor a causa da natureza.

E, pois, Honorina, hesitando sempre, lembrou-se, como tantas vezes, da sua fiel amiga; e, acreditando que seus conselhos lhe eram mais que nunca necessários, escreveu-lhe depressa estas poucas palavras:

Raquel: eu preciso de ti ao pé de mim, como um pecador moribundo precisa ter junto de si um padre compassivo e sábio; faze por ver-me quanto antes; dize a teu pai que eu estou muito doente, ou dize o que melhor te parecer; eu quero pedir-te conselhos, contar-te muitas coisas tristes e falar-te a respeito... dele.

Honorina tinha errado, porque não compreendia o que também se estava passando no coração da sua amiga; se Honorina não tivesse concluído o seu bilhete com as palavras "falar-te a respeito... dele", abraçaria sem dúvida a Raquel muito depressa; porém, para ouvir falar a respeito... dele, é duvidoso que Raquel se apresse.

No fim de duas horas, Lúcia foi entregar a Honorina a resposta que tinha chegado de Raquel.

A moça abriu o papel e leu tristemente:

Honorina: eu estou muito doente; é-me impossível ir ver-te agora; verei se o posso fazer à noite.

— Pobre Raquel! — disse Honorina —; mãe Lúcia, é porque ela está na verdade doente.

— Mas, enfim, como promete vir à noite...

— Contudo, esperar até à noite é muito para quem se vê no meu estado!

— Eu pensei que a primeira carta da Sra. D. Raquel havia-lhe consolado um pouco...

— A primeira carta?...

— Sim; aquela que ontem lhe entreguei na saleta do terrado.

— Ah! sim... é verdade: a primeira carta... pois exatamente por causa dela precisava eu ter junto a mim uma amiga que me aconselhasse...

— Então... eu...

— Mãe Lúcia... tu és um pouco suspeita; quando em qualquer questão aparece o nome de meu primo...

— Paciência, Sra. D. Honorina.

— Oh! paciência?... de paciência careço eu, e de muita, porque, com efeito, é terrível a minha posição!... eu sinto andar-me a cabeça à roda... tenho no coração uma ansiedade inexplicável... eu preciso falar... dizer o que sofro a alguém que me estime e que me aconselhe... oh!... como é bom ter uma amiga ao pé de si!... neste momento Raquel... uma amiga seria a meu lado como um anjo!...

— Mas eu creio que batem palmas na escada...

— Se fosse Raquel!... mãe Lúcia, vê quem é...

Uma escrava bateu de manso na porta do quarto de Honorina e anunciou a Sra. D. Lucrécia.

— D. Lucrécia!... — exclamou a moça.

— Que a vem visitar — disse Lúcia.

— Quando eu pedia ao céu uma amiga!...

— A senhora não quer ir recebê-la?...

— Não, mãe Lúcia, Lucrécia não é de cerimônia; faze-a entrar para aqui.

A bela viúva chegava a propósito: Brás-mimoso, que viera cumprimentar pouco antes as senhoras, voltara assustado com o aspecto melancólico de Ema e para logo fora dar conta do que observara à sua interessante protetora.

Lucrécia correu imediatamente ao posto que lhe convinha: as lágrimas de uma rival agradam muito ao paladar da mulher ciumenta; e de mais, quem sabe se a despeitada viúva não poderá tirar partido da posição de Honorina?...

Lucrécia não hesita e se apressa a descobrir campo.

Apenas entrada no quarto, ela aperta Honorina em seus braços e exclama:

— Meu Deus!... tu tens chorado, D. Honorina!

— Muito! muito, D. Lucrécia; porque eu sou bem desgraçada!

— Oh! mas tu me devias ter feito chamar para consolar-te... porventura não te tenho eu pela minha melhor amiga?... aposto que mandaste buscar D. Raquel?...

— É verdade... mas perdoa.

— Perdoo-te de todo o meu coração, pois que sois amigas da infância: é tão doce uma amizade dos primeiros anos!... eu também amo muito a D. Raquel, porém onde está ela?...

— Não pôde vir... desgraçadamente se acha doente...

— Oh! jamais se está doente para acudir a uma amiga que chora!...

— D. Lucrécia, Raquel não mente!

— Esqueçamos isso — continuou a viúva —; não veio ela, mas aqui estou eu; vamos, D. Honorina, que querem dizer essas lágrimas?

Honorina estremeceu; como sempre, apareceu no espírito da moça a desconfiança que lhe inspirava Lucrécia; havia no coração de Honorina talvez um pressentimento de que aquela mulher lhe seria falsa; mas ao mesmo tempo esse coração estava tão cheio de mágoas, esse espírito tão repleto de temores, de dúvidas, de amor e de piedade que por força tinham ambos de esvaziar-se no seio de alguém.

Portanto, depois de muito tempo de hesitação e de vivas instâncias da viúva, Honorina, abaixando os olhos, disse:

— Antes de tudo, tu me deves perdoar uma falta, D. Lucrécia.

— Uma falta? — perguntou a viúva fixando na moça vistas perscrutadoras, e qual é?...

— Eu não te tenho dado toda a minha confiança... até agora te ocultei o meu único segredo.

— Eu o sabia... eu o adivinhava...

— D. Lucrécia... eu amo... há muito tempo...

— Sim... bem... e então?

Honorina derramou toda a relação de sua inocente paixão no seio da viúva, como um licor doce e cristalino que gota a gota se deixa cair em um vaso impuro.

Lucrécia escutava atentamente a história daquele amor já tão adiantado, e tão terno, e que ela mal tinha suspeitado na noite do canto à sombra da mangueira e na seguinte tão tempestuosa e terrível. Oh! a vaidosa viúva teve inveja desse amor de homem misterioso e devotado, que se metamorfoseava em tantas figuras, que aparecia inopinado em tantos lugares, que velava tantas noites, que assoberbava a mesma morte por uma mulher; ela sentiu que esse homem valia mil vezes mais do que Otávio; e ouviu, com inveja ainda, essas doces e imutáveis palavras de seus singulares escritos; palavras que semelhavam um mote guerreiro inscrito no escudo de amoroso cavaleiro de prisca idade.

Honorina não esqueceu nada; tudo quanto com ela se passara e se estava passando confiou à falsa amiga: as pretensões de Otávio, a sua resposta, os desejos de sua avó, o propósito de seu pai, as cartas de seu primo, tudo foi revelado.

E quando terminou sua tão longa narração, Honorina respirou mais livremente e, como esperando um conselho, levantou os olhos e os fitou no rosto de Lucrécia, que, pensativa, tinha os seus esquecidos sobre o tapete, que se achava estendido aos pés do leito da moça.

Em que pensava ela?... já uma vez o dissemos: a mulher não detesta a sua rival pelo amor que pode ter ao seu amado, mas antes pelo amor que lhe vota ele; merecer mais que ela é o crime; e embora não deseje, não faça por merecer, o suposto crime existe, e o castigo se forja.

Também já uma vez o dissemos: "vençamo-la!", é o grito de guerra de uma rival.

Lucrécia não tinha, mesmo ouvindo na confissão de Honorina o quanto esta desprezava Otávio, esquecido seus desejos de vencê-la, rebaixando-a... pondo-a, se possível lhe fosse, ainda abaixo de seus pés diante do homem que dela se esquecera por Honorina.

Estudando a relação que acabara de ouvir, Lucrécia tinha ante seu espírito três pretendentes à mão de Honorina; nada disso, nenhum deles lhe agradava: a mulher que se casa nunca se rebaixa; o casamento é sempre um triunfo da mulher; portanto era preciso afastar a moça de todos eles.

A miséria de Hugo de Mendonça já era alguma coisa; mas não

tudo. Honorina podia ficar nobre e virtuosa, mesmo nas garras da miséria, e Lucrécia compreendia perfeitamente que uma moça bela e sempre virtuosa no meio das privações da pobreza é como uma flor do céu caída na terra, como um pensamento de Deus perdido entre os homens... é a verdadeira angélica virtude.

Depois de muito refletir, o costumado e doce sorriso de seus lábios apareceu; dir-se-ia que a viúva tinha achado uma tábua de salvação para Honorina; e ela havia somente entrevisto um caminho que a podia levar a profundo abismo.

— E então, D. Lucrécia!... pensas que já não há esperança de felicidade para mim?...

— Oh!... não; eu estava pensando em outra coisa: lembrava-me de uma cena que se passou comigo, quando trataram de casar-me, e que se parece muito com o que sucede contigo; queres ouvi-la?...

— Se o julgas conveniente...

— Quando quiseram casar-me, eu tinha 16 anos... era, pois, da tua idade; não contava, como tu, pai e avó, mas em compensação tinha mãe e tio; amava em segredo a um moço, como tu amas; pois bem, a minha mãe e meu tio descobriram o meu amor, não o aprovaram e, para melhor combatê-lo, fingiram ignorar sua existência; quem sabe, D. Honorina, se te sucede o mesmo?...

— Não... não.

— Também eu não digo que sim: mas escuta. Um dia, veio um senhor pedir-me em casamento... compreendes que eu fiz como fizeste, disse que não; vês como se têm assemelhado nossos destinos?...

— Sim... prossegue.

— Passado algum tempo, minha mãe se me apresentou aflita e chorosa... leu-me a sentença de um tribunal que lhe fazia perder metade ou quase todos os seus bens em favor de um primo meu... esse primo amava-me também e exigiu ou a minha mão, ou o que lhe pertencia... ora, não vês como continuam a parecer-se nossas histórias?... há apenas uma troca de papéis; porque contigo é teu primo que aparece como salvador, e comigo sucedeu que foi o meu primeiro pretendente quem escreveu à minha mãe, oferecendo-se para salvar-nos...

— E depois?...

— Estava o tal meu primo disputando na sala com minha mãe e meu tio, e uma escrava disso me avisou. Fui escutá-los: meu tio defendia as pretensões de seu sobrinho, e minha mãe jurava que antes queria ver-se reduzida à miséria do que me obrigar a casar com esse meu primo, a quem eu também já havia rejeitado; essa é uma pequena dessemelhança entre nossas histórias...

— E finalmente?...

— Lembrou-se o meu primeiro pretendente... meu tio gritou contra ele, minha mãe falou a seu favor, mas jurou que nem com esse me obrigaria a casar; depois pintaram a miséria com horríveis cores... minha mãe, D. Honorina, falou como teu pai... estava chorando; quando eu caí em seus braços, e, para salvá-la da pobreza, esqueci meu amado e casei-me com o homem de quem hoje sou viúva.

— E, portanto...

— Espera — disse Lucrécia interrompendo a moça —, ainda não acabei a minha história: três dias depois do meu casamento conheci que tinha sido vítima de uma traição; não havia sentença contra nós; meu primo se tinha conciliado amigavelmente com minha mãe em obséquio a meu marido, de quem era amigo; para servi-lo, ajudara a tramar a intriga, fingindo querer casar comigo; e três dias depois veio à nossa casa beber um copo de vinho à saúde dos noivos.

— E tua mãe, D. Lucrécia?...

— Minha mãe queria tornar impossível assim o meu casamento com o homem, que amava em segredo.

— Oh! D. Lucrécia, também nisso diferem nossas histórias, porque meu pai nada suspeita do meu amor; e ainda que tudo soubesse, tal não era capaz de fazer, porque meu pai é meu pai.

— D. Honorina, também minha mãe era minha mãe.

— Mas o que tu pareces querer fazer-me pensar é uma injúria que eu não sofrerei que se faça a meu bom pai e a minha avó!...

— Meu Deus! D. Honorina, eu não te quero fazer pensar coisa alguma contra teu bom pai e tua avó: eu não fiz mais do que te contar a história do meu casamento.

— Que tanto assemelhaste à minha, D. Lucrécia!

— Isso não partiu de mim: é filho do acaso.

— Mas eu te pedia conselhos... e tu me contaste uma história.

— Donde podias tirar bons conselhos, D. Honorina.

— Outra vez!...

— Eu não sei dizer às minhas amigas senão a verdade, embora cruel: eu vejo que te pretendem fazer vítima de uma intriga...

— D. Lucrécia!

— Não compreendo como se possa ser na praça um rico e feliz comerciante e em casa um negociante falido!...

— Basta!... eu não devo, eu não quero ouvir o que a senhora diz!...

— Pois bem! eu cumpro meus deveres de amiga; tu, D. Honorina, sacrifica-te! escuta tudo o que te fazem ouvir detrás de uma porta... entrega-te ao homem que te indicarem... a esse Sr. Otávio ou ao outro, que de longe te requesta, e te persegue sem te ver, sem te amar... e, no entanto, esquece aquele que tanto te idolatra...

— Oh! basta!... basta pelo amor de Deus!...

— Esquece aquele que por ti vive e vela sempre... aquele que te ama com um amor tão novo, tão singular e tão belo... que por ti expôs sua própria vida...

— D. Lucrécia... compaixão para mim!...

— Não! não!... compaixão para ele!... para ele, pobre moço, que tudo devia confiar de tua constância, e que em breve terá de marcar o teu nome, como ainda um novo exemplo da volubilidade do nosso sexo!...

— Mas quando eu digo que o amo, que o adoro!...

— E que amor é esse, D. Honorina, que não é capaz de nenhum extremo, de nenhum sacrifício pelo objeto amado?... que chama é essa que cede a tão fraco sopro?...

— Que cede a tão fraco sopro?... D. Lucrécia, sabes o que é ser, ou foste o anjo querido de teu pai?...

— Nossos pais?... nós lhe devemos tudo certamente; mas talvez que, cegos por seu amor, temerosos por nosso futuro, todos eles nos julgam muito imbecis para escolhermos um esposo; e quase sempre supõem indigno de nós o objeto de nosso amor; queres exemplo?... aí tens a vida, o destino da totalidade das mulheres aqui me tens a mim; e, finalmente, aí te tens a ti.

Honorina viu o rosto de Lucrécia animado e cheio de fogo; e, ingênua que era, não compreendeu que há também entusiasmo no crime.

E Lucrécia, hábil e astuta, soubera ferir a corda sensível do coração da moça que atraiçoava: tocando no seu amor, mostrando-se inflamada e viva na defesa do moço loiro, tinha roubado a atenção e prendido o espírito de Honorina. Com a eloquência e finura que lhe haviam dado o trato e a vida cortesã, foi levando a inocente moça passo a passo até o ponto onde queria dar-lhe o último golpe; encheu até às bordas um copo de horrível veneno, que lhe deveria deixar para beber; só quando tinha esgotado os mais capciosos argumentos, os mais detestáveis e perigosos sofismas, foi que, fingindo-se fatigada, calou-se, e respirou arquejando.

— Mas em conclusão — perguntou Honorina —, que devo eu fazer?... o que me aconselhas?...

— E para que um conselho, se não estás disposta a segui-lo?... se ainda há pouco me mandaste calar?...

— Perdoa; porém eu não podia ouvir falar contra meu pai.

— Pois, então, obedece-lhe em tudo.

— Oh!... mas isso é uma impiedade!... quando eu te peço um auxílio de amizade.

— Pois bem... eu acho um meio.

— Dize-o.

— Ouve-o; das duas uma: ou tu és vítima de infernal trama, ou não; há um recurso mercê do qual podes escapar à intriga e não perder a estima pública.

— E qual?...

— O seio de Deus.

— Eu não compreendo...

— Julga-se sempre mal de uma mulher que foge de seu pai para entregar-se aos cuidados de outro homem; mas ninguém pode maldizer a que se arranca da casa de seus pais para abrigar-se à sombra dos altares do Salvador do mundo.

— E então... eu tremo!...

— Cumpre fugir e entrar em um convento.

— Fugir de meu pai?...

— Deus está acima dos pais...

— Fugir de meu pai?...

— Sim; mas para entrar logo em um convento.

— O que tu me aconselhas, D. Lucrécia, se assemelha muito a um crime!...

— Crime, buscar a casa do Senhor?! D. Honorina, tu desarrazoas. Ouve-me: saindo da casa de teu pai, tu lhe deixas uma carta em que declaras a resolução que tomaste e o lugar onde foste procurar um abrigo; aí, se foi uma cilada que contra ti forjaram, e teu pai te ama, esperas o seu perdão e sais depois nobre, cândida e pura, como entraste, para ser esposa do teu interessante e misterioso amado; e se é uma realidade o que se passa aqui, tu ficas no convento, e nem te sacrificas, nem te tornas pesada a teu pai.

— Não, D. Lucrécia, fugir de meu pai, não, não!...

— Oh! pensa bem no que vais fazer, minha querida amiga; lembra-te de que, com a inconstância deste mundo, podem em pouco tempo estar mudadas todas as cenas que hoje tão tristes se apresentam; é possível, é mesmo provável que o Sr. Hugo de Mendonça se reabilite no comércio; não seria nenhum milagre vermos esse moço loiro aparecer inopinadamente rico, feliz e alegre; a fortuna é assim, inesperada, imprevista sempre!... vê, pois, o que te cumpre, D. Honorina: pensa que para esperar a fortuna se faz preciso fugir desta casa; aqui há perigo... aqui tu não terás força para resistir às lágrimas de teu pai!

O veneno ia pouco a pouco escoando pelos ouvidos de Honorina; a pobre moça escondeu o rosto entre as mãos e, derramando torrentes de lágrimas, exclamou por entre soluços:

— Não! D. Lucrécia; fugir de meu pai, não!... não!...

— Pois bem, faze o que te convier, D. Honorina; sacrifica-te... com teu sacrifício imola... mata esse pobre moço que te salvou; porque é preciso dizer que um homem que ama como ele não sobrevive à morte de seu amor!

— Oh!... D. Lucrécia!...

— No entretanto, eu cumprirei o dever de amiga: se te resolveres a seguir os meus conselhos, escreve-me esta simples palavra: "sim!", eu farei o resto; às dez horas da noite em ponto esperar-te-ei em uma carruagem a 20 passos do portão desta casa, e do lado da minha; conduzir-te-ei ao convento, para cuja entrada darei com o maior segredo todos os passos, esta tarde; se me não responderes até às duas horas, voltarei a ver-te. Adeus!... pensa e resolve-te!

Lucrécia levantou-se e despediu-se de Honorina, que, ao vê-la sair do quarto, exclamou ainda:

— Não!... D. Lucrécia, fugir de meu pai, não!... não!...

Às duas horas da tarde uma escrava de Lucrécia entregou-lhe um pequeno bilhete que fora trazido por um pajem, que para logo se retirara sem cuidado de resposta.

A viúva abriu com impaciência o bilhete e, sem poder ocultar infernal prazer que lhe transluzia no semblante, murmurou arrastando-se por cada uma sílaba das frases:

— Vingo-me!... venci!...

No bilhete estava escrita uma única palavra: "Sim".

❖

XXXIII

Félix

Enquanto aflita e gemebunda a inocência lá se achava exposta aos laços da perfídia e chorava sobre seu amor e sua piedade, o crime não espremia essas lágrimas impunemente.

É falso! não há impunidade para o crime. Deus, sábio e providente, preveniu a ignorância e a fraqueza dos homens; quando estes não condenam, aí está a consciência do criminoso que o tortura. A consciência é a voz de Deus, que brada dentro do homem: o eco de seus brados vai soar na eternidade.

O malvado que se avezou ao crime, que o perpetra como por hábito, não passa ainda assim impune: isso que vós chamais hábito é já o desespero da salvação; é a prévia condenação eterna que o punge, que o dilacera tanto, que o faz desafiar a cada instante a cólera do Juiz Supremo, desejoso de ir sofrer a pena terrível, não podendo mais esperar por ela; porque, se esperar o bem é um prazer que se frui de longe, esperar o inferno é já estar no inferno. A consciência nunca se caleja; no celerado, o que às vezes se apaga é a esperança de salvação; a nímia malvadeza é como uma loucura pela qual o homem chega a julgar mais elevada a enormidade de seus crimes do que a misericórdia de Deus.

E aquele cuja alma se ressente ainda de sua origem celeste, aquele que cometeu pela vez primeira um delito, recua, cora diante de sua consciência, como o mancebo enamorado aos olhos de sua bela, por quem foi convencido de um momento de infidelidade. É cruel estar o homem convicto de que praticou uma ação torpe; desde o instante da convicção, nunca ele está só, nem no solitário leito; aí mesmo e em toda a parte tem diante de seus olhos, dentro de seu crânio e sobre seu coração... a consciência do crime.

Essa pena terrível e sublime, que é conhecida do menino e do velho, a estava sofrendo Félix. Ele tinha sido condenado diante do tribunal infalível: seu processo, seu juiz, seu castigo, e o executor desse castigo, era somente a voz de Deus, que falava dentro dele. Não havia aí dizer: "sou inocente!" — a convicção estava com ele: a convicção era a pena.

Félix havia, pois, cometido um crime, que ainda não está para nós bem patente; mas que o estava para Otávio, que dele se serviu a fim de levá-lo à perpetração de outro.

O guarda-livros se transia, portanto, com a consciência de que era um falsário, um infame, um ladrão! — E não é tudo ainda: o homem, a quem ele tinha deixado roubar, era um de seus benfeitores; por consequência, havia um outro crime: a ingratidão.

E os resultados?... se Otávio levar a efeito seu indigno plano, quem sacrifica o coração da pobre moça?... quem reduz à miséria e é a causa dos horrores que ela fará sofrer a Hugo de Mendonça?...

Semelhantes ideias, pungidoras certamente, tinham torturado a Félix durante duas noites; o segundo dia correra tão cruel para ele como o primeiro, e ao chegar o fim dessa tarde, em que Lucrécia recebera o sim por que suspirava, o guarda-livros de Hugo de Mendonça despediu-se dos caixeiros e, contra antigo costume, subiu antes da noite para seu quarto.

Apenas entrado fechou-se por dentro e estirou-se sobre o leito, onde passou meia hora arquejando ansiado; depois ele se ergueu de repente, correu à sua carteira, tirou dela a carta que Otávio havia três dias lhe lançara por debaixo da porta e, apertando-a na mão, exclamou como em delírio:

— É a minha salvaguarda!... somos dois infames que nos daremos o braço mutuamente! o mundo cuspirá no rosto de ambos; não o fará somente no meu!

Nesse momento bateram na porta do quarto; Félix guardou rapidamente a carta no seio e com voz alterada perguntou:

— Quem está aí?...

E conheceu a voz de um servente, que lhe respondeu:

— Um homem já velho e doente quer falar-lhe; e diz que tem importante negócio a tratar, e recomenda que deve fazê-lo neste mesmo quarto, em segredo.

Félix estremeceu todo inteiro.

— E que homem é esse?...

— Ninguém o conhece lá embaixo.

— Donde, e de quem vem?...

— Não o disse.

— Como se chama?...

— Respondeu que não tem nome.

— Pois que se vá embora: não quero vê-lo.

— Já o despedimos dez vezes.

— E então?...

— Diz que quer falar-lhe por força e em segredo; por que Vossa Mercê não desejará que ele fale muito alto.

— Pode fazê-lo entrar.

E pálido e temeroso ficou o guarda-livros com a cabeça fora da porta e o ouvido atento: ao ruído das pisadas do servente que se retirava, sucedeu o ruído das do homem que vinha. Félix o viu aproximar-se vagarosamente de seu quarto e entrar sem dizer palavra.

Era um homem de estatura ordinária, magro, de cabelos que começavam a embranquecer, e que por longos cobriam-lhe as orelhas e uma parte da fronte e das faces: trazia dois parches, um sobre o olho esquerdo e outro que lhe escondia completamente o nariz; vinha com calças e coletes de pano preto já usado e vestia uma longa sobrecasaca verde-escura, que lhe tocava a curva das pernas; tendo entrado no quarto, tomou uma cadeira e sentou-se defronte de Félix com a maior sem-cerimônia do mundo.

— O senhor queria falar-me... — disse Félix.

— Sim... — respondeu com voz áspera o homem.

Félix o encarou, e viu fito, pregado em seu rosto o olho direito do desconhecido; e sentiu que esse olhar era penetrante como um dardo, ardente como o raio, terrível como o do tigre.

O guarda-livros teve de abaixar a cabeça e só então pôde dizer um pouco agitado:

— Pois eu estou pronto para ouvi-lo.

— Convém, antes — disse o homem —, que aquela porta seja fechada...

E, como para poupar a Félix uma resposta ou algumas passadas, ele mesmo se ergueu e fechou a porta do quarto.

— Bem — disse Félix, que involuntariamente tremia —, e agora?...

— Agora — tornou o homem —, escute-me.

— Escute-me?... o senhor fala e pratica de um modo, que...

A personagem desconhecida interrompeu o moço e começou a falar em voz baixa, mas terrível.

— Eu sei uma história, Sr. Félix, que Vossa Mercê vai ouvir e há de corar, ouvindo-a, provavelmente, porque o seu melindre e a sua virtude se envergonharão do infame papel que representou o herói dela.

— Mas eu penso que o senhor me não veio incomodar para contar-me histórias...

— Ouça sempre. Em certa cidade... (não importa onde) havia um negociante honesto e honrado, cujos negócios não estavam no melhor pé possível. Obrigado por fatais circunstâncias a retirar-se por meses para o campo, deixou ele administrando sua casa um mancebo, que era o seu guarda-livros...

— Se o senhor quer falar de mim...

— Quando o negociante voltou, apareceu a seu lado uma filha sua, jovem e bela, que até então estivera oculta pelo véu dos cuidados de sua família, como uma violeta entre suas folhas; essa moça foi amada por grande número de mancebos, e no número desses houve um a quem eu darei o nome de Otávio, que a pediu em casamento e foi repelido por ela.

— Mas... senhor...

— Sem generosidade e sem nobreza, Otávio quis tentar obtê-la à força. Para isso achou um meio: o moço, que servira de administrador da casa do negociante, tinha um segredo fatal que o podia perder e que era por ele sabido. Otávio abusou desse segredo e foi vendê-lo ao antigo administrador a preço de mais de 40 contos de réis em letras passadas contra a casa do negociante. O antigo administrador cedeu!... vendeu seu patrão.

— É falso! — balbuciou Félix, caindo aterrado sobre o leito — é falso! é falso!...

— Em uma noite os dois trocaram infâmia por infâmia, as letras pelo segredo. Otávio deixou o jovem guarda-livros, o antigo administrador, e com três importantes letras na mão foi impor ao negociante: ou o seu casamento com a bela moça, ou a miséria dela e a queda da casa.

— Oh!...

— E o guarda-livros ficou só... e na mão com que tinha dado as falsas letras estava uma pequena caixa de veludo preto...

— Senhor!... senhor!...

— Daí a pouco abriu uma carteira, como esta, que eu vejo ali, Sr. Félix, e dentro dela... no fundo de um escaninho de segredo escondeu essa caixa de veludo negro, que devia também estar escondendo a prova de um crime ainda mais negro!...

E o desconhecido avançou para a mesa onde estava a carteira de Félix; mas para logo teve de parar diante do moço, que, possuído de um violento tremor, pálido como um finado, lançando bolhas de espuma pelas comissuras dos lábios, colocou-se entre aquele e a sua carteira, e com voz sepulcral balbuciou:

— Nem mais um passo... ou grito... que me querem roubar... que...

— Não há de gritar, Sr. Félix; não há de mesmo abrir a boca; ou fá-lo-á somente para implorar-me piedade; nem se moverá daí ou, se der um passo, será para cair de joelhos a meus pés!...

— Senhor!... senhor!...

— Porque se quiser chamar alguém, eu bradarei bem alto "dentro daquela carteira existe a prova de um crime, uma caixa de veludo preto!", e então o senhor pedirá que me cale... que não diga nada...

— Silêncio!... silêncio!... — balbuciou o guarda-livros.

— Porque, se ainda quiser dar um passo, eu continuarei gritando, e dentro dessa caixa forrada de veludo preto está uma cruz cravada de brilhantes! e então o senhor há de cair de joelhos a meus pés, implorando piedade...

Félix caiu com efeito de joelhos e, abraçando-se com as pernas do desconhecido, exclamou:

— Compaixão... piedade!... não me perca pelo amor de Deus!...

O desconhecido, desprendendo-se das mãos de Félix, foi de novo sentar-se na cadeira que pouco antes ocupara; e, encarando o mísero guarda-livros, disse com um sorrir desdenhoso e terrível:

— Compaixão!... piedade!... não o perder pelo amor de Deus!... oh! como é miserável e covarde o crime!...

— Perdão! perdão!... — murmurou Félix.

— E posso eu lhe perdoar?... não!... não!... é esse um direito que deve ser exercido por muita gente, já que muitos são os ofendidos: ouça-me! sabe quem eu sou?...

— Não... ou é o meu juiz...

— Eu sou um homem que deve tudo ao Sr. Lauro de Mendonça; que, conhecendo a desgraça do meu benfeitor, jurei demonstrar sua inocência e demonstrá-la-ei! sou o braço do ofendido... eu sou a vingança!...

A voz desse velho desconhecido era como um trovão, e seu olhar cruelmente embebido no rosto de Félix era como uma língua de fogo, que lhe ia até ao coração. Ele disse:

— Há sete anos, uma cruz cravada de brilhantes desapareceu da casa de Hugo de Mendonça; Lauro não tinha nem podia ter parte em semelhante acontecimento; o senhor o sabia; o senhor o denunciou como perpetrador do furto dessa cruz; primeiro crime, a calúnia. Só uma pessoa pode perdoar-lho: é Lauro de Mendonça.

Félix quis falar; porém o desconhecido o não deixou fazer e prosseguiu.

— Mas essa cruz cravada de brilhantes, que pertencia à filha de Hugo de Mendonça, havia com efeito desaparecido; e o senhor foi o miserável que a furtou: segundo crime, o furto. Uma outra pessoa há que só lho pode perdoar: é Honorina.

Félix fez de novo um movimento; e ainda o desconhecido o suspendeu, continuando:

— E a maldição que sobre Lauro lançaram seus avós e pai?... e os sofrimentos desse mancebo?... e a morte de sua extremosa mãe?... quem, Sr. Félix, quem há de perdoar tudo isso?... só ele, que foi o ofendido, só ele, que herdou a bondade do coração angélico de sua mãe; só Lauro.

O guarda-livros desabafou um surdo suspiro, e o velho disse ainda:

— Agora, Sr. Félix, o que é essa infernal trama, cujo resultado terá de ser a miséria de uma família inteira?... como se chama tão nefando crime?... basta-lhe, diz tudo o nome de ingratidão?... na palavra ingratidão poderá ser abrangida a falsidade, a traição, a infâmia de um homem que com sua mão fere de morte o chefe de uma família a quem deve tudo?... de um guarda-livros que vende com tamanha vileza o seu patrão?... e por qual chão tão escabroso arrastará o senhor o rosto para ir implorar perdão a todos esses que têm o nome de Mendonça?...

Félix estava sofrendo todos os tormentos do inferno.

— Oh!... — exclamou o desconhecido — não era possível que, por mais tempo, continuasse a calúnia a manchar a virtude: é preciso convir de uma vez para sempre que não há véu suficientemente denso para esconder o crime. Deus castiga a maldade no próprio coração do mau com as torturas do remorso; mas não basta isso. Deus quer ainda que a inocência, depois de perseguida e insultada pela aleivosia, apareça, enfim, bela e pura, como os raios do sol, passada a hora de um eclipse, brilham de novo luminosos e ardentes!... portanto, para o senhor houve desde sete anos uma pena justa e terrível, que lhe azedou talvez todos os seus dias, que o acompanhou nos seus prazeres, que fez o martírio de suas noites: havia o remorso!...

— Sim! sim!... — disse Félix, erguendo-se pálido e desfigurado — sim! eu tenho padecido horrivelmente!...

— E para Lauro abriu a fortuna os braços; e, enquanto sossegado dormia o sono da inocência, ela derramava sobre ele as riquezas e a felicidade. Era, porém, necessário ainda mais: era necessário que o filho repelido entrasse de novo na casa de seus pais puro e nobre, com a face descoberta, e dizendo "eis aqui a demonstração de minha inocência!... eu fui caluniado!"; pois bem! essa demonstração que hoje pode apresentar, deve-o também à sua virtude.

Félix em pé defronte do velho se conservava imóvel, estático como um epiléptico, com os olhos fitos no rosto desse homem terrível, que com sua voz áspera e grave continuou dizendo:

— Lauro de Mendonça, Sr. Félix, sentindo-se muito protegido pela fortuna nessa bela e generosa cidade da Bahia, criou para si uma família, de quem se fez protetor; uma família, cada membro da qual era um pobre de quem ele se tornava pai; um mísero enfermo a quem ele amparava e socorria. Entre muitos havia uma mulher, que a sorte tinha arrojado das riquezas na miséria; essa mulher que era minha parenta... minha mãe... minha irmã... não importa o que; essa mulher, digo eu, morava a três léguas da cidade, a algumas braças de distância do mar, e perto da povoação de Itapoã; ela estava lázara... um único homem tinha verdadeira piedade de seus sofrimentos, ia mil vezes consolá-la... socorrê-la... sem cuspir junto dela: era Lauro. E a lázara foi escolhida pela Providência para rasgar o véu do crime!...

O desconhecido respirou um instante, depois prosseguiu:

— Há pouco menos de um ano, acabara um dia; alta ia uma noite de medonha tempestade; a morfética estava só; um filho que tinha havia ido na manhã desse dia à cidade e não pudera voltar com tão tormentoso tempo; à meia-noite batem à porta, e pouco depois um mancebo todo molhado e ferido cai exausto de forças nos braços da morfética. Uma embarcação carregada de algumas centenas de míseros africanos soçobrara nesse dia; e o dono dela, esse mancebo, ele só, lutara 20 horas dentro de um pequenino batel contra a fúria dos ventos e do mar; finalmente, conseguindo chegar à praia de Itapoã, pudera ir bater na porta da lázara e caíra nos braços dela, pedindo misericórdia.

Passada uma hora, o náufrago sentiu-se abrasado por terrível febre... houve um momento em que teve medo de morrer... pediu um padre e não achou quem o fosse chamar; e então ele, jovem, belo, rico, caiu de joelhos aos pés de uma mulher morfética e arrasou um segredo infame!...

— E quem era esse mancebo?... — perguntou Félix, tremendo.

— Esse mancebo disse à lázara: "Senhora! eu tenho parte num crime e quero salvar meu nome da desonra; sinto que vou morrer...

eu deixei entre meus papéis uma carta que explica meu procedimento a respeito do que vou dizer, mas é possível que a carta desapareça; e, portanto, ouça-me, senhora: da casa de um negociante do Rio de Janeiro, de nome Hugo de Mendonça, furtou-se, há seis anos, uma cruz cravada de preciosos brilhantes; imputou-se tal crime a um moço chamado Lauro... não foi ele; essa cruz existe em meu poder, mas o ladrão também não fui eu, não! não!... o ladrão chama-se Félix, é o guarda-livros do mesmo negociante; escreva, senhora, o que eu estou dizendo, e em todo o caso salve o meu nome da desonra..."

— Traidor!... traidor!... — balbuciou Félix.

— No outro dia, Sr. Félix, Otávio achou-se inesperadamente melhor; e apenas pôde levantar-se, partiu para a cidade, rogando com fervor à lázara que não divulgasse o segredo que lhe confiara; mas esta, que ouvira espantada o nome de seu benfeitor envolvido naquela estranha confissão, guardou para todos o segredo, menos para ele. Foi a Providência — exclamou o velho —, sim! foi a Providência que patenteou o crime, e o criminoso!...

— Basta! — disse Félix.

— Lauro — prosseguiu o desconhecido — determinou para logo demonstrar sua inocência; não podendo, porém, deixar a cidade da Bahia tão cedo, pôs a sua causa nas mãos de um parente da lázara, nas mãos de um homem fiel e resoluto, nas minhas mãos, enfim!... Vim eu, Sr. Félix, e meus olhos o têm seguido em toda a parte, há dois meses; agora, graças ao céu, a prova de seu crime vai aparecer; e Lauro de Mendonça, que cedo chegará, há de entrar na casa de seus pais nobre e puro, como sempre foi, e com a cabeça levantada acima das de seus inimigos, e esmagando com seus pés a serpente da calúnia!...

Frio glacial se havia apoderado de Félix: a notícia da próxima chegada de Lauro o enchia de terror indizível.

— E, portanto, vamos, Sr. Félix!... é preciso que a cruz de brilhantes apareça, e que o senhor se prepare a seguir-me com ela...

— Eu?... e para onde? — perguntou automaticamente Félix.

— À casa de Hugo de Mendonça para confessar o seu crime e pedir o perdão dele.

— Oh!... nunca... morrer antes!

— Prefere, então, que o publique eu mesmo?... que eu vá daqui proclamar pelas ruas a sua vergonha?... — perguntou o velho, com voz terrível.

Uma chama infernal luziu nos olhos do guarda-livros; em seus lábios estremeceu um sorrir nervoso... satânico... feroz... sua mão trêmula abriu a carteira em que devia estar guardada a pequena caixa forrada de veludo preto; mas, em vez dela, brilhou na mão de Félix um punhal...

— Miserável!... — exclamou o desconhecido, recuando dois passos e engatilhando uma pistola que tirou do bolso da sobrecasaca —; miserável!... eu preveni tudo!...

Félix, que no primeiro instante tinha ousado avançar, sentiu escapar-lhe o punhal da convulsa mão; e ele mesmo caiu outra vez de joelhos aos pés do velho, balbuciando:

— Perdão!... não me mate... não me mate pelo amor de Deus!...

Com insolente movimento de desprezo, o desconhecido empurrou com a ponta do pé o punhal para baixo da cômoda e disse:

— Desgraçado!... eu preciso da tua vida. Quero que a inocência seja proclamada pela boca do próprio caluniador. Vamos pois!... a cruz de brilhantes!...

Félix olhava espantado para o velho. No rosto do guarda-livros estava derramada essa expressão de estupidez do idiotismo; como que não compreendia o que se exigia dele. A fraqueza, a covardia do infeliz moço não eram só devidas à consciência do seu crime; havia também um poder desconhecido, uma força inexplicável no olhar ardente e penetrante daquele homem singular.

O estado em que se achava era tão horrível, sua fisionomia se mostrava tão dolorosamente decomposta, que o mesmo velho teve piedade dele e disse com acento menos duro:

— Vamos, Sr. Félix, a minha missão é de paz e de piedade; desfeita a calúnia que nodoa o meu amigo, deixarei o resto ao seu arrependimento; confio que não consentirá que caiam na miséria os seus benfeitores... e também nada tenho com Hugo de Mendonça... vamos pois!... a cruz de brilhantes, e saiamos; eu lhe obterei o perdão de Lauro, e lhe asseguro o de Honorina, e o do pai, e da avó desta.

— Perdão para mim?... — perguntou o moço com uma alegria desregrada e delirante.

— E ainda mais: o esquecimento desse crime.

— O esquecimento...

— Sim; e tudo à custa de duas únicas palavras.

— E quais são?... quais são, senhor, essas duas palavras?...

O desconhecido ia, sem dúvida, responder, quando sentiu que batiam na porta do quarto; então, com extraordinária prontidão, com vivacidade própria do mais ágil mancebo, ele abriu o guarda-roupa

de Félix e, agachando-se dentro, disse antes de contra si fechar as portas dele:

— Pode receber a sua intempestiva visita; mas olhe que, se tentar atraiçoar-me... eu não terei mais piedade de seus tormentos...

O guarda-livros, movendo-se como uma máquina, foi abrir a porta e achou-se cara a cara com um mocetão muito nosso conhecido e que era, sem mais nem menos, o incomparável Manduca.

❖

XXXIV

Manduca

O desconhecido, ao sentir que batiam na porta, pensando talvez que era Hugo de Mendonça ou alguma outra personagem para ele incômoda quem vinha a tais horas procurar Félix, espremeu-se dentro do guarda-roupa deste e aí se escondeu; bem semelhante ao D. Carlos do *Hernani*, de Victor Hugo, oculto no armário da casa de D. Sol; mas, vendo qual era a inesperada visita e lendo-lhe no físico a recomendação de seu juízo, mais por curiosidade do que por conveniência, deixou-se estar no guarda-roupa, apesar da penosa posição em que era obrigado a conservar-se.

Agora duas palavras sobre o recém-chegado.

A visita de Manduca era nada menos do que o fruto de longas lucubrações: todos nós sabemos que este homem pertencia à classe dos ultrapensadores.

Manduca, por ser dos tais que gastam meses inteiros em requestar uma moça sem que ela de tal se aperceba, nem por isso achava bom e justo que lhe fizessem por casa o que ele praticava por fora; e, pois, ouvindo de sua irmã, no dia da disputa conjugal que tão mal acabou para ele, pensamentos que demonstraram o adiantamento das relações de Rosa com seu primo, e demais um pouco tocado da ideia da possibilidade de uma paixão de Félix por Honorina, fez para logo voto de pensar nisso com madureza.

Desgraçadamente teve tempo de sobra; porque, ficando derreado por amor de seu pai, não se pôde levantar da cama, senão depois de alguns dias. Tomásia pôs em campo a medicina a favor de seu filho; e, pelo sim, pelo não, vinha de manhã um médico alopata que o sangrava geral e parcialmente, e de tarde um homeopata, que lhe embutia no estômago uma niilidade de qualquer coisa; depois de longos oito dias, as dores foram, enfim, diminuindo, e Manduca sentiu-se capaz de dar alguns passos sem gemer.

Mas, ao menos nesses oito dias, Manduca pensou, tornou a pensar e, finalmente, concluiu que o melhor partido a seguir era procurar a Félix e pedir-lhe miúda conta das pretensões que nutria sobre sua irmã.

Assentado de pedra e cal nesse propósito, no primeiro dia em que se conseguiu levantar-se, dispôs-se a esperar pelas horas de descanso de Félix e, apenas viu anoitecer, foi procurá-lo. Como era conhecido, os caixeiros da casa de Hugo deixaram-no entrar, e ele, um instante depois, bateu na porta do quarto de Félix.

Quando a porta se abriu e Manduca entrou, os dois primos recuaram boquiabertos e ficaram espantados um do outro.

Havia seis dias que Félix não via Manduca; ora, a enfermidade e a medicina tinham-se dado as mãos para pôr o pobre rapaz com um físico de espantar crianças.

Pálido, descarnado, com os olhos encovados e sombreados por duas notáveis olheiras roxas, com o grande nariz que de seu pai tinha herdado, tão afilado como luzente, com enormes mãos caídas esquecidamente das mangas da casaca, com as pernas muito finas, em uma palavra com todo o corpo dançando largamente dentro da roupa que vestia, Manduca semelhava uma múmia.

Félix, no estado de exacerbação em que se achava, pouco sentiu faltar-lhe para crer-se na presença de uma alma do outro mundo; mas, em compensação, Manduca teve também de que se espantar.

Félix estava ainda mais pálido que seu primo; seus olhos, possuídos de indizível expressão de terror, vagavam incertos e espantados em derredor dele; convulsivo tremor quase que o não deixava suster--se em pé, e, querendo encobrir sua perturbação, o moço espalhava à força em seus lábios um sorriso insípido e mal fingido, que estremecia terrivelmente, obedecendo à convulsão dos músculos labiais.

Depois de um momento de admiração silenciosa, Manduca rompeu o silêncio:

— O que é isto?... o que tens, primo?...

— Nada — balbuciou Félix —, absolutamente nada... eu sofri... um ataque nervoso... minhas loucuras... tinha passado uma noite em claro... em orgia... depois... um dia inteiro a trabalhar...

— Então, por que não vem o médico?...

— Não!... nada de médicos: tudo está acabado; estou bom; perfeitamente bom...

— Sim... mas...

— Mas é que também estás muito abatido, primo, sofreste muito então?...

— Apenas hoje pude levantar-me.

— E vieste logo me ver; obrigado... nós nos estimamos sempre muito...

— Porém, a minha visita de hoje não era puramente de amizade; eu vinha falar-te sobre objeto muito grave.

— Muito grave?... — perguntou Félix, estremecendo tão violentamente que se agarrou à cadeira onde se sentara —; muito grave?... e para quem?...

— Para ti, e para...

— Para mim!!!

— Todavia, acho-te em estado tão cruel que julgo melhor deixar para amanhã.

Félix pensou um instante; em sua vida só havia um crime; esse crime era absolutamente conhecido do homem que oculto os estava ouvindo; portanto não teve receio de que Manduca falasse; o que o podia envergonhar já não era mistério para aquele; de nada mais se acusava Félix; além disso, se era de seu crime, que vinha seu primo ocupá-lo, fazia-se preciso conhecer quanto os outros sabiam desse segredo fatal, para mais acertadamente prevenir as consequências.

— Meu primo — disse, pois, Félix —, convém não demorar o que é importante; eu estou pronto para ouvir-te.

— E se o que eu vou dizer te fizesse mal?...

— Não; nada mais sofro; fala.

— Pois como insistes, lá vai.

Manduca dispôs-se a começar, mas esteve bons cinco minutos a preparar um exórdio para seu discurso. O pobre rapaz, que tinha suas vontades de ser orador, esquecia-se de que o gosto da época e do país, quanto a discursos, não se dá muito nem com forma, nem com matérias, nem regras; o que se quer é falar, e falar muito: a beleza do discurso está na razão direta do tempo que se gasta em pronunciá-lo, embora se diga muita coisa vã, fútil e intempestiva.

Graças à sua pouca habilidade, Manduca convenceu-se de que não arranjaria um exórdio capaz nem em 15 dias; e, pois, começou ex-abrupto, dizendo:

— Meu primo, tu sabes que eu sou irmão de minha mana Rosa...

Em outras circunstâncias Félix teria interrompido a seu primo com uma risada; mas, na triste posição em que se via, contentou-se com dizer:

— Eu sei.

— Pois que a mana Rosa é minha irmã, segue-se que eu devo ter todo o cuidado nela.

— Sem dúvida.

— Ora, acontece que me anda ela de cabeça à roda por tua causa...

— Por minha causa?...

— Que tu a tens entretido com esperanças de casamento, sei eu muito bem.

— Está bom, primo, pensei que querias falar de outro objeto. Trataremos disso amanhã ou depois; temos muito tempo.

— Nada, agora já que principiei hei de acabar. Sim, senhor, como ia dizendo... com que... o que dizia eu?...

— Primo, falaremos disso em outra ocasião.

— Pior é essa, meu primo: já te disse que hei de acabar o que comecei. Estava eu dizendo que tu lhe tens dado esperanças de casamento...

— Sim... e depois?...

— É que aqui não temos depois: o que se há de fazer amanhã, faz-se hoje... o que se promete, cumpre-se.

— Manduca... está-me doendo a cabeça.

— O negócio também não é para tanto; acaba-se tudo com um sim ou com um não; isto é, com o sim, ficamos arranjados.

— E com o não?...

— Hás de dizer-me o porquê.

— E se eu disser, pode ser?...

— Eu cá não me entendo com pode ser. A mana Rosa já está em idade de casar e é de crer que não tenha vontade de esperar muito tempo. Além disso...

— Além disso o quê?...

— Há um célebre noveleiro que anda espalhando boatos pouco agradáveis...

— Boatos?... — perguntou Félix, estremecendo de novo.

— Sim: um tal nosso amigo, o Sr. Brás-mimoso, a quem se meteu em cabeça requestar a filha do Sr. Hugo de Mendonça, e que, para espantar do lado dela os homens de mérito que a possam pretender, atreve-se a dizer que ela é uma namoradeira...

Manduca interrompeu-se, ouvindo certo ruído semelhante ao de uma porta que se abre devagar.

— Que é isto? parece que nos escutam... — disse Manduca, observando.

— Não... não há aqui ninguém... seria o vento... ou alguma outra coisa...

Isso dizendo, Félix olhou para o guarda-roupa e viu uma das portas meio aberta, e pela fresta o olho do homem desconhecido.

— Mas, como ia contando — continuou Manduca —, o tal Sr. Brás-mimoso arrojou-se a dizer que tu és um dos apaixonados de D. Honorina...

— É falso... é uma calúnia!

— Ora, isso não fez muito bom cabelo, nem à mana Rosa, nem a mim mesmo; um dia... houve lá em casa o diabo a quatro...

— Meu primo...

— Qual, meu primo, se tu estivesses lá, verias como se pôs a mana Rosa; olha que quando se enfeza é uma víbora; também tirando disso é uma pomba sem fel.

— Está bem... está bem...

— Pois a mana Rosa acreditou tudo quanto lhe quis dizer o Brás-mimoso; pôs a boca no mundo contra a pobre D. Honorina e te desandou uma descompostura de tirar couro e cabelo; eu, que vi o caso mal parado, protestei, que o negócio havia de acabar bem, e aqui vim hoje, por não ter podido vir há mais tempo.

— Mas... meu primo...

— Espera, primo Félix, devo confessar-te que também tenho interesse na questão: eu estou perdido de amores pela filha do Sr. Hugo de Mendonça e concebo minhas esperanças de alcançar a posse de seu coração; ideei um plano vastíssimo; estou cabalando para ser deputado provincial e, apenas encartar-me na assembleia e tiver pronunciado o meu primeiro discurso, que há de durar sessão e meia, apresento-me à moça... e tu bem sabes que uma fisionomia de deputado é sempre simpática, por consequência... mas que diabo ia eu dizendo?...

— Tu ias dizendo... ias dizendo...

— Ah!... por consequência é preciso decidir-te; levarei o teu sim à mana Rosa, e então toda a nossa família trabalhará de acordo comum para o meu casamento.

— Pois bem, primo; fico ciente do que exiges de mim e pensarei para responder-te.

— É que tudo já devia estar pensado há muito tempo.

— Como?...

— Digo que deverias ter pensado suficientemente, quando principiaste a fazer-te de engraçado com a mana Rosa...

— Manduca!

— Ora, vê lá se queres negar a mim mesmo: então a mim, que tantas vezes servi de pau de cabeleira!

— Contudo... quando se trata de um casamento, ninguém se resolve de repente...

— Mal vai o negócio, meu primo; e se eu te perguntar qual era, portanto, o teu propósito, quando te punhas a piscar os olhos para mana Rosa?...

— Eu nunca lhe pisquei os olhos.

— Piscavas... e fazias mais; pisavas-lhe no pé por baixo da mesa; e, quando jogavas o diabrete com ela, ficavas sempre burro sem vergonha nenhuma...

— Primo... está bom: já te disse que me decidirei.

— Pois vamos lá... resolve-te.

— Daqui a 15 dias.

— Não estou por isso.

— De hoje a oito dias...

— É muito; para esse tempo já a mana Rosa deverá estar casada.

— Isso é uma loucura!

— Loucura é andar desinquietando as filhas dos outros!

— Não posso responder agora; estou doente...

— Nada... já estás muito melhor, vamos ao caso.

— Tenho a cabeça em fogo.

— Não me importa isso; também em fogo anda a cabeça da mana Rosa. Vamos... vamos...

— Pois queres obrigar-me...

— Se tanto for necessário...

— Meu primo!...

— Anda... anda... vamos depressa, que mana Rosa me está esperando.

— Tu és um louco.

— Sim ou não?...

— Isto é insuportável!... — exclamou Félix.

— Sim ou não?...

— Meu primo!... deixa-me!... deixa-me!...

— Sim ou não?...

— Meu primo!... isto se chama abusar!...

— Sim ou não?... — gritou Manduca.

— Não, não e não!

— Pois, então — disse Manduca, com o maior sangue-frio —, vamos ao morro de Santa Teresa pôr termo às nossas dúvidas.

— Um desafio?...

— Sem dúvida.

— Estarei às suas ordens amanhã todo o dia... agora é impossível... é noite.

— Nada: há de ser agora mesmo; eu não tenho medo de errar o tiro.

— Amanhã... amanhã somente.

— Não senhor, nessa não caio eu; sei bem como se arranjam as coisas para chegar uma denúncia aos ouvidos do chefe da polícia...

— Senhor!...

— Agora, se está com medo... é outra coisa...

— Não! vamos!... já que o quer... saiamos!...

Félix, exasperado, dava um passo para sair, quando as portas do guarda-roupa se abriram, e o desconhecido saltou entre os dois.

— O Sr. Félix não pode sair — disse ele.

Félix tornou a cair sobre sua cadeira, enquanto Manduca, espantado, perguntou:

— Onde estava o senhor metido?...

— Dentro daquele guarda-roupa — respondeu ingenuamente o desconhecido.

— E, então, diz que meu primo não há de sair comigo?...

— Sim; e digo ainda mais, que ele o vai satisfazer prontamente.

— Como?...

O desconhecido voltou-se para Félix:

— Sr. Félix, a sua vida por hoje me pertence. Portanto, não a pode ir assim parar no jogo de um duelo: façamos, porém, por concluir isto amigavelmente... e tanto mais que o senhor seu primo tem que fazer comigo esta noite.

— Eu?...

— Sim, senhor; em breve falaremos. No entanto, o Sr. Félix vai responder-me sem dúvida: é certo que deu à senhora sua prima a esperança de com ela se casar?...

Félix não respondeu; ele tremia mais que nunca; porque o riso do sarcasmo, o riso insultante da ironia estava nos lábios do desconhecido; Félix tremia de medo... e de raiva.

— É certo?... — repetiu o desconhecido, levantando a voz —; verdade, Sr. Félix, verdade; é certo?...

— Sim... — balbuciou o infeliz moço.

— Pois, senhor — disse o desconhecido, voltando-se para Manduca —; pode assegurar à sua irmã que seu primo está pronto para cumprir o que disse; não é assim, Sr. Félix?...

— Sim...

— Será possível!... — exclamou Manduca, espantado —; porém que diabo de homem é o senhor?...

— Um íntimo amigo de seu primo; não é assim, Sr. Félix?...

— Pois, senhor, fico-lhe muito agradecido pelo obséquio que acaba de fazer-me; e como desejo ir já levar a resposta à mana Rosa, espero que me diga qual é o negócio que tem comigo esta noite.

O desconhecido tirou o relógio e, depois de examinar as horas, disse:

— Às nove horas da noite esteja o senhor junto à igreja da Lapa do Desterro.

— Posso saber para quê?...

— Basta saber que é para salvar de um perigo iminente a Sra. D. Honorina... armam-lhe terrível laço.

— Quem?...

— Um homem chamado Brás...

— Por alcunha, o mimoso?...

— Exatamente.

— Estou pronto; lá estarei. Adeus, meu primo; senhor, até às nove horas da noite.

— Junto à igreja da Lapa do Desterro.

Manduca saiu. Apenas se viu só com Félix, o desconhecido o segurou pelo braço, e levantando-o da cadeira:

— Agora a cruz cravada de brilhantes!...— disse ele.

Félix dirigiu-se à carteira, abriu-a... descobriu um escaninho de segredo e daí tirou uma boceta forrada de veludo preto; abriu depois esta, e o desconhecido viu uma cruz cravada de brilhantes.

— O senhor acha-se vestido... tome a casaca e saiamos.

— Para onde?... — perguntou Félix.

— Para ir à casa de Hugo de Mendonça entregar a cruz de brilhantes a Honorina.

— Oh!... não!... senhor!... eu não posso!...

— Há de ir: eu lhe prometi que seria por eles perdoado; disse-lhe que bastariam duas únicas palavras.

— Será possível?...

— Eu lho prometo de novo pela minha honra.

— Mas a quem direi essas palavras?...

— A Honorina.

— E quais são essas palavras?...

— Peça-lhe de joelhos, que ela obtenha o perdão e o esquecimento de seu crime... diga-lhe que só uma pessoa no mundo foi capaz de obrigá-lo a ir restituir-lhe a cruz de brilhantes, e a provar assim a inocência de seu primo Lauro de Mendonça; mas que essa pessoa exige dela que lhe perdoe e que faça com que sua família perdoe também e esqueça o seu delito... Honorina lhe perguntará quem pôde fazer tanto, e o senhor responderá que foi... note bem, senhor, aqui vão as duas palavras...

— Diga-as...

— O moço loiro.

❖

XXXV

Jorge e Raquel

Há uma dor aguda e profunda que punge como nenhuma outra; uma dor para a qual não há medicina possível — é o amor sem esperança.

Os que dizem que o tempo faz esquecer um amor não retribuído não fazem mais do que repetir uma blasfêmia que ouviram; e o primeiro homem que o disse, o blasfemo, pensou ter amado sem que verdadeiramente amasse; e, quando procurou o amor e achou vazio o coração, julgou que o tempo o tinha extinguido, semelhante àquele que, despertando de um sonho, buscasse a seu lado o objeto com que sonhava. Ama-se uma só vez na vida; e esse amor, o verdadeiro, é aroma do coração, que nunca se evapora de todo; é chama do espírito que nem se extingue, nem se abranda.

E, pois, o amor sem esperança é o martírio extremo da alma; é a dor terrível... inexplicável... incurável... eterna.

Aquele a quem morreu a formosa amada sofre muito... muito; mas ainda sofre menos que o amante infeliz; porque na vida de lágrimas, que vive, tem a lembrança do amor que gozou; soam a seus ouvidos as doces palavras que ouviu; tem a saudade com sua agridoçura tão maviosa; tem o espírito repleto de imagens e de recordações; tem o coração cheio de vida de lágrimas...

Mas quem ama sem esperança não tem nada no mundo... tudo é feio... estéril... negro; ontem... hoje... amanhã... sempre tudo feio... estéril... negro: ou então tem diante de seus olhos a beleza da mulher insensível, fazendo o seu cruel martírio; tem a felicidade dos outros risonha e galante defronte de sua desgraça carrancuda e feia; tem a vida dos outros desenhada em alegre painel ao pé de seu quadro de horrores; tem tudo belo fora... longe... alheio... dos outros; e tem em si somente a noite na alma... a morte no coração.

E ainda neste, como em todos os sofrimentos morais, experimenta a mulher dor mais desabrida que o homem; porque, principalmente no martírio de que falamos, além da dor, que é comum a ambos os sexos, e que provém do ardor desse desejo de ser amado e da impossibilidade de realizá-lo, da murchidão dessa esperança de amor, sem a qual não há felicidade possível, há demais, e em particular para a mulher, um golpe profundo em seu amor-próprio, há o sopro frio, glacial, saído da boca de um homem, apagando no rosto dela a luz de seu prazer e de sua glória... o anelo de agradar.

Mas é preciso ser mulher, ou ter ouvido falar a uma com a verdade com que se fala de joelhos aos pés de um padre, para conceber o penetrante segredo desse golpe!... é preciso, sim, para que se possa compreender o quanto sofre a mulher quando está vendo pisar... retalhar... moer... extinguir sua ambição de ser amada... sua interessante e perdoável vaidade!...

Havia, portanto, uma aflição ainda mais acerba do que aquela que consumia Honorina; porque a filha de Hugo de Mendonça não tinha sentido murchar a flor mais perfumada e bela de sua alma de mulher — a esperança de agradar ao homem amado.

E essa aflição desmedida... extrema... a estava provando uma moça cheia de encantos e de virtude... Raquel.

Honorina, pois, era, apesar da posição cruel em que se via, menos desgraçada do que a sua amiga; porque, no rosto dela não, e no rosto desta sim, o sopro frio, glacial, saído da boca de um homem, apagara já a luz do prazer e da glória da mulher.

Como, porém, o amor de Raquel não é para nós um mistério; como a angélica alma dessa moça nos foi já uma vez patente, e aí lemos a relação de seu padecer e sua abnegação, a história do afeto que sentia pelo moço loiro, e da amizade que votava a Honorina, nós nos forramos do trabalho de desenvolver a mesma matéria.

Raquel continuava a viver em sua silenciosa agonia; suportava uma a uma todas as suas torturas sem soltar um único gemido; no entanto, fazendo sempre votos pela ventura de sua amiga, fugia de encontrar-se com ela, para não aumentar suas mágoas; e estava sempre só ou com seu pai.

Na corrente de suas intermináveis reflexões, levada da força de seu muito e tão longo padecer, Raquel pensava às vezes que era vítima de um castigo do céu por haver outrora desrespeitado o grande sentimento que vivifica a natureza; ela se recordava, então, quase horrorizada de si própria, daquele pensamento de gelo que em uma noite ousara exprimir, dizendo: “amor é uma vã mentira! amor não é mais que uma das muitas quimeras com que a fantasia nos entretém na vida, como a boneca que se dá à criança para conservá-la quieta no berço... o amor não é mais que a flor de um só dia, que abre de manhã e antes da noite está murcha..."; e também, então, sorrindo-se com irônico e terrível sorrir, ela dizia a si mesma: pois bem!... eis aqui no meu coração a mentira... a quimera... a flor de poucas horas!...

Mas ao pé de Raquel, ao pé de sua angústia, vinha todos os dias sentar-se um ancião respeitável, que ficava horas inteiras triste... abatido... silencioso, olhando para ela. Era seu pai.

A antiga e mútua confiança de Jorge e Raquel, aquela transparência do coração da filha para os olhos do pai, parecia haver desaparecido. Dantes jamais Raquel sentia um simples dissabor do qual Jorge não conhecesse para logo a causa; dantes nunca a filha experimentava uma afeição inocente, ou tinha no espírito uma dúvida qualquer que o pai não fosse buscado para orientá-la em ambas com os conselhos de sua experiência. E agora Raquel geme e não vai pedir a Jorge um remédio para sua dor; e agora o pai ouve gemer a filha e não a interroga sobre a origem de seus gemidos.

Oh!... era porque ela sabia que seu pai não acharia um remédio para dar-lhe; e porque ele tinha compreendido que já era tarde; que o mal de sua filha já não podia ser curado pelo amor e conselhos paternais.

Entretanto, Jorge cercava Raquel de cuidados e desvelos; e, vendo desprezadas todas as festas, todas as distrações que lhe oferecia, ao menos para ver se nela despertava os adormecidos caprichos de moça, não deixava passar um dia em que lhe não trouxesse novos enfeites, joias custosas e magníficos brilhantes.

E, todavia, Raquel era sempre a mesma, padecendo em silêncio, não movendo uma só queixa e passando a maior parte do dia abrigada na solidão de sua câmara.

Jorge se havia determinado mil vezes a exigir de Raquel a relação completa de seus sofrimentos; para isso entrava todos os dias no quarto dela; mas, vendo-a pálida e imóvel, sentada desleixadamente em seu leito, como esquecida de si própria, o pai não tinha ânimo de quebrar o silêncio da filha, de sondar aquele segredo doloroso, temendo ver redobrar tantos tormentos a menor pergunta; como certos pólipos que se ensanguentam logo que são tocados, ele supunha aquela mudez semelhante à camada de cinza que envolve a brasa ardente... e, portanto, Jorge ficava defronte de Raquel horas inteiras, pensativo... melancólico... silencioso como ela mesma.

O coração de Jorge devia, pois, estar também violentamente

amargurado; um dia, enfim, ele se resolveu a penetrar a todo custo o segredo de sua filha e dirigiu-se para isso à câmara dela: foi na manhã em que Raquel tinha recebido o último bilhete de Honorina.

Jorge encontrou a triste moça na mesma posição e no mesmo estado em que constantemente a achava. Como receando perder o ânimo se olhasse para seu rosto, o pai sentou-se e, desviando os olhos do leito onde estava Raquel, disse:

— Minha filha, o que é isso?... o que tens?...

A moça levantou os olhos para seu pai; mas logo depois os abaixou, corando fortemente.

— Outrora tu depositavas todos os teus inocentes segredos no meu seio; tu me fazias confidente de tuas passageiras tristezas e longas alegrias; tu me dizias o que sentias; tudo o que pensavas; por que, pois, não continuas a praticar o mesmo?... já te fiz arrepender da doce confiança que em mim tinhas?... não sou sempre o teu amigo?... Raquel!... minha Raquel!... já deixei eu de ser pai?...

A triste senhora, ouvindo esta última pergunta de seu pai, feita com voz pungente e quase desesperada, saltou do leito e, sufocada em soluços, soltando um dilúvio de lágrimas que presas estavam havia muito tempo, caiu de joelhos aos pés de seu bom velho e abraçou-se com ele ternamente.

— Raquel!... minha Raquel!... não chores assim!... tem piedade de teu pobre pai!...

— Meu pai!... — balbuciou a infeliz, levantando-se nos braços de Jorge.

E os dois ficaram aí docemente abraçados... chorando ambos... misturando seu pranto de pai e de filha, que se combinava tão bem, quando bastantes lágrimas tinham corrido, e eles sentiram menos pesados os corações... sem corar de seus soluços... desatando-os sem tentar comprimi-los, sentaram-se defronte um do outro.

— Raquel — disse Jorge —; eu sei que tu amas...

— Sim, meu pai, eu amo.

Pelo modo com que lhe respondeu sua filha, Jorge conheceu que tudo lhe ia ser relatado; que a mútua e antiga confiança se restabelecera.

— Pois, então, minha filha — continuou Jorge —, por que me esconder tanto tempo esse doce sentimento?... quem pode furtar-se a essa mimosa lei da natureza?... a escolha de teus olhos deverá ser por força digna de teu coração...

— Eu creio que sim, meu pai; é um moço nobre e destemido...

— Sabe ele que tu o amas?...

— Não, meu pai, nem o saberá nunca.

— Como não o saberá nunca, minha filha?... se tu o amas, se ele é digno de ti, poderei eu querer que chores assim toda a vida, que não sejas venturosa ao lado dele?...

— É porque meu pai não sabe que há uma barreira enorme que para sempre me separa desse homem!...

— Seria possível — perguntou Jorge confuso — que minha filha amasse um homem casado?...

— Eu penso, com razão, que ele é solteiro.

— Que te falta pois?...

— O amor dele — respondeu amargamente Raquel.

— Raquel... não te faltam encantos.

— Meu pai, há outras mais belas do que eu.

— És rica...

O rosto de Raquel tornou-se rubro de vergonha; ela, que já amava, compreendeu, então, facilmente a verdade que Honorina exprimira a semelhante respeito: "é torpe! é um horrível sacrilégio negociar um homem com a desgraçada simpatia que lhe tributa uma mulher!... é torpe, é um horrível sacrilégio ir um homem ajoelhar-se aos pés do altar, receber a bênção do sacerdote, estendendo a mão para uma triste mulher, com os olhos no seu rosto e o pensamento no seu dinheiro!"...

— Honorina tinha bem razão!... — murmurou ela baixinho.

Depois, voltou-se resoluta para seu pai e disse:

— Meu pai, eu vou dizer-lhe tudo; a verdadeira causa de meus tormentos não está no amor, está no desespero.

— No desespero?...

— Eu não posso esperar ser amada.

— E por quê?...

— Eu não devo trabalhar para sê-lo.

— Mas qual a razão?...

— Tenho um único partido a seguir... chorar em segredo.

— É que eu não compreendo...

— Meu pai vai saber tudo.

Então Raquel passou a referir a Jorge todas as circunstâncias de seu amor; sem esquecer uma só delas, disse tudo; a amizade e confiança que merecia de sua amiga; o amor do moço loiro por ela; a cena passada em casa de Sara... tudo enfim.

Jorge escutou atento e admirado a estranha revelação que lhe fazia a filha; no fim dela, deixou-se ficar mudo, pensando no mísero estado de sua pobre Raquel e na misteriosa existência desse moço que podia mover tanto amor e tantas lágrimas.

— E então, meu pai?... — perguntou Raquel tristemente.

— Tu tens razão, minha filha — respondeu Jorge abatido e frio.

— Posso eu esperar ser amada?...

— Não.

— Devo eu trabalhar para sê-lo?...

— Não.

— Não é verdade que o só partido que me resta a seguir é chorar em segredo?...

— É derramar tuas lágrimas no meu seio, minha filha!...

— Oh!... e é bem terrível ter de chorar sempre!...

— E quem te disse que hás de chorar sempre?...

— Mas se eu não tenho esperança alguma, meu pai!...

— Um amor desgraçado, minha filha, pode ser curado com outro amor mais feliz.

Raquel, por única resposta, sacudiu a cabeça; ela tinha razão, um coração nobre não ama duas vezes.

— Raquel — continuou Jorge —, é preciso amar a outro; desterra essa tristeza; vamos de novo aos saraus, às festas, às assembleias; na multidão dos mancebos que lá se encontram, talvez um chegue a agradar-te. Qualquer que ele seja, contanto que a infâmia ou o desregramento o não manche, dize-mo... e rico ou pobre, pequeno ou grande, será teu esposo.

— Não haverá para mim outro como ele, meu pai. É melhor que eu fique como estou, chorando sem me contrafazer a seus olhos, e derramando o meu pranto no seu seio, do que tenha de esconder minhas lágrimas de um marido que eu não ame nem possa nunca amar.

— Raquel — disse Jorge, levantando-se para sair —, eu te deixo; modera tua aflição ao menos por minha causa; e, quando tiveres necessidade de um companheiro para chorar e gemer contigo, vem para junto de teu pai!

Os dois se abraçaram de novo ternamente, e daí a um instante Raquel estava só.

Jorge tinha deixado sua filha senão menos desgraçada, todavia mais animada e capaz de resistir à crueza de seu destino; achar um companheiro para gemer conosco, para conosco falar do mal que sentimos, não é um remédio, mas é sempre uma consolação. Raquel tinha achado um companheiro em seu próprio pai.

Não que as últimas palavras que dele acabara de ouvir lhe desenhassem um fagueiro íris de esperança no horizonte de sua vida, não. Jorge havia dito que um amor desgraçado pode curar-se com outro amor mais feliz; porém Raquel, que, devendo responder sempre com respeito a seu pai, sacudiu apenas negativamente a cabeça, repelia dentro de si semelhante ideia, como ofensiva à pureza de seu coração.

A bela jovem, que nunca amara antes de ver o moço loiro, até então tinha sua alma livre dessas impressões ardentes, como um vaso virgem e delicado, onde jamais se lançara nenhum líquido; o primeiro, que aí se depositasse, devia por força entranhar-se nos poros dele e deixar para sempre arraigado seu perfume. O moço loiro apareceu... sua imagem preencheu um vácuo que havia no coração de Raquel, sem que ela o pressentisse... tomou parte na sua vida... ficou senhor de seus pensamentos... ganhou, enfim, o amor de Raquel... o primeiro amor... o único verdadeiro e eterno.

Raquel ergueu-se e, pela primeira vez, depois de 15 dias, dirigiu-se para seu toucador; enfim, ela era mulher... queria ver como se achava o seu rosto... o seu tesouro... ela viu e recuou!...

O fogo de seus olhos estava quase extinto... fora substituído pelo langor da melancolia: as rosas de suas faces haviam murchado... desaparecido e cedido o seu lugar aos brancos jasmins do sofrimento; seus lábios não se amoldavam mais ao gracioso sorrir dos dias de ventura; o belo anjo do prazer se trocara pela sombra graciosa da saudade! Raquel recuou espantada de si própria, dizendo:

— Como estou mudada! meu Deus!... eu causo medo!...

E, todavia, jamais Raquel poderia ter-se mostrado tão bela aos olhos de um jovem poeta!... ela tinha no seu rosto toda a sublime e interessante beleza da dor misteriosa.

Fugindo de seu toucador, Raquel foi de novo cair no leito e outra vez entregou-se a seus tristes pensamentos; duas longas horas se haviam já passado assim nesse viver de eloquente silêncio, apenas interrompido por suspiros, quando ela sentiu os apressados passos de alguém que para sua câmara se dirigia.

Raquel levantou-se prontamente e viu entrar seu pai, pálido e agitado.

— Meu pai — exclamou Raquel, correndo para ele —, o que sucede?...

— Uma desgraça, minha filha, um acontecimento fatal!

— Então o que é?...

— Amigos nossos que se acham perdidos!...

— Quem, meu pai, quem?

— Hugo de Mendonça... sua família inteira.

A desgraça de Hugo já era conhecida na praça; não se sabia quem espalhara a terrível notícia... fora talvez Otávio... ou talvez uma previsão, porque, assim como parece que às vezes o povo adivinha funestos acontecimentos políticos... ou se espalha em uma cidade a perda de uma batalha que longe se dá... sem se saber donde veio tal nova ou quem a trouxe, assim também no comércio adivinham-se os apuros de um negociante, prevê-se uma quebra, conta-se com um infortúnio.

— Mas, meu pai, então o que há?... — perguntou Raquel assustada.

— Uma quebra: a casa de Hugo vai cair; e sua família tombará na miséria.

— Oh! minha boa Honorina!... — exclamou a moça, com violenta expressão de sentimento.

Jorge encarou com prazer indizível aquela dor aguda que sentia a filha pela desgraça de sua rival.

— Meu pai — disse Raquel —, então há enormes dívidas?...

— Que sobem talvez a mais de cem contos de réis!

— E o Sr. Hugo não achará nenhum meio de salvar-se?...

— Se no mês que corre pudesse conseguir a terça parte dessa quantia, ainda poderia sustentar-se por algum tempo... para cair mais tarde...

— E então?...

— Não haverá, portanto, quem se atreva a expor a uma perda quase certa tão avultada soma, indo oferecê-la a Hugo; e Hugo mesmo rejeitaria, porque conhece que não poderá pagá-la.

— O que lhe resta pois?...

— Ir, como um homem honrado, entregar tudo o que possui aos credores.

— Oh, minha boa Honorina! — exclamou outra vez Raquel.

E, correndo para seu toucador, abriu uma gaveta, tirou dela seu cofre de joias, que despejou sobre o leito; devorou, então, com os olhos os antigos e os novos e numerosos presentes de seu pai; contou um por um seus braceletes, adereços, brincos, bandós e flores de brilhantes; contou um por um todos os seus anéis, todas as suas joias, enfim, e, depois, apontando com o dedo para a riqueza de seu toucador:

— Meu pai — disse ela —, o valor de tudo isto?...

— É grande, sem dúvida muito elevado.

— Poderia chegar para salvar o Sr. Hugo de Mendonça de suas primeiras dificuldades?...

— Seguramente!... — respondeu o velho, admirado.

Raquel caiu de joelhos aos pés de Jorge, e com lágrimas nos olhos, com voz comovida exclamou:

— Meu pai!... meu pai!... se me tem amor, permita que eu faça alguma coisa pela minha amiga!...

Havia na ação que praticava Raquel para salvar a sua própria rival, aquela que era amada pelo homem que ela amava; havia na dor dessa moça, no oferecimento de suas joias um não sei quê de tão nobre, de tão grande e generoso, que Jorge pretendeu debalde falar... e começou a soluçar, chorando abraçado com o seu querido anjo.

Porque Raquel tinha, na verdade, uma alma de anjo.

❖

XXXVI

A cruz da família

O desconhecido e Félix saíram da casa de comércio de Hugo de Mendonça às sete horas e meia da noite e, subindo ambos para uma sege que esperava esse homem misterioso, que se nomeara simplesmente o moço loiro, foram caminho do bairro da Glória.

Segundo as ordens que recebeu, o boleeiro fez levar a sege a galope, e, deixando atrás de si diversas ruas tortuosas e feias da nossa cidade velha, e depois o Largo da Ajuda, o Passeio Público, o Largo da Lapa e o cais da Glória, entrou finalmente na rua diplomática e foi parar exatamente defronte da casa de Hugo de Mendonça.

Toda a curta viagem se fizera em completo silêncio entre os dois; e só quando parou a sege foi que o desconhecido, saltando para fora e ajudando Félix a descer, disse-lhe, apontando para uma árvore frondosa, que ficava dentro do jardim e a alguns passos da casa de Hugo:

— Ali vou eu esperá-lo; no meu rosto poderá o senhor ler o propósito em que estou de me não deixar iludir; vá pois... cumpra o que prometeu e receba o perdão de que carece.

E, conduzindo a Félix pela mão, até o corredor de entrada da casa de Hugo de Mendonça, o desconhecido empurrou-o para dentro e foi colocar-se debaixo da árvore como firme sentinela.

Félix, sempre trêmulo e irresoluto, arrastou-se até chegar à escada, e aí, apoiando-se sobre o corrimão... demorou-se por minutos.

Nesse instante os sinos das igrejas deram o sinal das oito horas da noite.

Havia luzes na casa de Hugo de Mendonça, porém todas as vidraças estavam cerradas.

E por detrás de uma das vidraças desenhou-se uma sombra de mulher, que se voltou para o lado da árvore e que desapareceu imediatamente, percebendo ali um homem, que agitou no ar seu lenço branco.

Esse movimento teria sido feito por acaso ou era um sinal de antes ajustado?...

Como o resto do dia tinha corrido para Honorina é fácil de pensar; mas o que não é por demais explicável, depois daquele "sim" escrito à viúva, "sim" à primeira vista tão simples, como bem compreendido prenhe de terríveis consequências, era o sossego que a moça mostrava na sua dor.

Honorina suspirava, gemia sempre, porém em uma espécie de inércia; nem falava, nem mais lamentava o seu estado, como se de uma vez certa de que não estava em sua mão remediar o mal que sofria, não quisesse também se dar a inúteis reflexões, ela suspirava, gemia sempre, esperando a noite, que devia ser a de seu último julgamento; semelhante a um relógio que vai em sua marcha, gastando o tempo que lhe foi marcado até à hora em que irrevogavelmente deve parar, se a mão de alguém não fizer andar de novo a mola de sua vida.

Hugo de Mendonça continuara frio e resoluto, como homem que havia tomado um partido que julga o único possível... o único; se de seus olhos esperava alguma lágrima, pertencia ela toda inteira à filha de seu coração.

Ema não pronunciara mais uma só palavra em todo o resto do dia. Ela conhecia que sua influência já pouco podia no ânimo de seu filho, no estado em que se achavam os negócios da casa, e, sobretudo, lembrando-se da má vontade que sua neta mostrara a Otávio, temia cada vez dobradamente ver ultimado o projeto que a fazia corar, o casamento de Honorina com Lauro.

Ema, como Hugo de Mendonça, ignorava que Lauro tinha um rival poderoso nesse homem sem nome, que à sombra da noite ou do mistério velava por Honorina, e em troca disso fazia entranhar sua imagem pela alma dela.

E assim como Félix estremecera e se apoiara no corrimão da casa de Hugo, este, sua mãe e sua filha estremeceram também, ouvindo que os sinos marcavam oito horas da noite.

Porque Hugo de Mendonça avisara a sua filha de que a essa hora lhe viria ela dar a resposta... a decisão... a sentença.

Honorina ergueu-se, deixando seu quarto, dirigiu-se e entrou para a sala, onde a esperavam seus maiores.

Honorina estava pálida e melancólica; mas em seu rosto lia-se a expressão da coragem: seu porte tinha tomado um não sei quê de majestoso e grande que assombrou a Ema e a Hugo de Mendonça; ela trazia nos lábios triste e brando sorriso... dir-se-ia um sorrir de mártir, votado em despedida ao mundo.

Honorina, obedecendo a seu pai, sentou-se entre ele e sua avó.

— Minha filha — disse Hugo —, pensaste bem?...

— Estou determinada, meu pai.

— E o que decides?... — perguntou o pai, com espantador sangue-frio.

— Decidi confessar-me a meu pai — respondeu a moça —, dizer-lhe tudo o que comigo se tem passado e se está passando, e pedir-lhe que me aconselhe como amigo.

— A decisão deve partir de ti, minha filha.

— E o conselho de vós, meu pai.

— Fala pois...

No instante mesmo em que Honorina ia começar, ouviu-se bater na escada, e uma escrava anunciou o Sr. Félix.

— Que entre — disse Hugo.

— Uma nova desgraça!... — exclamou Ema.

— Não, minha mãe — tornou o negociante —, não há mais desgraça possível para nós, à exceção do martírio desta menina.

Félix entrou na sala. A fisionomia do moço demonstrava por quantas torturas lhe faziam passar a vergonha e os remorsos; a fisionomia de Félix espantava!... era um condenado que se mostrava de cima do patíbulo, horrorizado... covarde... Hugo de Mendonça temeu vê-lo cair no assoalho e correu para ele, levando-lhe uma cadeira...

— Que é isto, Félix?!

O moço, sem responder, deu alguns passos para a frente da sala e, lançando os olhos para o jardim, através das vidraças viu o desconhecido, estático e firme debaixo da árvore fronteira.

Ema, Hugo e Honorina estavam em derredor do infeliz mancebo.

— Que é isto, Sr. Félix?!

— Perdão!... perdão!... perdão!... — exclamou ele, caindo aos pés da filha do negociante.

Hugo de Mendonça e as duas senhoras recuaram de surpresa e espanto; só depois de alguns minutos foi que o negociante fez assentar e sossegar o seu guarda-livros.

— Félix — disse-lhe enfim —, tu nos estás assustando; deves explicar-nos o que é que se passa e que tanto te perturba; ouvimos que pedias perdão à minha filha... fala; tens razão de sobra para contar com a bondade do coração de Honorina.

— Sr. Hugo de Mendonça, o que eu vou fazer é a relação de uma infâmia!... relação que os senhores me jurarão que não há de passar daqui...

— Mas uma infâmia de quem?...

— Minha! minha só.

E, dizendo isto, Félix trancou por dentro as portas que davam entrada para a sala.

Os três continuavam estupefatos do que viam e ouviam. Félix parecia haver adquirido força admirável comparativamente com o estado de prostração que mostrara há pouco: era como o vigor e aspecto animado de um febrífugo no maior acesso.

— Os senhores me prometem inviolável segredo?...

— Sim — disseram os três.

— Pois bem, eu o vou dizer e dito seja em castigo de meu crime; possa a minha vergonha lavar a mancha que me nodoa... quanto ao meu perdão... no fim, eu o conseguirei de joelhos!...

— Tu aumentas nosso espanto, Félix!

— Ouvi-me, senhores — disse Félix. — Eu fui ainda bem criança recebido por vós, criado e educado como se fora vosso filho; tive para camarada de meus passatempos, para colega de meus estudos, para companheiro nos meus trabalhos um moço pouco mais ou menos de minha idade, que me estimou como seu melhor amigo: foi o Sr. Lauro de Mendonça. Esse moço, porém, era do vosso sangue, tinha pais e, portanto, recebia mais desvelos que eu; ainda mais, a natureza lhe havia dado talento, espírito, imaginação, coragem e nobreza de ações; valia, pois, o dobro de mim. Semelhante certeza me torturava, e eu, que devia tudo à família desse mancebo, eu, que era por ele tratado como irmão, senhores, eu tinha inveja do Sr. Lauro de Mendonça!... eu o detestava!...

— Félix!...

— Oh!... se vós, senhores, soubésseis o que é a inveja!... se tivésseis sido invejosos uma só hora na vida!... mas não, não! vós não podeis compreender o que é sentir dentro do coração esse demônio que agiganta o merecimento alheio e com isso nos tortura; que nos consome, nos rouba o sossego, o prazer, a saúde e nos vai mirrando... nos vai enchendo a alma de amargor, de veneno, de raiva, de malvadeza!... que nos ensina a mentira e a calúnia... a intriga e a traição!... que nos promete a paz a troco de uma ação indigna e nos ilude depois... e depois de nos tornar infames, nos aperta ainda com suas garras e nos conserva tão desgraçados, tão miseráveis como dantes!... oh!... era esse demônio que eu tinha no coração!... cada triunfo do talento do Sr. Lauro era um golpe doloroso que eu recebia; cada raio de seu espírito me lançava o desespero na alma; os arroubos de sua imaginação, o ardor de sua coragem, a grandeza, a galhardia de suas nobres ações eram para mim um tormento cruel... doloroso... incessante!...

— Félix! Félix!...

— Uma consideração única me animava: eu conheci que os avós dele, que o falecido Sr. Raul de Mendonça e que a respeitável viúva, diante de quem falo, pouco se interessavam por Lauro. A viveza e o talento do moço, acendidos nas chamas dos novos princípios, nas inspirações do século, desagradavam a seus avós, arraigados aos costumes e ideias das passadas eras; fingi-me, pois, inimigo das inovações e das novas instituições... ganhei, assim, a confiança dos chefes da família, ao mesmo tempo que o Sr. Lauro perdia tanto quanto eu lucrava. Todavia, isso não era tudo: eu sofria sempre os tormentos da inveja; porque o Sr. Lauro era feliz... tinha uma mãe, que o amava!... um dia...

Félix interrompeu-se, estremecendo.

— Um dia... — disse Hugo.

— Senhores; nos planos e nos desejos que me inspirava a inveja, eu esperava, eu contava achar um meio de perder para sempre na opinião de seus parentes ao Sr. Lauro de Mendonça; um dia...

O infeliz guarda-livros hesitou de novo.

— É preciso concluir, Félix!

— Eu concluo, senhores — tornou o moço, animando-se. — Um dia... foi há sete anos, pouco mais ou menos, a Sra. D. Honorina acabava de contar nove anos de idade. Houve um belo jantar de família, ao qual eu fui presente; findo ele, a Sra. D. Ema de Mendonça chamou sua neta para junto de si, convidou-nos a ouvi-la e contou uma história de uma cruz de família, cruz milagrosa que por direito pertencia à Sra. D. Honorina, desde o dia em que fizesse nove anos de idade. Consequentemente, a cruz apareceu riquissimamente preparada, cravada de preciosos brilhantes...

— Aí esteve o meu primeiro erro... — disse Ema.

— Deixe-o continuar — acudiu Hugo.

— A Sra. D. Honorina, criança como era naquele tempo, demonstrou com todas as graças infantis o prazer que sentia por possuir a bela cruz. Então, o Sr. Lauro, que amava e muito a sua prima, e que gostava de mover suas respostas, com ela gracejando, disse-lhe "eis uma bela cruz para ser furtada... tem ricos brilhantes, que se podem vender"... e foi a Sra. D. Ema quem lhe respondeu, dizendo: "Lauro, tu és um louco; não se graceja sobre um objeto sagrado".

— Foi assim — disse Ema —; eu me lembro de tudo isso.

— Nós nos demoramos até à noite; uma salva contendo a cruz

foi deposta sobre um aparador no quarto da Sra. D. Honorina; às dez horas da noite a jovenzinha dormia; então, o Sr. Lauro foi pé por pé... entrou no quarto... e quis acordar sua prima... depois, vendo-a nos braços do mais sossegado sono, arrependeu-se do que ia fazer... e retirou-se sem a acordar e depois de beijá-la nos lábios...

Honorina corou até à raiz dos cabelos.

— E a cruz de brilhantes?! — perguntou Ema.

— A cruz de brilhantes?! — exclamou Félix — a cruz de brilhantes?!... ouvi-me até o fim, senhores. Um homem, que ouvira a história dessa cruz e o gracejo do Sr. Lauro, introduziu-se furtivamente no quarto da menina; já estava aí, quando este entrou, querendo acordá-la; esse homem escondeu-se; e depois, tendo saído o Sr. Lauro, ele se apoderou da cruz... e saiu cuidadosamente. O Sr. Lauro entrara nesse quarto, como homem honrado que era, e, pois, mais de dois olhos o viram também sair; o outro entrou como um ladrão... e, com as precauções de um ladrão, retirou-se sem ser percebido.

— Meu Deus!... — exclamou Ema, levantando as mãos.

Hugo e Honorina estavam tão silenciosos como estupefatos.

— Quando se procurou a cruz... ela tinha desaparecido; a princípio julgaram todos que o Sr. Lauro a havia escondido por zombaria... ele jurou que não, mas algumas pessoas asseguraram tê-lo visto entrar no quarto... ele o confessou também... finalmente, os senhores o sabem: o Sr. Lauro de Mendonça foi expulso desta casa como um homem infame!...

— Tu o denunciaste!... — bradou Ema, exasperada.

— Eu fui um miserável caluniador!...

— E o ladrão?

— O ladrão?!... o ladrão?!... o ladrão?!... — exclamou Félix, com voz lúgubre — o ladrão fui eu!

— Maldito!... — gritou Ema, levantando a mão como querendo amaldiçoá-lo.

— Miserável!... — bradou Hugo.

— Desgraçado!... — disse Honorina.

Terríveis tormentos deviam estar dilacerando o coração do infeliz guarda-livros.

— Tudo isso!... maldito!... miserável!... desgraçado!... maldito, sim: porque fui capaz de ceder a essa influência satânica do demônio da inveja! maldito porque manchei a minha vida! maldito porque cometi um crime infame e denunciei a um inocente como perpetrador dele!... miserável, porque, sofrendo torturas indizíveis, remorsos despedaçadores, nunca tive ânimo em sete anos que são passados de vir aqui me ajoelhar, confessar o meu crime e obter o meu perdão!... desgraçado, sim, oh! muito desgraçado!... porque as penas que tenho sofrido, que sofro e que sofrerei são ainda maiores do que meu próprio delito!...

No entanto, Ema arquejava exasperada!... seu semblante deixava adivinhar que havia no fundo da sua alma uma dor cruel; Hugo o percebeu e cuidadoso lhe falou:

— Que tem, minha mãe?

— Arrependimento também!... ele era inocente!...

— Eu o pensava, minha avó!... — disse Honorina.

— E a cruz?... e a cruz?... — exclamou a velha, voltando-se de repente para Félix.

O guarda-livros arrancou do seio a caixa forrada de veludo preto, e de joelhos aos pés de Honorina:

— Só a ela!... — disse — só a ela, que me há de perdoar!...

— Nunca!... nunca!... — bradou Ema, arrancando a caixa da mão da neta.

— Perdão!... perdão!... perdão!...

— É ela!... é a mesma!... a cruz sagrada!... a cruz da família!... — exclamou a velha, beijando a santa relíquia com entusiasmo.

— Perdão!... perdão!... perdão!...

— Possa meu primo perdoar-lhe — disse Honorina —, como eu de todo o meu coração o perdoo...

— Nunca!... nunca!... sai desta casa!... — disse Ema.

— Minha mãe! — acudiu Hugo — ele deve estar bem arrependido!...

— Nunca!... nunca!... — bradou a velha, afastando-se até o fundo da sala, como horrorizada.

Era tal a comoção que experimentava Ema que Hugo a seguiu ao sofá, onde ela acabava de cair sufocada.

Félix aproveitou esse momento, e falando a Honorina:

— O meu perdão!... — disse ele.

— Eu já lhe perdoei de todo o meu coração — respondeu ela.

— Oh! mas é preciso conseguir para mim o perdão de sua avó e de seu pai! eu podia esconder para sempre o meu crime; uma pessoa, porém, por amor da senhora talvez, uma única pessoa no mundo me arrastou a face pela vergonha e me obrigou a vir aqui! não há, pois, virtude no que fiz!... confesso-o; eu estava arrependido; mas o medo... o medo só de um homem pôde fazer tanto; e é em nome desse homem que eu exijo também da senhora o meu perdão! e que faça com que sua família me perdoe e esqueça o meu delito!... não sou eu... é ele quem lhe restitui a sua cruz, quem prova a inocência de seu primo, quem exige que eu seja por todos perdoado!... é ele!... ele só!...

— E quem é ele?... — perguntou Honorina, admirada.

— O moço loiro!...

Honorina não pôde esconder o prazer imenso que sentia; sorrir belo e divino espraiou-se em seus lábios... abriu a boca para exalar um longo suspiro... e soltou um grito...

Hugo e Ema acudiram, medrosos.

— Minha avó!... meu pai!... — exclamou a virgem fora de si — o perdão!... o perdão deste homem pelo amor de Deus!...

Minutos depois Félix descia as escadas de Hugo de Mendonça, perdoado por toda aquela família.

Antes que o guarda-livros acabasse de descer a escada, outra vez desenhou-se atrás de uma das vidraças uma sombra de mulher, que se voltou para o lado da árvore, debaixo da qual ainda estava o desconhecido; mas desta vez não foi ele, mas, sim, a mulher quem agitou no ar um lenço branco.

Portanto, não era acaso, era um sinal de antes ajustado.

Quando Félix chegou à rua, o desconhecido aproximou-se dele e disse:

— Sei tudo: o senhor cumpriu a sua palavra e foi perdoado. Adeus!

Um momento depois, Félix caminhava apressadamente para o lado da casa de comércio, onde morava, e um pouco atrás dele o desconhecido descia pelo cais da Glória.

Às nove horas da noite dois vultos se aproximaram um do outro junto à igreja da Lapa do Desterro.

❖

XXXVII

Carlos

Félix entrou em seu quarto, nesse quarto em que pouco antes se haviam passado cenas para ele acerbas, e atirou-se sobre o leito, vestido como estava, sem lhe importar mais trancar a porta por dentro.

Eram pouco mais de nove horas da noite, e posto que já estivesse o armazém fechado, ainda nenhum dos caixeiros e serventes deveria dormir.

Aflito ainda com o que tinha ocorrido, porém se sentindo livre desse peso enorme que por sete anos lhe esmagara o sossego, Félix pôde, enfim, ordenar suas ideias e pensar no voo desses acontecimentos inesperados, na representação improvisada desse drama vergonhoso em que lhe coubera o mais triste papel.

Havia um ponto em que Félix não podia explicar sem acusar a Otávio como traidor; de que meio se valera esse desconhecido para saber até o lugar onde ele tinha escondido a cruz de brilhantes?...

Estava, pois, entregue a tais pensamentos, quando, ao voltar uma vez os olhos, viu em pé, com os braços cruzados defronte de seu leito, um jovem de 16 anos, caixeiro da casa.

Esse menino era belo, alegre e esperto e mostrava-se, então, abatido e melancólico.

— Que fazes aí, Carlos?... — perguntou Félix, sem se mostrar enfadado.

— Eu o estava observando, Sr. Félix, estava colhendo no seu rosto os pensamentos que o ocupam.

— Tu és um importuno, por aqui teres vindo sem motivo algum, e és um tolo pelo que acabas de dizer.

— Eu não sou importuno, Sr. Félix, porque foi uma forte razão quem aqui me trouxe, e não sou tolo, porque, em verdade, sei a respeito de que estava o senhor pensando.

— Então, a respeito de quê?... — perguntou Félix, ensaiando um sorriso.

— O senhor estava pensando — disse o menino sem hesitar — como é que um homem desconhecido e estranho pôde ter inteiro conhecimento de um contrato criminoso, efetuado em alta noite e sem testemunhas, entre o senhor e Otávio.

— Carlos!...

— Estava pensando em quem poderia ter confiado a esse desconhecido as menores circunstâncias dessa cena criminosa. Quem poderia ter dito que o objeto que Otávio lhe deixou em troca dos que levou fora escondido no segredo de sua carteira.

— Meu Deus!... meu Deus!... — exclamou Félix, escondendo o rosto.

— Estava, enfim, pensando que fora o seu próprio amigo quem atraiçoara o seu segredo.

— Sim!... é isso mesmo!... — disse Félix, erguendo-se e encarando o rosto do menino — é isso mesmo!... e então?..

— Não foi Otávio quem o traiu.

— E, portanto, quem foi?...

— Para o dizer, Sr. Félix, é que me acho aqui a esta hora.

— Bem... bem...

— O Sr. Félix vai ouvir a minha história.

— Carlos! que me importa isso?

— Mais do que pensa.

— E o nome?... o nome do traidor antes de tudo!...

— Mas é preciso ouvir a minha história.

— É longa?...

— Fá-la-ei breve.

— Pois conta-a — disse Félix, sentando-se no leito.

— Sr. Félix — perguntou o menino —, conhece, sabe quem é o desconhecido que aqui veio esta noite?...

— Diz-se um amigo de Lauro de Mendonça.

— Bem — tornou o menino, depois de pensar um instante —; bem, é isso mesmo; agora vou começar a minha história.

Félix esperou um momento, mas, notando que o menino não falava, olhou para ele e disse:

— Anda, fala.

Ora, Carlos era eminentemente sanguíneo, e alguma coisa que o devia fazer corar obrou sobre ele, de forma que seu rosto se tornou de repente cor de escarlate.

— Há, Sr. Félix, um velho costume de que a sociedade não se emenda, e que, todavia, é uma injustiça... uma infâmia. Quando uma mulher é iludida e ultrajada no que tem de mais nobre, a sociedade não fecha suas portas ao homem que a iludiu e ultrajou; cospe, porém, no rosto da mulher que se deixou perder em um instante de desvario, ou que foi, a pesar seu, brutalmente ultrajada.

— E o que vem isso ao caso, Carlos?...

— Perdoe-me, Sr. Félix, eu começo imediatamente. A algumas léguas de distância da cidade da Bahia, vivia há seis anos um abastado fazendeiro, tão honrado como altivo, e que parecia concentrar todas as suas afeições numa filha que tinha: chamava-se esta Paulina. Bela e virtuosa, Paulina tocava os seus 30 anos ainda solteira e, tendo já rejeitado grande número de pretendentes, ela passava seus dias ao lado de seu velho pai, e, naturalmente melancólica e acanhada, raras vezes se deixava ver; alguém havia, contudo, que merecia de seu coração a mais extremosa amizade; era um pobre menino de dez anos, que fora na sua casa enjeitado, era eu.

Travesso, talvez engraçado com as minhas meiguices infantis, era eu a única pessoa que ganhava um sorriso de Paulina. Para todos os mais ela se mostrava a mesma: triste... muito triste; dir-se-ia que no fundo de sua alma existia um agudo espinho que a feria de contínuo.

Na opinião de seu pai, no entender de todos, um único remédio podia dar-se para curá-la daquele eterno abatimento que se parecia bastante com o que se chama desamor do mundo: era fazê-la amar.

Pois Paulina amou. Um estrangeiro, que para perto veio morar, ganhou o que por tantos havia sido debalde pedido; ganhou seu coração; foi esse um amor, Sr. Félix, ligeiro e ardente como a chama... eu tinha tão pouca idade que não me lembro de nenhuma de suas circunstâncias; sei, porém, que quase milagrosa deveu ter sido a impressão produzida por esse mancebo em Paulina; e recordo-me bem de que muitas vezes ela me abraçava, me beijava, dizendo-me: "eu vou casar-me, meu Carlos!", e orvalhava-se o rosto com suas lágrimas.

E, com efeito, eles iam casar-se; o moço a pedira a seu pai e, como fosse rico e estrangeiro, a tinha sem dificuldade obtido. O dia do casamento estava marcado; esperava-se um negociante da Bahia, que deveria ser o padrinho; só três dias faltavam para chegar o dia da celebração das núpcias; e Paulina chorava sempre, abraçando-me.

O negociante que se esperava não pôde vir; mas em seu lugar mandou o seu primeiro caixeiro munido de competente procuração; este primeiro caixeiro, Sr. Félix, chamava-se Lauro.

Além de Lauro, uma outra personagem tinha também vindo da cidade, que deveria perturbar os prazeres que antecipadamente se gozavam na casa: essa personagem era uma moça. Viera só, sem pai, nem irmão, nem marido, nem criada; e era bela, chamava-se, oh!... lembro-me bem de seu nome, chamava-se Hipólita.

Hipólita pediu uma conferência particular a Paulina: esteve com ela duas horas e retirou-se. Paulina apareceu mais pálida do que nunca; todo o seu corpo tremia convulsivamente e, dirigindo-se a seu pai, disse que não queria mais se casar.

Mas o pai era altivo e arrogante, e o noivo miserável e ambicioso; apesar dos gemidos da vítima e das súplicas do Sr. Lauro, Paulina ia sendo arrastada da sala para o oratório, quando na porta apareceu Hipólita: "Parai!", gritou ela.

Todos pararam; eu estava presente e chorava; mas pude ver no rosto dessa mulher todo o fogo infernal do ciúme em delírio. "Parai! e ouvi-me!"

Todos se voltaram para ela, à exceção de Paulina, que acabava de desmaiar nos braços do Sr. Lauro.

"Esse homem que caminhava para o altar", disse ela, "amou--me, prometeu desposar-me e enganou-me: eu quero saber se se consentirá depois do que acabo de expor que ele se case com aquela senhora."

"É uma louca... uma mulher perdida", disse o noivo.

"Lancem fora daqui aquela mulher!", gritou o pai de Paulina aos escravos que o acompanhavam.

"Suspendei!", exclamou Hipólita; "ainda um instante, e eu parto. Senhores, eu sou filha de uma parteira!"

"É louca ou não?", acudiu o noivo.

"Há dez anos passados", continuou a mulher sem se dar com o que acabava de ouvir; "há dez anos passados, essa moça, que vai ser levada ao altar, foi passar alguns meses na cidade da Bahia em companhia de uma senhora, parenta sua".

"E o que tem isso?", perguntou o velho pai.

"Poucos dias depois de voltar ela a esta fazenda, um menino, um enjeitado, aqui foi depositado..."

"E a que vem semelhante história?", tornou o velho, elevando a voz.

"Senhores!...", exclamou a mulher, "eu já disse que minha mãe era parteira..."

"Insolente!", gritaram algumas vozes.

"Eu digo que esse menino é filho daquela senhora!... eu o denuncio!... e agora, senhor, pode casar-se com ela!"

E a mulher infernal deixou para sempre a casa a que viera, como o gênio do mal, semear desgraças.

O longo silêncio que se seguiu à cena precedente foi interrompido por um grito de Paulina, que exclamou:

"Eu sou inocente!... eu não sou culpada!"

"O senhor a está ouvindo: que ela jura que é falso, que é calúnia o que disse aquela mulher!", falou o velho ao noivo.

"Mas esse menino", balbuciou este.

"O menino de que se trata é aquele", tornou o velho, apontando para mim, "é um enjeitado".

"Que um dia pode inventar direitos..."

"Senhor!"

"Eu o tenho visto sempre tão cercado de cuidados..."

"Pois ele irá para longe", disse o velho; "já tem idade..."

Paulina levantou a cabeça e animou-se a dar dois passos para meu lado.

"Depois do que acaba de passar-se", continuou o velho, "é preciso fazê-lo sair... nós faremos..."

"Meu pai! um pobre inocente!...", murmurou a moça.

O velho franziu os sobrolhos, ouvindo sua filha defender-me; e prosseguiu:

"É ágil, vivo e esperto... será um belo marinheiro..."

"Não!... jamais!", exclamou Paulina.

"Paulina!..."

A moça atirou-se sobre mim e abraçou-me apertadamente.

"Tirem dali aquele brejeiro!", gritou o velho; "tirem-no!... eu lhe darei o competente destino".

Os escravos avançaram para mim, porém Paulina colocou-se diante deles e, furiosa, bradou:

"Eu o criei!... eu o criei!..."

O velho avançou por sua vez... agarrou-me com tanta força que me fez gritar e empurrou-me para fora; eu, sem pensar no que fazia, corri para Paulina; mas, sendo por ele de novo seguro, tal arremesso recebi que fui cair sobre uma cadeira e vi correr uma onda de sangue de minha cabeça.

Ouvi, então, um grito desesperado:

"Meu filho!..."

Senti um corpo de mulher cair sobre o meu, e uma maldição de pai cair também sobre minha mãe.

Por ordem dele fomos ambos arrastados para fora de casa; mil vezes minha pobre mãe jurou que tinha sido vítima de um infame; ela não foi ouvida, nem nesse dia, nem no outro, nem em todos os mais que foram passando.

Minha mãe esperou debalde que o único homem a quem ela tinha amado no mundo fizesse alguma coisa em seu favor; enganou-se: o miserável, desde que a viu expulsa da casa paterna, não cuidou mais dela, nem para consolá-la; oh! todos fugiam de minha mãe! seus antigos amigos, seus protegidos, aqueles a quem ela havia enchido de benefícios, seus próprios escravos, enfim, zombavam e escarneciam dela!... dias horríveis passamos nós em uma pobre choupana, jejuando ou comendo frutos agrestes!... no entanto, um único homem se lembrava de nós: era o Sr. Lauro. Depois de querer em vão reconciliar meu avô com minha mãe, ele, exasperado contra seu rigor, deixou-o, procurou-nos e, tendo-nos encontrado, levou-nos consigo para a cidade, capital da Bahia.

Ali, de tudo lhe fomos devedores: esta educação que eu tenho; este quase nada que eu sei e que muito me tem servido; o pão que minha mãe comia; os vestidos que ambos vestíamos, tudo era ele que nos dava! oh!... o Sr. Lauro foi a Providência de Deus, que veio em nosso socorro!

Ainda mais, Sr. Félix, e aqui vai o que eu nunca poderei esquecer, mesmo quando de tudo me esqueça. Um mês depois de estarmos na cidade da Bahia, minha mãe foi vítima de seus desgostos; vítima do maior mal que pode cair sobre o homem; vítima da maldição da carne!... eu vi surgirem no seu rosto manchas, ora de uma, ora de outra cor, vi intumescerem-lhe os lábios e as orelhas, vi... oh!... minha pobre mãe ficou lázara!... eu acompanhei, Sr. Félix, eu acompanhei passo a passo os progressos da horrível enfermidade! eu li letra por letra todo esse livro de miséria escrito no semblante de minha mãe! oh! e, então, quando sua voz rouca e terrível parecia espantar aos que a ouviam, quando, fugindo horrorizados de seu aspecto, cem homens demônios cuspiam para um lado, mesmo aos olhos dela, o Sr. Lauro... só ele..., só ele vinha sentar-se junto da mísera... derramar consolações em seu seio, enxugar-lhe as lágrimas com o seu próprio lenço e chamá-la, como eu a chamava, minha mãe!...

oh!... Sr. Félix, isso não se esquece e não se paga nunca, nem com o sacrifício da vida!...

Sentindo que minha mãe sofria muito, vivendo no centro de uma populosa cidade, em estado tão lamentável, o Sr. Lauro facilitou-nos uma pequena e retirada casa na vizinhança da povoação de Itapoã. Foi aí, senhor, que se passou a cena que lhe foi contada, entre minha mãe e Otávio.

Deus talvez a conservava para ser o instrumento pelo qual se chegasse a provar a inocência do Sr. Lauro; porque, poucos dias depois da noite que em nossa casa passara Otávio, minha mãe expirou nos nossos braços.

Poucos instantes, porém, antes de morrer, ela ficou a sós comigo e disse: "Meu filho! se Lauro te pedir a tua vida, dá-lha; crê que minha alma estará sempre sobre tua cabeça para te amaldiçoar, se fores ingrato... e para te abençoar se até à tua morte te dedicares a ele, como o mais fiel dos escravos!".

Depois o Sr. Lauro entrou, e ela falou assim: "Sr. Lauro, não se mente na hora da morte: mereci os seus benefícios, porque nunca fui culpada; o meu crime esteve no meu sono... sono talvez efeito de um narcótico... não sei... nunca pude compreender... não sei quem seja o pai deste menino; seja-o o senhor". E expirou.

Carlos suspendeu aqui a sua narração para enxugar as lágrimas que em bagas lhe caíam.

Passando um momento, continuou:

— Foi meses depois da morte de minha mãe, Sr. Félix, que um parente afastado nosso, que finalmente também tinha piedade de nós, apesar de ser tão pobre como éramos, teve de partir por ordem do Sr. Lauro... para descobrir as provas do crime e provar a inocência do jovem repelido.

Pedi licença para vir em companhia dele, e me foi negada; eu queria a todo o custo servir ao Sr. Lauro e determinei-me: preparei às ocultas os meus despachos e, quando o navio em que veio este homem, para o senhor desconhecido, deu à vela, eu lhe apareci na tolda, sorrindo-me, e disse: "Foi um pequeno ensaio que fiz para provar que posso servir para alguma coisa".

Aqui chegamos, Sr. Félix, e para logo o seu desconhecido cuidou do que convinha fazer: era preciso observar dois homens... ele tinha dinheiro, dinheiro de sobra à sua disposição; um espião velou sobre Otávio; faltava outro para o Sr. Félix; eu me ofereci.

— Tu, Carlos?...

— Eu mesmo, Sr. Félix.

— Espião!...

— É verdade: espião; meu oferecimento foi de novo rejeitado; o seu desconhecido não queria consentir que eu representasse semelhante papel; mostrou-me o quanto era vergonhoso, e eu respondi: "Quero servir ao Sr. Lauro!"

— E ele?...

— Ele disse que não, que não absolutamente; mas eu sentia sobre a minha cabeça a alma de minha mãe, que parecia animar-me; usei de uma nova astúcia; eu sabia que em casa do Sr. Hugo de Mendonça havia uma mulher que amava extremosamente o Sr. Lauro; procurei falar-lhe a sós, consegui-o, contei-lhe a minha história, disse-lhe o que queria, e no dia seguinte fui recebido como caixeiro na casa do Sr. Hugo de Mendonça e tratado com a predileção que merecia um sobrinho da mãe Lúcia.

— E, portanto...

— E, portanto, o desconhecido não teve mais que se opor; eu tinha feito tudo por minhas mãos: deram-me um quarto que fica sobre este... pode ver... levante a cabeça... ali está o meu posto de todas as noites... perdi muitas inutilmente; mas, enfim, eu soube, eu vi tudo!...

— E me traíste!...

— Sim, Sr. Félix, para servir ao Sr. Lauro, que tinha sido o anjo da guarda de minha mãe!...

Félix soltou um suspiro:

— Tiveste razão, Carlos!... ao menos tu és grato.

— Oh! mas agora, Sr. Félix, agora eu preciso alguma coisa do senhor; não desci, não vim aqui, não falo há tanto tempo sem um fim!

— E o que queres então?...

— É que eu me lembro de que lhe fiz mal, que lhe ofendi, e preciso que me perdoe!...

— Carlos, tu és bom; eu te perdoo.

O menino caiu, chorando nos braços do moço.

Havia em tudo isso uma coisa pouco natural: era a frieza com que Félix ouvira a confissão de Carlos; mas a consciência daquele, acusando-o de seu crime, tinha podido justificar a falta do menino.

Além disso, no meio da relação de Carlos, tinha por acaso vindo uma ideia à mente de Félix, que lhe sorria, que tinha um não sei quê de lisonjeira para seu coração; foi por tal que ele não sentiu forte abalo, ouvindo a acusação que a si próprio acabava de fazer o jovem caixeiro; foi por tal, enfim, que ele o desviou de seus braços e disse:

— Está bem, Carlos, vai-te; eu preciso sair; há um negócio muito grave que devo concluir esta noite.

❖

XXXVIII

Aventura noturna

Às nove horas da noite, dois vultos tinham-se aproximado um do outro, junto à igreja da Lapa do Desterro.

— Eis-me aqui, senhor — disse Manduca à misteriosa personagem com quem de plano se aí encontrava.

— Bem, venha o senhor comigo — respondeu-lhe o desconhecido.

— Mas de que se trata?...

— Não há tempo a perder — tornou-lhe o homem —; entremos naquela sege que ali nos espera, e, enquanto ela rodar, eu lhe explicarei tudo.

Manduca, que automaticamente se tinha deixado levar pela mão, logo que ouviu o rodar da sege, começou de novo o interrogatório.

— Para onde vamos?...

— Para minha casa.

— E a que fim?...

— O senhor vai vestir-se de mulher.

— Eu?! — exclamou Manduca —; então, que diabo quer isso dizer?... não; não convenho em semelhante asneira...

— Há de convir quando souber das críticas circunstâncias em que nos achamos.

— Pois então fale, fale, ande...

— Saiba, pois, que a jovem viúva D. Lucrécia detesta furiosamente a bela filha de Hugo de Mendonça.

— Homem, ainda não reparei nisso; mas hei de pensar a tal respeito.

— Detestando-a, como fica dito, determinou perdê-la; e achou que o melhor meio para isso era sacrificá-la a Brás-mimoso.

— E o mais é que foi bem pensado! deve ser um sacrifício casar-se uma mulher com aquele composto de postiços...

— Ora pois; sabendo Lucrécia que apuros comerciais ameaçam a Hugo, o qual para salvar-se deles tratava de um casamento entre

Otávio e D. Honorina, que aborrece... quero dizer, que estima a este homem ainda menos que a Brás-mimoso, a atilada viúva, que se finge amiga de D. Honorina, foi à casa desta e com sua conhecida habilidade convenceu-a de que devia fugir para um convento, a fim de não se casar com Otávio.

— E foi um conselho muito bem dado.

— O caso terá de passar-se pelo modo seguinte; uma sege estará postada na primeira esquina distante da casa de Hugo e do lado da cidade; D. Honorina, quando ouvir dar dez horas, sairá da casa e entrará na sege, logo depois entrará D. Lucrécia; ambas as moças estarão mascaradas... e a sege partirá!

— Bravo! bravo!... — tomara eu saber quantas semanas levarão a arranjar um plano tão intrincado!... essas moças são capazes de fazer uma revolução política no mundo!

— Mas em lugar de ir parar à porta e abrigar-se no seio de um convento, D. Honorina será por sua falsa amiga sacrificada a Brás-mimoso.

— Que mixórdia!... que mixórdia!...

— Ora, eu que amo ardentemente a D. Honorina, e que por ela velo sempre, pude penetrar esse pérfido segredo, e fiz também o meu plano; ainda não o conhecia e, pois, não contava com o senhor. Comprei vestidos de mulher e uma máscara para mim, disposto a ir às dez horas sentar-me na sege ao lado de D. Honorina, antes que D. Lucrécia o fizesse.

— Essa é que é uma dos diabos!

— Encontrando-o, porém, ouvindo a confissão do seu amor, e simpatizando logo muito com a sua fisionomia nobre, distinta e luminosa... determinei propor-lhe fugir com D. Honorina, ir pô-la no convento... salvá-la de Brás-mimoso; porque, enfim, eu não sou egoísta; se se descobrir isso, o senhor pode casar-se com ela e lavar-lhe a mancha, e eu não posso... sou casado.

— Homem, não é melhor irmos declarar tudo ao chefe da polícia?...

— Como? publicar a fraqueza de uma pobre moça?...

— Então, dirijamo-nos a seu pai...

— Para fazê-la vítima de seus justos furores?...

— Antecipemos, do que ocorre, à mesma D. Honorina.

— Ela se não recolherá ao convento e casar-se-á com Otávio...

— Decerto... o caso é grave!... se me dessem ao menos três dias para meditar sobre a matéria...

— Chegamos... senhor; apeie-se... venha vestir-se...

— Homem, escute...

— Estou quase crendo que o senhor tem medo de encontrar-se amanhã com Brás-mimoso.

— Que é lá isso?... ora, eu lho mostro: entremos... e vista-me de mulher.

— Venha!... a sua missão é sagrada... o Sr. Manduca já tem ares de cavaleiro andante.

O desconhecido acabava de lembrar-se de D. Quixote.

Logo depois, Manduca estava em um pequeno sótão, onde achou tudo quanto era necessário para vestir-se de mulher.

Confundam-se todas as senhoras, pois lhe asseguramos que, em menos de um quarto de hora, o rapaz estava completamente vestido de mulher; era um gosto vê-lo! um vestido de seda verde, que oito meses antes estivera muito na moda, por ser em demasia curto, lhe deixava à mostra um bom palmo de finíssimas pernas, e dois imensos pés terrivelmente apertados em sapatos de lã; o desconhecido pendurou-lhe, como melhor pôde, dois cachos postiços aos lados da fronte, e depois escondeu-lhe os cabelos com uma touca cheia de rendas brancas e encarnadas; mas com tanta inabilidade o fez, que a touca mostrou-se na posição inversa da que deveria ficar, isto é, a frente ficou para trás. Finalmente, um longo xale de seda já usado embrulhou desarranjadamente o corpo de Manduca.

— Bem... disse o desconhecido, está lindíssimo, está mais belo do que o amor, esbelto como uma palmeira... é uma virgem... uma vestal completa... vamos...

— Vamos! — exclamou o pobre Manduca, entusiasmado com o elogio pomposo que lhe fazia o desconhecido.

E desceu a escada, ele, jovem senhora improvisada, com esse andar asselvajado e rude, próprio das pessoas afeitas às botas.

Os dois tornaram a subir para a sege que partiu; poucos momentos antes das dez horas parou; o desconhecido e Manduca apearam-se.

Uma outra sege estava parada na esquina que do lado da cidade mais próxima ficava da casa de Hugo; o desconhecido mostrava-a a Manduca, quando soaram as dez horas.

— Senhor — disse ele, apresentando uma máscara a Manduca —, deixe agora arranjar-lhe a máscara no rosto, e parta; durante a viagem não diga palavra... olhe... lá sobe Honorina para a sege... ainda bem que o senhor está pronto... ande... corra... vá...

— Mas o boleeiro para onde nos levará?...

— Para o convento da Ajuda; o boleeiro está peitado por mim...

— Bom... adeus... vou salvar a beleza! — disse Manduca partindo.
— Sim! vá imortalizar-se!... seja feliz!
Logo depois duas seges rodavam para a cidade: iam na primeira dois vultos de mulher; e mais atrás o desconhecido, na segunda, ria-se desabaladamente.

* * *

Um gênio benfazejo velava, portanto, a favor de Honorina: o moço loiro, pois não pode restar dúvida de que esse desconhecido é ele, o moço loiro tinha em poucas horas prestado à sua bela amada os mais valiosos serviços.

Ainda com uma nova cabeleira, ainda trajando estranhas vestes, ele aparece, confunde a Félix, e, nós o sabemos, a cruz de brilhantes torna às mãos de sua herdeira, e a inocência de Lauro é demonstrada.

Sem que se saiba como, compreende ou adivinha o que se passa entre Lucrécia e Honorina, e protesta castigar a viúva.

É ele que escreve a Lucrécia a palavra do ajuste, o "sim", simples termo que simboliza a vingança de uma mulher e a perda de outra.

Na tarde desse dia, a viúva tinha ainda escrito a Honorina, recomendando-lhe que, se pudesse, fugisse mascarada para não ser conhecida ao sair de casa, e que durante a viagem se abstivesse de falar, para não ser ouvida pelo boleeiro que as devia conduzir.

O moço loiro intercepta essa carta, também ignoramos por que meio, e, senhor do plano de Lucrécia, forja então o seu. Tão bom como travesso, tão nobre como extravagante, o projeto que concebe é uma extravagância, e sua execução deverá ser uma travessura. Ele se dispõe a tomar vestido de mulher e ir dar, embora mascarado, um passeio noturno com Lucrécia; mas, escondido dentro do guarda-roupa de Félix, ouve o que diz Manduca, sabe que é também seu rival, abre um pouco a porta do guarda-roupa para ver a cara do homem que ama Honorina; vê-se a ponto de soltar uma risada... contém-se... pensa e modifica seu projeto de vingança contra Lucrécia... fá-lo uma travessura completa; e, enfim, nós o sabemos, vê seu plano coroado pelos mais felizes resultados.

Provavelmente importantes negócios o obrigam a não seguir por muito tempo a sege em que vão os dois vultos de mulher; pois que ele volta a seu sótão, despe os falsos vestidos, arranca a mentirosa cabeleira, começa a vestir-se com todo o zelo e afã de um namorado, e defronte de seu toucador fala consigo mesmo, sorrindo-se:

— Estou fatigado; mas pouco falta... muito bem! muito bem! fingi-me pobre e desgraçado... abatido e melancólico... escrevi um livro de amor, todo molhado de lágrimas, sondei o coração de Honorina, e conheço que, pobre ou não, feliz ou desditoso, sou por ela amado... agora sim... posso e quero consagrar-lhe a minha vida...

O tal Sr. Lauro de Mendonça não deve também desejar mais nada... continuou sorrindo-se com malícia; está tudo feito: a vaidosinha D. Lucrécia lá se vai com Manduca, passeando pelas ruas da nossa boa cidade... ora pois: acabemos com isto... vamos depressa fazer as últimas visitas.

E, como já se achasse vestido com toda elegância, e com seus longos e crespos cabelos loiros cuidadosamente penteados, embuçou--se com uma longa capa negra cuja gola lhe escondia quase todo o rosto, desceu, embarcou de novo na sege e partiu.

Pouco faltava para dez horas e meia da noite.

* * *

E agora voltemos a acompanhar com o leitor a outra sege, onde iam os dois vultos de mulher.

Rodava ela, e nenhuma das duas senhoras dizia palavra; Manduca guardava silêncio, porque assim seguia os conselhos de seu mentor, e também com medo de ser antes do tempo reconhecido pela sua voz; e aquela que ele supunha ser Honorina, e que era, sem dúvida, Lucrécia, porque de plano ou por pejo não se queria deixar ouvir.

Mais uma vez os pés das moças se tocaram; a companheira de Manduca estremeceu toda. Que bom sinal!... que delicioso estremecer!... era, sem dúvida, o efeito do pejo; e daí a pouco, oh, glória!... Manduca recebe um beliscão na perna... não houve dúvida, pagoulhe com outro; vem um segundo mais forte, Manduca não hesita, não quer ficar devendo nada, e desta vez o aplica um pouco menos brando; recebe um terceiro tão terrível, que quase o obriga a gritar; Manduca paga-o imediatamente com uma unhada de mestre; ouve um surdo gemido, e temendo ter ofendido a bela companheira, tomalhe a mão, e beija... oh!... como achou tão macia aquela mãozinha de querubim!...

Já estavam as duas a beijar mutuamente as mãos... já uma vez por outra tinha havido seu abraço respeitoso, quando a sege parou; era o momento decisivo: ambas as viajadoras estremeceram.

Ora, a viúva tinha tomado bem suas disposições para que a

vergonha fosse completa: Honorina não devia lavar-se mais nunca daquela nódoa, aliás todo o seu trabalho estava perdido. Lucrécia entendeu que havia necessidade de testemunhas, e se propôs a tê-las; para isso um escravo seu foi à casa de Venâncio e entregou a Tomásia um bilhete dela, que dizia assim:

Minha comadre. A amizade que lhe tenho não me deixa gozar com satisfação um prazer em que Vossa Mercê não tome também parte. Quero que venha apreciar comigo uma bela cena: o nosso amigo Brás-mimoso trata de casar-se, e pelo sim pelo não a noiva chega--lhe hoje às dez horas da noite; vamos causar-lhe uma surpresa e recebê-la; havemos de rir-nos muitíssimo; às dez horas, pois, esteja com seu marido, sua filha e seu filho em casa de Brás-mimoso, e, se eu me demorar, esperem-me, que não tardarei.
Sua comadre do coração — Lucrécia.

Esse bilhete foi recebido às nove horas da noite e deu vivíssimas contestações; porque Venâncio sustentava que não devia levar sua família à casa de um homem solteiro; mas, como sempre, a vontade de ferro de Tomásia triunfou dos pudicos receios de seu marido.

Consequentemente, às dez horas da noite Venâncio, Tomásia e Rosa achavam-se em casa de Brás-mimoso, que parecia ornada com estudo, e muito de fresco.

Manduca não acompanhou sua família, porque desde as oito horas da noite se achava fora de casa: melhor do que os próprios pais, sabem os nossos leitores o que era feito dele.

Lucrécia não havia ainda chegado; isso, porém, não admirava a comadre, pois pelo bilhete da viúva conhecia-se que ela contava demorar-se. Brás-mimoso era esperado a todos os instantes.

Estavam, pois, os três pensando se a noiva seria bonita ou feia; quando ouviram o rodar de uma sege que parava à porta: era a noiva!...

Lembrando-se da palavra surpresa escrita no bilhete da viúva, Tomásia fez entrar seu marido e sua filha, e entrou ela também para a alcova, fechando de novo a porta, porque já ouviam os passos de duas pessoas que subiam a escada.

Manduca, a princípio espantado, viu que sua companheira abria sem-cerimônia a sege, tomava-lhe a mão e o fazia apear-se em uma rua muito diferente daquela em que existe o convento da Ajuda; semelhante passo, uma tal ação praticada por Honorina, a fazia perder muito no seu conceito; mas tarde para recuar, e, enfim, forte e valente como era o moço, não temeu nada e foi-se deixando levar.

A moça deu o braço a Manduca e entrou em um corredor... subiram sem bater palmas... e, enfim, chegaram à sala.

Houve um momento de hesitação em que Manduca e sua companheira ficaram olhando um para o outro... depois, e a um só tempo, arrancaram suas máscaras...

Duas exclamações de espanto se deixaram ouvir então... e ambos aqueles vultos de mulher recuaram espantados...

A companheira de Manduca era nada menos que Brás-mimoso vestido também de mulher!

Para perder Honorina, Lucrécia tinha tido pouco mais ou menos o mesmo pensamento que tivera o moço loiro para salvá-la e vingá-la.

Brás-mimoso soltou de novo um grito de espanto e de medo.

— Que traição! — exclamou ele.

Manduca ficou um momento embasbacado; logo depois bradou:

— É agora, jagodes de uma figa!

E atirou-se sobre o seu rival, dando-lhe socos, como o churinado depois da lição de seu mestre.

Venâncio, Tomásia e Rosa acudiram aos gritos que soltava o velho gamenho.

Foi um triunfo importante arrancar Manduca de cima de Brás--mimoso, sobre quem estava agarrado como uma sanguessuga.

O resto da cena tornou-se completamente ridícula.

Manduca tinha a sua touca enfiada no pescoço; só lhe restava um dos cachos; o vestido estava roto de cima a baixo; e já havia neste uma manga de menos; espumando de raiva, dizia:

— Eu!... eu beijar a mão deste tratante!...

Brás-mimoso estava sem touca e sem cabeleira... tinha os beiços rebentados pelos socos que apanhara, e sua figura se tornava absolutamente risível, quando se olhava para seus vestidos de mulher, e depois para sua cabeça absolutamente calva.

— Nesta — dizia ele —, só me podia meter a Sra. D. Lucrécia!

Uma gargalhada de Rosa rematou a cena.

❖

XXXIX

O novo administrador

Sentado numa bela cadeira de braços, em seu gabinete de trabalho, estava Otávio entregue a mil diversas reflexões, das quais apenas por instantes se arrancava para examinar o ponteiro do relógio de parede, que em frente dele se via pendurado.

A cabeça desse mancebo ardia como seu próprio coração. Honrado e nobre, Otávio tinha encontrado no caminho de sua vida uma mulher por extremo formosa para enfeitiçá-lo; amou-a com todo o amor de sua alma; mas, quando foi pedir-lhe a paga de sua ternura, escutou em resposta um não; e esse "não" teve o poder de desatiná-lo a tal ponto que se perdeu da bela estrada que seguia, emaranhando-se nos desvios do vício.

Otávio amava Honorina com uma dessas paixões veementes que cegam o homem e o podem precipitar; possuir o objeto de seus anelos era, pois, para ele, no raciocinar de seus transportes, um fim aonde importava chegar por quaisquer meios que fossem; pareceu-lhe que lavar uma mancha não era um impossível neste mundo severo, em que quase é regra não se dar regeneração moral possível.

Levado do ímpeto de sua paixão, ele não hesitou em ir propor a Félix uma transação infame, não trepidou diante de Hugo de Mendonça, quando estava representando em sua consciência o mais miserável dos papéis; porque, enfim, esse era o seu sonho, o sonho lisonjeiro que lhe prometia a posse de Honorina; mas quando sentiu que o pai da bela requestada se erguia orgulhoso sobre sua própria miséria, quando viu que seu derradeiro esforço ia ser baldado, o sonho começou a esvaecer-se, e ele, despertando, achou-se só, isolado, longe de Honorina e identificado com a infâmia. Otávio caiu, então, debaixo do peso de suas reflexões. Era o período da febre que tinha passado e cedido seu lugar à prostração.

Com efeito, livre por um instante do alarido das paixões, a alma de Otávio começou para logo a ouvir a voz pausada, grave e monótona da consciência, voz que é sempre a mesma, com o mesmo timbre e que jamais se cala, incessante e monótona, como as vagas do mar ou como o tique-taque da pêndula do relógio que defronte estava.

Tão poderosa era essa voz que já por dez vezes tinha podido volver à força os olhos de Otávio para a gaveta, onde se achavam guardadas as três letras falsas, que eram as provas palpitantes de seu crime; apesar do quanto sofria com tal recordação, a despeito do firme propósito que fizera de esquecer-se disso... Otávio olhava sempre.

Tão vingativa era essa consciência que falava, que tinha apagado a derradeira luz de esperança que Otávio poderia descobrir no correr do dia do vencimento das letras; indigno de felicidade a seus próprios olhos, Otávio gemia, adivinhando que a posse de Honorina era para ele impossível.

Tão formidável, enfim, era essa voz que aquele que de contínuo a estava ouvindo temia que ao passar pelas ruas uma boca lhe gritasse: "falsário!", oh! ele tinha medo de Félix, tinha medo do mundo e corava diante do seu espelho!

No correr da mesma noite em que se passaram com Félix, Manduca e o desconhecido as cenas de que demos conta, estava, pois, Otávio, triste e pensativo, sentado no seu gabinete de trabalho e olhando de momento a momento para o relógio.

Finalmente, ouvindo dar dez horas, disse:

— Ainda me falta meia hora!

Depois tirou de seu bolso um pequeno bilhete, que leu ainda uma vez; pois que já o tinha feito por muitas vezes. O bilhete dizia assim:

Negócio importante que cumpre ser decidido hoje mesmo com o Sr. Otávio me obriga a pedir-lhe licença para procurá-lo às dez horas e meia da noite em ponto.

Ou por descuido, ou de propósito o bilhete carecia de assinatura.

Bilhete tão estranhamente concebido, hora de encontro tão mal escolhida, a ignorância em que se achava Otávio a respeito do negócio que tão urgente se dizia e, enfim, o receio que ele começava a ter de tudo quanto lhe parecia pouco comum, faziam com que Otávio esperasse ansioso pela hora determinada.

Recolhendo-se a seu gabinete, ordenara a um de seus escravos que ali fosse conduzida uma pessoa que se apresentaria pouco depois das dez horas da noite.

Faltavam ainda 20 minutos para essa hora, quando o escravo anunciou e fez entrar o Sr. Félix.

Ao ver aquele que conhecia a mancha que nodoava sua reputação, Otávio corou, involuntariamente, e, apontando para uma cadeira, disse:

— Senta-te.

— Não, Otávio, eu não me sentarei.

— Pois conversaremos de pé; mas nunca me passou pela cabeça que fosses tu quem me escreveu aquele bilhete singular.

— Eu não te escrevi bilhete algum.

— É que a tua visita a estas horas...

— A minha visita a estas horas, Otávio, quer dizer que entre nós tem de decidir-se uma questão bem grave.

— E então...

— Eu venho dizer-te que tive uma hora de loucura, da qual me acho felizmente curado, e que por consequência posso desfazer tudo quanto havia feito desarrazoadamente.

— Peço que te expliques... e depressa: vês que eu espero alguém.

— Pensei que me tinhas compreendido, Otávio; porque a minha hora de loucura se passou entre nós dois.

— E, portanto...

— E, portanto, eu te declaro que já não me acho disposto a consentir que seja reduzida à miséria uma família inteira, para obrigá-la a sacrificar-te uma bela moça.

— Félix!...

— Passou o tempo, Otávio, em que tua voz me fazia calar, e os teus olhos me obrigavam a abaixar a cabeça; duas paixões nos atiraram para um abismo... estamos hoje na mesma linha.

Otávio, vermelho de vergonha e de despeito, olhou para Félix como se não acreditasse que era aquele mesmo homem que lhe estava falando; porém o guarda-livros, forte e decidido, por sua vez, prosseguiu:

— Eu venho, Otávio, receber as letras falsas que tive a fraqueza de te passar; venho declarar-te que o contrato da infâmia está roto.

— Oh!... isto é admirável!... — exclamou Otávio —; é admirável que tu, Félix, levantes a cabeça diante de mim!...

— Sim, eu a abaixei diante de outros, e era preciso que a levantasse diante de alguém; Otávio, eu te estou devendo horas inteiras de vergonha, de miserável submissão, horas de torturas que te venho pagar agora.

— Insensato!...

— Oh!... pois bem. Compreende que diante de mim se apresentou um homem que me disse: "miserável! tu roubaste uma cruz de brilhantes... quem te denunciou foi aquele mesmo a quem a confiaste!".

— É falso!...

— Foi Otávio... há alguns meses passados, em momentos de horrível padecer, foi ele quem te denunciou a uma mulher morfética!...

Otávio não teve uma palavra para dizer. Félix prosseguiu:

— Portanto, vês bem, Otávio, que tu faltaste à principal condição de nosso contrato de infâmia; e, neste caso, está nulo: eu quero, pois, as letras que me arrancaste.

— É tarde, Félix.

— Tarde?... tu não podes dizer-me que é tarde. Agora, Otávio, é tempo oportuno sempre para mim; sofri quanto sofrer podia; esgotou-se-me a paciência. Vamos!

— Félix!...

— Otávio, as letras falsas!...

— Miserável!...

— É um nome que nos cabe a ambos; enfim, as letras!...

— Oh!... e não te lembras que eu tenho a vingança nas minhas mãos?... que nossas infâmias estão casadas?... que somos solidários na vergonha?...

— Sim; e porque eu já esgotei o meu cálice até às fezes, justo é que esgotes também o teu: as letras!...

— Pois bem: a cruz de brilhantes!...

— Era o teu escudo, não é assim, Otávio?... tu tinhas feito do teu amigo a miserável carta com que jogavas; que importava pouco que fosse perdida ou não, contanto que em resultado a partida do teu jogo de infâmia fosse por ti ganha: não é isso assim?... não é verdade o que eu estou dizendo?... oh! Otávio!... Otávio!... o teu escudo está quebrado!...

Otávio encarava Félix sem o compreender.

— As letras!... as letras!... — disse este, levantando a voz.

— A cruz de brilhantes!...

— Vai pedi-la à filha do Sr. Hugo de Mendonça.

— Quê!... — exclamou Otávio, admirado.

— Sim! a minha vergonha está passada: tu me traíste... a morfética revelou, por sua vez, o que lhe confiaste, e esse homem, que me veio dizer: "roubaste uma cruz de brilhantes!", esse homem arrastou-me pelas ruas, varreu com meu rosto as escadas da casa do Sr. Hugo de Mendonça e me obrigou a ir lá com o meu crime nas mãos, com as lágrimas nos olhos, e com o grito de misericórdia na boca!

— E esse homem?...

— Esse homem é um demônio que nada ignora do que lhe convém saber; esse homem sabe do nosso contrato... não ignora que tu tens as letras falsas... sabe tudo!

— Mentira!...

— Oh!... não! desgraçada ou felizmente é verdade!...

— Nós estávamos sós e fechados no teu quarto...

— E por cima das nossas cabeças, a Providência, que não dorme, nos observava pelos olhos de um menino.

— E então...

— Um dos caixeiros da casa do Sr. Hugo me espreitava... e testemunhou o crime de nós ambos!

— Oh!... — gritou Otávio, deixando-se cair na cadeira.

Passaram-se alguns momentos em silêncio, durante os quais a cabeça de Otávio se não ergueu dentre as mãos, onde tinha tombado.

Terrível anúncio era esse que ele acabava de ouvir, e seu espírito lutava com a verdade para achar um meio de dizer "é mentira"; trabalhava, perdido nesse pélago de vergonha, para deparar com uma tábua de socorro, em que se agarrando dissesse "ainda me não perdi!".

Enfim, Otávio viu brilhar uma tênue e leve nuvenzinha de esperança. Era o que por então bastava; atirou-se para ela dizendo:

— É falso! é falso!... eu te compreendo! queres arrancar-me as letras, mercê dessa miserável astúcia!... não, não as terás...

— Tu me hás de entregar, Otávio!

— É impossível... é tarde, muito tarde! pensa que eu já as apresentei a Hugo de Mendonça, que já lhe disse "o senhor tem de pagar-me esta quantia!", e agora, Félix, agora...

— Otávio, para tudo se acha um remédio; lembra-te que me dizias: "o contrabando em que se achava empenhada a casa de Hugo enriquece e empobrece com a rapidez do raio".

— É uma desculpa miserável...

— Sim; mas uma desculpa que me ensinaste.

— Porque, quando se perdem embarcações... não há contrabando que receber nem vender, não há contas que dar: diz-se "perdeu-se", e tudo está dito.

— Pois, então, Otávio, inventa uma desculpa; já que de qualquer modo que seja, as letras deverão sair daqui comigo.

— Félix!...

— Otávio!...

— Eu já disse que não acredito no que inventaste para assustar-me; tenho um fiador na cruz de brilhantes.

— A cruz de brilhantes aparecerá nas mãos da filha de Hugo de Mendonça...

— É falso!...

— Otávio... as letras!

— Não!

— Oh!... mas tu me estás desafiando!

— Sim!...

— E quando eu amanhã estiver gritando diante de todos, no meio de uma rua, ou na praça do comércio: "o Sr. Otávio é um falsário!"

— Eu responderei que mentes!

Félix, com um terrível e vingativo sorriso estremecendo-lhe nos lábios, arrancou um papel do bolso:

— E esta carta?... exclamou ele, e esta carta?...

— Esta carta?...

— Sim! a carta que me lançaste por baixo da porta, a carta em que me convidas para perpetrar o crime!

— Oh!...

— Como é que tu hás de responder "ele mente!", sabendo que para logo eu mostraria a todos a tua assinatura, o corpo de delito de nosso mútuo crime?...

— Miserável!...

— As letras! as letras, Otávio!...

— Miserável! — disse outra vez Otávio, fazendo um movimento para erguer-se.

— Otávio, nem um só passo para mim que não seja para entregar-me as letras falsas; eu aprendi com o homem que me fez ir de joelhos entregar a cruz de brilhantes àquela a quem pertencia a prevenir-me contra tudo; então, eu avancei para ele, como tu queres avançar para mim, e vi brilhar na sua mão uma arma mortífera, como tu verás brilhar na minha instrumento semelhante, se tanto for necessário.

Otávio, pálido de cólera, olhou de um modo terrível para Félix, em cujo peito viu luzir o cabo de um punhal.

— Porque, enfim, Otávio, as circunstâncias nos têm levado a extremos tais.

— Mas isto é uma infâmia!... — disse com voz abafada Otávio, voltando a cabeça para o lado da porta, como quem ia chamar alguém.

— A primeira pessoa que aqui entrar — disse Félix — ficará para logo sabendo que tu exiges de Hugo de Mendonça o pagamento de três letras falsas. Chama agora os teus caixeiros, chama os teus escravos, Otávio.

— Maldito!... maldito!...

Nesse instante o relógio fez ouvir o sinal de meia hora depois das dez.

— Dez horas e meia!... — exclamou Otávio —; é a hora marcada pelo bilhete!...

Um escravo anunciou que ia entrar um homem embuçado em longa capa preta.

— As letras?!... — disse Félix.

— Félix!... Félix!...

— As letras!...

Ouviam-se já muito próximas as pisadas da pessoa anunciada.

— As letras!... — repetiu Félix, com tom decidido e firme.

— Félix — disse Otávio, com voz trêmula e fraca —, peço-te meia hora para determinar-me; entra nesta alcova, enquanto falo ao homem que vai entrar.

— Seja — respondeu Félix, entrando —; mas só meia hora.

Quando a porta da alcova acabava de cerrar-se, o homem entrou no gabinete.

Esse homem vinha, como dissera o escravo de Otávio, embuçado em uma longa capa preta, cuja gola estava tão levantada que lhe escondia quase todo o rosto e até os cabelos, de modo que apenas se lhe descobria parte média da testa e olhos, o nariz e o alto da cabeça: era ele.

— Perdão, se me apresento assim — disse, tendo os olhos fitos na porta da alcova, como se examinasse alguma coisa —; perdão, mas estou doente... constipado...

Otávio, sem dizer palavra, arrastou-lhe uma cadeira; a voz desse homem tinha produzido cruel abalo em Félix, que acabava de reconhecer nele o seu desconhecido.

— Não me sentarei — disse este —; o negócio de que venho tratar conclui-se em poucas palavras.

— Estou às suas ordens — respondeu Otávio.

— Senhor, acho-me encarregado da administração da casa do Sr. Hugo de Mendonça, e como tal venho receber três letras na importância de 46 contos de réis, as quais existem na sua mão e que, segundo creio, deverão já estar sobejamente pagas pelo Sr. Félix, guarda-livros da nossa casa.

Essas palavras foram pronunciadas com tal acento de ironia, e acompanhadas por um sorriso tão cheio de cruel zombaria, que pareciam estar dizendo "sabe-se de tudo".

Otávio empalideceu de maneira a causar piedade; como querendo achar uma resposta e força para poder dá-la, guardou silêncio por alguns instantes; mas o olhar terrível e penetrante desse homem estava fito nele, como um dardo que se lhe ia enterrando até o coração; para escapar à sua influência, Otávio voltara os olhos, porém o sorriso do desconhecido se foi tornando em uma verdadeira risada insolente... sarcástica... ameaçadora...

Houve um momento de cruel angústia para Otávio, em que ele pensou, tremendo no desconhecido de Félix, e em que esse homem que aí estava em pé, defronte dele, continuou a rir-se, a rir-se sempre, e alto, insultuosa e desafiadoramente...

Enfim, Otávio pareceu haver tomado uma resolução: foi à porta da alcova, abriu-a e fez sair Félix.

— Sr. Félix — disse ele —, este senhor está atualmente encarregado da administração da casa do Sr. Hugo de Mendonça?...

— Responda, Sr. Félix! — disse com sua voz áspera o desconhecido.

Félix levantou os olhos e viu embebidos em seu rosto os desse homem cheios de fogo e de audácia.

— Sim... — balbuciou o guarda-livros.

— Segue-se, portanto — continuou Otávio —, que lhe devo entregar as letras que o senhor acaba de pagar-me?...

— Não — disse Félix —; é a mim, que as vim pagar, que o Sr. Otávio deve fazer entrega delas.

— Contanto que as entregue — interrompeu o desconhecido —, é-me indiferente que seja a mim ou ao Sr. Félix.

Otávio no mais alto grau de perturbação e terror abriu uma gaveta, donde tirou as letras, que entregou a Félix; depois, voltando-se para o desconhecido, abaixou os olhos e, com voz submissa e implorante, disse:

— Seria possível esperar que isto acabasse de uma maneira decorosa para todos?...

— Seja — respondeu o desconhecido —; eu me quero julgar satisfeito; porque ambos vós tereis de corar sempre diante de mim.

E, travando do braço de Félix, obrigou-o a acompanhá-lo e saiu, sem ao menos cortejar a Otávio.

❖

XL

O moço loiro

Triunfante em toda a parte, contando cada hora por uma nova vitória, a causa do moço loiro perigava, todavia; corria sérios riscos de completamente perder-se no grande campo de guerra, onde cumpria vencer a batalha decisiva.

O aparecimento inesperado da cruz da família tinha mudado a face das discussões travadas na casa de Hugo de Mendonça; semelhante fato, que era ainda mais uma prova do amor e dedicação do moço loiro por Honorina, havia somente servido de forte argumento a favor de seu temível rival, do primo Lauro. Também aquele não devia ignorar que estava servindo de instrumento para a fortuna desse, por quem parece que fora enviado para demonstrar a sua inocência.

Com efeito, a família inteira de Hugo se empenhava agora com indizível força para obter o sim de Honorina a favor de seu primo. Ema, como querendo compensar seu neto das injustiças que lhe havia feito, era quem mais se extremava em oferecê-lo à bela neta, como o modelo dos noivos. A mãe Lúcia trabalhava no mesmo sentido, quanto podia: o único que se conservava no mesmo posto que dantes era Hugo, a quem apenas se ouvia dizer:

— Minha filha, consulta primeiro o teu coração; mas não te sacrifiques.

A crise terrível e assustadora que ameaçava Hugo já também não espantava a velha Ema; feliz com sua fé, feliz com sua religiosa esperança, ela exclamava a miúdo:

— Não há mais desgraça possível para nós: a cruz da família apareceu; o nosso talismã vai salvar-nos.

Mas, entretanto, o moço loiro estava mais que nunca presente ao coração de Honorina: cada palavra, cada ideia, cada lembrança que ouvia lhe faziam recordar a imagem daquele que, oculto sempre a todos os olhos, desaparecendo, a despeito das suas indagações, aparecia, contudo, quando era preciso demonstrar o amor que tinha por ela; quando se fazia necessário prestar-lhe um pequeno ou grande serviço; quando, enfim, ela pedia ao céu um anjo que a salvasse de algum perigo.

Oh! um amor tão profundo, uma dedicação tão generosa era bela, nobre e santa como a beneficência que de improviso se apresenta para o bem, e de improviso se esconde, fugindo dos agradecimentos.

E Honorina, ruminando seus dias passados, largando todos os panos à sua imaginação fértil e brilhante, viu de novo o seu querido moço loiro escoando-se pela sombra, ou adorando-a de joelhos ao clarão de cheio luar; ouviu-a ainda sua voz sonora; e, enfim, repetindo a si mesma os melancólicos pensamentos de seu livro de amor, e recordando-se a todo instante do último serviço que acabava de prestar-lhe, e também generosamente a seu rival, revoltava-se contra esse pensamento frio e desabrido, contra esse esqueleto horrível que como uma barreira a queria separar de seu romanesco amante... revoltava-se contra a ideia da miséria do pobre.

Desde o grito de surpresa que soltara, ouvindo Félix pronunciar o nome de "moço loiro", Honorina se arrancara do estado de inércia em que se achava; e seu rosto, até então comprimido pela mais acerba tristeza, dilatou-se com não sei quê magnética e entusiástica alegria; brilhavam-lhe os olhos cheios de ardor e fogo; branda nuvem cor-de-rosa lhe assomava as faces; feiticeiro sorrir de confiada esperança brincava-lhe descuidadoso nos lábios; seu semblante exprimia valor e decisão; batia-lhe o coração rápido e forte; e seu pulso agitado e irregular faria crer que ela estava em uma hora de febre.

Apesar de sua avó, talvez mesmo que apesar de seu pai, a filha de Hugo de Mendonça dará a sentença a favor do moço loiro.

Honorina vai deixar falar seu coração; há nela todo esse encanto inexplicável, toda essa bravura feminil que se adora em algumas nobres senhoras que têm a alma ao pé dos lábios; em quem a sinceridade e a franqueza são sempre viçosas flores; senhoras verdadeiramente belas, que com seu caráter firme, independente e angélico, quando amam dizem sem temer "eu amo!".

Hugo acabava de lembrar a questão que havia sido interrompida pela chegada de Félix; Honorina ergueu orgulhosa a cabeça... ia falar... mas nesse momento Jorge e Raquel apareciam na porta da sala.

As duas amigas correram a encontrar-se e prenderam-se nos braços uma da outra.

— Minha boa Honorina! — disse Raquel.

— Raquel!... Raquel!... eu precisava ver-te para te dizer que sou muito feliz!... — respondeu em voz baixa Honorina.

Raquel recuou dois passos e, sentindo na sua mão a mão ardente da moça e vendo no seu rosto o rubor e alegria anormal que o enfeitavam, tremeu, pensando que a sua amiga delirava.

— Tu feliz?!...

— Mais baixo: isto é só para nós duas.

— Porém, tu dizes que és feliz?...

— Oh!... muito, Raquel! vem, eu te vou dizer.

Honorina levou Raquel pela mão até uma janela, que abriu, e, recostando-se com a sua amiga sobre a grade, começou a referir-lhe em voz baixa quanto devia ao moço loiro; se Honorina não estivesse fora de seu natural estado, se sua mão não ardesse, teria certamente compreendido que sua relação fazia mal a Raquel, e que a mão desta se tornava fria como o gelo.

Havia um não sei quê de grande e solene no que se estava passando então na casa de Hugo de Mendonça.

Jorge, cedendo, sem dúvida, aos conselhos da amizade e às generosas inspirações de sua filha, vinha sondar o infortúnio de seu amigo e oferecer-lhe a mão para arrancá-lo do abismo; por isso, tendo pedido a Hugo que lhe confiasse o estado de seus negócios, se retirou com ele para o gabinete, e aí examinavam ambos os papéis e livros pertencentes a casa.

Ema, sentada no canapé, conversava animada com Lúcia, que a ouvia de um lado, em pé, mostrando-se talvez alegre.

Honorina e Raquel estavam, como deixamos dito, praticando em voz baixa, recostadas à grade de uma janela.

A sala, apesar de longa e espaçosa, achava-se suficientemente iluminada; viam-se nas paredes, e ocupando cada um o seu lado da sala, quatro grandes retratos, o de Raul de Mendonça, avô, o de Raul de Mendonça e o de Clemência de Mendonça, pai e mãe de Lauro, e, finalmente, o de Clara de Mendonça, mãe de Honorina.

Aqueles retratos, nos quais refletiam os raios das luzes, pareciam animar-se, encher-se de vida, observando a maneira por que era tratada uma questão de vida ou de morte de sua antiga casa.

Pouco antes das 11 horas, Lúcia dirigiu-se para a janela, onde conversavam Honorina e Raquel; as moças calaram-se imediatamente.

— As senhoras acabam de calar-se, vendo-me chegar, de modo que eu devo pensar que as importuno...

— Não, mãe Lúcia, não...

— Sim; e calaram-se porque pensam que conversavam em objeto que é e deve continuar a ser um segredo para mim...

— Ora, mãe Lúcia...

— E, todavia, eu sei perfeitamente a respeito de que as senhoras estavam conversando...

— Sim... como era sobre coisas muito naturais...

— Por exemplo, sobre...

Lúcia abaixou a voz.

— Sobre o quê, mãe Lúcia?...

— Sobre o moço loiro.

— Ah!...

— Não grite assim, menina; do contrário não lhe contarei muitas coisas que estimará ouvir.

— E, então, o que é?...

— A história do moço loiro.

— Tu vês, Raquel, como ela está zombando de nós ambas?

— Não, Honorina, a Sra. Lúcia parece querer contar-te alguma coisa de interesse.

— Pois então...

— Querem ouvir-me?

— Certamente.

— Bem, senhoras; mas há de ser contado em voz baixa, em segredo, e só para as senhoras.

As duas moças fizeram com que Lúcia se chegasse para bem perto delas e prestaram curiosa atenção ao que lhes ia ser referido.

A ama de Honorina começou:

— Lembra-se, Sra. D. Honorina, de que, tratando-se da volta do Sr. Hugo de Mendonça e das senhoras para a corte, eu as preveni, aqui, e vim chegar três dias antes para preparar a casa que as devia receber?...

— Lembro-me, sim.

— Pois no dia que seguiu ao da minha chegada, quando eu já fazia aprontar a bela casa de campo que tivemos em Niterói, eram oito para nove horas da noite, e um pajem me veio dizer que alguém esperava--me no jardim para falar-me em negócio de interesse; fui, e achei-me diante de um interessante moço de olhos ardentes e cabelos loiros...

— Era ele!... — balbuciou Honorina, sem poder suster-se.

— Era ele!... — respondeu dentro do coração, Raquel.

— Perguntei-lhe quem era — continuou Lúcia, rindo-se —, e me não quis dizer seu nome; contou-me tão fielmente a história de meu querido Lauro de Mendonça, e disse-me com tal acento de verdade que vinha por ele enviado para provar sua inocência e descobrir o verdadeiro autor do furto da cruz de brilhantes, que eu não pude deixar de crê-lo nem de prometer ajudá-lo no generoso empenho em que ia achar-se. Pediu-me depois que lhe dissesse que pessoas compunham a família do Sr. Hugo de Mendonça, e devendo eu lhe responder, e chegando ao nome da Sra. D. Honorina, fiz com toda a verdade o elogio de suas virtudes, talento e beleza; e, posto que não dissesse tudo quanto podia, conheci que o pouco que havia dito tinha bastado para produzir curiosa impressão naquele jovem.

— Adiante, mãe Lúcia.

— O moço pediu-me uma nova conferência, e eu lhe marquei uma noite, à meia-noite em ponto, no jardim. A Sra. D. Raquel para visitá--la veio da corte no dia que precedeu a essa noite; à hora do nosso encontro, as senhoras estavam conversando na janela do seu quarto, e a nossa entrevista deveria ser debaixo dessa janela; se tive receio de ir, porém o moço lá esteve e ouviu toda a conversação das senhoras; ao fazer um movimento... a janela de seu quarto se fechou, e então ele tirou um pedaço de papel de sua carteira, escreveu nele algumas palavras, mercê do clarão da lua e, tendo dobrado o papel, trepou-se pela parede e o deitou debaixo da vidraça da janela do seu quarto.

Quando o moço saltou no chão, eu estava junto dele e lhe disse em tom sério:

"Que foi o senhor fazer?"

O moço respondeu-me com sua voz doce, e rindo-se, maliciosamente:

"Fui pôr uma declaração de amor debaixo daquela vidraça."

"Como, senhor?"

"Senhora Lúcia, eu amo a D. Honorina."

"Mas o senhor atreve-se?", exclamei eu.

"Atrevo-me", respondeu-me sem hesitar; "olhe: primeiro atrevi--me a olhá-la muito, e a admirá-la ainda mais quando ela, na tarde do dia 6 de agosto, atravessou certo largo da cidade do Rio de Janeiro, montada em seu lindo cavalo branco, que ardido e insofrido se deixava, todavia, domar pela mão formosa da encantadora cavaleira; atrevi-me também ainda há pouco a ouvir suas doces palavras, seus generosos sentimentos; atrevo-me, enfim, a dizer que a amo; atrevo--me a jurar que o farei em toda a minha vida.

Finalmente, senhoras, esse moço é um pouco feiticeiro; teve a habilidade de convencer-me de que eu mesma devia ajudá-lo no seu amor; lembrei-me de que era o defensor de meu pobre Lauro; confesso que me deixei enfeitiçar por suas palavras, e sabe o que fiz?... prometi o que ele queria.

— Mãe Lúcia!...

— Portanto, eu sabia quem tinha posto o papel debaixo da vidraça; e fiz mais ainda: em todas as noites nós nos encontrávamos no jardim, e eu lhe dava parte de todos os passos da senhora.

— Oh! que traição!... — disse Honorina, querendo debalde mostrar-se enfadada.

— E assim, ele soube que a senhora ia receber um cabeleireiro na tarde que precedeu ao sarau; soube que a senhora voltava no fim dele; soube que a sempre-viva havia sido guardada; soube de seu belo pensamento, que exprimiu dizendo: "foi um sopro de Deus"; soube que se daria um passeio no mar; soube tudo.

E pela minha parte eu sabia que um falso cabeleireiro teria de roubar-lhe um anel de madeixas; que a senhora teria de encontrar um jovem desconhecido no sarau; que um falso bateleiro a traria a Niterói; e que um mentiroso velho pescador iria escutar o seu canto na noite do passeio do mar.

— E que mais?

— Sabendo, também por mim, do infortúnio de seu pai, ele, que, segundo há muito dizia, desejava fazer experiências sobre o seu coração, aproveitou o ensejo: mandou-lhe um célebre livro da alma, em cuja composição se entretinha desde alguns dias, já de plano, e no qual chorava, lastimava-se, e... perdoe-me a expressão, e mentia.

— Pois ele mente? — perguntou com ingenuidade Honorina.

— Mente muito às moças.

— Meu Deus! isso é tão feio!...

— Por exemplo, diz ele no seu livro que a amou só por tê-la ouvido.

— E então?...

— Antes de ouvi-la já a tinha visto uma vez a cavalo na tarde de 6 de agosto, e no dia seguinte também de tarde, à borda do mar. Também chora muito a pobreza...

— Pois não é pobre?...

— Ao contrário, é rico.

— Mas para que assim zombar de mim?

— Já não disse que ele queria fazer experiências sobre o seu coração? e era eu encarregada de observá-la; felizmente as consequências da leitura do livro da alma do moço loiro provaram cada vez mais a reconhecida nobreza de seu caráter.

— E depois, mãe Lúcia?...

— Depois ele descobriu a cruz da família; e, ao mesmo tempo que trabalhava por fora a favor de Lauro e da senhora, eu velava em prol das mesmas pessoas cá dentro: ambos nós desconfiávamos da amizade que lhe mostrava a Sra. D. Lucrécia.

— É possível, mãe Lúcia?... pois não era eu só?...

— Quando esta manhã ela veio e com a senhora conversou muito tempo no seu quarto, eu a escutava cuidadosa; ouvi a traidora proposição de fuga para um convento... era uma cilada, senhora, ou pelo menos um conselho indigno!...

— Oh!... mas eu o rejeitei!

— Sim; e o moço loiro soube tudo.

— Meu Deus!... obrigada, mãe Lúcia.

— A Sra. D. Lucrécia recebeu às duas horas da tarde um bilhete no qual estava escrita esta simples palavra "sim".

— Mas... esse foi o sinal dado por ela...

— Eu o sabia, senhora.

— E, portanto...

— O moço loiro quis vingar-se dela no seu próprio crime, porque era um crime, era uma traição, o que a D. Lucrécia tentava!... a estas horas a senhora deveria estar perdida... longe da casa de seus pais, e desacreditada na opinião pública.

— Oh!

— Na tarde de hoje uma carta da Sra. D. Lucrécia lhe avisara de que tudo estava pronto, e que às dez horas da noite fosse, como ficara convencionado, embarcar-se na sege, aconselhando-lhe, enfim, que tratasse de prevenir-se de uma máscara.

— E o que sucedeu?...

— Às dez horas da noite, senhora, a sege se achava parada no lugar determinado; uma mulher entrou para ela...

— E depois?

— Um homem vestido de mulher foi sentar-se a seu lado: a sege partiu; e essa mulher, que ia junto de um homem, pensava que tinha em suas redes a filha do Sr. Hugo de Mendonça.

— Meu Deus!

Nesse momento bateram na escada, e pouco depois um pajem entrou e disse:

— A Sra. D. Lucrécia manda pedir notícias da Sra. D. Honorina, e informar-se de sua saúde.

— E então, senhora?... — perguntou Lúcia.

Honorina tornou-se rubra de despeito:

— Segue-se — disse ela — que D. Lucrécia mandou espiar-me por um de seus escravos!

Depois, voltou-se para o escravo que trouxera o recado e disse:

— Faz entrar o pajem da Sra. D. Lucrécia.

O pajem entrou.

— Diz à tua senhora que me viste — pronunciou com voz animada Honorina —; e que eu lhe mando dizer que passo bem... perfeitamente bem, principalmente desde as dez horas da noite.

O pajem retirou-se, e Honorina, dirigindo-se de novo a Lúcia, disse:

— Agora, mãe Lúcia, continua.

— Nada tenho a acrescentar, senhora: disse tudo o que sabia — respondeu Lúcia, dobrando-se sobre a grade, a que se recostara, e olhando curiosa para a rua.

— Não, mãe Lúcia, falta dizer-nos o melhor; e depois, eu notarei uma grande contradição no teu procedimento.

— Eu estou pronta, senhora, para responder.

— Pois bem: como se chama o moço loiro?...

— Oh!... a isso nada posso dizer.

— Ignoras o seu nome?...

— Ao contrário.

— Então por que o não dizes?...

— Porque ele me proibiu fazê-lo.

— Mãe Lúcia!...

— Outra coisa, senhora.

— Está bom, paciência — tornou a moça —; vamos à contradição: como é, mãe Lúcia, que tão enfeitiçada estando por esse moço que tantas traições me andas fazendo por causa dele, tanto te empenhas agora por me ver casada com meu primo?...

— É uma outra coisa que eu não posso explicar.

— Então não explicas nada...

— Um outro explicará por mim...

Ouviu-se, então, passos de alguém que vinha subindo a escada; e pouco depois soaram palmas.

— Uma visita a estas horas! — disse Ema.

— Quem será?... — perguntou Honorina.

— Talvez D. Lucrécia — disse Raquel.

— Ora... não!... — respondeu, rindo-se Lúcia.

Um pajem entrou e, dirigindo-se ao gabinete onde estavam Hugo e Jorge, parou na porta e disse:

— Um moço, que se diz novo administrador da casa de meu senhor, pede para vir entregar as letras que teve ordem de ir pagar ao Sr. Otávio.

— Isso é um sonho ou uma zombaria!... — exclamou Hugo, levantando-se.

— Seja quem for, manda-o entrar — disse Jorge.

— Eu não tenho novo administrador — tornou Hugo.

— Embora... vejamos quem é.

— Que entre pois.

Todos na sala ficaram suspensos e curiosos com os olhos fitos na porta de entrada; Hugo e Jorge em pé na porta do gabinete; Ema sentada no sofá; Honorina, Raquel e Lúcia na janela; todos estáticos nos mesmos lugares em que antes estavam.

E ele entrou... era um elegante mancebo vestido todo de preto, com uma bela gravata branca primorosamente atada... com um rico alfinete de esmeralda ao peito; era um jovem interessante, de olhos ardentes e cabelos loiros... era ele.

Tinha tremendo avançado... chegou ao meio da sala, quando da boca de Honorina e de Raquel saíram as mesmas palavras, posto que em tom baixo:

— O moço loiro!...

E Hugo de Mendonça e Ema surpreendidos bradaram:

— Lauro!...

O mancebo, sem pronunciar palavra, avançou comovido, mas resoluto, até parar defronte de um dos quatro retratos; era o de Clemência; então ele se ajoelhou, levantou as mãos e, com voz entrecortada por soluço, exclamou:

— Minha mãe!... minha mãe!... minha mãe!... já tenho o rosto descoberto!... já provei minha inocência!...

E ficou assim de joelhos e com as mãos erguidas para o retrato de sua mãe, chorando docemente muito tempo... muito tempo...

E quando, enfim, pensou que se podia sorrir, voltou os olhos, e estendeu a mão para Honorina.

Epílogo

Um mês depois da entrada de Lauro na casa de seus parentes, uma grande festa ia ser dada: Lauro e Honorina celebravam o seu casamento.

Afora Lucrécia, que tinha julgado a propósito passar alguns meses no campo, e Otávio, que acreditara útil fazer uma viagem à Europa, todos os outros nossos conhecidos deste romance preparavam-se para o belo sarau oferecido pelos noivos.

E o sarau tinha de ser esplêndido; Lauro de Mendonça, viúvo da filha de um rico negociante da Bahia, reduzira a dinheiro tudo quanto herdara de sua mulher, e, regressando ao Rio de Janeiro, depois de desfazer a calúnia que o manchava, tomou parte na casa de seu tio e, com seus imensos cabedais, levantou-a em brilhante pé. O sarau será, pois, digno de tão abastados senhores.

Hugo, Ema e Lúcia não tinham medidas para seu prazer.

Venâncio mandara (bem entendido, por ordem de Tomásia) fazer uma casaca nova. Manduca, apesar do logro que sofrera, exprimia-se com ardor a respeito de Lauro, pois que sua mana Rosa já se achava casada com Félix.

Brás-mimoso, sempre incorrigível, dispunha-se para estalar balas.

Raquel parecia ter cobrado o seu antigo prazer: fora ela quem apressara e marcara o dia do casamento; deu sua opinião sobre o vestido da noiva, de cujo lado só à força se separava.

Honorina ainda não se tinha acostumado a chamar seu futuro marido nem primo, nem Lauro; achava, dizia ela, graça indizível em chamá-lo moço loiro.

E o moço loiro continuava, como dantes, sempre bom e travesso, alegre e amoroso, apaixonado e extravagante. Sara e seu filho falavam dele com entusiasmo; Carlos mostrava-se sempre tão grato como devotado.

* * *

Ia-se volvendo a tarde do dia marcado para o casamento; eram horas de correr aos pés do altar e de receber a bênção nupcial. Hugo chamava por sua filha.

Honorina, mais bela que nunca, ornada com suas galas, embelecida com seus naturais encantos; e ainda mais ornada e embelecida com essa interessante mistura de amor e pejo tão apreciável nas noivas, abaixou a cabeça para que Raquel lhe pusesse sua coroa de virgem, sua capela de flores de laranjeira.

— Estás pronta, Honorina — disse Raquel.

— Adeus, Raquel! — balbuciou Honorina, suspirando.

— Oh!... um beijo ainda!...

— Sim... seja teu o meu derradeiro beijo de moça solteira...

E as duas amigas estreitadas em mútuo abraço estavam a beijar-se mil vezes, quando uma lágrima caiu dos cílios de Raquel nos lábios de Honorina.

— Tu choras, Raquel?...

— E tu, Honorina?...

— Sim; mas eu... e tu também, choramos de prazer; não é assim?...

— Sim!... sim!... de muito prazer... adeus!... sê feliz!...

A noiva partiu.

Raquel foi à janela para vê-la embarcar-se na carruagem. Hugo deu a mão à sua filha.

— Sê feliz, Honorina!... sê feliz!... — gritou Raquel da janela.

Honorina não respondeu... tinha muito pejo.

A carruagem desapareceu...

Raquel voltou-se e viu que se achava só na sala; deu alguns passos... soluçava... caiu de joelhos e ergueu as mãos para o céu.

Um homem entrou pé por pé nesse momento e ficou parado na porta por detrás da moça.

Raquel exclamou:

— Misericórdia!... meu Deus, misericórdia!... eu menti! eu pequei! mas estou arrependida; eu me desdigo, meu Deus!... não! não! amor não é uma vã mentira!... amor não é uma das muitas quimeras com que a fantasia nos entretém na vida, como a boneca que se dá à criança para conservá-la quieta no berço!... não!... eu o confesso... eu o experimento... amor é uma realidade!... realidade, meu Deus, terrível para mim!...

O homem, que estava observando Raquel, lançou-se então para

ela, como levado da mais veemente das dores, e, abraçando-a, exclamou:

— Filha do meu coração!... pobre mártir!... fujamos desta casa! vem... fujamos!...

Jorge tentava levar sua filha, que, forcejando para ficar, respondeu:

— Não! não! meu pai; aqui ao menos tenho eu um remédio contra meu padecer.

— Aqui?... e onde?...

— Na santa amizade de Honorina.

— Mas a sua felicidade faz o teu martírio...

— A sua felicidade é a consolação de minha alma.

— Queres, portanto, ser vítima de seu amor?...

— Outra vez não, meu pai; mas quero ser a mãe de seu primeiro filho.

Ouvindo tão nobre pensamento, Jorge levantou as mãos sobre a cabeça de Raquel e disse:

— Abençoada sejas tu, meu anjo de candura!...

Joaquim Manuel de Macedo*

Joaquim Manuel de Macedo, jornalista, professor, romancista, poeta, teatrólogo e memorialista, nasceu em Itaboraí, RJ, em 24 de junho de 1820, e faleceu no Rio de Janeiro, RJ, em 11 de abril de 1882. É o patrono da Cadeira nº 20, por escolha do fundador Salvador de Mendonça.

Era filho do casal Severino de Macedo Carvalho e Benigna Catarina da Conceição. Formado em Medicina pela Faculdade do Rio de Janeiro, clinicou algum tempo no interior do estado do Rio. No mesmo ano da formatura (1844), publicou *A Moreninha*, que lhe deu fama instantânea e constituiu uma pequena revolução literária, inaugurando a voga do romance nacional. Alguns estudiosos consideram que a heroína do livro é uma clara transposição da sua namorada, e futura mulher, Maria Catarina de Abreu Sodré, prima-irmã de

* Fonte: Academia Brasileira de Letras.

Álvares de Azevedo. Em 1849, fundou com Araújo Porto-Alegre e Gonçalves Dias a revista Guanabara, onde apareceu grande parte do seu poema-romance *A Nebulosa*, que alguns críticos consideram um dos melhores do Romantismo.

Voltou ao Rio, abandonou a Medicina e foi professor de História e Geografia do Brasil no Colégio Pedro II. Era muito ligado à família imperial, tendo sido professor dos filhos da princesa Isabel. Militou no partido liberal, servindo-o com lealdade e firmeza de princípios, como o provam seus discursos parlamentares. Foi deputado provincial (1850, 1853, 1854-59) e deputado geral (1864-68 e 1873-81). Membro muito ativo do Instituto Histórico (desde 1845) e do Conselho Diretor da Instrução Pública da Corte (1866). Nos últimos anos, sofreu de decadência das faculdades mentais, falecendo antes de completar 62 anos.

Foi ativa e fecunda a sua carreira intelectual nas várias atividades que exerceu. Um dos fundadores do romance brasileiro, foi considerado em vida uma das maiores figuras da literatura contemporânea e, até o êxito de José de Alencar, o principal romancista. O memorialista ainda é lido com interesse nas *Memórias da rua do Ouvidor* e *Um passeio pela cidade do Rio de Janeiro*. Foi no romance, entretanto, que Macedo conseguiu perdurar. Suas histórias evocam aspectos da vida carioca na segunda metade do século XIX, com simplicidade de estilo, senso de observação dos costumes e da vida familiar.

Cronologia

1820 - Filho de Severino de Macedo Carvalho e Benigna Catarina da Conceição nasce na Vila de São João de Itaboraí, província do Rio de Janeiro, em 24 de junho.
1839 - Escreve *O forasteiro,* inédito até 1855.
1844 - Durante as férias, escreve *A Moreninha,* publicada em folhetim no mesmo ano. Ao que consta, a heroína inspira-se na figura da sua namorada, Maria Catarina de Abreu Sodré, prima de Álvares de Azevedo, com quem se casaria mais tarde. Conclui o curso de Medicina na Faculdade do Rio de Janeiro, com a tese *Considerações sobre a nostalgia.*
1845 - *O moço loiro* (romance).
1848 - *Os dois amores* (romance).
1849 - *Rosa* (romance); *O cego* (teatro).
Funda com Porto-Alegre e Gonçalves Dias a revista *Guanabara.*
1852 - *Cobé* (teatro).
1853 - *Vicentina* (romance).
1855 - *A carteira do meu tio* (sátira político-social).
1856 - *O fantasma branco* (teatro).
1857 - *A nebulosa* (poema-romace).
1858 - *O primo da Califórnia* (teatro).
1859 - *O sacrifício de Isaac* (teatro).
1860 - *Luxo e vaidade* (teatro).
1861 - *Os romances da semana* (contos).
1862 - *Um passeio pela cidade do Rio de Janeiro* (crônicas).
1863 - *Lusbela*; *A torre em concurso*; *O novo Otelo* (teatro).
1864 - Elege-se deputado geral pelo Partido Liberal.
1865 - *O culto do dever* (romance).
1868 - *Memórias do sobrinho do meu tio* (romance, continuação de *A carteira do meu tio*).
Elege-se novamente deputado geral.
1869 - *A luneta mágica; O rio do quarto; As vítimas-algozes; Nina* (romances).
1870 - *As mulheres de mantilha; A namoradeira* (romances); *Remissão de pecados* (teatro).
1871 - *Um noivo e duas noivas* (romance).
1872 - *Os quatro pontos cardeais; A misteriosa* (romances).
1873 - *Cincinato Quebra-louças* (teatro); *Noções de corografia do*

Brasil, destinado à Exposição Internacional de Viena.
1876 - *A baronesa do amor* (romance); *Ano biográfico brasileiro*, destinado à Exposição da Filadélfia.
1877 - *Vingança por vingança* (teatro).
1878 - Elege-se pela terceira vez deputado geral.
1880 - *Antonica da Silva* (teatro).
1881 - Nova gestão como deputado geral.
1882 - Morre em 11 de abril aos 62 anos, sofrendo de perturbações mentais e quase completamente esquecido.

Obras do autor

Romances

A moreninha - (1844); *O moço loiro* - (1845); *Os dois amores* - (1848); *Rosa* - (1849); *Vicentina* - (1853); *A carteira do meu tio* - (1855); *O forasteiro* - (1855); *Os romances da semana* - (1861); *O culto do dever* - (1865); *Memórias do sobrinho do meu tio* - (1868); *O rio do quarto* - (1869); *A luneta mágica* - (1869); *As vítimas-algozes* - (1869); *Nina* - (1869); *A namoradeira* - (1870); *As mulheres de mantilha* - (1870); *Um noivo e duas noivas* - (1871); *Os quatro pontos cardeais* - (1872); *A misteriosa* - (1872); *A baronesa do amor* - (1876).

Poesia

A nebulosa - (1857).

Teatro

O cego - (1849); *Cobé* - (1852); *O fantasma branco* - (1856); *O primo da Califórnia* - (1858); *O sacrifício de Isaac* - (1859); *Luxo e vaidade* - (1860); *A torre em concurso* - (1863); *Amor e pátria* - (1863); *Lusbela* - (1863); *O novo Otelo* - (1863): *Remissão de pecados* - (1870); *Cincinato Quebra-louças* - (1873); *Vingança por vingança* - (1877); *Antonica da Silva* - (1880); *Uma pupila rica* (1880); *Romance de uma velha* - (s.d.); *Os dois mineiros na Corte* (s.d.); *O macaco da vizinha* - (1885).

Crônicas e biografias

Um passeio pela cidade do Rio de Janeiro - (1862); *Ano biográfico brasileiro* - (1876); *Mulheres célebres...* - (1878); *Memórias da rua do Ouvidor* - (1878).

❖

O objetivo, a filosofia e a missão da Editora Martin Claret

O principal objetivo da Martin Claret é contribuir para a difusão da educação e da cultura, por meio da democratização do livro, usando os canais de comercialização habituais, além de criar novos.

A filosofia de trabalho da Martin Claret consiste em produzir livros de qualidade a um preço acessível, para que possam ser apreciados pelo maior número possível de leitores.

A missão da Martin Claret é conscientizar e motivar as pessoas a desenvolver e utilizar o seu pleno potencial espiritual, mental, emocional e social.

O livro muda as pessoas. Revolucione-se: leia mais para ser mais!

MARTIN CLARET

Relação dos Volumes Publicados

1. Dom Casmurro
Machado de Assis
2. O Príncipe
Maquiavel
3. Mensagem
Fernando Pessoa
4. O Lobo do Mar
Jack London
5. A Arte da Prudência
Baltasar Gracián
6. Iracema / Cinco Minutos
José de Alencar
7. Inocência
Visconde de Taunay
8. A Mulher de 30 Anos
Honoré de Balzac
9. A Moreninha
Joaquim Manuel de Macedo
10. A Escrava Isaura
Bernardo Guimarães
11. As Viagens - "Il Milione"
Marco Polo
12. O Retrato de Dorian Gray
Oscar Wilde
13. A Volta ao Mundo em 80 Dias
Júlio Verne
14. A Carne
Júlio Ribeiro
15. Amor de Perdição
Camilo Castelo Branco
16. Sonetos
Luís de Camões
17. O Guarani
José de Alencar
18. Memórias Póstumas de Brás Cubas
Machado de Assis
19. Lira dos Vinte Anos
Álvares de Azevedo
20. Apologia de Sócrates / Banquete
Platão
21. A Metamorfose/Um Artista da Fome/Carta a Meu Pai
Franz Kafka
22. Assim Falou Zaratustra
Friedrich Nietzsche
23. Triste Fim de Policarpo Quaresma
Lima Barreto
24. A Ilustre Casa de Ramires
Eça de Queirós
25. Memórias de um Sargento de Milícias
Manuel Antônio de Almeida
26. Robinson Crusoé
Daniel Defoe
27. Espumas Flutuantes
Castro Alves
28. O Ateneu
Raul Pompeia
29. O Noviço / O Juiz de Paz da Roça / Quem Casa Quer Casa
Martins Pena
30. A Relíquia
Eça de Queirós
31. O Jogador
Dostoiévski
32. Histórias Extraordinárias
Edgar Allan Poe
33. Os Lusíadas
Luís de Camões
34. As Aventuras de Tom Sawyer
Mark Twain
35. Bola de Sebo e Outros Contos
Guy de Maupassant
36. A República
Platão
37. Elogio da Loucura
Erasmo de Rotterdam
38. Caninos Brancos
Jack London
39. Hamlet
William Shakespeare
40. A Utopia
Thomas More
41. O Processo
Franz Kafka
42. O Médico e o Monstro
Robert Louis Stevenson
43. Ecce Homo
Friedrich Nietzsche
44. O Manifesto do Partido Comunista
Marx e Engels
45. Discurso do Método / Regras para a Direção do Espírito
René Descartes
46. Do Contrato Social
Jean-Jacques Rousseau
47. A Luta pelo Direito
Rudolf von Ihering
48. Dos Delitos e das Penas
Cesare Beccaria
49. A Ética Protestante e o Espírito do Capitalismo
Max Weber
50. O Anticristo
Friedrich Nietzsche
51. Os Sofrimentos do Jovem Werther
Goethe
52. As Flores do Mal
Charles Baudelaire
53. Ética a Nicômaco
Aristóteles
54. A Arte da Guerra
Sun Tzu
55. Imitação de Cristo
Tomás de Kempis
56. Cândido ou o Otimismo
Voltaire
57. Rei Lear
William Shakespeare
58. Frankenstein
Mary Shelley
59. Quincas Borba
Machado de Assis
60. Fedro
Platão
61. Política
Aristóteles
62. A Viuvinha / Encarnação
José de Alencar
63. As Regras do Método Sociológico
Émile Durkheim
64. O Cão dos Baskervilles
Sir Arthur Conan Doyle
65. Contos Escolhidos
Machado de Assis
66. Da Morte / Metafísica do Amor / Do Sofrimento do Mundo
Arthur Schopenhauer
67. As Minas do Rei Salomão
Henry Rider Haggard
68. Manuscritos Econômico-Filosóficos
Karl Marx
69. Um Estudo em Vermelho
Sir Arthur Conan Doyle
70. Meditações
Marco Aurélio
71. A Vida das Abelhas
Maurice Materlinck
72. O Cortiço
Aluísio Azevedo
73. Senhora
José de Alencar
74. Brás, Bexiga e Barra Funda / Laranja da China
Antônio de Alcântara Machado
75. Eugênia Grandet
Honoré de Balzac
76. Contos Gauchescos
João Simões Lopes Neto
77. Esaú e Jacó
Machado de Assis
78. O Desespero Humano
Sören Kierkegaard
79. Dos Deveres
Cícero
80. Ciência e Política
Max Weber
81. Satíricon
Petrônio
82. Eu e Outras Poesias
Augusto dos Anjos
83. Farsa de Inês Pereira / Auto da Barca do Inferno / Auto da Alma
Gil Vicente
84. A Desobediência Civil e Outros Escritos
Henry David Toreau
85. Para Além do Bem e do Mal
Friedrich Nietzsche
86. A Ilha do Tesouro
R. Louis Stevenson
87. Marília de Dirceu
Tomás A. Gonzaga
88. As Aventuras de Pinóquio
Carlo Collodi
89. Segundo Tratado Sobre o Governo
John Locke
90. Amor de Salvação
Camilo Castelo Branco
91. Broquéis/Faróis/ Últimos Sonetos
Cruz e Souza
92. I-Juca-Pirama / Os Timbiras / Outros Poemas
Gonçalves Dias
93. Romeu e Julieta
William Shakespeare
94. A Capital Federal
Arthur Azevedo
95. Diário de um Sedutor
Sören Kierkegaard
96. Carta de Pero Vaz de Caminha a El-Rei Sobre o Achamento do Brasil
97. Casa de Pensão
Aluísio Azevedo
98. Macbeth
William Shakespeare
99. Édipo Rei/Antígona
Sófocles
100. Lucíola
José de Alencar
101. As Aventuras de Sherlock Holmes
Sir Arthur Conan Doyle
102. Bom-Crioulo
Adolfo Caminha

103. **Helena**
Machado de Assis

104. **Poemas Satíricos**
Gregório de Matos

105. **Escritos Políticos / A Arte da Guerra**
Maquiavel

106. **Ubirajara**
José de Alencar

107. **Diva**
José de Alencar

108. **Eurico, o Presbítero**
Alexandre Herculano

109. **Os Melhores Contos**
Lima Barreto

110. **A Luneta Mágica**
Joaquim Manuel de Macedo

111. **Fundamentação da Metafísica dos Costumes e Outros Escritos**
Immanuel Kant

112. **O Príncipe e o Mendigo**
Mark Twain

113. **O Domínio de Si Mesmo pela Auto-Sugestão Consciente**
Émile Coué

114. **O Mulato**
Aluísio Azevedo

115. **Sonetos**
Florbela Espanca

116. **Uma Estadia no Inferno / Poemas / Carta do Vidente**
Arthur Rimbaud

117. **Várias Histórias**
Machado de Assis

118. **Fédon**
Platão

119. **Poesias**
Olavo Bilac

120. **A Conduta para a Vida**
Ralph Waldo Emerson

121. **O Livro Vermelho**
Mao Tsé-Tung

122. **Oração aos Moços**
Rui Barbosa

123. **Otelo, o Mouro de Veneza**
William Shakespeare

124. **Ensaios**
Ralph Waldo Emerson

125. **De Profundis / Balada do Cárcere de Reading**
Oscar Wilde

126. **Crítica da Razão Prática**
Immanuel Kant

127. **A Arte de Amar**
Ovídio Naso

128. **O Tartufo ou O Impostor**
Molière

129. **Metamorfoses**
Ovídio Naso

130. **A Gaia Ciência**
Friedrich Nietzsche

131. **O Doente Imaginário**
Molière

132. **Uma Lágrima de Mulher**
Aluísio Azevedo

133. **O Último Adeus de Sherlock Holmes**
Sir Arthur Conan Doyle

134. **Canudos - Diário de uma Expedição**
Euclides da Cunha

135. **A Doutrina de Buda**
Siddharta Gautama

136. **Tao Te Ching**
Lao-Tsé

137. **Da Monarquia / Vida Nova**
Dante Alighieri

138. **A Brasileira de Prazins**
Camilo Castelo Branco

139. **O Velho da Horta/Quem Tem Farelos?/Auto da Índia**
Gil Vicente

140. **O Seminarista**
Bernardo Guimarães

141. **O Alienista / Casa Velha**
Machado de Assis

142. **Sonetos**
Manuel du Bocage

143. **O Mandarim**
Eça de Queirós

144. **Noite na Taverna / Macário**
Álvares de Azevedo

145. **Viagens na Minha Terra**
Almeida Garrett

146. **Sermões Escolhidos**
Padre Antonio Vieira

147. **Os Escravos**
Castro Alves

148. **O Demônio Familiar**
José de Alencar

149. **A Mandrágora / Belfagor, o Arquidiabo**
Maquiavel

150. **O Homem**
Aluísio Azevedo

151. **Arte Poética**
Aristóteles

152. **A Megera Domada**
William Shakespeare

153. **Alceste/Electra/Hipólito**
Eurípedes

154. **O Sermão da Montanha**
Huberto Rohden

155. **O Cabeleira**
Franklin Távora

156. **Rubáiyát**
Omar Khayyám

157. **Luzia-Homem**
Domingos Olímpio

158. **A Cidade e as Serras**
Eça de Queirós

159. **A Retirada da Laguna**
Visconde de Taunay

160. **A Viagem ao Centro da Terra**
Júlio Verne

161. **Caramuru**
Frei Santa Rita Durão

162. **Clara dos Anjos**
Lima Barreto

163. **Memorial de Aires**
Machado de Assis

164. **Bhagavad Gita**
Krishna

165. **O Profeta**
Khalil Gibran

166. **Aforismos**
Hipócrates

167. **Kama Sutra**
Vatsyayana

168. **O Livro da Jângal**
Rudyard Kipling

169. **De Alma para Alma**
Huberto Rohden

170. **Orações**
Cícero

171. **Sabedoria das Parábolas**
Huberto Rohden

172. **Salomé**
Oscar Wilde

173. **Do Cidadão**
Thomas Hobbes

174. **Porque Sofremos**
Huberto Rohden

175. **Einstein: o Enigma do Universo**
Huberto Rohden

176. **A Mensagem Viva do Cristo**
Huberto Rohden

177. **Mahatma Gandhi**
Huberto Rohden

178. **A Cidade do Sol**
Tommaso Campanella

179. **Setas para o Infinito**
Huberto Rohden

180. **A Voz do Silêncio**
Helena Blavatsky

181. **Frei Luís de Sousa**
Almeida Garrett

182. **Fábulas**
Esopo

183. **Cântico de Natal/ Os Carrilhões**
Charles Dickens

184. **Contos**
Eça de Queirós

185. **O Pai Goriot**
Honoré de Balzac

186. **Noites Brancas e Outras Histórias**
Dostoiévski

187. **Minha Formação**
Joaquim Nabuco

188. **Pragmatismo**
William James

189. **Discursos Forenses**
Enrico Ferri

190. **Medeia**
Eurípedes

191. **Discursos de Acusação**
Enrico Ferri

192. **A Ideologia Alemã**
Marx & Engels

193. **Prometeu Acorrentado**
Ésquilo

194. **Iaiá Garcia**
Machado de Assis

195. **Discursos no Instituto dos Advogados Brasileiros / Discurso no Colégio Anchieta**
Rui Barbosa

196. **Édipo em Colono**
Sófocles

197. **A Arte de Curar pelo Espírito**
Joel S. Goldsmith

198. **Jesus, o Filho do Homem**
Khalil Gibran

199. **Discurso sobre a Origem e os Fundamentos da Desigualdade entre os Homens**
Jean-Jacques Rousseau

200. **Fábulas**
La Fontaine

201. **O Sonho de uma Noite de Verão**
William Shakespeare

202. **Maquiavel, o Poder**
José Nivaldo Junior

203. **Ressurreição**
Machado de Assis

204. **O Caminho da Felicidade**
Huberto Rohden

205. **A Velhice do Padre Eterno**
Guerra Junqueiro

206. **O Sertanejo**
José de Alencar